Une maman en danger

*

Menaces en haute montagne

BETH CORNELISON

Une maman en danger

Traduction française de
HÉLÈNE COLOMBEAU

BLACK ROSE

HARLEQUIN

Collection : BLACK ROSE

Titre original :
COLTON CHRISTMAS PROTECTOR

HARPERCOLLINS FRANCE
83-85, boulevard Vincent-Auriol, 75646 PARIS CEDEX 13
Service Clients — www.harlequin.fr
ISBN 978-2-2805-0104-0 — ISSN 1950-2753

Édité par HarperCollins France.
Composition et mise en pages Nord Compo.
Imprimé en juin 2024 par CPI Black Print (Barcelone)
en utilisant 100% d'électricité renouvelable.
Dépôt légal : juillet 2024.

FSC
www.fsc.org
MIXTE
Papier issu de sources responsables
FSC® C159065

Pour limiter l'empreinte environnementale de ses livres, HarperCollins France s'engage à n'utiliser que du papier fabriqué à partir de bois provenant de forêts gérées durablement et de manière responsable.

1

Une foule nombreuse s'était réunie pour les obsèques d'Andrew, célébrées avec toute la solennité accordée aux membres des forces de l'ordre décédés. À la sortie de l'église, ses collègues en uniforme se massaient sur le trottoir tandis que le cortège funèbre s'apprêtait à rejoindre le cimetière.

Durant la cérémonie, Reid Colton s'était tenu à l'écart, conscient que sa présence risquait de perturber les adieux qu'Andrew méritait. Quelles que soient les affaires dans lesquelles celui-ci avait trempé ces dernières semaines, elles ne devaient pas faire oublier ses années d'héroïsme et de bons et loyaux services. Andrew Clark avait été un excellent policier, un ami fidèle et un formidable coéquipier. En lui demandant discrètement de s'expliquer sur un vol qu'il le soupçonnait d'avoir commis et sur sa possible consommation de drogues, Reid avait seulement cherché à le ramener à la raison avant qu'il ne soit trop tard. Avant qu'Andrew ne devienne accro et ne se fasse licencier, couvert d'opprobre.

Pour avoir voulu sauver la peau de son ami, c'était lui qui avait fait l'objet d'une enquête, lui dont la carrière avait été sacrifiée à cause d'insinuations et d'accusations non fondées. Hugh Barrington, avocat de la famille Colton et beau-père d'Andrew, avait bien tenté de le défendre, mais au bout du compte Reid avait fini par quitter de lui-même la police de Dallas. Il prenait son travail trop à cœur pour supporter longtemps ce climat de suspicion, les regards en coin de ses collègues, leurs silences et leurs grimaces de mépris. Et puis, il avait sa fierté. En tant que Colton, il estimait qu'il méritait un peu de respect, si ce n'est pour ses propres actions, au moins pour tout ce que sa famille avait fait pour la communauté.

Tout en se sachant *persona non grata*, Reid avait éprouvé le besoin de venir aujourd'hui. Il avait des choses à clarifier avec quelqu'un. À la fin de l'enterrement, alors que la foule commençait à se disperser, il quitta l'ombre du grand chêne où il était resté en retrait et se dirigea vers la veuve d'Andrew. Penelope Barrington Clark – Pen, pour les intimes – était en train de recevoir les condoléances du chef de la police.

Reid avait passé d'innombrables dimanches chez les Clark à regarder les matchs des Cowboys avec Andrew. Le couple l'avait invité pour des barbecues, des anniversaires, pour le baptême de leur bébé... D'ailleurs, le jour où Pen avait perdu les eaux, c'était lui qui avait conduit le futur papa à la maternité, car ils étaient en mission de surveillance ce soir-là. Reid avait été l'un des premiers à tenir leur fils Nicholas dans ses bras. En somme, Penelope Barrington Clark comptait parmi ses plus proches amis.

Il la connaissait depuis toujours, ne serait-ce que de vue – après tout, elle était la fille de l'avocat des Colton. Adolescent, il l'avait admirée de loin et l'avait vue se transformer en ravissante jeune femme. Puis, quelques années plus tard, il l'avait présentée à Andrew lors d'une soirée caritative organisée par le département de police.

Reid n'avait jamais regretté qu'elle ait épousé son collègue : à l'époque, il préférait enchaîner les conquêtes, et il n'avait pu que se réjouir de leur bonheur évident. Mais il n'en avait pas moins éprouvé une pointe de jalousie, car ils avaient bâti tous les deux le type de relation stable et aimante à laquelle il aspirait secrètement. Ils avaient eu beau appartenir à la classe moyenne, ne vivre que du salaire d'Andrew suite à la brouille entre Pen et son père fortuné, leur existence avait été bien plus harmonieuse et gratifiante que celle de Reid, si privilégiée fût-elle.

Il garda les yeux rivés sur Pen à mesure qu'il s'approchait d'elle, attendant le moment où elle le remarquerait. Habitué à étudier le langage corporel des suspects, il savait que la première réaction de la jeune femme serait aussi la plus sincère. De son enfance dans la haute société, Penelope avait conservé un maintien gracieux et assuré. Aujourd'hui, cependant, avec ses cheveux auburn rassemblés en chignon strict à la base de sa nuque, sa peau d'ivoire rougie par le chagrin et ses yeux noisette brillants de larmes, elle paraissait fragile. Vulnérable. Et pourtant aussi belle qu'une poupée de porcelaine.

Reid souffrait de la voir si éprouvée. Il aurait tant voulu la serrer dans ses bras... Mais comment accueillerait-elle ce geste ? Accordait-elle du crédit aux mensonges qui avaient été racontés sur lui depuis la mort d'Andrew ? Que restait-il de leur amitié passée ?

Le moment de vérité arriva lorsqu'elle se tourna vers la dernière dame venue lui présenter ses condoléances et qu'elle croisa le regard de Reid. L'espace d'une seconde, elle le dévisagea, surprise. Il vit alors dans ses yeux l'émotion à l'état brut, la peine immense, et l'envie de se réfugier dans l'étreinte amicale qu'il était prêt à lui offrir. Puis, l'instant d'après, son expression se figea en un masque glacial.

Malgré l'hostilité de son attitude, Reid franchit les derniers mètres qui les séparaient.

— Pen, je voulais te...

— Tu as un sacré culot de venir ici, cracha-t-elle.

— Laisse-moi juste...

— Non ! Je ne veux plus jamais voir ta sale tête de menteur !

Ses mots étaient comme des coups de poignard.

— S'il te plaît, écoute-moi. Je voulais simplement...

— Tu l'as entendue, Reid. Je crois que tu devrais partir.

Sentant une main se refermer sur son épaule, Reid se retourna et rencontra le regard froid de Hugh Barrington. Il repensa aussitôt au surnom que ses frères et lui avaient donné à l'avocat étant enfants – la Fouine, à cause de ses petits yeux perçants et de sa mèche de cheveux bruns lissée en arrière.

— Je n'ai pas besoin d'un garde du corps, papa, lâcha la jeune femme. Et même si c'était le cas, je ne ferais certainement pas appel à toi. Je ne te pardonnerai jamais d'avoir défendu un Colton contre Andrew !

Les relations entre le père et la fille ne s'étaient donc pas arrangées...

Pen tourna les talons et alla tout droit vers la Cadillac noire où une amie l'attendait avec Nicholas, à présent âgé de six mois, dans les bras. Penelope récupéra son bébé et l'embrassa sur le front, avant de le serrer contre elle, les yeux clos. Puis elle lança un dernier regard vers la tombe de son mari et, réprimant un sanglot, se glissa sur la banquette arrière de la voiture.

Reid eut un pincement au cœur en voyant le véhicule s'éloigner. Penelope Barrington Clark le tenait pour responsable de la mort de son mari ; et lui, il la désirait de tout son être.

Dix-huit mois plus tard

Tandis qu'il quittait son appartement un matin de décembre, Reid entendit des pleurs de femme au rez-de-chaussée de la maison. La voix avait tout l'air d'être celle de sa mère, Whitney, réputée pour son émotivité excessive.

— Qu'est-ce qui se passe, encore ? marmonna-t-il en se dirigeant vers l'escalier.

Il avait la désagréable impression qu'une mauvaise nouvelle l'attendait en bas. Était-ce au sujet d'Eldridge ?

Au début de l'été, son père septuagénaire avait disparu de sa chambre en pleine nuit. Le bureau du shérif suspectait un enlèvement, voire un meurtre, et depuis six mois plusieurs de ses frères et sœurs avaient été accusés à tour de rôle avant d'être innocentés. Reid avait tenté sans grande conviction de retrouver son père, et il s'était tenu informé des avancées de l'enquête. Cependant, ses propres démêlés avec les autorités un an et demi plus tôt lui avaient laissé un goût amer dans la bouche. Même s'il éprouvait une grande frustration de voir les recherches piétiner, il savait ce que lui diraient les policiers locaux s'il essayait d'intervenir. *Laisse-nous faire, Reid. Tu n'es plus flic.*

Le soleil d'hiver qui dardait ses rayons timides à travers les fenêtres du palier lui fit prendre conscience du temps qu'il avait perdu à traîner au lit, puis sous la douche. À une époque, il s'était fait un devoir de se réveiller chaque jour avant les ouvriers du ranch pour aller courir. C'était quand il avait encore un travail pour lequel se lever et rester en forme... Depuis qu'il avait démissionné, il dormait de plus en plus tard, manquait régulièrement ses entraînements à la salle de sport, et passait ses journées au ranch à ne rien faire. Cela commençait à lui peser.

Il descendit les marches de l'escalier monumental. Même s'il possédait un appartement à Austin, une maison au bord d'un lac dont il tenait l'existence secrète et un studio à Aspen pour ses week-ends au ski, la propriété familiale de Colton Valley restait sa résidence principale. À vrai dire, il n'avait pas envie de partir. Les mélodrames quotidiens auxquels il avait droit ici valaient toutes les séries télévisées du monde. Et ses proches, quoique un peu fous, un peu snobs et parfois un peu méchants, lui manqueraient à coup sûr s'il déménageait.

Ces derniers mois, Reid s'était senti encore plus seul en voyant ses frères et sœurs trouver l'amour les uns après les autres. L'arrivée de Noël ne faisait que renforcer ce sentiment. L'oisiveté lui allait très mal, et il savait qu'il allait devoir trouver un exutoire à sa frustration, sans quoi il risquait de perdre la boule.

En parlant de perdre la boule…, songea-t-il en découvrant sa mère assise à la table du petit déjeuner, en train de sangloter dans sa serviette.

— Qu'est-ce qui ne va pas, maman ? s'enquit-il d'un ton las.

Whitney leva vers lui ses yeux verts maculés de mascara.

— À ton avis ? Mon Dridgeounet me manque.

— Je t'ai déjà demandé de ne pas l'appeler comme ça devant moi. Ça me dégoûte.

— Eh bien, on dirait que tu t'es levé du mauvais pied, ce matin.

Ignorant sa remarque, Reid souleva la carafe de café pour examiner le fond brunâtre qui flottait à l'intérieur.

— Bettina ! appela-t-il.

La cuisinière accourut.

— Oui, monsieur ? Voulez-vous que je vous prépare des œufs ?

— Juste du café, s'il vous plaît. Je n'ai pas faim.

Pendant que la domestique s'affairait en cuisine, Reid s'avança vers la table, avisant le journal.

— Ils parlent d'Eldridge ? demanda-t-il à sa mère.

— Non. Tout le monde semble avoir oublié qu'il a disparu !

— Personne n'a oublié, maman. On n'a pas de nouvelle piste, c'est tout. Au lieu de pleurer, tu devrais te réjouir que le corps calciné qu'ils ont retrouvé ne soit pas celui d'Eldridge.

Un mois plus tôt, suite à un témoignage de Hugh Barrington, un cadavre extrait d'une voiture accidentée avait été identifié comme étant celui du patriarche des Colton. Le testament de ce dernier avait même été lu… jusqu'à ce qu'une nouvelle autopsie infirme les premiers résultats.

— Évidemment que je suis contente que ce ne soit pas lui, répliqua Whitney en redressant les épaules. Et ne me dis pas ce que je dois ressentir ! Je trouve que tu pourrais t'émouvoir un peu plus de la disparition de Dridgeou... d'Eldridge. C'est ton père, tout de même !

Reid leva une main.

— Épargne-moi tes leçons de morale, s'il te plaît.

— Mais tu ne crois pas que...

— Excusez-moi, madame ?

Remerciant mentalement Aaron Manfred, le majordome, pour son interruption, Reid retourna vers le plan de travail. Il n'aurait pas dû demander à Bettina de préparer du café juste pour lui. Il aurait pu faire un saut chez Starbucks. Ce n'était pas comme s'il avait un planning chargé aujourd'hui...

— Je voulais vous demander la permission de prendre ma soirée, dit Aaron.

— Encore ?

— Oui, madame.

Le ton agressif de Whitney semblait le laisser de marbre. Il faut dire que le vieil homme supportait la mauvaise humeur des Colton depuis la nuit des temps.

— Moira sera là en cas de problème, ajouta-t-il.

— Mais pourquoi avez-vous besoin de votre soirée ? Oh ! et puis faites ce que vous voulez. De toute façon, mon mari n'est pas là...

Sur ces mots, elle se remit à pleurer dans sa serviette.

— Oh ! Dridgeounet !

Étouffant un grognement, Reid attrapa la carafe alors que le café n'avait pas fini de couler, et s'en servit une tasse.

— Je sors.

2

Un carton vide dans les bras, Penelope Barrington Clark se tenait sur le seuil du bureau d'Andrew, tentant de rassembler son courage. Le moment était venu de vider la pièce. Peu après la mort de son mari, des amis bien intentionnés lui avaient proposé de l'aider dans cette tâche difficile, mais elle avait décliné. Comment pourrait-elle se séparer de toutes ces choses qu'Andrew avait chéries ? N'était-ce pas déjà assez dur qu'il ne soit plus là ? Seulement, la maison s'était vendue plus vite qu'elle ne l'avait prévu, et elle ne pouvait plus repousser l'échéance.

Elle avait décidé d'emménager avec Nicholas dans un logement plus petit et moins cher. Étonnant, n'est-ce pas, qu'une Barrington doive se soucier d'économiser... Le fait est qu'elle refusait de recevoir le moindre centime de son père, et que le capital décès versé par le département de police ne couvrait pas la totalité de l'emprunt immobilier. Elle savait qu'elle serait obligée de trouver un emploi, et l'idée ne lui déplaisait pas, mais c'était encore trop tôt. Elle voulait profiter au maximum des premières années de son fils.

Si la nouvelle maison nécessitait quelques travaux, elle se trouvait dans un quartier agréable, avec de bons établissements scolaires et plusieurs parcs où Nicholas pourrait courir et grimper à sa guise. *Andrew ne l'accompagnera jamais à l'école et ne le verra jamais sauter d'une balançoire.*

Cette pensée fugitive lui transperça le cœur. Bien vite, elle la chassa dans un coin de son esprit. Le temps était censé guérir les blessures, mais au bout de dix-huit mois elle était toujours assaillie par les souvenirs et les visions de ce qui ne pourrait jamais être. Elle avait alors l'impression de s'enfoncer dans des sables mouvants.

Elle inspira profondément. *Fais-le,* s'ordonna-t-elle. *Tu n'as plus le choix.*

D'un pas décidé, elle pénétra dans l'antre de son défunt mari et posa le carton sur le bureau. Elle n'avait qu'à commencer par les objets moches ou vulgaires, ceux dont elle n'aurait pas trop de mal à se débarrasser. Ensuite, elle passerait aux médailles décernées par la police, aux photos de famille, aux papiers personnels et à toutes les babioles sentimentales si intimement associées à Andrew.

Elle s'empara de la lampe en forme de jambe de femme qui trônait sur le haut de l'étagère. Elle se souvenait parfaitement du jour où il l'avait rapportée d'une fête de Noël organisée par son travail. Trouvant l'idée particulièrement drôle, il avait tenu à la conserver, alors que Penelope l'aurait bien jetée directement à la poubelle.

Maintenant qu'elle pouvait le faire, elle hésitait. Peut-être qu'un de ses collègues serait heureux de la récupérer...

— Oh ! Seigneur... Si tu te poses ce genre de questions pour tout, tu seras encore là à Noël !

Elle fourra la lampe dans le carton des objets à donner, puis s'attaqua aux trophées qu'Andrew avait gagnés avec son club de softball. Comme elle ne pouvait se résoudre à s'en séparer, elle les mit de côté dans un coin de la pièce.

Pour le poisson empaillé, en revanche, aucune hésitation : poubelle ! Andrew l'avait pêché lui-même, avant de le faire naturaliser par un spécialiste.

— Les animaux morts ne sont pas des objets de déco ! avait protesté Penelope quand il avait voulu l'accrocher dans le salon.

— Mais j'ai payé une fortune pour le faire faire ! avait-il répliqué, comme si cela rendait la créature moins affreuse.

Ils avaient trouvé un compromis : Andrew pourrait l'installer où il le voulait dans son bureau, sauf sur le mur qui faisait face à la porte. Penelope n'avait aucune envie de croiser cette monstruosité chaque fois qu'elle passerait dans le couloir.

En voulant décrocher le poisson poussiéreux, elle fut surprise par son poids, et il bascula contre le mur lambrissé. Elle l'attrapa plus fermement et le transporta jusqu'au carton destiné à la déchetterie. Quand elle retraversa la pièce pour continuer son rangement, elle remarqua que l'animal empaillé avait fait une marque en cognant contre le lambris. *Super*, se dit-elle. Encore une réparation à effectuer avant que les nouveaux propriétaires ne s'installent... Alors qu'elle frottait l'endroit abîmé, elle eut l'impression de sentir le mur céder sous la pression. Elle appuya un peu plus fort, et tout un pan de lambris bascula vers l'intérieur de la cloison.

— Qu'est-ce que...

Penelope en resta bouche bée. Un épais dossier reposait dans la cavité. Qui l'avait mis là ? Elle le retira de sa cachette et se figea en découvrant le nom inscrit sur la couverture : *Hugh Barrington*. C'était l'écriture d'Andrew.

Les sourcils froncés, elle alla s'asseoir dans le fauteuil pour ouvrir la chemise cartonnée. Celle-ci contenait des photocopies de documents ayant trait à l'activité professionnelle de son père : factures, notes de frais, reçus d'hôtels et de restaurants, déclarations d'impôt...

Penelope émit un sifflement en examinant de plus près ces dernières. Son cher papa gagnait encore très bien sa vie grâce à ses riches clients, et en particulier la famille Colton. Hugh leur avait facturé un nombre d'heures considérable.

— Pigeons, marmonna-t-elle.

Elle reposa les feuilles, tenaillée par une étrange sensation. De penser aux Colton la ramenait toujours à la mort d'Andrew. Au rôle que Reid y avait joué. Et à l'apparition que celui-ci avait faite aux obsèques.

S'il te plaît, écoute-moi. Je voulais simplement... Elle était partie sans l'écouter. Qu'est-ce que cela aurait changé, de toute façon ? Il avait reconnu avoir administré à Andrew la piqûre qui l'avait tué, celle qui, en lieu et place de l'insuline, contenait du chlorure de potassium – l'un des produits utilisés pour mettre à mort les condamnés. Il avait reconnu s'être disputé avec Andrew le matin de son décès. Il avait reconnu l'avoir accusé de crimes qu'il ne pouvait pas prouver. Ce qu'il avait fait était indéfendable. Qu'avait-il à dire qui aurait pu arranger son cas ?

Tu ne le sauras jamais si tu ne lui laisses pas une chance de s'expliquer.

Penelope fit taire la petite voix qui continuait de la harceler dix-huit mois plus tard et l'empêchait de refermer ce chapitre de sa vie. Elle maudissait Reid Colton d'instiller ces doutes en elle. Qu'il aille au diable !

Plus jeune, alors qu'elle ne le connaissait que de loin, elle l'avait trouvé beau garçon, bien qu'un peu trop gâté et sûr de lui. Son ambition et son autorité naturelle s'étaient toutefois révélées précieuses dans son métier d'enquêteur, et elles lui avaient permis de gravir rapidement les échelons au sein de la police de Dallas. Andrew disait souvent qu'il avait de la chance de faire équipe avec Reid. Ils se complétaient bien et passaient de bons moments ensemble en dehors du travail. Reid était devenu un ami, ce qui rendait sa trahison encore plus insupportable.

Penelope s'efforça de chasser ces pensées de son esprit. Trier les affaires de son mari était déjà assez difficile sans qu'elle ait besoin en plus de ressasser les douloureuses questions qui entouraient sa mort.

Elle se massa les paupières du bout des doigts, avant de se

concentrer de nouveau sur les documents qu'Andrew avait rassemblés sur son père. Pourquoi avait-il caché ce dossier dans une cavité secrète dissimulée derrière un horrible poisson empaillé ?

Alors qu'elle continuait de tourner les pages, elle tomba sur un tableau rédigé par Andrew. Il avait toujours aimé cette manière d'organiser les idées, qui satisfaisait son sens de l'ordre, son esprit d'analyse, son perfectionnisme. Penelope sourit tristement... jusqu'à ce que la signification des mots qu'elle avait sous les yeux perce le brouillard de sa mélancolie : *Preuve. Date. Éléments corroborants. Éléments disculpants. Conclusions.*

— Andrew, qu'essayais-tu de faire ?

C'était pourtant clair : son mari avait monté un dossier contre Hugh Barrington. Il avait compilé toute une série d'indices tendant à prouver que l'avocat s'était rendu coupable d'évasion fiscale et d'infractions graves contre ses clients. Doubles facturations. Notes de frais gonflées. Extorsion.

Un frisson la parcourut. Son père avait-il vraiment commis tous ces crimes ? Andrew disposait-il de preuves solides, ou ne s'agissait-il que de soupçons ?

Elle referma le dossier et se laissa aller en arrière dans le fauteuil. Seigneur ! Déjà que ses relations avec son géniteur n'étaient pas des plus apaisées... En réalité, elles n'avaient jamais été très bonnes, mais elles s'étaient encore plus dégradées quand la mère de Penelope était tombée malade. Hugh avait semblé lui reprocher d'avoir contracté un cancer, comme si elle l'avait fait exprès. Il l'avait traitée comme un fardeau, un gouffre financier, au lieu de lui témoigner le soutien et l'affection qu'elle méritait.

Même avant cela, il avait toujours placé ses propres intérêts et ceux de ses clients prétentieux avant les besoins de sa famille. Parfois, Penelope se demandait comment elle avait réussi à survivre dans le monde superficiel et froid de Me Barrington. Heureusement, elle avait trouvé le bonheur auprès de son mari.

Andrew non plus n'avait jamais porté l'avocat dans son cœur, mais de là à enquêter sur lui...

Qu'est-ce qui avait bien pu lui mettre la puce à l'oreille ? Et que devait-elle faire de ce dossier ?

Elle ne pouvait pas en ignorer l'existence. Si Hugh avait commis et commettait encore des actes illégaux, n'était-elle pas censée transmettre ces informations aux autorités ?

Penelope poussa un soupir. Dans l'éventualité où Andrew se serait trompé, elle ne voulait pas salir la réputation de son père, quel que soit l'état de leurs relations. D'ailleurs, pourquoi Andrew n'avait-il pas dénoncé les crimes de Hugh ? Son silence signifiait-il qu'il n'avait pas réuni suffisamment de preuves ?

Il fallait qu'elle sache. Andrew avait sûrement confié ses soupçons à quelqu'un. Mais à qui ?

La réponse, évidente, lui souleva l'estomac, et elle serra les poings de colère. Non, elle ne contacterait pas le seul homme au monde qu'elle tenait à éviter plus que son père !

Et pourtant, si elle voulait savoir, elle n'avait pas le choix...

Avec un grognement de frustration, elle sortit son portable de sa poche et fit défiler ses contacts pour retrouver celui de Reid. Ses cheveux châtains, ses yeux d'un bleu profond et son sourire charismatique apparurent à l'écran lorsqu'elle toucha son nom. Elle éprouva malgré elle une pointe d'admiration. Il n'y avait pas à dire, il était séduisant... Si seulement il avait été laid comme un pou, peut-être aurait-elle eu moins de mal à le détester.

Allez, appelle-le, s'exhorta-t-elle. *Demande-lui ce qu'il sait, et ensuite tu couperas définitivement les ponts avec lui.*

Elle appuya sur le petit téléphone vert et retint son souffle.

3

— Allô ? C'est toi, Pen ?

Rien que d'entendre la voix de Reid, Penelope se sentit déstabilisée. Elle se força à respirer calmement.

— Bonjour, Reid. Je ne te dérange pas ?

— Tu ne me déranges jamais. Tout va bien ?

Sa voix de baryton était comme une liqueur au chocolat noir, douce et sensuelle avec juste une pointe d'amertume.

— Oui, tout va bien, répondit-elle, sur la défensive.

— OK. C'est un appel de courtoisie, alors ?

— Non, j'ai juste une question à te poser.

— Je t'écoute.

— Est-ce qu'Andrew t'avait parlé d'un dossier qu'il avait commencé à monter contre mon père ?

Un silence.

— Reid ? Tu es toujours là ?

— Oui, je suis là. Tu parles bien de Hugh Barrington ?

— Je n'ai pas d'autre père que lui, à ma connaissance, répliqua-t-elle, acerbe. Si j'en crois ta surprise, la réponse est non ? Il ne t'a jamais confié de soupçons ?

— Quel genre de soupçons ?

— Je ne sais pas trop. Je viens juste de trouver ce dossier et je ne l'ai pas encore lu en détail, mais…

— Où l'as-tu trouvé ? Qu'est-ce qu'il y a dedans ?

— Andrew l'avait caché dans son bureau. Contente-toi de répondre à ma question, s'il te plaît. Est-ce que tu savais qu'il soupçonnait mon père de pratiques illégales ?

— Non. Maintenant, à ton tour de répondre à ma question. Qu'est-ce qu'il y a dans ce dossier ?

— Je t'ai dit que je n'avais pas tout lu. Ce n'est peut-être rien.

— Je veux le voir.

— Écoute, je n'aurais pas dû t'appeler. On peut oublier ça ?

— Si Andrew enquêtait en secret sur Hugh, c'est qu'il avait de bonnes raisons pour le faire.

Penelope étouffa un juron. Elle aurait dû être soulagée que Reid en arrive à la même conclusion qu'elle, mais cela rendait la chose brusquement réelle. Elle savait déjà que son père était un être froid, snob et peu aimant envers elle, mais corrompu ?

— Je veux voir ce dossier, répéta Reid. Ton père a bien trop d'influence sur les affaires de ma famille pour que je laisse passer ça.

Penelope leva les yeux au ciel. C'était typique des Colton de penser d'abord à eux. À leur précieuse réputation.

— Évidemment, lâcha-t-elle. La famille Colton doit absolument se protéger du scandale !

— Tu es sérieuse ?

Elle ne répondit pas. Devant elle, sur le bureau, le dossier semblait la narguer. Elle savait que ce qu'il contenait risquait d'ébranler son existence. Pour cette raison, elle répugnait à exposer les secrets de son père.

— Pen, je me doute bien que tu n'as pas besoin de ça en ce moment, mais si Andrew avait repéré des irrégularités... Il faut que je regarde ça. Je peux être là dans dix minutes.

Penelope se raidit.

— Tu veux venir ici ?

— Cela te pose un problème ?

— Euh, non, mais...

— Tant mieux. J'arrive tout de suite.

Il raccrocha avant qu'elle ait pu trouver une excuse pour refuser.

En garant son pick-up devant le modeste pavillon de son ancien coéquipier, Reid songea avec nostalgie à toutes les fois où il était venu ici pour regarder des matchs, discuter d'enquêtes en cours ou partager un repas avec son couple d'amis. Sous prétexte qu'il était célibataire, Penelope avait décidé qu'il avait besoin de bons petits plats faits maison, oubliant qu'il vivait au ranch familial où une cuisinière préparait presque chaque soir des dîners élaborés pour tout le clan Colton.

Pen avait été une mère poule avant même de devenir maman, et elle n'aimait rien tant que de recevoir des invités autour d'une table bien garnie. Cette fibre nourricière s'étendait aussi aux animaux : les Clark hébergeaient toujours au moins un chien errant et plusieurs chats en plus de leur vieux beagle, Allie.

Si Pen appréciait tant les rassemblements conviviaux, c'était sans doute parce que ces moments festifs avaient manqué dans son enfance. Pour autant que Reid pouvait en juger, le père de la jeune femme n'était pas un homme très chaleureux. Les rares fois où il s'était rendu chez lui, il avait été frappé par l'atmosphère austère et impersonnelle de sa maison. Pen n'avait pas dû s'y sentir très à l'aise ni très aimée, surtout après la mort de sa mère.

Reid savait par Andrew qu'elle s'était échappée à la première occasion et que ses relations avec son père étaient pour le moins distendues. Était-ce pour cette raison qu'Andrew avait enquêté sur Barrington, ou avait-il eu des motifs plus sérieux ? Reid espérait bien en apprendre plus.

Il descendit de son pick-up et s'avança vers la maison, non sans une certaine appréhension. Il n'avait pas revu Penelope depuis l'enterrement d'Andrew.

La porte d'entrée s'ouvrit sans qu'il ait eu besoin de sonner.

— Salut, Pen. Comment tu...

— Ne la joue pas copain-copain avec moi, le coupa-t-elle d'un air furieux. Ce n'est pas parce que je t'ai appelé pour te poser une question que j'ai oublié ce que tu as fait.

Reid inspira calmement. Des gens de mauvaise humeur, il en avait croisé plein dans sa vie, au travail comme à la maison. Il leva une main en geste d'apaisement.

— C'est quand même toi qui m'as appelé, souligna-t-il, et, si tu veux vraiment que je te donne mon avis sur ce dossier, il faut bien que j'y jette un œil.

Pendant un long moment, elle soutint son regard avec hostilité. Reid était réaliste : il ne pourrait pas changer l'opinion qu'elle avait de lui d'un coup de baguette magique. Il lui faudrait sans doute des semaines pour plaider sa cause et contrer les fausses informations qu'elle avait reçues des policiers et des médias après le décès d'Andrew. Oui, Reid s'était disputé avec son ami le jour de sa mort. Oui, il lui avait administré l'injection fatale. Mais la vérité était tellement plus complexe…

Brusquement, les traits de la jeune femme se décomposèrent. Son menton se mit à trembler, ses yeux s'emplirent de larmes. Ce bref éclair de vulnérabilité frappa Reid en plein cœur. S'il était prêt à affronter sa colère, il n'avait pas les outils pour faire face au chagrin d'une veuve, a fortiori quand elle lui était si chère.

Sans un mot, elle tourna les talons et rentra dans la maison. Reid la suivit, refermant la porte contre l'air froid de décembre. Le salon était comme dans son souvenir, à cela près que les magazines de sport d'Andrew avaient laissé place à des jouets et à des piles de petits vêtements décorés de chiens, de girafes et de trains.

Penelope avait disparu dans le couloir. Elle revint quelques instants plus tard avec une chemise cartonnée dans les mains.

— Nicholas fait la sieste ? s'enquit Reid en prenant le dossier.

— Il est à l'église.

— Pardon ?

Pen laissa échapper un soupir et s'assit sur le bord du fauteuil le plus proche. Malgré sa tenue décontractée – pantalon de yoga, sweat à capuche, grosses chaussettes et queue-de-cheval lâche –, elle se tenait très droite, les chevilles croisées, comme si elle se trouvait à un cours d'étiquette. Visiblement, sa bonne éducation revenait en force lorsqu'elle était stressée.

— L'église méthodiste du quartier organise trois « journées des mamans » par semaine, expliqua-t-elle de mauvaise grâce. Les dames gardent les petits de 10 heures à 15 heures pour que leurs mères puissent faire les courses, le ménage ou n'importe quoi d'autre. J'avais besoin de temps pour trier les affaires d'Andrew sans avoir Nicholas dans les pattes.

— Je comprends.

Reid s'installa sur le canapé et ouvrit le dossier. Tandis qu'il parcourait rapidement la première page, une autre anomalie le frappa. Aucun chien n'avait aboyé à son arrivée ni ne réclamait de caresses à cet instant.

— Où est Allie ? demanda-t-il à Pen.

En la voyant se rembrunir, il regretta aussitôt d'avoir posé la question. La dernière fois qu'il était venu ici, près de deux ans auparavant, le beagle était déjà vieux et perclus de rhumatismes.

— Tu n'es pas obligée de répondre, j'ai deviné, s'empressa-t-il de dire.

Il ne fit aucun commentaire sur l'absence d'autres animaux de compagnie. Le sujet semblait sensible.

Pen réussit à maîtriser ses émotions et fit un geste vers la chemise qu'il avait posée sur ses genoux.

— Alors, qu'est-ce que tu en penses ?

— Je viens à peine de l'ouvrir, répliqua-t-il en souriant. Laisse-moi le temps de regarder.

Pendant les minutes qui suivirent, Reid tenta de se concentrer sur les documents qu'Andrew avait rassemblés. Petit à petit, il comprit ce que son coéquipier avait voulu démontrer, même s'il manquait certains éléments pour que le dossier soit vraiment solide.

Écœuré, il releva les yeux vers la jeune femme.

— Alors ? répéta-t-elle.

— Je crois que ce n'est pas suffisant pour engager des poursuites.

— Mais pour toi, il y a des choses compromettantes ?

— Si ces documents sont vrais, s'ils ne sont pas contrefaits, alors oui, ils sont compromettants, répondit-il prudemment.

— Attends une seconde !

Penelope avait bondi de son fauteuil et le fusillait du regard, les poings sur les hanches. Reid posa le dossier à côté de lui, prêt à défendre ses conclusions. Il s'était attendu à ce que celles-ci lui déplaisent - après tout, il accusait son père de vol et d'escroquerie –, mais ne lui avait-elle pas demandé son avis ?

— Comment ça, « si ces documents sont vrais » ? Tu sous-entends qu'Andrew les a fabriqués de toutes pièces ? J'ai reconnu le papier à lettres officiel de mon père ! Si tu crois que je vais te laisser dénigrer Andrew...

— Penelope.

— ... et salir encore son nom...

— Penelope !

Reid se leva et contourna la table basse pour se rapprocher d'elle.

— ... alors tu peux partir d'ici tout de suite ! Je t'ai demandé ton avis uniquement parce que...

— *Pen !*

Il l'attrapa par les épaules et la secoua gentiment. Sous ses mains, elle semblait frêle et fragile. Elle cligna des yeux, l'air outré, puis se dégagea de son étreinte.

— C'est ce que tu as dit, insista-t-elle. « Si ces documents sont vrais, s'ils ne sont pas contrefaits. » Comme si tu insinuais qu'Andrew avait essayé de piéger mon père !

— J'ai précisé cela par précaution, pas pour accuser Andrew.

Je crois qu'il tenait quelque chose. Pen, j'ai bien peur que ton père ait volé ses clients et qu'il les vole encore. Il cache des revenus à l'État. Il falsifie ses comptes, et Dieu sait quoi d'autre encore...

Il s'interrompit en la voyant se laisser tomber dans son fauteuil.

— Alors tu penses que mon père a vraiment commis tous ces crimes ? Je veux dire... Est-ce que ça ne pourrait pas être quelqu'un qui travaille pour lui ? Ou...

Elle ne termina pas sa phrase, comme si elle connaissait déjà la réponse. Reid lui laissa le temps de digérer le choc.

— Et maintenant ? finit-elle par demander. Je fais quoi avec tout ça ? À ton avis, que prévoyait Andrew ?

— Andrew était un bon flic. Il n'aurait pas gardé longtemps secrètes des preuves aussi incriminantes. Il attendait sans doute d'avoir un dossier en béton pour t'épargner la pression d'une enquête au long cours.

Pen le dévisagea, l'air ébahi.

— Alors maintenant, tu penses qu'Andrew était un bon flic ?

— Je l'ai toujours pensé.

— Pourquoi as-tu cherché à le discréditer, dans ce cas ?

— Je ne cherchais pas à le discréditer, j'essayais de le ramener à la raison avant qu'il ne se discrédite lui-même !

— Drôle de façon de montrer...

— Arrête, Pen !

Il avait élevé la voix sans le vouloir.

— Ce n'est pas le moment d'avoir cette conversation, dit-il plus calmement. Je suis prêt à t'expliquer ce qui s'est passé il y a dix-huit mois, si tu veux bien m'écouter. Mais pour l'instant, l'urgence est de s'occuper de ce dossier.

Il ne prit pas la peine de souligner que ces nouveaux éléments jetaient une tout autre lumière sur la disparition de son propre père. Ces derniers temps, Hugh Barrington avait beaucoup fait parler de lui, en prétendant avoir assisté à l'enlèvement d'Eldridge, en affirmant que le corps retrouvé dans une voiture calcinée était celui du patriarche des Colton, et en insistant pour que le testament soit lu. Testament dans lequel Eldridge léguait le contrôle de l'entreprise familiale à l'avocat... En tant que policier, Reid avait appris à se méfier des coïncidences. Si Hugh Barrington était aussi corrompu que les recherches d'Andrew semblaient le montrer, on pouvait légitimement se demander s'il n'avait pas joué un rôle dans la disparition d'Eldridge. Celui-ci avait-il eu vent des malversations commises par son avocat ? L'avait-il menacé de le dénoncer ?

Ou bien, songea Reid avec une pointe d'angoisse, se pouvait-il qu'il ait été mêlé aux pratiques illégales de Barrington et qu'il ait contrarié la mauvaise personne ?

— Il faut qu'on obtienne les preuves qu'il nous manque pour étayer ce dossier, ou pour le réfuter, dit-il à Pen. Je vais avoir besoin de ton aide.

— Comment comptes-tu t'y prendre ?

Reid rassembla les documents dans la chemise cartonnée, avant de se lever.

— En fouillant le bureau de ton père. Son ordinateur, son coffre-fort.

— Il n'acceptera jamais, surtout s'il a des choses à cacher.

— On ne lui demandera pas son avis.

Reid enfonça sa main libre dans la poche de son jean, gêné. Il savait qu'il était en train de franchir une limite.

— Attends... Tu veux t'introduire dans son cabinet et lui voler ses dossiers ? s'exclama Pen.

— Je doute qu'il garde des documents incriminants sur son lieu de travail, là où ses employés pourraient tomber dessus à tout moment. On va commencer par chercher chez lui. C'est-à-dire anciennement chez toi. Si on nous ouvre la porte, on ne peut pas parler d'effraction, ajouta-t-il bien vite alors qu'elle commençait à protester. Et si on se contente de regarder sans rien emporter, ce n'est pas du vol.

— Je ne sais pas… Tu as une définition assez souple de la légalité, Reid.

Il eut un petit rire.

— C'est de famille.

Dix minutes plus tard, ils prenaient la route du quartier cossu dans lequel vivait Hugh Barrington, à la périphérie de Dallas. Malgré le silence pesant qui régnait dans le pick-up, Reid se retint d'allumer la radio. Il voulait profiter de l'occasion pour parler à Pen de ce qui était arrivé à Andrew. C'était peut-être la seule chance qu'il aurait de livrer sa version de l'histoire.

Néanmoins, le langage corporel de la jeune femme n'invitait pas à la conversation. Elle se tenait aussi loin de lui que sa ceinture de sécurité le lui permettait et gardait la tête tournée vers la vitre du côté passager. Il se lança malgré tout :

— À propos de ce qui s'est passé…

— Il faut qu'on ait terminé avant 15 heures, le coupa-t-elle. C'est l'heure à laquelle je dois récupérer Nicholas à l'église.

Il hésita un moment, partagé entre le besoin de s'expliquer et l'envie de respecter la volonté de Pen. Finalement, il décida de renoncer – pour l'instant.

— 15 heures, répéta-t-il. C'est noté.

L'horloge du tableau de bord indiquait 11 h 14. Cela leur laissait tout le temps de mener leurs recherches et d'avoir cette fameuse discussion avant d'aller chercher le petit garçon.

En pensant à Nicholas, son cœur se serra. À quoi ressemblait le fils d'Andrew, à présent ? Reid espérait trouver une bonne excuse pour accompagner Pen à l'église et pouvoir le revoir.

— Nicholas doit commencer à parler, j'imagine, dit-il. Est-ce qu'il…

— Pourquoi tu as tourné là ? Il fallait prendre la prochaine sortie.

— Il y a moins de feux en passant par ici. Donc, Nicholas…

— Ce que fait mon fils ne te regarde pas.

Reid grimaça.

— Ouille.

— Ce n'est pas une sortie entre amis, asséna-t-elle en se tournant vers lui. Tu as perdu le droit de poser des questions sur Nicholas quand tu as tué mon mari.

Alors qu'il ouvrait la bouche pour se défendre, elle l'en empêcha d'un geste.

— Correction : tu as perdu ce droit quand tu as accusé Andrew d'avoir volé de la drogue dans la salle des preuves, ou je ne sais quelle autre idée ridicule que tu es allé pêcher !

— Ce n'était pas une idée ridicule. En tout cas, à l'époque, j'avais de bonnes raisons de croire que c'était vrai.

Il lui lança un regard suppliant.

— Écoute, il faut absolument qu'on ait cette conversation, mais on est bientôt arrivés chez ton père. Tu veux bien qu'on la remette à plus tard ?

— C'est la prochaine à droite, au portail en briques, indiqua-t-elle, alors qu'il connaissait les lieux.

Reid poussa un soupir et tourna dans la longue allée qui menait à la demeure de Hugh Barrington.

— Fais le tour et gare-toi derrière, lui conseilla Pen. Je préfère ne pas trop attirer l'attention.

La maison ressemblait à un gros cube de briques rouges sans aucun charme, percé du même nombre de fenêtres de chaque côté de l'entrée. Les buissons taillés au carré et les volets noirs qui encadraient chaque ouverture constituaient les seuls reliefs sur cette morne façade.

À l'arrière, la piscine était encore remplie d'une eau limpide malgré la météo hivernale. Reid savait que le garage, qui pouvait contenir quatre véhicules, abritait au moins une Rolls-Royce – signe extérieur de richesse que Hugh aimait faire admirer lors d'événements mondains. En revanche, il n'avait jamais vu le petit cottage construit à l'écart de la bâtisse principale. Tandis qu'il l'observait avec curiosité, un des stores remua et une ombre passa derrière la fenêtre.

— C'est quoi, cette maison ? s'enquit-il.

— C'est celle de Stanley, le majordome de mon père.

— Il habite ici ?

— Bien sûr. Où voudrais-tu que vive le bras droit de mon père ?

— Ils sont très proches, tous les deux ?

— Disons que Hugh lui fait davantage confiance qu'à n'importe qui d'autre. S'il n'était pas aussi vaniteux, il reconnaîtrait que Stanley est son meilleur ami.

Reid acquiesça, tout en s'interrogeant sur l'amertume qu'il percevait dans sa voix. Était-elle jalouse que le majordome soit plus proche de son père qu'elle ou sa mère ne l'avaient jamais été ?

Il attrapa le sac de sport qu'il gardait toujours à l'arrière de son pick-up et en sortit une clé USB, qu'il glissa dans sa poche. Puis il suivit Pen jusqu'à la porte et fut surpris de la voir tapoter sur le pavé numérique.

— Depuis le temps que tu es partie d'ici, ton père n'a toujours pas changé le code ?

— Il l'a fait il y a quelques années, mais il n'arrivait pas à retenir la nouvelle combinaison et cela déclenchait l'alarme à chaque fois. Au bout de trois mois, il a remis l'ancien.

— Comment tu sais tout ça ? Je croyais que tu étais en froid avec lui.

— J'ai gardé de bonnes relations avec sa femme de chambre. Quand ma mère est tombée malade, Helen et moi nous sommes rapprochées. On continue de s'appeler de temps en temps.

Reid jeta un regard vers la maison du majordome, derrière eux. Il ne pouvait se défaire de l'impression qu'on les observait.

— Tu m'as demandé de me garer à l'arrière pour éviter d'attirer l'attention, murmura-t-il, mais on a quand même été repérés.

4

— Comment ça, repérés ? Par qui ?

— Ne te retourne pas, chuchota Reid en posant une main sur son épaule. Fais comme si tu avais parfaitement le droit d'être ici.

— C'est le cas. Je suis chez moi, je te rappelle.

Elle fronça les sourcils.

— Enfin, je suppose. Si mon père ne voulait pas de moi ici, il aurait demandé à récupérer ma clé.

À cet instant, la porte s'ouvrit sur une femme d'une cinquantaine d'années vêtue d'un tablier.

— Mademoiselle Penelope ! s'exclama-t-elle. Je me disais bien que j'avais entendu du bruit.

— Bonjour, Helen, bafouilla Pen. Je ne voulais pas te déranger. J'avais juste besoin de... de récupérer quelque chose dans ma chambre. Quelque chose qui appartenait à ma mère.

— Bien sûr. Est-ce que je peux vous aider ? s'enquit la domestique en s'effaçant pour les laisser entrer.

— Non, merci. Reid est là pour ça.

Pen attendit qu'Helen retourne à ses occupations avant de s'engager dans le couloir. Reid et elle passèrent discrètement devant la cuisine d'où s'échappaient des bruits de vaisselle et une voix de femme qui chantonnait. Ils gravirent ensuite un escalier secondaire qui faisait pâle figure à côté de celui en marbre dont

Reid se souvenait de ses précédentes visites. L'épaisse moquette étouffait leurs pas.

À l'étage, Pen rejoignit rapidement le palier de l'escalier principal et s'y arrêta. Reid jeta un coup d'œil par-dessus la balustrade. Un chandelier en cristal dominait l'imposante entrée, décorée de statues grecques en pierre blanche et de vases italiens gris et noirs. Malgré son opulence, elle manquait singulièrement de couleur et de chaleur. Comme le propriétaire des lieux, songea Reid. Hugh Barrington voulait être admiré et envié pour sa position sociale, mais il ne faisait pas beaucoup d'efforts pour s'attirer la sympathie des gens.

L'avocat avait beau l'avoir défendu après la mort d'Andrew, Reid n'arrivait pas à l'apprécier. Son sens des priorités semblait étrangement faussé – pour preuve, l'indifférence qu'il témoignait à sa fille alors même qu'il flattait servilement la famille Colton.

— Il y a un problème ? chuchota Penelope.

Reid s'arracha à ses pensées.

— Non. Pourquoi ?

— Je ne sais pas, tu avais l'air préoccupé... Le bureau de mon père est là, indiqua-t-elle en désignant une porte entrouverte dans le couloir.

— D'accord. Je te suis.

Pen resta plantée sur place.

— Tu as peur ? demanda-t-il, un sourire aux lèvres.

— Non ! Enfin... pas vraiment.

Elle ne bougeait toujours pas.

— Je croyais que tu avais le droit d'être ici, la taquina-t-il.

— *J'ai* le droit. Mais c'était ton idée de venir.

Elle coula un regard coupable vers la pièce, avant de redresser les épaules et d'y entrer d'un pas décidé.

Reid s'arrêta sur le seuil, surpris par le contraste qu'offrait l'antre de Hugh Barrington avec le reste de la maison. Murs lambrissés, meubles en bois foncé, canapé et fauteuil de bureau en cuir bordeaux – le lieu empestait la masculinité, jusque dans l'air imprégné de l'after-shave musqué de l'occupant.

Reid tira deux paires de gants en latex de sa poche et en tendit une à Pen.

— Tiens, enfile ça. Tu as peut-être le droit d'être ici, mais autant éviter de laisser des empreintes.

Elle s'exécuta à contrecœur.

— Il y a des rangements partout. Ça va prendre une éternité, marmonna-t-elle en ouvrant un tiroir du meuble classeur.

— Si ton père garde des informations compromettantes ici, ça m'étonnerait qu'on les trouve dans un tiroir accessible au premier venu.

— Je te rappelle qu'on parle d'un homme qui n'a pas changé le code de son système d'alarme depuis vingt-cinq ans. Andrew a essayé plusieurs fois d'aborder les questions de sécurité avec lui, mais mon père a toujours répondu que sa maison était très bien protégée comme ça.

— Son orgueil jouera peut-être en notre faveur, concéda Reid. Vérifie quand même qu'il n'y a pas une cachette dissimulée quelque part. Même un vieux briscard un peu trop confiant peut avoir envie de mettre ses documents sensibles en lieu sûr.

Il s'installa devant l'ordinateur de Barrington, brancha sa clé dans une des prises USB et remua la souris pour réveiller l'écran. Une fenêtre apparut, exigeant un mot de passe.

— Essaye 18-12-56, lui conseilla Pen. C'est le code de l'alarme de la maison.

— Laisse-moi deviner : c'est sa date de naissance ?

Pour toute réponse, Pen leva les yeux au ciel.

Reid tapa les chiffres.

— Ça ne marche pas.

— Peut-être... *FandesMavericks* ? Sans espace. Mon père adore cette équipe de basket, et c'était le mot de passe de l'application de contrôle parental qu'il avait installée sur la télé quand j'étais ado.

Reid tenta toutes les combinaisons, avec ou sans capitales – toujours rien. Puis il tapa *Penelope*. Lorsque le message d'erreur s'afficha de nouveau, la jeune femme lâcha un rire amer derrière lui.

— C'était évident que ça ne marcherait pas, dit-elle en se dirigeant vers les étagères. Les mots de passe sont censés représenter des choses importantes pour leurs utilisateurs.

Reid se frotta le visage.

— Tu as d'autres idées ? On est coincés, là.

— Désolée. À moins que ce soit un truc stupide comme *motdepasse* ou *1234ABCD*.

Pour faire bonne mesure, il essaya les deux, sans succès. En désespoir de cause, il entra *FandesMavericks1*, et l'écran d'accueil apparut miraculeusement.

— J'y suis, annonça-t-il.

Aussitôt, il entreprit d'ouvrir les dossiers et de faire glisser les documents financiers et l'historique de navigation sur sa clé USB. C'était presque trop facile.

— Et dire que ce type est l'avocat de ma famille !

Quand ils auraient retrouvé Eldridge, il lui toucherait deux mots de son cher conseiller. Si toutefois ils le retrouvaient... Reid ferma les yeux un instant. Bien sûr qu'ils le retrouveraient. Il s'en faisait le serment.

Pendant que l'ordinateur travaillait, il ouvrit un à un les tiroirs du meuble classeur, passant la main sous les dossiers et inspectant rapidement les étiquettes. À l'autre bout de la pièce, Penelope venait de décrocher un tableau du mur pour regarder derrière. Elle le raccrocha et passa au suivant.

Reid l'observa un moment, fasciné par l'éclat de ses cheveux auburn dans le rayon de soleil qui entrait par la fenêtre. Son sweat à capuche était trop grand pour elle – il avait sans doute appartenu à Andrew –, mais son pantalon moulant mettait parfaitement en valeur ses longues jambes et ses fesses galbées.

Une pointe de culpabilité l'assaillit. De quel droit reluquait-il la veuve de son ancien coéquipier ?

— Qu'est-ce qu'il y a ? lui demanda-t-elle en surprenant son regard. Tu as trouvé quelque chose ?

— Non, rien.

Ayant retourné tous les tableaux, Penelope s'intéressa à l'une des étagères, sortant les livres les plus gros pour en vérifier l'intérieur.

— J'ai appris, pour ton père, murmura-t-elle. Je suis désolée.

Reid redressa la tête.

— Merci.

— Si j'ai bien compris, son corps a été retrouvé dans une voiture accidentée ?

— Non, ce n'était pas le sien.

— C'est vrai ? Tant mieux, alors.

Reid n'avait pas envie de parler de la disparition de son père. Évoquer tous les rebondissements que l'enquête avait connus ces cinq derniers mois prendrait bien trop de temps et ne ferait que raviver sa frustration. Mais si cela pouvait aider à rétablir la communication entre Pen et lui, il était prêt à lui en livrer une version abrégée.

— Ces quelques mois ont été bien stressants pour ma famille. On a tous été soulagés d'apprendre que le corps calciné n'était pas celui d'Eldridge, mais on ne sait toujours pas ce qui lui est arrivé.

— La police n'a aucune piste ? Vu l'influence des Colton, ça m'étonne que les enquêteurs ne se soient pas mis en quatre pour le retrouver.

— Ils n'ont pas manqué de suspects ni de théories, mais tout ça n'a mené à rien pour l'instant.

— Et le témoignage de mon père ?

— Ça n'a rien donné non plus.

Reid se tourna vers le bureau massif de Hugh Barrington et commença à ouvrir les tiroirs, à la recherche d'une clé ou de tout autre indice pouvant laisser supposer que l'avocat avait caché des informations quelque part. De son côté, Pen alla soulever le couvercle du coffre de rangement aménagé sous la fenêtre.

— En tout cas, je te souhaite que ton père soit retrouvé sain et sauf, déclara-t-elle.

— Vraiment ?

Elle eut l'air surprise.

— Bien sûr. Ce n'est pas parce que je suis en colère contre toi que je veux du mal à ta famille. Je n'ai rien à reprocher à Eldridge. Enfin, rien de très grave. Ce n'est pas votre faute si mon père vous a toujours préférés à moi. Après tout, les Colton sont riches et puissants. Moi, je ne suis que sa fille.

— Pen...

— Laisse, je n'aurais pas dû dire ça. Mes problèmes avec mon père ne regardent que moi.

Reid n'insista pas, mais il ne pouvait ignorer la déception et la jalousie qui transparaissaient dans ses propos. Du vivant d'Andrew, Pen avait réussi à faire abstraction de ses griefs envers la famille Colton pour apprécier la compagnie de Reid. Le retour en force de cette hostilité révélait l'épaisseur du mur qu'elle avait érigé entre eux.

— Moi aussi, j'espère qu'on le retrouvera sain et sauf, dit-il. Un homme comme Eldridge ne disparaît pas comme ça sans que personne ne sache rien. Il faut juste dénicher la personne qui sait.

— Si je comprends bien, tu suspectes un acte criminel ? Est-ce qu'il ne pourrait pas être parti volontairement ?

— Tout est possible.

Reid regarda sous le bureau. Pas d'enveloppe scotchée sur l'envers de la planche. Il étouffa un juron. Où l'avocat avait-il bien pu cacher ses papiers compromettants ? Ceux-ci existaient, il en était convaincu. Car même si les choses s'étaient mal finies avec Andrew, Reid avait toute confiance dans l'instinct et l'intuition de son ancien coéquipier.

Pen abandonna le coffre sous la fenêtre pour s'attaquer à une autre étagère.

— Tu es policier, insista-t-elle. Tu dois bien avoir une idée de ce qui est arrivé à ton père. N'as-tu pas mené l'enquête de ton côté ?

— Je ne suis *plus* policier. Je ne connais pas tous les éléments de l'affaire. Les enquêteurs ne révèlent pas tout à la famille.

En voulant ouvrir un des tiroirs du bureau, Reid s'aperçut qu'il était verrouillé. Le cœur battant, il chercha une clé dissimulée quelque part sous les différents éléments du meuble – en vain. Du côté opposé, le tiroir correspondant s'ouvrait sans problème. Reid parcourut des yeux les onglets des différents dossiers.

— Ce que je veux dire, c'est...

Il s'interrompit, le regard rivé sur une étiquette marquée « Penelope ». Poussé par la curiosité, il feuilleta les différents documents, légaux et médicaux... jusqu'à ce qu'il tombe sur une requête en adoption plénière. Hugh et sa femme avaient signé le formulaire en tant que parents adoptifs, et deux noms étaient gribouillés sur les lignes réservées aux parents biologiques.

Nous soussignés renonçons définitivement à nos droits parentaux sur notre fille biologique, Lisa Umberton, au profit de Hugh et Constance Barrington, résidant à Dallas, Texas...

Reid revint aux premières pages du dossier. Une décision de justice actait le changement de nom de Lisa Umberton en Penelope Lisa Barrington.

— Qu'est-ce que tu veux dire ? le relança Pen, avant de se tourner vers lui. Qu'est-ce qu'il y a ? Tu as trouvé quelque chose ?

Le choc et l'incertitude se livraient bataille en lui. Il se frotta le menton.

— Euh, non. Rien de significatif, répondit-il d'une voix mal assurée.

Pen savait-elle qu'elle avait été adoptée ? Il repensa à tous les repas qu'il avait partagés avec elle et Andrew au fil des ans. Elle avait souvent parlé de sa difficulté à surmonter la mort de sa mère, du gouffre qui la séparait de son père, de cette grande maison dans laquelle elle ne s'était jamais sentie à l'aise...

Mais pas une fois elle n'avait évoqué son adoption.

— Reid ! s'exclama-t-elle soudain, une pointe d'excitation dans la voix. J'ai trouvé un coffre-fort !

5

Sans réfléchir, Reid glissa le dossier d'adoption à l'arrière de son jean avant de rejoindre Pen. Derrière une rangée de livres de droit, un faux panneau dissimulait bel et bien un coffre.

— Tu crois que tu peux l'ouvrir ? demanda-t-il.

— Je vais essayer.

Elle se frotta les mains pensivement.

— On va commencer par les dates d'anniversaire.

Reid retint son souffle, les yeux rivés sur les doigts de la jeune femme qui tournaient délicatement le cadran du coffre-fort. En percevant le déclic caractéristique d'un des disques de la serrure, il lui toucha le bras.

— Stop. Tu as entendu ?

— Vingt et un. Le premier nombre est vingt et un.

— Est-ce qu'il a une signification pour toi ?

Elle se mordit la lèvre.

— Ce n'est ni sa date de naissance, ni la mienne, ni celle de Nicholas.

— Essaye de tourner le cadran lentement vers la gauche pour voir si on entend le disque suivant s'enclencher.

Pen se pencha sur le coffre et fit ce qu'il lui conseillait, sans succès.

— Continue, dit-il en lui pressant l'épaule pour l'encourager.

Elle jeta un regard sur sa main.

— Recule. Tu m'étouffes.

— Excuse-moi.

Alors qu'elle reportait son attention sur le cadran, Reid eut soudain une idée. Il s'éloigna de quelques pas pour regarder discrètement dans le dossier d'adoption. Celle-ci avait été finalisée le 21 août 1987, soit un mois et quelques jours après la naissance de Penelope.

— Essaye le huit, avant ou après le vingt et un. Puis à nouveau le huit et le sept.

— Pourquoi ?

Si ces chiffres ne lui disaient rien, c'était sans doute que ses parents adoptifs lui avaient caché la vérité...

— C'est juste une intuition, répondit-il évasivement.

Comme elle continuait de le fixer d'un air sceptique, il fit un geste vers le coffre.

— Allez, il faut qu'on se dépêche avant que quelqu'un nous surprenne.

Elle se retourna en maugréant et testa la combinaison qu'il lui avait suggérée.

— Ça ne marche pas.

— Laisse-moi essayer.

Après quelques tâtonnements, de petits « clics » se firent entendre et la porte du coffre s'ouvrit enfin.

— Alors là, il faudra que tu m'expliques, lâcha Pen.

Au bord du compartiment, ils trouvèrent plusieurs écrins à bijoux. Le premier renfermait un collier de diamants et de saphirs.

— Il appartenait à ma mère, murmura la jeune femme en passant doucement les doigts dessus. Je me rappelle l'avoir vue le porter à l'occasion de grands dîners de charité.

— Il est magnifique.

Reid déposa les boîtes sur une étagère. Au fond du coffre, il distinguait ce qui ressemblait à des liasses de billets. Il en sortit plusieurs.

— Regarde, Pen.

— Seigneur, ce sont des billets de cent ! Il doit y avoir des milliers de dollars, là-dedans.

— Et ce n'est pas fini.

Il attrapa les autres liasses - dont certaines étaient en euros - ainsi que deux livrets de compte offshore. Quand il se tourna vers Penelope, elle était pâle comme un linge.

— Je ne comprends pas. Il y a une fortune, ici. Pourquoi n'a-t-il pas mis cet argent à la banque ? Qu'est-ce qu'il avait en tête ?

— Il s'est peut-être constitué une réserve au cas où il aurait besoin de fuir.

— Mais fuir quoi ?

— À mon avis, il n'a rien déclaré de tout ça au fisc. Tu te souviens des feuilles d'impôt qu'Andrew a récupérées ?

— D'abord l'évasion fiscale, maintenant ça...

Elle secoua la tête en regardant les piles de billets. Reid extirpa du fond du coffre un grand livre de comptes poussiéreux et un dossier rempli de vieilles déclarations de revenus. Le visage de Pen se décomposa encore un peu plus.

Il brûlait de la prendre dans ses bras pour la réconforter. Quel que soit l'état de ses relations avec son père, cela devait être dur pour elle d'apprendre qu'il fraudait et escroquait ses clients. Quand il lui montra le passeport qu'il venait de trouver, avec la photo de Hugh sous le nom de Samuel Morris Griffin, Pen porta une main à ses lèvres.

— Il a tout prévu pour quitter le pays du jour au lendemain. Mais pourquoi ?

— C'est une bonne question.

Reid étala les preuves sur l'étagère pour les prendre en photo, puis il replaça soigneusement les liasses de billets, les dossiers, les livrets de comptes et le passeport à l'intérieur de leur cachette.

— Est-ce que tu crois qu'Andrew était au courant de tout ça ? s'enquit Pen. Est-ce pour cette raison qu'il enquêtait sur mon père ?

— Je ne sais pas. Je te l'ai dit, Andrew était un bon flic, alors s'il avait repéré des irrégularités...

— Qu'est-ce qui se passe, ici ?

Reid et Pen se retournèrent d'un bloc. Un vieil homme en costume-cravate les regardait d'un air sévère depuis la porte du bureau. Son expression passa de l'hostilité à la confusion lorsqu'il reconnut la jeune femme.

— Mademoiselle Penelope... J'ignorais que vous deviez venir.

— Stanley !

Elle se força à sourire, tout en se plaçant devant l'étagère pour cacher les boîtes de bijoux qui y étaient posées.

— Doux Jésus, vous avez bien failli me faire avoir une crise cardiaque ! s'exclama-t-elle.

— Je vous demande pardon, mademoiselle. Mais je suis tout de même surpris de vous trouver dans le bureau de votre père. Avez-vous besoin de mon aide ? Ou voulez-vous que je l'appelle pour qu'il vienne vous assister dans vos recherches ?

La menace était claire, bien que prononcée d'un ton doucereux. Alors que Reid se creusait la cervelle pour inventer une explication crédible à leur présence, Pen répondit :

— Ce ne sera pas nécessaire, Stanley. Je suis juste venue récupérer le collier de ma mère.

Elle tâtonna derrière elle pour attraper l'écrin de velours noir, qu'elle montra au majordome.

— Papa me rendait service en le gardant ici, mais maman me l'a légué, précisa-t-elle avec un aplomb remarquable. J'ai envie de le porter pour une soirée caritative organisée la semaine prochaine par le département de police.

Un muscle tressauta sur la joue du majordome. Son regard soupçonneux se posa sur Reid.

— Et lui, que fait-il là ?

— Stanley, voyons ! fit Pen, les sourcils froncés.

— J'ai tenu à l'accompagner pour assurer sa sécurité, répondit

Reid calmement. Ce collier est d'une grande valeur, et je ne voulais pas qu'il arrive quelque chose à Penelope sur le trajet de la banque. On n'est jamais trop prudent, de nos jours, n'est-ce pas ?

— Stanley, vous connaissez Reid Colton, je suppose. C'était le coéquipier d'Andrew. Et c'est le fils d'un des plus gros clients de mon père. Vous pourriez lui témoigner un peu plus de respect.

— Mes excuses, monsieur Colton. Mademoiselle Penelope, je veillais simplement aux intérêts de votre père. Vous êtes dans son bureau, après tout. Je crains qu'il ne considère cela comme une intrusion dans sa vie privée.

— Entendu, dit Reid. De toute façon, nous avons ce que nous cherchions. On y va, Pen ?

— Oui, on y va.

Elle se dirigea vers la porte en serrant l'écrin contre son cœur.

Reid rangea rapidement les autres boîtes de bijoux dans le coffre, referma celui-ci et remit l'étagère en ordre du mieux qu'il put. En passant à côté du bureau, il fit mine de se cogner contre le fauteuil ; sous prétexte de se frotter le genou, il se pencha pour retirer sa clé USB de la tour de l'ordinateur et mettre celui-ci en veille. Puis il rejoignit Penelope dans le couloir.

Il regrettait de ne pas avoir pu inspecter le tiroir fermé à clé. S'il n'avait pas démissionné de la police, il aurait pu obtenir un mandat de perquisition ; mais, à moins de vouloir se faire pincer pour effraction ou de confier l'affaire à ses anciens collègues sans même savoir de quoi il retournait exactement, il allait devoir patienter.

En attendant, il avait de quoi s'occuper avec toutes les données qu'il avait récupérées sur sa clé.

Tandis qu'ils repartaient dans le pick-up de Reid, Penelope poussa un soupir.

— Ça ne s'est pas très bien passé.

— Je ne dirais pas ça, répliqua-t-il en étirant sa nuque d'un côté et de l'autre. On a trouvé des preuves qui confirment les soupçons d'Andrew, et j'ai réussi à copier un certain nombre de documents sur l'ordinateur de ton père.

— Peut-être... Mais tu crois vraiment qu'il enfreint la loi ? Après tout, il n'y a rien d'illégal à garder de l'argent dans un coffre, ni même à ouvrir des comptes à l'étranger.

— En théorie, non. Par contre, c'est illégal de fabriquer un faux passeport. Tout ça ne sent pas très bon.

— Tu as raison.

Pen tourna la tête vers le paysage gelé qui défilait derrière la vitre. Elle se sentait soudain très lasse.

— Rassure-moi, lui dit Reid, ta mère t'a vraiment légué ces bijoux ? On ne vient pas de voler un collier de plusieurs milliers de dollars ?

— Ne t'inquiète pas, elle me les a bien donnés, répondit-elle en rangeant dans son sac l'écrin qu'elle tenait toujours entre ses mains. Mais je n'ai jamais eu l'occasion de les porter, alors j'ai préféré les laisser chez mon père. J'imagine que je devrais m'estimer heureuse qu'il ne les ait pas vendus, n'est-ce pas ?

Reid se contenta de lui adresser un regard compatissant.

— On fait quoi, maintenant ? reprit-elle. On prévient la police ? On le dénonce au fisc ?

Comme Reid tardait à répondre, elle se tourna vers lui pour observer son profil. En vérité, elle l'avait toujours trouvé extrêmement séduisant. Andrew avait été son premier amour, mais elle l'avait davantage aimé pour sa gentillesse, son honnêteté et sa fidélité que pour sa beauté physique. Passé trente ans, il avait commencé à prendre un peu d'embonpoint. Reid, lui, en plus d'être né dans une famille puissante et fortunée, avait eu la chance d'être particulièrement gâté par la nature : avec ses épais cheveux châtains, sa mâchoire volontaire, son nez droit et ses yeux d'un bleu profond, il lui avait fait grande impression la première fois où ils s'étaient rencontrés.

Elle se souvenait parfaitement de ce jour-là, lors de leur rentrée au collège privé où ils avaient été inscrits tous les deux. À l'époque, Pen était non seulement trop grande pour son âge, mais également affligée de taches de rousseur et d'un appareil dentaire. Sa mère les avait présentés, et Reid lui avait souri poliment avant de filer rejoindre les autres enfants populaires. Au lycée, Pen avait continué de l'admirer secrètement, et même après avoir épousé Andrew elle avait été charmée par ses manières courtoises et son sourire gamin.

— Je t'ai posé une question, Reid, le pressa-t-elle. À ton avis, qu'est-ce que je dois faire de ces informations ?

Il lui coula un regard en coin.

— Rien.

— Comment ça, rien ?

— Toi, tu ne fais rien. Laisse-moi m'en occuper. Je vais creuser un peu, regarder ce que j'ai récupéré sur la clé USB, étudier de plus près les documents d'Andrew.

— Tu veux dire... tout seul ?

— Oui.

Il frotta son menton mal rasé.

— Je pense que c'est la meilleure chose à faire, expliqua-t-il. Si on dévoile notre jeu trop tôt, ton père risque de détruire toutes les preuves et de quitter le pays.

Pen secoua la tête, incrédule.

— Je ne suis pas d'accord.

— Mmh ?

— D'une, tu ne peux pas m'écarter comme ça. J'ai mon mot à dire sur la façon dont on va gérer les choses.

— Pen...

— De deux, tu ne fais plus partie de la police. Tu n'as pas le pouvoir d'enquêter sur mon père et de l'arrêter s'il a vraiment commis des crimes. Tu as été viré pour avoir tué mon mari, tu te souviens ?

Pen avait laissé filtrer dans sa voix toute l'amertume qu'elle avait nourrie contre Reid ces derniers mois. Sentant les larmes lui piquer les paupières, elle se demanda ce qui lui était passé par la tête de le mêler à cette histoire, elle qui s'était juré de ne plus jamais le revoir.

Pendant plusieurs secondes, il ne répondit pas. À son expression, elle comprit que ses paroles avaient fait mouche.

— Je ne fais peut-être plus partie de la police, finit-il par dire, mais je n'ai pas oublié comment on mène une enquête. Et tant que je n'ai pas une idée plus précise de ce qui se passe, je ne veux pas mettre la police sur le coup. Quant à l'idée de t'impliquer là-dedans...

Il serra les mâchoires.

— Je préférerais que tu restes loin de tout ça. Laisse-moi voir où ça nous mène. Si j'ai besoin de toi, je te le ferai savoir, mais tu as déjà assez de soucis comme ça.

Pen lâcha un rire amer.

— Comme c'est bien dit... Il ne manquait que la petite tape sur l'épaule et le « Retourne à tes fourneaux, ma chérie ».

— Arrête, Pen, tu sais que je ne suis pas macho. Je veux juste te protéger contre les éventuelles retombées. Tu as subi suffisamment de coups durs dans la vie pour...

— Ne me parle pas de ma vie alors que c'est à cause de toi que mon mari est mort !

Brusquement, Reid tourna dans une rue latérale. Pen retint un cri en s'agrippant au tableau de bord.

— Qu'est-ce que tu fais ? Je n'habite pas par là !

— Je ne te raccompagne pas tout de suite.

— Quoi ? Ramène-moi immédiatement, Reid ! Je n'ai pas le temps de faire un détour, je dois bientôt aller chercher Nicholas à l'église.

— Je t'y conduirai si on prend du retard.

— Reid !

Elle serra les poings, se retenant à grand-peine de le frapper.

— Tu n'as pas de siège auto, il est hors de question que Nicholas monte dans ton pick-up sans être correctement attaché.

— OK. Mais accorde-moi juste quelques minutes, tu veux bien ?

Le regard qu'elle lui lança exprimait tout son scepticisme, son impatience, son irritation. Mais elle ne répondit pas. Elle craignait que sa voix ne se brise tant les émotions faisaient rage en elle.

Le dégoût face à la duplicité de son père. Le chagrin suite à la mort d'Andrew. Les sentiments complexes qu'elle éprouvait pour Reid – colère, impression de trahison... attirance. Car oui, il l'attirait, même si elle avait réussi à ignorer cette vérité du temps où elle avait été mariée à Andrew.

Elle s'efforça de chasser ces pensées dérangeantes. Et soudain, elle reconnut l'endroit où il l'emmenait.

— Le parc ? C'est là que tu avais besoin d'aller de toute urgence ?

— Ça ne te plaît pas ? Je croyais me souvenir que tu adorais venir là pour décompresser, même avant la naissance de Nicholas.

— J'aime beaucoup cet endroit, admit-elle. Mais je ne suis pas d'humeur à faire de la balançoire ou à nourrir les canards.

Il se gara près d'un ponton au bord du petit étang et coupa le moteur.

— On n'est pas là pour nourrir les canards, répondit-il. J'ai besoin de ton attention pleine et entière. Le moment est venu de mettre les choses au clair.

Reid vit Penelope se crisper. Il leva une main pour devancer ses objections.

— Je sais que je suis la dernière personne à qui tu as envie de parler, et que c'est *le* sujet que tu veux éviter à tout prix, mais il faut que tu saches ce qui s'est vraiment passé le jour où Andrew est mort. Tu ne peux pas te contenter des sous-entendus et des demi-vérités que les médias ont choisi de révéler.

— Ce que je sais, je le tiens du rapport de police et de témoins de confiance au sein du département, répliqua-t-elle. Accorde-moi un peu de crédit, tout de même !

— Je veux bien, si tu fais pareil pour moi. Reconnais que j'étais l'ami d'Andrew. Que je suis *ton* ami !

Elle leva les yeux au ciel, mais il poursuivit :

— Je te demande de me laisser le bénéfice du doute juste un instant, sur la foi de ce que tu connais de moi. Je ne suis pas un meurtrier, Pen ! J'aimais Andrew comme un frère. C'était mon coéquipier, et ça, ça veut dire quelque chose. On se protégeait l'un l'autre. Parce qu'on affrontait ensemble des situations difficiles, on avait un respect et une confiance mutuels que peu de gens peuvent comprendre.

Il marqua une pause pour reprendre son souffle. Pen le fusillait du regard, les bras croisés sur la poitrine. Si la mort de son collègue l'avait profondément bouleversé, Reid supportait encore moins la souffrance que cette tragédie avait infligée à la jeune femme. Les circonstances dans lesquelles Andrew avait été tué rendaient son deuil encore plus difficile. Toutes ces questions sans réponse, tous ces doutes, toute cette colère qu'elle devait ressentir... Reid voulait l'aider à s'en libérer.

— Certains de mes anciens collègues t'ont dit qu'Andrew et moi nous étions disputés ce matin-là, reprit-il.

— Disputés ? Vous en êtes presque venus aux mains, rétorqua-t-elle d'un ton acerbe. Parce que tu as porté des accusations terribles et sans fondement contre Andrew, accusations qui auraient pu détruire sa carrière !

— On s'est disputés, c'est vrai, reconnut Reid en luttant contre l'amertume que ce souvenir faisait naître en lui. Le ton est monté, Andrew a reposé brutalement sa tasse. Mais on n'était pas sur le point de se battre. Ça, c'est l'interprétation qu'en ont faite certains témoins.

— Quelle importance, de toute façon ? On pinaille sur des détails insignifiants.

— Ils ne sont pas insignifiants. Certaines personnes ont essayé de prouver que cette dispute constituait un mobile de meurtre. Les faits ont clairement été déformés. Et, en l'occurrence, j'avais de bonnes raisons de croire qu'Andrew avait volé de la drogue dans la salle des pièces à conviction. Je voulais qu'il s'explique ; au lieu de ça, il s'est mis en colère.

Le visage tendu de la jeune femme reflétait le combat qu'elle livrait contre ses émotions.

— Je ne cherche pas à te contrarier, Pen, lui assura-t-il en lui touchant le bras.

Elle le repoussa brusquement.

— Tu pensais vraiment qu'on pourrait avoir cette conversation sans que ça me fasse du mal ? Ramène-moi chez moi. Tout de suite.

— Je te demande juste une minute...

— OK, le coupa-t-elle en ouvrant sa portière. Je vais rentrer à pied.

— Pen, attends !

Comme elle ne s'arrêtait pas, Reid descendit à son tour et trottina pour la rattraper. Il se planta devant elle.

— Je te jure sur la tombe d'Andrew que je pensais lui faire une piqûre d'insuline. J'essayais de lui sauver la vie, pas de le tuer.

— C'est ça.

— Pourquoi tu ne veux pas me croire ?

— Parce que !

Ses yeux s'étaient emplis de larmes. Reid sentit son cœur se serrer. Il fallait absolument qu'il lui explique ce qui s'était passé.

— Andrew a perdu connaissance alors qu'on était en train d'interroger un témoin. J'ai réussi à le ranimer, mais il s'est mis à vomir. Il m'a dit qu'il voyait trouble, et il m'a demandé d'aller chercher sa trousse de diabète qu'il gardait dans une glacière à l'arrière de notre voiture de patrouille. C'est ce que j'ai fait. Ensuite, j'ai appelé les secours, même s'il m'affirmait que ce n'était pas nécessaire, que tout irait bien une fois qu'il aurait eu son insuline. J'ai testé son taux de sucre et, comme il était très élevé, je lui ai administré une piqûre en utilisant l'ampoule qui se trouvait dans sa trousse. Je n'avais aucune raison de penser qu'elle avait été trafiquée. Comment aurais-je pu deviner que quelqu'un avait remplacé l'insuline par du chlorure de potassium ?

Pen planta son regard dans le sien.

— La question, c'est surtout *qui* a mis du chlorure de potassium dans cette ampoule.

— Exactement. Et cette question est restée sans réponse parce que tous les projecteurs étaient braqués sur moi. Mais je suis innocent, ce qui veut dire que le coupable court toujours. Ça ne te dérange pas, toi ? Parce que, moi, ça m'empêche de dormir depuis un an et demi.

Pen le dévisagea, bouche bée.

— Je ne pensais pas... Enfin, je croyais que...

— Tu croyais que j'étais coupable et que je m'en étais tiré impunément, c'est ça ? Mais je te le répète, ce n'est pas moi.

— Je ne sais pas, Reid, murmura-t-elle en se passant une main dans les cheveux. Comment te faire confiance ? Comment être sûre que tu ne cherches pas à me mettre sur une fausse piste ?

— Pen ! La police n'a pas trouvé assez de preuves pour m'inculper. Mes anciens collègues continuent de me soupçonner à cause de cette dispute, mais à part ça...

— L'agent Jamison a dit que tu avais menacé Andrew. Que tu lui avais crié : « Je vais te tuer pour ça ! »

— Et Franny Hill, la réceptionniste, a pris ma défense en rapportant mes vrais propos, c'est-à-dire : « Ça te tuerait de m'expliquer ça ? »

Penelope eut l'air surprise, comme si elle n'avait jamais entendu parler du témoignage de Franny. *Évidemment,* songea Reid. Ceux qui avaient mené campagne contre lui s'étaient bien gardés de partager cette information avec elle.

— La vérité est toute simple. Les policiers n'ont pas pu prouver que je savais que l'ampoule d'insuline avait été trafiquée. Ils n'ont pas pu établir de mobile sérieux. Pourquoi je te pousserais à faire rouvrir l'enquête, si j'étais coupable ?

Elle se frotta les tempes.

— Arrête, s'il te plaît. Je ne sais plus quoi penser.

— Tu te disais que, si j'avais été relâché, c'était uniquement parce que je suis un Colton, n'est-ce pas ? Et parce que ton père a pris ma défense ?

— Ça, ça m'a fait mal, admit-elle dans un souffle.

— Andrew était mon ami, Pen. Mon coéquipier. Je n'ai jamais eu l'intention de le tuer. Je n'ai pas remplacé son insuline par un produit mortel, et je ne savais pas que quelqu'un l'avait fait.

— Arrête, je te dis ! s'écria-t-elle d'une voix étranglée, avant de se couvrir le visage des deux mains.

Elle se mit à sangloter. Instinctivement, Reid l'attira à lui pour la serrer dans ses bras. Il s'attendait à ce qu'elle se débatte, à ce qu'elle le repousse, mais elle s'effondra contre lui.

— Je suis désolé pour tout ce qui t'arrive, lui dit-il doucement. J'ai envie d'être là pour toi, si tu veux bien. Andrew aurait voulu que je prenne soin de toi.

Elle acquiesça. Quand ses mains agrippèrent sa chemise comme on s'accroche à une bouée de sauvetage, Reid sentit son cœur cogner plus fort dans sa poitrine.

— J'avais envie de... de t'en vouloir, bredouilla-t-elle contre son torse. J'avais besoin... d'un coupable contre qui diriger ma... ma colère et ma douleur.

— Je comprends. Je voulais juste que tu saches la vérité. Tu peux pleurer, je suis là.

Tandis qu'elle laissait libre cours à ses larmes, une brise glaciale agita ses cheveux, portant l'odeur de son shampoing jusqu'aux narines de Reid. Décembre n'était pas le meilleur mois pour bavarder dehors, mais il était prêt à endurer le froid et même la neige si cela permettait d'apaiser la souffrance de la jeune femme et de combler le fossé qui s'était creusé entre eux.

Alors, par-dessus le bruit des feuilles mortes qui voletaient à travers le parking, il entendit Pen murmurer :

— Ça n'a aucune importance.

— Quoi ? Bien sûr que ça a de l'importance.

— Pourquoi tu fais ça ? Ça ne le ramènera pas. Tu n'as pas été inculpé, alors...

Reid poussa un soupir. Avait-elle vraiment besoin qu'il lui fasse un dessin ?

Parce que je tiens à toi, aurait-il pu lui répondre, mais il rechignait à se montrer aussi franc. Il ne voulait pas qu'elle interprète mal ses intentions.

— Parce que je tiens à ton amitié, lui dit-il finalement. Parce que celle d'Andrew m'était chère et que je donnerais n'importe quoi pour revenir en arrière. Je ne supporte pas qu'on se soit disputés lors de notre dernière journée ensemble.

Penelope poussa un long soupir.

— M... moi aussi je me suis disputée avec lui ce jour-là.

Elle avait parlé d'une voix à peine audible, mais son aveu fit presque sursauter Reid.

— Qu'est-ce que tu dis ?

— Ce matin-là, je lui ai cherché des poux, expliqua-t-elle. Avant qu'il parte au travail.

— Oh ! Pen...

Il la serra plus fort.

— Andrew savait que tu l'aimais, et il t'aimait plus que tout au monde. Ne perds pas ton temps à te reprocher ce qui s'est passé ce jour-là.

— Mais c'est la dernière fois qu'on s'est parlé...

— Les couples mariés se disputent, c'est normal. Dans ma famille, ils ne font presque que ça !

Cette remarque arracha un début de sourire à la jeune femme, avant qu'elle ne baisse les yeux.

— Je lui ai reproché de ne pas avoir entendu Nicholas pleurer dans la nuit, de m'avoir laissée tout gérer toute seule, dit-elle d'un ton affligé. Et quand le sèche-linge n'a pas voulu démarrer, je me suis énervée parce qu'il ne l'avait pas réparé.

Elle fronça les sourcils.

— Il m'a dit qu'il avait passé une mauvaise nuit, et il m'a promis qu'il s'occuperait du sèche-linge en rentrant le soir. J'aurais dû l'envoyer voir un médecin, mais j'étais fatiguée, à cran. Avant qu'il parte, je lui ai crié dessus pour autre chose, une broutille - je ne me rappelle même plus quoi. Il avait laissé sa serviette mouillée par terre, peut-être, ou oublié de nettoyer une tache de café sur le plan de travail... En tout cas, je me souviens d'avoir regretté mon attitude après son départ. Je lui ai écrit un texto pour m'excuser, mais il ne m'a jamais répondu.

Elle frissonna. Ses joues et son nez étaient rougis par le froid et les larmes. Reid l'entoura de nouveau de ses bras afin de lui offrir un peu de chaleur et de réconfort. Pendant quelques instants, il savoura la caresse de ses cheveux soyeux contre sa joue, le parfum envoûtant de sa peau, le contact de son corps contre le sien. Qui savait quand l'occasion se représenterait de l'enlacer ainsi ?

— On devrait peut-être continuer cette conversation dans le pick-up, finit-il par suggérer, alors qu'un frisson encore plus violent la traversait.

Pen s'écarta de lui et le regarda droit dans les yeux.

— Tu m'expliqueras pourquoi tu as accusé Andrew d'avoir volé de la drogue ?

— Promis.

6

— Moi aussi, j'ai eu du mal à comprendre ce qui se passait, confia Reid une fois qu'ils se furent abrités. Je travaillais avec Andrew, je lui faisais confiance, je savais que c'était un bon policier. Mais il avait un comportement bizarre depuis quelques semaines. Il se plaignait de ne pas être dans son assiette. Quand j'ai retrouvé de la drogue sous le siège de notre voiture de patrouille… eh bien, je savais que ce n'était pas moi qui l'avais mise là. Ensuite, on a appris qu'il y avait eu un vol dans la salle des pièces à conviction.

— Et tu as tout de suite suspecté Andrew, conclut Penelope sans cacher sa consternation.

L'homme qu'elle avait épousé et aimé pendant huit ans ne pouvait pas avoir dérobé et consommé des stupéfiants. Et pourtant, l'histoire de Reid avait des accents de vérité. Pen n'avait-elle pas observé les mêmes changements chez son mari ? Sa santé dégradée au cours de ses dernières semaines de vie, son comportement étrange, son air égaré…

— Je n'avais pas envie d'y croire, assura Reid. C'est pour ça que j'ai voulu lui faire part de mes soupçons. Lui demander des explications.

Elle soupira.

— D'où votre dispute.

— Ce n'était pas censé se passer comme ça. J'ai essayé

d'aborder le sujet calmement, mais quand j'ai commencé à lui exposer les faits...

— Il s'est mis en colère, devina-t-elle. Il t'a crié dessus.

— C'est ce que les autres ont entendu au poste de police. On était dans une salle d'interrogatoire. Je pensais qu'on serait plus tranquilles, mais ça n'a fait que le braquer.

— Pas étonnant.

— Je sais, je m'y suis mal pris, et je le regrette amèrement. Quand il a perdu connaissance plus tard dans la journée, j'ai accompli tous les gestes que je pensais nécessaires pour lui porter secours. C'est lui qui m'a demandé d'aller chercher sa trousse...

Elle posa une main sur son bras.

— Tu m'as déjà expliqué ça.

— Mais est-ce que tu me crois ? Je me fiche de ce que pensent mes anciens collègues, les juges ou le reste du monde, tant que tu me fais confiance. Tu es la seule personne qui compte pour moi.

Pen déglutit péniblement. Le regard de Reid s'était fait plus intense, plus pénétrant.

— Pourquoi ? souffla-t-elle.

La question lui avait échappé. C'était dangereux de demander pourquoi. Cela montrait qu'elle tenait suffisamment à lui pour avoir besoin d'une réponse.

— Je crois que tu sais pourquoi, dit-il d'une voix aussi douce qu'une caresse, aussi tendre qu'un baiser.

C'était bien là le problème : elle savait, et cela l'effrayait au plus haut point.

Reid n'aurait pas dû se montrer aussi honnête avec elle. Un silence gêné régnait dans l'habitacle, et la mine soucieuse de Pen trahissait son agitation intérieure. Assurément, il lui avait donné matière à réfléchir...

Il ne regrettait pas de lui avoir parlé de la mort d'Andrew, car il tenait à lui livrer sa version des faits. En revanche, quelle mouche l'avait piqué de lui laisser entrevoir les sentiments qu'il éprouvait pour elle depuis toujours ? Si elle lui avait demandé des explications, il aurait pu s'en sortir en lui disant qu'elle était son amie et qu'il avait besoin de son pardon, de sa confiance. Qu'en tant que veuve d'Andrew son opinion était la seule qui comptait. Mais ce « Pourquoi ? » prononcé d'une voix si fragile, cette vulnérabilité qu'il avait lue dans ses yeux, l'avaient totalement déstabilisé.

Pour sa défense, il avait eu son lot d'émotions, aujourd'hui, entre la découverte de l'enquête secrète d'Andrew, les preuves incriminantes retrouvées chez Hugh, et cette histoire d'adoption que Pen semblait ignorer. Pas étonnant qu'il ait eu du mal à garder la tête froide.

Arrêté à un feu rouge, il tapota nerveusement le volant. Évidemment, ces différents chocs s'ajoutaient à la disparition de son père et à tout ce qui s'était passé au ranch ces derniers temps. Un mois plus tôt, Hugh Barrington avait soulevé beaucoup d'espoir en prétendant avoir vu Eldridge. Y avait-il un lien avec les recherches d'Andrew ? Peut-être pas, mais Reid se méfiait des coïncidences.

Il ressassait encore ces pensées quand ils arrivèrent dans le quartier résidentiel de Pen. Sa rue était bordée de maisons identiques, dotées de petits jardins en tenue d'hiver et toutes décorées pour Noël. À cette heure de la journée, la plupart des allées étaient vides, abstraction faite de quelques-unes occupées par le monospace ou le SUV d'une mère au foyer. Penelope salua un vieux monsieur qui ratissait les feuilles mortes dans son carré de pelouse. Tout était tranquille. Paisible.

À quoi cela ressemblerait-il de vivre dans un de ces pavillons de banlieue, plutôt que dans un ranch immense avec une foule de frères et sœurs et de pièces rapportées ? se demanda Reid. D'avoir des voisins avec qui regarder les matchs de base-ball ? De connaître tout le monde autour de chez soi ? La simplicité apparente de cette existence lui faisait envie, même s'il devait avouer qu'il appréciait certains des avantages à être riche – comme le fait d'avoir des domestiques pour s'occuper des travaux ménagers, par exemple, ou de pouvoir se prélasser dans la piscine à débordement ou s'isoler chaque fois qu'il en ressentait le besoin.

Il jeta un coup d'œil vers Penelope et reformula sa question. À quoi cela ressemblerait-il de vivre *avec elle* dans un endroit comme celui-ci ? Sa poitrine se serra. D'où lui était venue cette idée ? Une chose était sûre, il fallait l'oublier. Pen était la veuve de son coéquipier. Comment pouvait-il imaginer une seule seconde profiter de la mort d'Andrew pour faire des avances à sa femme ?

Alors qu'ils approchaient de la maison de Pen, Reid remarqua une berline bleue qui quittait sa place le long du trottoir à quelques dizaines de mètres devant eux. Même s'il s'était brièvement laissé distraire par ses folles pensées, il était presque certain de n'avoir vu personne monter dans la voiture.

Le reflet du soleil sur un objet métallique attira son attention. Saisi d'un mauvais pressentiment, Reid ralentit jusqu'à s'arrêter. En face d'eux, le conducteur venait de descendre sa vitre.

— Pen, est-ce que tu connais...

Soudain, un pistolet apparut à la fenêtre de la berline.

— Baisse-toi ! hurla-t-il.

Le coup de feu retentit en même temps que le pare-brise volait en éclats. Pen poussa un cri. Reid la tira par le bras pour l'obliger à s'abriter derrière le tableau de bord, et il fit de même tandis qu'une deuxième balle s'enfonçait dans le capot.

Il passa aussitôt en mode policier. *Protéger Pen. Penser aux civils – le vieux au râteau. Identifier le tireur. Âge, race, chaque détail compte !*

La voiture roulait droit sur eux. Il plissa les yeux contre le soleil. Une autre balle se logea avec un claquement sec dans la portière.

— Reid, fais attention ! cria Pen.

— Prends mon pistolet dans la boîte à gants, lui ordonna-t-il.

Elle tâtonna dans le compartiment pour en sortir le Smith & Wesson qui y était rangé.

Reid n'eut qu'une seconde pour observer le tireur. Il n'avait pas un bon angle de vue depuis le siège surélevé de son pick-up, et l'homme avait le visage dissimulé sous la visière d'une casquette. Il eut juste le temps de voir qu'il était de type caucasien et portait un blouson noir.

Pen se redressa, agrippant fermement le pistolet dans ses deux mains. À cet instant, un autre coup de feu obligea Reid à plonger sur elle.

— Reste baissée !

Le toit de la berline s'arrêta le long du pick-up. Cette fois-ci, leur ennemi les visa directement à travers la vitre du côté conducteur.

— Enfoiré ! grogna Reid en tentant de se protéger de la pluie de débris qui leur tombait dessus.

Comme Penelope gémissait, l'angoisse lui tordit l'estomac.

— Tu es touchée ?

— Non, je ne crois pas. J'ai juste...

Un crissement de pneus couvrit sa réponse. Le tireur repartait sur les chapeaux de roues. Pen repoussa Reid et s'agenouilla sur son siège, le Smith & Wesson pointé vers la lunette arrière. Reid lui saisit le poignet.

— Ne tire pas !

— Je sais me servir d'une arme. Andrew m'a appris.

— Il y a des gens dans la rue, insista-t-il, tout en se redressant à son tour pour tenter de déchiffrer l'immatriculation de la voiture.

Les mains tremblantes, Pen reposa le pistolet à côté d'elle en jurant dans sa barbe. Reid partageait sa frustration.

— J'ai réussi à lire une partie de la plaque, dit-il. BHD43. Tu as quelque chose pour noter ?

Elle dégagea les éclats de verre qui recouvraient son sac à main pour pouvoir en extirper un stylo et un vieux ticket de caisse. Pendant qu'elle griffonnait le numéro partiel, Reid s'épousseta les cheveux et la chemise. Lui aussi tremblait sous l'effet de l'adrénaline.

— C'était quoi, ça ? demanda-t-elle. Une fusillade, dans ce quartier ?

— Je ne sais pas, mais à mon avis cela ne devait rien au hasard.

Il coupa le moteur et enclencha le frein à main ; il fallait laisser le pick-up à l'endroit où ils avaient été attaqués afin que les enquêteurs puissent figer la scène, déterminer la trajectoire des balles et récupérer les douilles. Reid avait une seule certitude : ils avaient été pris pour cibles.

Il se tourna vers Pen, repoussa doucement ses cheveux de son visage. Du bout du pouce, il essuya une goutte de sang qui perlait sur sa pommette.

— Tu as quelques égratignures. Il faudra soigner ça.

— Tu t'es vu ? Je ne suis pas la seule.

Reid ne s'inquiétait pas pour lui-même. Il avait connu bien pire pendant ses années de service. Et, avant cela, il avait grandi au sein d'une famille recomposée, avec toutes les rivalités que cela impliquait. Des bleus et des bosses, il en avait reçu quotidiennement dans son enfance et son adolescence.

Le vieux monsieur qui avait été occupé à ramasser les feuilles mortes apparut derrière la vitre du côté passager.

— Ça va, là-dedans ? Vingt dieux ! Ce monde devient fou !

— Nous ne sommes pas blessés, répondit Reid, mais il faudrait vérifier que personne n'a reçu de balle perdue à travers une porte ou une fenêtre.

— À vrai dire, je ne me sens pas très bien, murmura Pen en pressant une main contre ses lèvres.

En effet, elle était toute pâle. Reid ne s'en inquiéta pas : c'était classique d'être pris de nausées après une vive émotion.

— Penche-toi en avant, lui conseilla-t-il. La tête entre les jambes.

— J'appelle les secours, décréta le voisin en sortant un vieux téléphone à clapet de sa poche. Vous devriez mettre de la glace sur cette bosse.

Une bosse ? Reid tourna le visage de Pen vers lui pour pouvoir examiner le côté qu'il n'avait pas vu jusque-là. Un bel hématome s'était formé sur sa tempe.

— Bon sang, Pen... C'est moi qui t'ai fait ça quand je t'ai poussée vers le tableau de bord ?

— Ce n'est pas grave. Mieux vaut une petite bosse qu'une balle dans le cerveau. Tu m'as sans doute sauvé la vie.

Ses yeux brillaient de larmes.

— Je n'en suis pas sûr.

— Moi, si, intervint le voisin en montrant le siège de la jeune femme.

Reid sentit son sang se glacer dans ses veines. Une balle s'était fichée en plein milieu de l'appuie-tête.

7

Tandis que le vieil homme s'éloignait de quelques pas pour passer son coup de téléphone, Penelope se tourna vers Reid, les yeux emplis de détresse.

— Quand tu dis que cela ne devait rien au hasard, est-ce que tu sous-entends qu'on était visés ? Que quelqu'un a voulu nous tuer, nous ?

Il posa une main sur sa joue. En tant qu'ancien policier, il avait l'habitude du danger, mais il ne supportait pas de voir une personne à qui il tenait se retrouver sous le feu des balles. S'ils avaient été ciblés délibérément, il allait devoir prendre des mesures pour protéger Penelope.

— C'est possible, lui répondit-il. Mais je te promets que je ne laisserai plus personne te faire du mal et que je retrouverai le coupable.

S'était-il fait des ennemis à l'époque où il travaillait au département de police de Dallas ? Oui, sans l'ombre d'un doute. Les criminels qu'il avait envoyés en prison ne devaient pas le porter dans leur cœur ; l'un d'eux, libéré récemment, pouvait très bien avoir décidé de se venger.

Quid des ennemis d'Andrew ? Peut-être n'étaient-ils pas au courant de son décès. Si ce n'était pas lui qui avait caché la drogue volée dans la voiture de patrouille, qui l'avait fait ? Et, surtout, qui avait remplacé son insuline par du chlorure de potassium ?

Reid était de plus en plus convaincu que son ami avait été victime d'un coup monté, et qu'on l'avait lui-même piégé pour lui faire endosser la responsabilité du meurtre. Il n'était pas impossible que l'attaque d'aujourd'hui ait un rapport avec la mort d'Andrew.

Lorsqu'il descendit du pick-up, il étouffa un juron en sentant les éclats de verre crisser sous ses chaussures. Même s'il faisait remplacer toutes les vitres et aspirer l'habitacle par un professionnel, il continuerait de retrouver des débris pendant des années. Bien sûr, il avait les moyens de se racheter un nouveau pick-up, et même plusieurs, mais cela l'agaçait d'y être obligé à cause d'un minable criminel. Et ce qui l'insupportait encore plus, c'était que le criminel en question ait mis Pen en danger.

Viens me chercher quand tu veux, ordure, mais, si tu t'en prends à ma famille ou à mes amis, je te ferai la peau.

Pen sortit à son tour du véhicule, les jambes flageolantes. Reid passa un bras sous le sien pour la soutenir.

— Donc, tu penses qu'on était personnellement visés, murmura-t-elle. Mais par qui ? Et pourquoi ?

— Je n'en sais rien.

Une idée commençait à faire son chemin dans sa tête. Une idée troublante, effrayante. Était-il possible que le tireur ait été envoyé ici parce qu'ils avaient fouillé le bureau de Hugh Barrington ?

— Qu'est-ce qu'il y a, Reid ? On dirait que tu viens de voir un fantôme.

— C'est juste... Non, rien.

L'implication de Barrington dans cette attaque semblait peu probable en apparence. À peine deux heures s'étaient écoulées depuis qu'ils avaient quitté la maison de l'avocat. Celui-ci avait-il eu le temps d'engager un tueur ? Oui, si son majordome l'avait prévenu de leur passage dès qu'ils avaient eu le dos tourné. Ou si Stanley avait pris cette décision tout seul.

Soudain, Penelope lui agrippa le bras.

— Nicholas !

Devinant le fil de ses pensées, Reid sentit une bouffée d'angoisse l'envahir.

— Si le tireur cherchait à m'éliminer, il pourrait s'en prendre à lui ! dit-elle, horrifiée. Il faut que j'aille le chercher. Tout de suite !

— Attends, Pen. Ne panique pas.

Reid réfléchit rapidement.

— On ne peut pas prendre mon pick-up, les flics vont en avoir besoin pour l'enquête. Où sont tes clés de voiture ?

— Dans mon sac.

Elle les chercha tout en courant vers son SUV.

— Dites aux policiers que nous revenons bientôt, cria Reid au voisin, qui s'était tourné vers eux d'un air surpris en les voyant partir précipitamment. Je prends le volant, Pen !

Elle lui lança les clés par-dessus le capot du véhicule, et ils sautèrent à l'intérieur.

Reid avait menti au voisin. Si quelqu'un essayait vraiment de tuer la jeune femme, jamais il ne la ramènerait ici avec son petit garçon. La famille d'Andrew était officiellement sous sa protection.

Penelope se cramponnait à l'accoudoir de sa portière tandis qu'ils filaient en direction de l'église. Dès qu'ils étaient partis de chez elle, elle avait retiré son manteau au cas où des morceaux de verre y seraient restés accrochés, avant de se brosser les cheveux pour la même raison. Elle ne voulait pas risquer de blesser son fils en le portant dans ses bras.

Comme son regard se posait sur l'écrin du collier à l'intérieur de son sac à main, elle fronça les sourcils.

— Et s'il s'agissait d'une tentative de vol ? Quelqu'un savait peut-être qu'on transportait des bijoux.

— Je crois que tu es sur la bonne piste, mais que ça n'a rien à voir avec le collier.

— Qu'est-ce que tu veux dire ?

— Réfléchis, Pen. Stanley nous a vus dans le bureau de ton père. Hugh a dû apprendre très vite qu'on était venus fourrer notre nez dans ses affaires et qu'on avait découvert son coffre-fort.

— Mon père ? Tu penses que mon *père* est derrière cette attaque ?

Alors même qu'elle posait la question, la peur et le doute s'insinuèrent en elle. Hugh Barrington, qui n'avait jamais été particulièrement affectueux avec elle, qui avait froidement ignoré sa femme dans les derniers mois de sa maladie, qui s'était constitué un joli pécule au cas où il aurait eu besoin de fuir le pays, était-il allé jusqu'à commanditer le meurtre de Pen et de Reid pour protéger ses intérêts ?

Elle n'avait pas envie d'y croire, et pourtant… Andrew avait commencé à constituer un dossier contre Hugh, et quelqu'un avait remplacé son insuline par une substance létale.

— On est passés dans son bureau il y a à peine deux heures, souligna-t-elle. Ça ne laisse pas beaucoup de temps pour organiser un assassinat, non ?

— Je peux t'assurer que Stanley a prévenu ton père avant même qu'on soit sortis de la maison. Ça t'étonnerait vraiment qu'il ait les coordonnées d'un homme de main dans son petit livre noir ? Il lui a suffi d'un coup de fil pour nous envoyer ce type. Il n'avait qu'à lui donner ton adresse, sachant que tu finirais par rentrer chez toi.

Pen sentit son estomac se soulever.

— Arrête-toi.

— Pardon ?

— Arrête-toi ! cria-t-elle en commençant à détacher sa ceinture.

Il freina brusquement, et elle descendit de la voiture juste à temps pour vomir sur le bord de la route.

— Ça va ? s'enquit-il d'un ton inquiet.

— Oui, oui.

Ça n'allait pas si bien que ça, mais elle remonta à sa place.

— On peut repartir, dit-elle. Il faut récupérer Nicholas avant que...

Elle ferma les yeux, s'interdisant d'aller au bout de cette pensée.

Quand ils se présentèrent à la porte de la crèche installée dans le bâtiment de l'église, les dames s'inquiétèrent des coupures que Pen arborait sur le visage et regardèrent Reid d'un air suspicieux. Elle leur assura qu'il n'y avait rien de grave, qu'ils avaient juste eu un « petit problème » de pare-brise, et ils repartirent avec Nicholas.

Après avoir attaché son fils dans son siège auto, elle s'installa à l'arrière à côté de lui pendant que Reid reprenait le volant. Si le tireur les retrouvait, elle voulait pouvoir protéger son bébé. En attendant, elle avait besoin de le voir, de le toucher, de s'assurer qu'il était sain et sauf.

— Donne-moi ton téléphone, demanda Reid en tendant la main vers elle.

— Quoi ?

— Je ne veux pas que quelqu'un puisse nous pister.

La gravité de leur situation revint la frapper de plein fouet. Ils devaient fuir un assassin qui leur avait peut-être été envoyé par son père...

Pen tendit l'appareil à Reid, qui en retira la batterie et la carte SIM et les jeta sur le siège à côté de lui avant de répéter les mêmes gestes avec son propre téléphone. Une fois les systèmes de géolocalisation mis hors d'état, il démarra et quitta le parking de l'église.

Nicholas observait Pen avec de grands yeux interrogateurs. Elle faisait son possible pour lui cacher sa peur, mais il était perspicace pour un enfant de deux ans. Un étranger conduisait leur voiture. Et, d'habitude, sa mère ne s'asseyait pas à l'arrière.

— Maman ? dit-il, la tête légèrement penchée de côté.

Son cœur se gonfla d'amour au son de cette petite voix qui

s'adressait à elle. Elle se demanda quand elle cesserait d'être fascinée par la moindre de ses actions... Jamais, espérait-elle.

— Tout va bien, mon chéri. C'est l'ami de maman.

L'était-il vraiment ? Ce n'était pas ce qu'elle avait pensé en se réveillant ce matin, mais il s'était passé beaucoup de choses depuis qui l'avaient fait changer d'avis. Il lui avait sauvé la vie, entre autres.

Reid lança un sourire à Nicholas par-dessus son épaule.

— Salut, bonhomme. Moi, c'est Reid.

Tout en conduisant, il leur jetait des coups d'œil dans le rétroviseur.

— Il ressemble de plus en plus à son père, non ? observa-t-il.

— Peut-être.

— C'est fou comme il a grandi. En fait, je ne sais pas pourquoi les gens disent toujours ça, comme s'ils étaient surpris qu'un enfant grandisse... Mais c'est vraiment ce que j'ai pensé en le voyant.

— Mmh.

Pen n'était pas d'humeur à faire la conversation. Le bruit des coups de feu résonnait encore à ses oreilles. Peut-être Reid essayait-il de lui changer les idées, de l'aider à se détendre, mais le simple fait de garder son calme devant Nicholas lui prenait toute son énergie. Elle se força à sourire à son fils et caressa ses cheveux soyeux.

— Alors, tu t'es bien amusé, aujourd'hui ? Tu as joué avec les cubes ?

— Les tubes, répéta Nicholas.

Son vocabulaire s'enrichissait de jour en jour. Pen ignorait s'il comprenait bien tout ce qu'il disait, mais elle était prête à parier que oui. Son fils était intelligent, cela se voyait à son regard curieux et attentif. Mais elle n'était peut-être pas très objective...

— Tu es mon petit génie, pas vrai ? murmura-t-elle en l'embrassant sur le nez.

Nicholas toucha une des coupures sur son visage.

— Bobo, maman ?

— Juste un petit bobo, répondit-elle en lui prenant la main pour planter un baiser sur sa paume.

— Bisou mazique ?

Elle dut retenir ses larmes.

— Je veux bien.

Il pressa tendrement ses petites lèvres sur sa pommette.

— Voilà, pu bobo ! s'exclama-t-il.

— Oui, ça va beaucoup mieux. Merci, mon cœur.

Il tourna la tête vers la fenêtre.

— Manger frites, moi !

Le petit fripon avait repéré les deux arches dorées du fast-food où elle l'emmenait parfois.

— Pas aujourd'hui, Nicholas. On mangera à la maison.

Elle lui ébouriffa les cheveux. Puis elle fronça les sourcils.

— Reid, où est-ce que tu vas ? Ce n'est pas la bonne route.

— On ne retourne pas chez toi, déclara-t-il.

— Comment ça ? Bien sûr qu'on y retourne !

— Non. C'est trop dangereux.

— Reid...

— Écoute, l'interrompit-il, qui que soit ce type, il t'attendait devant chez toi. Tu veux vraiment y retourner et lui donner une chance de finir le boulot ?

— Comment savoir si ce n'était pas toi qui étais visé ?

— On n'en sait rien. Par contre, c'est bien devant chez toi qu'il était en planque. Raison pour laquelle on ne retournera pas là-bas tant que je n'aurai pas déterminé avec certitude qui était derrière cette attaque et pourquoi. Et tant que je n'aurai pas éliminé la menace.

— S'il y en a une. Ce n'était peut-être qu'une attaque aveugle. Une erreur d'identité, ou un hasard...

— Pen, je sais que tu n'as pas envie de croire que ton père est responsable de tout ça, mais est-ce que tu es prête à mettre ton fils en danger si jamais tu te trompes ?

Un frisson la parcourut. Malgré ses tentatives de justifier l'injustifiable, elle savait au fond d'elle que Reid avait raison. Quelqu'un avait essayé de la tuer et recommencerait sans doute. Hors de question d'exposer Nicholas à un tel risque.

8

Reid conduisit Pen et son fils jusqu'à son chalet en bordure de lac, en faisant maints détours au cas où ils seraient suivis. Il avait acheté cette propriété quelques années plus tôt par le biais d'une société écran afin de disposer d'un lieu sûr où se retirer si l'une de ses enquêtes devenait trop risquée. Jusque-là, il s'y était surtout réfugié quand il avait eu besoin de fuir les mélodrames du ranch de Colton Valley.

La maison bénéficiait des meilleures installations en matière de sécurité. Système d'alarme dernier cri, portes blindées, caméras de surveillance, wi-fi sécurisé, fenêtres renforcées... Reid n'avait pas lésiné sur la dépense ; s'il ne pouvait pas profiter de son argent pour se créer une *safe zone* équipée de tout le confort moderne, à quoi bon ?

Ce n'était pas pour le salaire qu'il avait intégré la police, mais parce que sa petite vie de riche play-boy l'ennuyait. Il trouvait ce métier stimulant, tant physiquement qu'intellectuellement, et le danger qu'il comportait satisfaisait son besoin de sensations fortes. Mais surtout, arrêter des criminels lui avait donné une raison d'être. C'était cela qui lui manquait le plus depuis un an et demi. Il détestait se sentir inutile.

La disparition de son père lui avait bien occupé l'esprit ces derniers temps, mais l'enquête piétinait et cela le contrariait. Quoi qu'il en soit, il allait devoir oublier Eldridge un moment pour se concentrer sur la fusillade à laquelle Pen et lui venaient d'échapper. Le vieux voisin avait appelé la police, et les agents ne manqueraient pas de s'interroger sur les raisons qui avaient poussé les victimes à quitter la scène de crime. Reid contacterait ses collègues pour leur expliquer la situation et se tenir informé des investigations.

Non pas qu'il ait l'intention de se croiser les doigts en attendant... Il avait ses propres raisons de vouloir pincer les responsables – le tireur, mais aussi le commanditaire.

Il quitta la route de campagne pour emprunter la piste qui menait au chalet. Pen se redressa sur son siège, curieuse de voir où il la conduisait. Le ciel reflétait parfaitement l'humeur de Reid, avec ses nuages d'acier venus du nord qui masquaient peu à peu le soleil de décembre et plongeaient le monde dans une grisaille maussade. Tandis qu'ils avançaient en cahotant sur le chemin semé d'ornières et envahi de buissons, les branches crissèrent contre la carrosserie comme des doigts squelettiques cherchant à les retenir.

À en juger par l'expression de la jeune femme, ce bruit lui était tout aussi désagréable – peut-être parce qu'elle pensait aux dégâts infligés à son SUV.

— Désolé, dit Reid en croisant son regard dans le rétroviseur. Je ferai refaire la peinture.

— C'est le cadet de mes soucis, tout de suite, lui assura-t-elle. Où sommes-nous ?

— Je vous emmène dans une maison que j'ai achetée il y a quelques années pour ce genre de situation.

— Tu savais que quelqu'un allait essayer de te tuer ?

— Disons qu'avec le boulot que je faisais je pouvais avoir besoin de me planquer quelque part. Ou de planquer un témoin. En l'occurrence, je viens surtout ici quand je veux fuir ma famille.

— Comme je te comprends... Mais où est-on, exactement ? On a roulé longtemps.

— On a surtout fait des détours. Quand je vous aurai installés, toi et le minipouce, j'irai vous acheter quelques affaires en ville. Tu as besoin de choses en particulier ?

— Une réponse à ma question, peut-être ? répliqua-t-elle. Où sommes-nous ?

— Il vaut mieux que tu ne le saches pas. Comme ça, tu ne risques pas de te trahir.

Ils émergèrent du tunnel de buissons sur un terrain qui s'étendait jusqu'à la maison et au lac en contrebas. Pen se pencha entre les sièges pour observer le paysage à travers le pare-brise.

— C'est quel lac ?

Comme il ne répondait pas, elle poussa un soupir excédé.

— À qui veux-tu que je révèle l'adresse, bon sang ?

— Ne le prends pas mal, c'est juste une question de sécurité.

Il s'arrêta devant le garage qui pouvait abriter trois véhicules et alla taper le code sur le boîtier de sécurité. Une fois la porte ouverte, il gara la Ford Explorer dans le seul emplacement libre. Les deux autres étaient occupés par un 4x4 et par un bateau de ski nautique, bâché en cette saison. Derrière le garage se trouvait aussi une vieille jeep dont il n'arrivait pas à se séparer.

Après avoir ramassé les différentes pièces de leurs téléphones, Reid aida Pen à détacher Nicholas de son siège, puis il les conduisit à l'intérieur de la maison, s'arrêtant au passage pour allumer les lumières, monter le chauffage et réactiver l'alarme.

— C'est par là, dit-il.

Tenant Nicholas par la main, Pen le suivit dans la cuisine entièrement équipée et embrassa du regard tous les gadgets dernier cri.

— C'est sacrément moderne pour une maison de campagne, remarqua-t-elle.

Reid ouvrit un tiroir près du réfrigérateur et y rangea les clés du SUV ainsi que leurs portables désassemblés.

— L'idée était que je puisse continuer à mener une enquête

depuis chez moi. Et j'aime bien avoir des équipements électroniques à jour.

— Forcément, il faut ce qui se fait de mieux pour un Colton, marmonna Pen.

— Est-ce que ça va poser problème entre nous ?

Elle le regarda, surprise.

— Tes gadgets ?

— Non, le fait que je sois un Colton. Par le passé, je n'ai jamais eu l'impression que mon nom te dérangeait, mais c'est au moins la troisième fois que tu fais des réflexions désobligeantes sur ma famille.

— Excuse-moi. Je sais que tu mérites plus de considération, surtout après tout ce que tu as fait pour moi aujourd'hui. Je suis juste un peu à cran...

Comme Reid s'approchait pour la réconforter, elle leva une main.

— Ça va aller. Tu me fais visiter ? demanda-t-elle en soulevant Nicholas dans ses bras.

Reid la fit entrer dans le salon et tenta de voir la pièce à travers son regard. La décoration était résolument masculine, avec ses teintes marron, bleu marine et vert foncé. Il avait choisi un canapé en cuir suffisamment grand et large pour pouvoir s'y étendre, notamment lorsqu'il regardait la télévision sur l'immense écran plat installé au-dessus de la cheminée. Pour le sol, il avait préféré le béton ciré plutôt qu'une moquette fastidieuse à aspirer. La jeune femme, elle, devait surtout penser à son fils qui jouerait sur une surface dure et froide.

En regardant autour de lui, Reid se rendit compte que sa maison n'était pas du tout conçue pour accueillir un jeune enfant : une abondance d'appareils électroniques à portée de petites mains collantes, une table basse et des tables d'appoint en verre décorées d'objets lourds et fragiles, et, pour couronner le tout, une vitrine remplie d'armes à feu...

Il vit Pen se mordre la lèvre en avisant cette dernière.

— Elle est fermée à clé, précisa-t-il aussitôt. Pour information, j'ai aussi un pistolet dans ma table de chevet.

— Il faudra que tu le ranges dans cette armoire avec les autres, dit-elle.

— Bien sûr. Et j'imagine qu'il y aura beaucoup d'autres modifications à apporter.

— Veux descendre ! gémit Nicholas en se tortillant dans les bras de sa mère.

— Qu'est-ce que je fais de lui ? demanda-t-elle.

— Je vais te montrer les chambres d'amis. Est-ce qu'il peut dormir dans un vrai lit ?

— Tu as une barrière ?

— Non.

Bigre... Il n'avait vraiment pas réfléchi en les emmenant ici. Sur le coup, il ne s'était préoccupé que de les mettre à l'abri.

— Écoute, dit-il, tu vas me faire une liste de tout ce dont vous avez besoin. Matériel de sécurité, nourriture, vêtements...

— Dieu merci, j'ai encore quelques couches dans son sac à langer. Mais si on s'installe ici, il va me falloir des provisions au plus tard demain matin.

— J'ai prévu de faire les courses dès ce soir. Tu n'auras que quelques heures à tenir.

— Reid, je ne sais pas si c'est une bonne idée...

— Est-ce que tu peux me faire confiance ? S'il te plaît. Je pensais que tu me croyais, pour Andrew.

— Peut-être.

Les épaules de Pen s'affaissèrent.

— Je n'ai pas vraiment eu le temps de digérer tout ça. Ce n'est pas à cause d'Andrew que j'hésite. Enfin, pas complètement. Il s'est passé tellement de choses aujourd'hui... Ça me donne le tournis.

— Peux-tu au moins me croire quand je te dis que je suis ton ami ? murmura Reid en posant une main sur son bras. Que je m'inquiète pour toi et pour Nicholas, et que j'essaye simplement d'agir dans votre intérêt ?

Elle s'humecta les lèvres, un simple geste qui provoqua en lui une bouffée de désir aussi brutale qu'inattendue. Il recula d'un pas, comme si le fantôme d'Andrew l'avait repoussé. *C'est ma femme, mec. Pas touche !*

Penelope finit par acquiescer. Lorsqu'elle releva les yeux vers lui, ils étaient embués de larmes.

— J'ai tellement peur ! Je ne sais plus quoi penser, ni à qui me fier. Andrew n'est plus là, mon père est sans doute un escroc, quelqu'un me hait suffisamment pour chercher à me tuer, et tout ce qu'on m'a dit concernant ton rôle dans la mort d'Andrew pourrait n'être qu'un tissu de mensonges...

— Pas exactement des mensonges, mais des demi-vérités, précisa Reid. Et je ne dirais pas que la fusillade d'aujourd'hui était motivée par la haine.

Elle haussa les sourcils.

— Ah oui ? Par quoi d'autre, alors ?

— La peur. Le coupable a quelque chose à perdre s'il ne se débarrasse pas de toi. Ou de *nous*, car, souviens-toi, j'étais là, moi aussi. Ce quelque chose peut être de l'argent, un statut, le pouvoir, l'amour...

— L'amour ?

Reid hésita.

— Cela m'ennuie de te poser cette question, mais je n'ai pas trop le choix : est-ce que tu as fréquenté quelqu'un récemment ? Un homme marié, peut-être ?

— Non ! Comment peux-tu imaginer...

— D'accord, s'empressa-t-il de dire. J'essaye juste d'explorer toutes les possibilités. Je pense toujours que ton père est impliqué dans cette fusillade, mais je ne veux ignorer aucune piste.

Pen ne protesta pas, ce qui en disait long sur le chemin qu'elle avait parcouru à ce sujet. Le visage blême, elle alla s'asseoir sur le canapé avec son fils.

— Seigneur, murmura-t-elle.

Nicholas se dégagea de son étreinte et se laissa glisser au sol. Il fit quelques pas dans la pièce, regardant autour de lui avec de grands yeux étonnés.

— Je sais que c'est difficile pour toi d'imaginer que ton père puisse vouloir te faire du mal, mais...

— Détrompe-toi, ce n'est pas si difficile que ça, le coupa-t-elle d'une voix blanche. Il m'a déjà prouvé qu'il n'avait pas de cœur. Il... il a été odieux avec ma mère quand elle est tombée malade. Je l'ai déjà vu traiter les domestiques comme des chiens. Mon père peut être un vrai salaud sans que ça l'empêche de dormir.

Tout en surveillant le petit garçon, Reid rejoignit Pen sur le canapé.

— Si Hugh savait qu'Andrew était en train de monter un dossier contre lui...

Il se frotta le menton, n'osant pas continuer.

— ... alors il se peut qu'il ait quelque chose à voir avec sa mort, termina Pen dans un souffle.

Elle le dévisagea soudain.

— C'est peut-être lui qui a remplacé son insuline. Il en a eu l'opportunité, en tout cas.

— C'est-à-dire ?

— Quand Nicholas avait deux ou trois mois, mon père est venu à la maison en disant qu'il avait envie de faire connaissance avec son petit-fils. On ne s'était pas parlé plus de cinq minutes en trois ans, mais subitement il voulait tisser des liens avec Nicholas... Pas avec moi, tu remarqueras.

Elle chercha son fils des yeux. Le bambin avait trouvé une pile de magazines et commençait à les étaler par terre, froissant les couvertures entre ses mains. Alors qu'elle s'apprêtait à intervenir, Reid lui fit signe de rester assise.

— Laisse-le faire, ces revues ne sont pas importantes. Donc, ton père est venu voir Nicholas ?

— Oui, plusieurs fois, mais il ne passait pas beaucoup de temps avec lui. Après tout, ce n'était qu'un nourrisson, ils ne pouvaient pas tellement discuter ou jouer au ballon ensemble...

— Qu'est-ce que vous faisiez, alors ?

— On s'asseyait au salon et on échangeait des platitudes sur la météo ou sur les bébés. C'était extrêmement embarrassant. Je lui proposais à boire, et je le laissais seul un moment le temps de préparer les boissons. Plusieurs fois, il s'est excusé pour aller dans la salle de bains et je me souviens de m'être fait la réflexion qu'il y restait longtemps.

Nicholas avait abandonné les magazines et se dirigeait vers la baie vitrée qui donnait sur le jardin et le lac. Reid réprima un sourire en le voyant plaquer son nez et ses petites mains sur la vitre.

— Andrew n'était pas à la maison avec toi dans ces moments-là ? demanda-t-il à Pen.

— Non. Mon père venait toujours quand il n'était pas là. Et il ne restait pas plus d'une demi-heure.

Elle se frotta les bras, les sourcils froncés.

— Il faisait mine de s'intéresser à Nicholas un moment, on parlait un peu, puis il disparaissait dans la salle de bains. Ensuite, il prétendait qu'il ne se sentait pas très bien, ou alors qu'il avait une réunion, et il partait. J'étais tellement soulagée ! Ses visites me mettaient mal à l'aise.

— Est-ce qu'Andrew conservait son insuline dans la salle de bains ?

— Non. Au réfrigérateur.

— Et est-ce qu'il prenait d'autres médicaments ?

— À l'occasion, comme tout le monde. Des antidouleurs, des cachets contre les aigreurs d'estomac...

S'étant lassé de la vue, Nicholas s'approcha de l'étagère. Reid garda un œil sur lui : il avait plusieurs objets de valeur exposés sur les rayons.

— Ton père s'est-il déjà retrouvé seul dans la cuisine ? demanda-t-il à Pen. Aurait-il pu toucher à l'insuline sans que tu t'en rendes compte ?

— C'est possible.

Elle se prit la tête dans les mains et ferma les yeux très fort.

— Bon sang, Reid... Ça fait presque deux ans. Je ne me souviens pas...

Un fracas l'interrompit. Nicholas avait entrepris de grimper sur l'étagère pour atteindre un bocal de bonbons, qu'il venait de faire tomber par terre. Reid bondit du canapé et attrapa le petit garçon alors qu'il était en train de perdre l'équilibre.

— Nicholas ! s'écria Pen en se précipitant vers eux.

— Tout va bien. Je le tiens.

Elle caressa la tête de son fils et leva vers Reid un regard empli de gratitude.

— Tu lui as sauvé la vie, après avoir sauvé la mienne.

— Bonbons ? dit Nicholas en pointant l'index vers le bocal brisé en mille morceaux.

— Je vais aller chercher un balai, déclara Reid. Ensuite, on s'occupera de sécuriser la maison.

Après vingt minutes d'âpres négociations, Penelope réussit à convaincre Nicholas de faire une sieste dans une des chambres d'amis. Reid l'avait aidée à caler le lit simple entre le mur et la commode pour réduire les risques de chute.

Pen se sentait coupable de n'avoir pas vu son fils monter sur l'étagère. Reid lui avait assuré que c'était lui le responsable, que sa maison n'était pas du tout adaptée aux jeunes enfants. Il avait essayé de lui trouver des excuses – elle venait de réchapper à une tentative de meurtre, elle avait été distraite par ses questions au sujet de son père et de l'insuline d'Andrew –, mais elle ne se pardonnait pas sa négligence. La sécurité de son enfant aurait dû l'emporter sur tout le reste.

Elle le regarda dormir un moment, emplie d'une tendre affection. Si elle rêvait de s'allonger à côté de lui pour s'abandonner elle aussi au sommeil, elle savait qu'elle n'en avait pas le temps. Reid et elle avaient du pain sur la planche.

Elle sortit à pas de loup de la chambre et rejoignit Reid dans le salon.

— J'ai ramené un carton vide du garage, lui annonça-t-il. On va pouvoir mettre de côté tous les objets fragiles ou dangereux.

— Autant vider la pièce entière, alors ! répliqua-t-elle en riant.

— S'il le faut… Le meuble multimédia ferme à clé, et on peut laisser les télécommandes de la télévision et du lecteur Blu-ray en hauteur. J'ai déjà rangé avec les autres armes le pistolet que je gardais dans ma table de chevet.

— Je devrais peut-être aller à l'hôtel. Ou embaucher un garde du corps chez moi.

Reid l'étudia, la mine sérieuse.

— Oui, tu pourrais. Mais ça coûterait cher. Moi, je t'offre un abri sûr et une protection rapprochée.

— Ce n'est pas une question d'argent, répliqua-t-elle en soupirant.

— C'est vrai. Parce que j'aurais largement les moyens de te payer l'hôtel ou un garde du corps, mais…

— Ce n'est pas à toi de le faire ! Je ne te demande pas l'aumône !

Pen ignorait pourquoi l'idée qu'il finance quoi que ce soit pour elle l'irritait autant. Sans doute un reste de ressentiment à l'égard des Colton et de leur fortune…

— Je peux aller chez les parents d'Andrew, dans l'État de Géorgie. Ils ont de la place, et ils seraient ravis de passer du temps avec Nicholas.

— Si quelqu'un veut vraiment te tuer, sa première idée sera

d'aller te chercher là-bas, souligna Reid. Tu veux vraiment les mettre en danger eux aussi ?

— Bien sûr que non.

— Le fait est que j'ai envie de te protéger moi-même. On ne sait pas en qui on peut avoir confiance. Moi, j'ai du temps, j'ai cette maison, et je suis formé pour ça. Tu ne veux pas que Nicholas bénéficie de la meilleure protection qui soit ?

Elle étouffa un grognement.

— Évidemment que si.

Elle n'avait pas d'autre choix que d'accepter son aide. Et en même temps qu'elle se rendait à l'évidence, toutes les émotions de la journée remontèrent à la surface – le doute, l'amertume, le chagrin, la terreur. Elle se cacha le visage dans les mains et éclata en sanglots.

Reid vint s'asseoir à côté d'elle sur le canapé.

— Je ne voulais pas te faire pleurer, Pen, lui dit-il en l'attirant dans ses bras. Je sais que c'est difficile mais, si tu veux être en sécurité, la première chose à faire c'est de retirer tes œillères. Il faut que tu sois consciente de ce qui est en train de se passer, que tu saches à qui tu peux te fier.

— Comment suis-je censée le savoir ? Je suis tellement perdue, tout de suite ! Rien de tout ça n'a de sens.

— C'est pour ça que je suis là. Fais-moi confiance.

Ce fut comme s'il lui avait donné la permission de craquer : elle s'effondra contre lui, trop bouleversée pour résister au réconfort qu'il lui offrait. Après avoir passé des mois à faire bonne figure pour son fils, elle s'autorisait enfin à pleurer toutes les larmes de son corps. Et, bizarrement, elle ne ressentait aucune gêne à se montrer aussi vulnérable devant Reid.

— Tout va s'arranger, Pen, je te le promets, dit-il en lui caressant doucement le dos.

Elle enfouit son visage dans sa chemise. Il sentait la lessive, l'air frais et un subtil parfum masculin qui la faisait fondre à l'intérieur. La force et la chaleur de ses bras autour d'elle, le battement rassurant de son cœur contre sa joue lui procuraient un sentiment de sécurité qu'elle n'avait pas connu depuis la mort d'Andrew. Elle avait beau être une femme forte et indépendante, elle avait aussi besoin de compagnie. Cela lui manquait d'avoir quelqu'un avec qui partager ses soucis, quelqu'un qui la soutienne quand elle n'avait pas le moral.

C'était juste ça, songea-t-elle en se blottissant contre Reid. Il comblait un vide. Si elle se sentait aussi bien dans ses bras, c'était seulement parce qu'elle avait peur et qu'elle était seule. N'importe quelle épaule compatissante aurait fait l'affaire.

Mais lorsque Reid lui releva le menton et essuya ses larmes du bout du pouce, elle sut en rencontrant son regard qu'elle se mentait à elle-même. Elle se sentait bien avec lui parce que c'était *lui*.

Qu'était-elle censée faire de cette révélation ?

9

Liste de courses en main, Reid partit acheter tout ce dont Penelope et Nicholas auraient besoin durant leur séjour chez lui. En ressortant du supermarché, il fit une étape à Colton Valley pour récupérer quelques affaires. Il espérait aussi croiser son demi-frère Zane, responsable de la sécurité de Colton SA, l'entreprise familiale. Compte tenu de tout ce qui était arrivé ces derniers temps au ranch, Reid préférait le tenir informé, au moins en partie, de ce qu'il avait appris ce jour-là.

Il trouva son frère dans la cuisine, en train de fouiller dans le réfrigérateur.

— Salut, Zane. Il faut qu'on parle.

— Écoute, si c'est au sujet des lasagnes, tant pis pour toi. Premier arrivé, premier servi.

— Les lasagnes ?

— Fowler m'a fait une crise ce matin à propos de ça. Je vais te dire, c'est peut-être Mirabella qui est enceinte, mais c'est moi qui mange pour deux. Il paraît qu'on appelle ça la couvade...

Sur ces mots, il croqua dans la pomme qu'il tenait dans une main, tout en sortant de l'autre un plat du frigo.

— Ce n'est pas de ta couvade que je voulais te parler, dit Reid.

— De quoi, alors ?

— J'aimerais que tu sois très vigilant dans les temps qui viennent, ici et au siège de l'entreprise.

— Comment ça, vigilant ? Qu'est-ce qui se passe, encore ?

— Je ne préfère pas entrer dans les détails avant d'avoir réuni assez de preuves, mais j'ai appris des choses intéressantes aujourd'hui à propos de quelqu'un qui travaille pour nous. Et je le soupçonne d'être celui qui nous a envoyé un tireur...

— Quoi ? cracha Zane, la bouche pleine. Attends une seconde. C'est qui, « nous » ? Qui était avec toi ?

— Peu importe. Je veux la protéger jusqu'à ce que le responsable de l'attaque puisse être arrêté.

Un début de sourire étira les lèvres de Zane.

— « *La* protéger. » Voilà qui est intéressant...

— Arrête tes âneries. Il n'y a rien entre nous.

Rien de réciproque, en tout cas, songea-t-il. Pen était la veuve d'Andrew, et elle avait clairement montré ces dix-huit derniers mois ce qu'elle pensait du meurtrier de son mari.

— Ah ! ah ! je vois qu'on est sur la défensive !

— Tu peux arrêter tes insinuations puériles, s'il te plaît ? Est-ce que tu as entendu ce que j'ai dit, au moins ? On s'est fait tirer dessus, et la menace pourrait bien venir jusqu'ici.

Zane haussa les épaules.

— Tu es là et tu n'as pas l'air d'être blessé, à part ces petites égratignures sur ton visage. Je suppose que ta petite amie va bien elle aussi, sinon tu m'en aurais déjà parlé.

— Ce n'est pas ma petite amie.

— OK. C'est une fille que tu protèges. J'ai compris.

Reid serra les dents. Dans cette famille, les taquineries étaient la norme entre frères et sœurs – plus ou moins féroces, selon l'état des relations entre les uns et les autres.

— Ma vie amoureuse n'est pas le sujet, décréta Reid. Je te demande juste d'ouvrir l'œil. Je compte assurer la sécurité de Pen jusqu'à...

— Pen ? Tu veux dire Penelope Barrington ?

Reid se maudit d'avoir laissé échapper l'information.

— Oui. Sauf que c'est Penelope Barrington Clark, maintenant. Tu te souviens ?

— Ah, oui. C'était la femme de ton coéquipier. C'est toi qui les as présentés, d'ailleurs, non ? À une soirée caritative à laquelle tu avais traîné Andrew ?

— Je ne l'ai pas « traîné » là-bas. Notre chef avait insisté pour qu'on y aille. Il pensait que mon nom de famille aiderait à doper les dons. Mais ce n'est pas important. L'essentiel, c'est…

— Mon frère, ambassadeur des galas de la police, railla Zane.

Reid poussa un soupir. Il était heureux que son demi-frère ait trouvé le bonheur avec Mirabella, mais le mariage, en plus de lui ouvrir l'appétit, l'avait rendu encore plus gouailleur.

— Bon, sois vigilant, c'est tout, lui dit-il. Je ne sais pas avec certitude qui est derrière cette attaque et à quel point cette personne est déterminée, mais il vaut mieux être prudent.

— C'est noté, répondit Zane en reprenant enfin son sérieux.

Reid sortit de la cuisine et se dirigea vers l'escalier qui menait aux appartements à l'étage.

— Tu as raté le dîner, fit une voix accusatrice depuis le salon.

Whitney était lovée sur le canapé, un verre à la main.

— Où étais-tu ? s'enquit-elle.

— Je suis un grand garçon, maman. Je n'ai pas à te tenir informée de mon emploi du temps. Et je suis tout à fait capable de me faire à manger.

— Ne me parle pas sur ce ton ! Je t'ai juste demandé où tu étais.

— Je n'ai pas le temps pour un interrogatoire. Il faudra que tu trouves quelqu'un d'autre à asticoter, lança-t-il en commençant à monter les marches.

— Reid ! Reviens ici !

Il l'ignora. Dans l'escalier, il croisa Moira Manfred, épouse du majordome et gouvernante du ranch, les bras chargés de draps.

— Bonsoir, monsieur Reid.

— Bonsoir, Moira.

À plus de soixante-dix ans, elle aurait pu prendre sa retraite depuis longtemps mais, étant tout aussi fidèle à la famille Colton que l'était son mari, elle tenait à travailler jusqu'à ce qu'elle n'en soit plus capable physiquement.

— Au fait, monsieur Reid ? lança-t-elle.

— Oui ?

— M. Manfred a pris sa soirée, il est allé se coucher. Si vous avez besoin de quoi que ce soit, adressez-vous à moi.

— D'accord, répondit-il distraitement, sachant qu'il ne faisait que passer.

Alors qu'il continuait son chemin, elle l'interpella de nouveau :

— Monsieur Reid... est-ce que tout va bien ? Pardonnez-moi de vous le dire comme ça, mais vous avez vraiment mauvaise mine.

Reid éprouva un étrange sentiment de gratitude face à l'inquiétude sincère de la vieille gouvernante.

— La journée a été riche en rebondissements, mais je vais bien, répondit-il. Merci.

— Me voilà rassurée. Je viendrai préparer votre lit dans quelques minutes : je dois juste aller chercher des draps propres et un verre de whisky pour M. Fowler.

— Ne vous donnez pas cette peine, je ne dors pas ici cette nuit.

Si la nouvelle l'étonna, elle n'en montra rien. Depuis le temps, Moira était habituée aux caprices des différents membres de la famille et aux changements de programme de dernière minute.

— Dites-moi, Moira, Aaron a pris beaucoup de soirées ces derniers temps, non ?

— En effet, monsieur.

— Est-ce que tout va bien ? Vous dites qu'il est allé se coucher. Il n'est pas malade, au moins ?

— Non, monsieur, répondit-elle, visiblement rassurée qu'il ne lui reproche pas cette absence. Il est juste un peu fatigué. Mme Colton lui a dit qu'il pouvait se reposer, tant que je le remplaçais. J'espère que cela ne vous ennuie pas ?

— Non, pas du tout. Je voulais juste m'assurer qu'il n'avait rien de grave.

— Il va bien, monsieur, merci.

— Tant mieux, alors.

Reid finit de monter les marches. En passant devant la chambre de sa sœur Piper, il entendit des rires féminins et masculins s'échapper de la pièce. Plus loin dans le couloir, les bruits qui provenaient de la suite de TC étaient plus langoureux... Reid ne pouvait s'empêcher d'être jaloux de ses frères et sœurs, qui entamaient tous une nouvelle vie avec leur moitié. Même Marceline, si hargneuse soit-elle, et Fowler, prétentieux comme personne, s'étaient adoucis ces dernières semaines et avaient officialisé leurs relations respectives.

Et Reid, dans tout ça ? Il était seul. Il n'en souffrait pas réellement, mais il commençait à se poser des questions, à envisager de se « ranger ». Simplement, il n'avait pas encore trouvé la bonne personne avec qui le faire.

Quand le visage de Penelope se matérialisa dans son esprit, il s'empressa d'en chasser l'image. Ce chemin-là le mènerait droit au mur. Non seulement l'attirance qu'il ressentait pour elle n'était pas réciproque, mais elle était formellement interdite.

Il se déshabilla prudemment au cas où il resterait quelques éclats de pare-brise coincés dans les replis de sa chemise ou de son jean. Tout en prenant sa douche, il lista mentalement les raisons pour lesquelles il lui fallait à tout prix réprimer ses sentiments pour Pen.

Premièrement, elle avait un enfant, et il n'était pas prêt à devenir père. Dans ce domaine, Eldridge n'avait pas été le meilleur modèle qui soit. Reid n'était pas sûr d'être capable de faire mieux.

Deuxièmement, Pen était la veuve d'Andrew. Nouer une relation avec la femme de son coéquipier décédé le mettrait mal à l'aise, et ce, d'autant plus qu'il avait joué un rôle dans la mort de ce dernier.

Troisièmement, il avait promis de la protéger, et cela voulait aussi dire la protéger de lui, des faux espoirs, d'une possible peine de cœur…

Reid eut un rire amer. Quelle arrogance ! Comme si Penelope allait forcément tomber amoureuse de lui ! Il se dégoûtait lui-même. Voilà un bon exemple de la suffisance et de l'orgueil qu'elle avait toujours reprochés aux Colton.

Avant de le contacter pour cette histoire de dossier retrouvé dans le bureau d'Andrew, Pen s'était juré de ne plus jamais le revoir. Même après s'être expliqué, il avait senti qu'elle continuait de se méfier de lui. La fusillade avait complètement bousculé cette dynamique. Les murs dont elle s'était entourée avaient commencé à se fissurer, révélant à Reid une vulnérabilité et un besoin d'affection qu'elle s'était jusque-là évertuée à cacher. Dans ces moments où elle avait baissé la garde, il avait senti quelque chose grésiller dans l'air. Une énergie, un magnétisme qui ne venaient pas seulement de l'attirance qu'il éprouvait pour elle.

Le cœur battant, Reid arrêta la douche et attrapa sa serviette. Il allait devoir agir avec prudence. En moins de vingt-quatre heures, il était passé du rôle d'admirateur secret à celui de partenaire d'enquête et de garde du corps. Dans les semaines à venir, il pouvait arriver n'importe quoi à la jeune femme ; hors de question de lui causer plus de chagrin qu'elle n'en avait déjà. Si elle cherchait à nouveau du réconfort auprès de lui, il s'efforcerait de maîtriser sa libido. Tout de suite, elle avait besoin d'un ami, d'un protecteur – certainement pas d'une raison supplémentaire de le détester.

Trente minutes plus tard, alors qu'il regagnait sa Range Rover, Reid vit une Mercedes bleu marine remonter l'allée et se garer devant l'entrée des domestiques. Aaron Manfred. Qui avait pris sa soirée et était censé s'être couché.

— Bonsoir, Aaron ! lança-t-il. Comment ça va, ce soir ?

Le vieil homme sursauta et se tourna brusquement vers lui.

— Ah, bonjour, monsieur Reid. Je vais bien, merci. Et vous ?

— Ça va.

Après une hésitation, Reid décida de ne pas lui poser plus de questions. Il avait d'autres chats à fouetter. Aaron lui fit un petit signe de la main et rentra bien vite dans la maison.

10

Quand Nicholas commença à réclamer son dîner, Penelope fit chauffer une boîte de soupe à la tomate qu'elle avait dénichée dans les placards de Reid. Les quelques crackers au fromage qui restaient dans le sac de la crèche complétèrent le repas du petit garçon.

Elle entreprit ensuite de lui donner son bain dans la salle de bains attenante aux chambres d'amis. N'ayant rien trouvé d'autre, elle utilisa le shampoing et le gel douche de Reid. Manipuler ces produits au parfum tellement masculin la troubla, d'abord parce qu'elle craignait qu'ils n'assèchent la peau de son bébé, mais aussi parce qu'elle n'imaginait que trop bien leur propriétaire en train de se laver avec.

Pen se sentit rougir. Elle n'avait jamais eu ce genre de pensées depuis la mort d'Andrew. Que son esprit puisse produire une image érotique de Reid à un moment pareil en disait long sur sa fatigue nerveuse. Rien à voir avec les fantasmes qu'elle avait nourris étant jeune au sujet du fils Colton, bien sûr... Elle était adulte, maintenant. Elle était mère. Et veuve.

Vraiment, Penelope ! fit une voix sévère dans sa tête. Et aussitôt, une autre répliqua : *Tu es veuve, certes, mais tu n'es pas morte !*

Trouverait-elle un jour un autre homme avec qui elle serait prête à faire l'amour ? Cela supposerait qu'elle retombe amoureuse.

Voire qu'elle se remarie. Elle n'était pas du genre à coucher juste pour le plaisir.

— Maman ! cria Nicholas.

Il tapa si fort dans l'eau qu'il arrosa Pen et une bonne partie de la salle de bains. Puis il lui tendit les bras, le menton tremblant. Lorsqu'elle le souleva, elle s'aperçut que l'eau était presque froide.

— Oh ! excuse-moi, mon chéri ! Tu es un petit glaçon ?

Le visage du garçonnet s'illumina tandis qu'elle l'enroulait dans une épaisse serviette.

— Glace ?

Oups.

— Non, mon cœur, tu ne vas pas manger de glace. Il n'y en a pas, ici. C'est toi, le glaçon.

— Veux une glace !

Trop tard... Malgré toutes les stratégies qu'elle déploya pour tenter de le faire penser à autre chose, Nicholas s'accrocha à son idée. Comme elle ne pouvait pas faire apparaître son dessert préféré d'un coup de baguette magique, il entra dans une colère terrible, et il pleurait encore lorsqu'elle le mit au lit une demi-heure plus tard.

Il finit par s'endormir d'un sommeil agité et entrecoupé de sanglots. Épuisée, Penelope se laissa tomber sur le canapé du salon, en se demandant ce qui prenait autant de temps à Reid. Tandis qu'elle regardait sans la voir la statuette de cheval posée sur la table basse – l'un des rares objets qu'ils avaient laissés visibles, le jugeant trop lourd pour que Nicholas puisse le soulever –, elle se rejoua en esprit le film de la journée.

Le silence qui régnait dans la maison aurait dû l'apaiser ; au contraire, il la rendait nerveuse. Non seulement elle n'était pas chez elle, mais d'être séquestrée sous le même toit que Reid la gênait. Malgré les explications qu'il lui avait données plus tôt dans la journée, elle ne savait toujours pas que penser de sa responsabilité dans la mort d'Andrew.

Une partie d'elle-même *voulait* avoir quelqu'un à qui reprocher son malheur, et Reid était le coupable tout désigné. Mais s'il n'avait pas volontairement administré du chlorure de potassium à Andrew, comme il l'assurait, qui avait remplacé l'insuline par ce poison ? Cette question la plongeait dans les affres de l'angoisse, surtout après ce qu'ils avaient découvert au sujet de son père. Hugh avait-il tué Andrew pour l'empêcher de révéler ses malversations ?

— Pen ?

Penelope bondit du canapé et se tourna vers Reid, une main sur le cœur.

— Tu m'as fait peur ! Je ne t'ai pas entendu rentrer.

— C'est bien ce que je craignais. Où étais-tu ? Tu avais l'air à des milliers de kilomètres d'ici.

— J'étais perdue dans mes pensées.

— Eh bien, il va falloir un peu moins rêvasser à l'avenir. Les assassins préviennent rarement de leur arrivée.

Il posa ses sacs de courses sur le canapé et entreprit d'en sortir ce qu'il lui avait trouvé. Pen nota qu'il s'était changé, et il lui tardait d'en faire autant. Malgré la température hivernale, elle avait eu plusieurs fois l'occasion de transpirer aujourd'hui...

— Nicholas est couché ? s'enquit-il.

— Oui. J'ai eu droit à une belle crise, mais il a fini par capituler.

— Pauvre bonhomme ! Il a été arraché à sa maison et à sa routine. Il a des raisons d'être grognon.

— Ça ne rend pas ses caprices moins pénibles... Depuis quand tu t'y connais en jeunes enfants, toi ?

— Je ne suis pas un moine. J'ai des amis, je lis, j'observe. J'ai entendu parler de la crise des deux ans.

Il lui tendit un paquet de couches, des lingettes et des gâteaux pour bébés.

— J'ai pris de la viande et des pommes de terre pour le dîner. Je ne sais pas toi, mais moi je meurs de faim.

Penelope avait la nausée rien qu'à l'idée de manger, mais elle approuva malgré tout. Elle ne voulait pas paraître indifférente à la générosité de Reid, qui avait également acheté des vêtements de rechange et des articles de toilette pour elle et pour son fils.

— Le reste peut attendre, dit-il en mettant de côté les derniers sacs. Je vais faire griller les steaks pendant que tu te changes. Ensuite, j'aimerais jeter un coup d'œil sur les dossiers que j'ai récupérés chez ton père.

Penelope ne se fit pas prier pour aller prendre une douche, choisissant la salle de bains la plus éloignée de la chambre où dormait Nicholas. Le jet d'eau chaude opéra des miracles sur ses muscles contractés. Elle aurait bien prolongé ce moment, mais elle savait que Reid l'attendait pour manger. Après s'être séchée, elle enfila une des tenues qu'il lui avait rapportées – un jean, un T-shirt à manches longues et un pull vert foncé –, puis elle le rejoignit dans la cuisine, où il était en train de préparer un pain à l'ail.

Alors qu'elle passait à côté de lui, il releva la tête et sourit de toutes ses dents.

— Alors, j'ai bien choisi ? Ces vêtements te vont ?

— Je suis mal placée pour faire la fine bouche. Mais, oui, ils sont parfaits.

Comme il continuait de la fixer, elle fronça les sourcils.

— Quoi ? J'ai laissé une étiquette quelque part ?

— Non, c'est juste que... Piper avait raison.

— C'est elle qui a choisi cette tenue ?

— Je lui ai fait croire que je voulais acheter un cadeau de Noël pour la femme de Zane, qui a la même couleur de cheveux que toi. Piper m'a dit que le vert foncé allait très bien aux rousses.

Il fit un pas vers elle et repoussa doucement une mèche humide qui retombait sur sa joue écorchée.

— Elle avait raison, murmura-t-il. Ce pull fait ressortir le vert de tes yeux.

Sentant son cœur tambouriner follement dans sa poitrine, Pen recula.

— Est-ce qu'il fait aussi ressortir le bleu de mes ecchymoses ? plaisanta-t-elle pour tenter de masquer son embarras.

Reid se concentra de nouveau sur ses préparatifs.

— Tu sais, j'aimerais beaucoup passer cinq minutes avec le type qui t'a fait ça et avec son donneur d'ordre, histoire de leur faire regretter de s'en être pris à toi.

— Attention, inspecteur. Justice n'est pas vengeance.

— Mouais. Parfois, la vengeance est plus satisfaisante que la justice. Et je ne suis plus flic.

Elle ramassa un petit morceau de pain à l'ail qui était tombé sur le plan de travail. Alors qu'elle le grignotait, son estomac se mit à gronder. Peut-être avait-elle faim, finalement...

— C'est prêt dans combien de temps ? demanda-t-elle.

— Il faut juste faire chauffer le pain. Assieds-toi, je t'apporterai ton assiette.

Pen se glissa derrière la petite table du coin-repas et fit quelques mouvements pour étirer sa nuque. Si fatiguée soit-elle, la journée n'était pas finie. Elle n'avait pas l'intention de laisser Reid examiner tout seul les dossiers de son père.

Quelques minutes plus tard, il posa devant elle une assiette garnie d'un énorme steak, d'une pomme de terre cuite au four, d'un peu de salade et de deux tranches de pain à l'ail. Les différents arômes lui mirent l'eau à la bouche.

— Ça a l'air délicieux, dit-elle en coupant un morceau de steak.

Elle l'enfourna dans sa bouche... puis reposa lentement sa fourchette. La viande était beaucoup trop assaisonnée, à tel point qu'elle eut toutes les peines du monde à l'avaler sans s'étouffer.

— J'espère bien, que c'est bon, répondit Reid, qui ne s'était rendu compte de rien. J'ai tellement faim que je pourrais manger un cheval.

Lorsqu'il goûta sa première bouchée, il se mit aussitôt à tousser. Il recracha tout dans sa serviette.

— Mais c'est immangeable !

— Qu'est-ce que tu as mis sur ces steaks ? demanda Pen en réprimant un sourire.

— Un peu de tout. J'avais peur que ça n'ait pas de goût.

— En cuisine, il vaut mieux pas assez que trop.

— Comment aurais-je pu le savoir ? On a une cuisinière à demeure, au ranch.

— Tu n'as jamais regardé Andrew cuire la viande au barbecue ?

Reid montra son assiette en riant.

— Visiblement, non !

La fatigue et le ridicule de la situation eurent raison de Pen : elle se mit à rire à son tour et, s'entraînant l'un l'autre, ils se trouvèrent incapables de s'arrêter.

— Seigneur, quelle journée ! s'exclama-t-elle, les larmes aux yeux.

— Tu l'as dit.

Ils terminèrent leur repas dans un silence complice, puis Reid débarrassa leurs assiettes et passa un coup d'éponge sur la table.

— On fera la vaisselle demain. Allons regarder ce qu'il y a sur cette clé USB.

En un instant, la tension remonta. Pen le suivit au salon, où il ouvrit le meuble dans lequel il avait rangé ses appareils électroniques. Il en sortit un ordinateur portable dernier cri, qu'il alla poser sur un bureau en noyer installé dans un coin de la pièce.

Pen avait beau vouloir découvrir les secrets de son père, elle n'en ressentit pas moins une vive appréhension lorsqu'elle tira une chaise pour s'asseoir à côté de Reid.

— Tu n'es pas obligée de rester, lui dit-il en fouillant son regard. Je sais que tu es fatiguée.

— Je ne suis pas sûre de réussir à dormir, répliqua-t-elle.

Cette fusillade m'a terrifiée. J'ai peur de revivre toute la scène si je ferme les yeux.

Il lui prit la main.

— Les images finiront par s'estomper. Il faut laisser du temps au temps.

— Tu as sans doute raison. Qu'as-tu dit à ta famille ?

— Pas grand-chose. J'ai juste résumé à Zane ce qui se passait, par précaution.

Par précaution, se répéta-t-elle en se sentant blêmir. Il dut mal interpréter sa réaction, car il ajouta aussitôt :

— Je ne lui ai pas donné de détails, et il ne sait pas que j'ai cette maison. Je lui fais confiance. Il fallait que quelqu'un soit au courant de la situation.

— Au cas où on se fasse tuer la prochaine fois que le tireur nous attaquera ?

Pen détestait le tremblement qu'elle entendait dans sa voix. Elle n'avait pas envie de paraître faible.

— Tu es en sécurité, ici, lui promit Reid en la serrant contre lui. Je te jure que je vous protégerai, toi et Nicholas.

Comme l'ordinateur avait fini de démarrer, il se redressa pour brancher la clé sur un des ports USB. Pen regretta aussitôt la chaleur de ses bras

— Deux mille vingt-trois fichiers ? s'exclama-t-elle, les yeux rivés sur l'écran.

— Et j'aurais pu en télécharger plus si on n'avait pas été interrompus.

— On va mettre dix ans à tous les examiner !

— Bienvenue dans le quotidien passionnant d'un enquêteur de police... Une grande partie du boulot consiste à remplir de la paperasse et à éplucher des tonnes de documents.

— C'est ce que me disait Andrew quand je m'inquiétais des dangers de son métier. Ça ne me rassurait pas pour autant. Je savais qu'il suffisait d'une balle, d'un interrogatoire qui dégénère.

— Et au bout du compte, c'est son coéquipier qui l'a tué, lâcha Reid.

— Je n'aurais pas dû parler de ça, dit-elle en soupirant.

— Andrew sera toujours présent entre nous.

— Tu te considères comme responsable de sa mort, finalement ?

— Oh ! mais j'en *suis* responsable, répondit-il sombrement. C'est juste que ce n'était pas un meurtre.

Penelope baissa les yeux sur son alliance, qu'elle faisait tourner machinalement autour de son doigt. Quelques heures plus tôt, Reid avait dû insister pour lui donner sa version des faits, car elle ne voulait pas l'entendre. À présent, elle ne pouvait s'empêcher de compatir avec lui. Ce devait être atroce de vivre avec cette culpabilité !

Sa colère s'était déplacée. Elle en voulait à l'individu qui avait tenté de les tuer et qui l'obligeait à se cacher. Mais elle en voulait surtout à son père. Si leurs soupçons se confirmaient, même en partie seulement, Hugh Barrington avait menti pendant des années. Avait-il eu vent de l'enquête qu'Andrew menait en secret contre lui ? Pouvait-il être à l'origine de l'indicible chagrin dans lequel la mort de son mari l'avait plongée ?

Elle reporta son attention sur la liste interminable de documents qui défilait à l'écran. Comme elle étouffait un grognement, Reid se mit à rire.

— Quoi ? Tu pensais qu'il y aurait un dossier « Preuves incriminantes » ou « Activités illégales » ?

— Non, mon père ne serait jamais aussi coopératif. Je me demande juste comment on est censés analyser toutes ces informations. Par où faut-il commencer ?

— Avant toute chose, il faut faire une copie sur un autre support, expliqua Reid en sortant une deuxième clé USB d'un tiroir de son bureau. Ensuite, je survolerai rapidement les fichiers pour sélectionner ceux qui me semblent intéressants et les ranger dans de nouveaux dossiers. Généralement, toutes les informations qui incriminent une personne sont conservées au même endroit.

— Ça va prendre un temps fou.

Il haussa un sourcil.

— Tu as rendez-vous quelque part ?

Elle s'apprêtait à lui rétorquer qu'elle avait un planning très chargé, avant de se rappeler qu'elle était prisonnière de cette maison tant que la menace qui pesait contre elle et Nicholas n'aurait pas été éliminée.

Ses épaules s'affaissèrent.

— Non, j'ai tout mon temps, marmonna-t-elle.

Elle fronça les sourcils en le voyant cliquer sur un dossier intitulé « Photos de famille ».

— Tu crois que nos photos de Noël d'il y a dix ans cachent des messages cryptés ?

— Pas forcément, mais c'est le meilleur endroit pour dissimuler des fichiers sans que personne risque de tomber dessus par hasard. Qui a envie d'aller regarder les vieux souvenirs de vacances de quelqu'un d'autre ?

Il parcourut les images un moment, avant de refermer le dossier.

— Bon, rien de suspect là-dedans.

Penelope se leva et s'étira.

— Il doit bien y avoir quelque chose que je peux faire pour me rendre utile, non ?

— Sincèrement, Pen, je crois que tu devrais essayer de dormir. On aura tout le temps de regarder ça demain.

— D'accord, à condition que tu ailles te coucher toi aussi, répliqua-t-elle. C'est *mon* père. S'il a joué un rôle dans la mort d'Andrew, et s'il y a un lien avec ce qui nous est arrivé aujourd'hui, alors j'ai bien l'intention de participer activement à l'enquête qui permettra de l'envoyer en prison.

11

La nuit fut courte pour Penelope. Nicholas s'éveilla avant l'aube et, ne reconnaissant pas sa chambre, se mit à pleurer au lieu de se rendormir comme il le faisait d'habitude. Après l'avoir changé, Pen l'emmena dans son lit et le câlina jusqu'à ce qu'il s'assoupisse.

De son côté, elle était parfaitement réveillée. Les pensées se bousculaient dans son esprit. Elle avait mal partout, en particulier à la tête – là où elle s'était cognée quand Reid l'avait poussée pour la protéger des tirs.

Un frisson la traversa. Elle n'aurait su dire s'il était dû à la fraîcheur matinale qui régnait dans la chambre, au souvenir de la fusillade, ou à l'idée d'être enfermée avec Reid Colton. Un mélange des trois, probablement.

S'étant dégagée des bras endormis de son fils, elle se dirigea à pas de loup vers la salle de bains. Mais l'odeur du café fraîchement passé lui chatouilla les narines, et elle dévia malgré elle vers la cuisine.

Reid se tenait dos à elle, vêtu d'un bas de pyjama qui lui tombait sur les hanches. Ses pieds étaient nus, tout comme son torse, et Penelope ne put décider laquelle de ces deux parties de son corps l'hypnotisa le plus.

— Je viens de préparer du café, dit-il sans se retourner. Il y a trois sortes de céréales différentes, des donuts et des fruits frais.

Jetant un coup d'œil par-dessus son épaule, il laissa courir son regard sur elle. Penelope resserra son gilet sur sa poitrine et s'éclaircit la gorge.

— Je veux bien du café. Merci.

— Et le petit, qu'est-ce qu'il mange ? J'ai aussi pris des œufs, je peux lui faire une omelette.

— Vu l'expérience d'hier soir avec la viande, il vaut peut-être mieux que je m'en occupe, souligna-t-elle.

Comme il souriait, elle lui donna une tape sur le bras.

— Tu l'as fait exprès, c'est ça ? Tu as essayé de me convaincre que tu ne savais pas cuisiner pour que je te propose de m'en charger ?

Elle serra ses poings sous ses aisselles, faisant mine d'être en colère, alors qu'en réalité elle cherchait à stopper les picotements qui lui électrisaient la main depuis qu'elle avait touché le bras tiède et musclé de Reid.

Il faillit s'étrangler avec son café.

— Quoi ? Non ! s'exclama-t-il en riant. Je te jure que je ne gâcherais pas de bons morceaux de bœuf comme ça. Si j'avais voulu que tu cuisines, je te l'aurais demandé directement.

— Mouais... Quoi qu'il en soit, les omelettes ou les œufs brouillés, ce n'est pas difficile à préparer. Je te montrerai. Et pour répondre à ta question, Nicholas se contentera de grignoter des céréales dans un bol, sans lait.

— Dans ce cas, que dirais-tu qu'on se mette au travail tout de suite ?

Ils emportèrent leurs tasses au salon et s'installèrent derrière le bureau, comme la veille.

— Ce serait pratique d'avoir un deuxième ordinateur, fit remarquer Pen. On irait deux fois plus vite.

— Je vais voir si je peux emprunter un portable au ranch aujourd'hui. Sinon, je pourrai toujours en acheter un nouveau.

Elle le dévisagea, bouche bée.

— « En acheter un nouveau. » Tu n'as pas idée de l'effet que ça fait aux gens ordinaires quand tu dis des choses comme ça.

— De quoi tu parles ? demanda-t-il, étonné, tout en tapotant sur son clavier.

— Je suis sûre que tu ne compares même pas les prix avant de faire un achat de ce genre.

Là, il se tourna vers elle et lui accorda toute son attention.

— En tant que Colton, tu as toujours pu t'offrir tout ce que tu voulais sans te poser de questions, expliqua-t-elle. Tu ne devrais pas considérer ça comme allant de soi. C'est une vraie chance, que la grande majorité des gens n'ont pas.

Durant de longues secondes, il resta silencieux, sondant son regard de ses yeux bleu nuit.

— Tu as raison, finit-il par répondre. J'ai de la chance. Ces dix-huit derniers mois, j'ai eu tendance à l'oublier : j'étais aigri parce que j'avais quitté mon job, parce que je me sentais persécuté, parce que je n'avais trouvé personne avec qui partager ma vie, contrairement à mes frères et sœurs. Je me suis concentré sur les points négatifs sans penser à tout ce que j'avais.

— Crois-moi, je sais à quel point c'est facile de s'arrêter à ce qu'on a perdu. Mais quand je pense à Nicolas, j'ai du mal à rester négative. Cet enfant est une bénédiction. Je l'ai, lui, j'ai la santé, et j'ai une maison.

Reid lui offrit un sourire désarmant.

— Tu es vraiment quelqu'un de rare, tu sais ça ?

— Oh ! arrête. J'essaye juste de m'en sortir, comme tout le monde.

Lorsqu'il posa une main sur sa joue, Pen sentit son cœur s'emballer.

— Mais tu m'obliges à garder les pieds sur terre, insista-t-il en suivant du pouce la ligne de son menton. Même du vivant d'Andrew, tu savais me ramener à la réalité quand c'était nécessaire.

— Il faut bien que quelqu'un s'en charge, répliqua-t-elle.

Elle avait beau tenter de faire de l'humour, la tendresse de ce moment, le contact de sa peau, la proximité de son visage la troublaient profondément. Éprouvant le besoin de s'éloigner de lui, elle se leva et se mit à faire les cent pas.

Elle n'avait pas beaucoup de temps avant que Nicholas se réveille, et elle voulait le mettre à profit en aidant Reid dans sa tâche titanesque. Avisant le sac à dos qu'il portait lorsqu'ils s'étaient rendus chez son père, elle se rappela l'avoir vu y glisser discrètement une chemise cartonnée. Elle traversa la pièce pour s'en emparer.

— Et ce dossier que tu as récupéré dans le bureau de Hugh ? dit-elle. Je pourrais commencer par là. Peut-être qu'il...

Reid se tourna brusquement vers elle.

— Ne touche pas à ce sac !

— Pardon ?

Il la rejoignit à grands pas et le lui prit des mains.

— Je n'ai pas envie que tu fouilles dans mes affaires.

— Alors ça, c'est un peu fort ! Ça ne t'a pas dérangé de fouiller dans celles de mon père.

— Ce n'est pas pareil.

— Ah oui ? En quoi ?

— Ce dossier n'a rien à voir avec notre enquête. C'est quelque chose de personnel.

Elle fronça les sourcils.

— Cela concerne Eldridge ?

— Non, répondit-il après une hésitation. Écoute, hier, je t'ai demandé de me faire confiance. J'ai besoin que cette confiance s'applique aussi à la façon dont je gère l'enquête, pas seulement à ta sécurité.

Il la prit par les coudes.

— Je sais ce que je fais, Pen, et j'agis dans ton intérêt.

Et mince, songea-t-elle en soutenant son regard intense. L'intimité était de retour, l'empêchant de penser clairement.

— Si tu veux bien être patiente, je t'expliquerai tout bientôt. J'ai juste besoin de temps pour faire le tri dans les différentes informations qui se font jour.

Pen réprima un soupir de frustration. Elle savait qu'elle n'était pas obligée de lui faire confiance. Rien ne l'empêchait de prendre les clés de son SUV là où il les avait rangées, d'installer Nicholas dans son siège auto et de partir. Rien ne l'empêchait non plus de s'emparer de ce dossier dans le sac à dos pour voir ce qu'il contenait de si secret.

Mais après tout ce qui s'était passé la veille, elle avait envie de le croire. Elle avait *besoin* de le croire. Besoin d'une ancre à laquelle se raccrocher dans cette tempête. En outre, elle n'oubliait pas que Reid avait des intérêts dans l'affaire. On lui avait tendu un piège pour qu'il soit accusé du meurtre d'Andrew. Son père était présumé mort après s'être volatilisé, et Hugh Barrington avait vraisemblablement volé des millions à sa famille.

Elle lui accorderait donc le bénéfice du doute. Elle lui ferait confiance, non pas parce qu'elle y était obligée, mais parce qu'elle l'avait décidé.

— D'accord, murmura-t-elle.

Le soulagement se peignit sur les traits de Reid.

— Merci.

De nouveau, il lui toucha la joue, mais cette fois-ci elle ferma les yeux pour savourer le contact de sa main chaude sur sa peau. Elle sursauta lorsqu'il lui embrassa doucement le front. Ce jeu de séduction auquel il se livrait était dangereux : elle appréciait ses caresses et sa proximité bien plus que de raison. La fascination qu'il exerçait sur elle n'était-elle qu'une réminiscence de ses fantasmes d'adolescente ? Ou bien une simple réaction à l'héroïsme et à la gentillesse dont il avait fait preuve la veille ? Dans ce cas, comment expliquer le désir qui couvait dans les prunelles de Reid ?

Le charme fut rompu par un geignement provenant de la chambre de Pen.

— Nicholas est réveillé, dit-elle en s'écartant. Je dois aller m'occuper de lui.

Lorsqu'elle revint quelques instants plus tard avec son fils ensommeillé calé sur la hanche, Reid était de nouveau concentré sur l'écran de son ordinateur. Pen prépara un bol de céréales à Nicholas et l'installa devant un dessin animé. Comme chaque fois qu'elle se servait de la télévision pour l'occuper, elle ressentit une pointe de culpabilité, mais Reid et elle avaient besoin d'avancer dans leurs recherches.

— Pen ! s'exclama-t-il soudain. Viens voir ça.

Elle le rejoignit derrière le bureau. Il était en train d'étudier une liste de sites Internet.

— Qu'est-ce que c'est ?

— L'historique de ton père sur ces dernières semaines.

Pen agrippa le dossier du fauteuil, l'estomac noué.

— Montre-moi.

Sans rien dire, il cliqua sur un lien, faisant apparaître une page intitulée « Comment mettre en scène sa propre mort ». Le site suivant était consacré aux autopsies, et plus précisément à celles des corps calcinés. Pen détourna les yeux en découvrant les photos de cadavres noircis.

— Et le reste ?

— C'est dans la même veine. Je crois que l'on sait à présent qui a payé le légiste qui a menti il y a un mois...

— Mon père a tué le tien ? C'est ce que tu essayes de me dire ?

— Pas forcément. En tout cas, il voulait nous faire croire qu'Eldridge était mort. Je t'ai dit que dans son testament ce dernier léguait à Hugh des parts majoritaires dans l'entreprise Colton SA ?

— Qu'est-ce qui lui a pris de faire une chose pareille ?

— Je ne suis pas sûr qu'il l'ait fait. Si Hugh est allé jusqu'à mettre en scène la mort d'Eldridge, il est tout à fait capable d'avoir falsifié le testament. Il a prétendu en détenir l'unique exemplaire.

— Comment ça, l'unique exemplaire ? Ça n'a pas de sens !

— Je suis bien d'accord. Raison de plus pour douter de la véracité de ce document.

Pendant qu'il retournait à ses recherches, Pen se mit à marcher de long en large entre le canapé et le bureau.

— S'il te plaît, donne-moi quelque chose à faire, finit-elle par dire. Je vais devenir folle.

Reid réfléchit un moment.

— OK.

Il fit quelques manipulations sur l'ordinateur, puis tapa sur une dernière touche d'un geste théâtral. Quelques secondes plus tard, une imprimante s'activa à l'autre bout de la pièce. Intrigué par le bruit, Nicholas se laissa glisser du canapé pour aller attraper les pages recrachées.

— Quoi, ça ? demanda-t-il.

Pen s'empressa de les lui prendre.

— Ce n'est pas pour toi, Nicholas.

— À moi ! protesta-t-il en ouvrant et refermant sa petite main.

— Non. Elles sont pour Reid.

Elle sortit une page blanche du tiroir de l'imprimante et la lui tendit.

— Ça, c'est pour toi.

Satisfait, Nicholas retourna vers le canapé et entreprit de déchirer la feuille en petits morceaux. Voyant que Reid l'observait, Pen haussa les épaules.

— Faire distraction, c'est la clé.

— Je le note, répondit-il en souriant.

Alors qu'elle lui apportait les documents imprimés, il l'arrêta d'une main.

— C'est pour toi. Jette un œil dessus, essaye de voir s'il y a des choses qui te paraissent louches.

— Comme quoi ?

— Des doublons de factures, des chiffres qui ne font pas le compte, des clients qui ne paraissent pas réglo…

— Comme ce type, dit-elle en lui montrant la première page. Mon père a facturé ses services à un certain George P. Burdell, résidant à Atlanta en Géorgie.

— Je ne vois pas ce qu'il y a de suspect. Il peut avoir des clients en dehors du Texas.

— Évidemment. Sauf que George P. Burdell est le nom d'un étudiant fictif de l'université Georgia Tech. La blague remonte au moins aux années 1930 !

— Comment tu sais ça, toi ?

— Avant de rencontrer Andrew, je suis sortie avec un garçon qui étudiait là-bas. C'est lui qui m'a raconté l'histoire de ce personnage imaginaire. J'ai dû en parler à mon père pendant des vacances.

— Bien vu ! Si tu repères d'autres détails bizarres, mets les pages correspondantes de côté.

Heureuse d'avoir enfin une mission, Pen alla s'asseoir sur le canapé. Aussitôt, Nicholas grimpa sur ses genoux. Elle posa le paquet de feuilles à côté d'elle pour pouvoir les examiner tout en câlinant son fils.

— Euval ? dit Nicholas quelques minutes plus tard.

— Comment, mon chéri ?

Il descendit pour tapoter la statuette en pierre qui trônait sur la table basse.

— Euval ?

— Oui, mon cœur, c'est un cheval. Bravo !

Le petit garçon caressa le dos de l'animal, avant de revenir s'installer sur les genoux de sa mère avec son bol de céréales.

Pendant la demi-heure qui suivit, Pen continua d'étudier

les documents que Reid lui avait imprimés. Son malaise ne fit que croître à mesure qu'elle découvrait des preuves manifestes de la malhonnêteté de son père. La simple homologation d'un testament facturée 500 000 dollars ; un client nommé Bob Smith, nom tellement répandu qu'il en devenait suspect…

Elle appuya sa tête en arrière contre le canapé et poussa un soupir.

— Je veux aller le voir.

— Mmh ? fit Reid distraitement.

— Je veux parler à mon père. En face à face.

— Certainement pas.

— Reid, je ne peux pas laisser passer ça !

Elle posa Nicholas à côté d'elle, prit sa liasse de papiers et se leva.

— Il sait qu'on était chez lui hier. Si je m'en cache, on a l'air coupables. Je veux aller le voir, le regarder droit dans les yeux et…

— Et quoi ? Le traiter d'escroc ? Lui confirmer qu'on enquête sur lui ? C'est trop dangereux, décréta Reid en s'avançant vers elle.

— Tu crois qu'il va me tirer dessus dans son bureau ?

— Pen, j'essaye de te protéger…

— Et je t'en remercie. C'est très généreux de nous héberger ici et de m'aider à faire la lumière sur les agissements de mon père.

— Mes motivations ne sont pas seulement altruistes, la coupa-t-il. Je suis directement concerné, dans l'histoire. Si je réussis à prouver qu'il a trafiqué l'ampoule d'insuline d'Andrew et qu'il est mêlé à la disparition d'Eldridge, je me libérerai de deux gros fardeaux.

Pen serra ses bras autour d'elle.

— Je déteste me cacher. C'est lâche. Quand j'étais petite, mon père m'intimidait, mais Andrew m'a appris à être forte, à ne pas me laisser marcher sur les pieds. Ça m'exaspère de savoir que Hugh s'est joué de la crédulité de tous ces gens, y compris de personnes que j'aime, sans jamais être inquiété pour cela.

— Il sera puni, je peux te l'assurer, répliqua Reid avec détermination. Fais équipe avec moi, Pen. Ensemble, on peut l'envoyer en prison.

— Rien ne me ferait plus plaisir.

— Dans ce cas, ne fais pas tout capoter en agissant sous le coup de la colère. Moi aussi, je rêve de me confronter à lui. Je rêve de lui demander les yeux dans les yeux comment il arrive à dormir la nuit alors qu'il ment à ma famille depuis des années. Mais il faut qu'on soit patients. Notre moment viendra.

Pen regarda le ciel gris et le lac immobile derrière la fenêtre. Reid avait raison, même si elle n'avait pas envie de le reconnaître.

— OK, lâcha-t-elle en se laissant retomber sur le canapé. Je n'irai pas le voir.

Ils passèrent la semaine suivante à examiner les fichiers informatiques du père de Penelope ainsi que tous les documents qu'Andrew avait commencé à rassembler contre lui. La tâche était fastidieuse, mais Reid estimait qu'ils auraient bientôt assez de preuves pour confier l'affaire aux autorités. Quant à l'historique de navigation, il se révélait toujours plus compromettant. L'avocat s'était renseigné sur les lois d'extradition de différents pays étrangers et sur les critères requis au Texas pour qu'une personne disparue soit déclarée morte. Pen allait de désillusion en désillusion.

Le samedi qui suivit leur arrivée au chalet, le temps se radoucit brusquement après des jours de froid et de vent. Comme Nicholas se lassait des quelques jouets qu'il avait à sa disposition, Penelope décida de l'emmener se défouler dehors.

Pendant qu'il courait après un ballon, elle contempla l'étendue grise et calme du lac. Un héron blanc marchait avec grâce dans l'eau peu profonde du bord de rive. En observant l'oiseau, si tranquille, si majestueux, Pen eut le cœur serré. Sa vie retrouverait-elle un jour un semblant de sérénité ? Elle ne se rappelait plus la dernière fois qu'elle s'était sentie en paix, en sécurité et confiante dans l'avenir. Pas depuis la mort d'Andrew, en tout cas.

Alors que Nicholas et elle jouaient sur la pelouse depuis une dizaine de minutes, Reid apparut sur le seuil de la maison. Il s'étira, puis trottina vers eux pour intercepter une passe que l'enfant venait de faire. Serrant le ballon contre son torse, il se jeta par terre et roula dans l'herbe comme un joueur de rugby. Nicholas trouva l'idée très drôle et l'imita aussitôt.

Pen observait la scène, à la fois surprise et émue. Reid semblait s'amuser autant que le petit garçon. Quand il lui renvoya la balle, Nicholas ne parvint pas à la rattraper, mais courut après et fit une nouvelle roulade dans un grand éclat de rire. Pen aimait tellement le voir heureux ! Et, en même temps, elle ne pouvait s'empêcher d'éprouver une pointe de tristesse : c'était Andrew qui aurait dû être en train de jouer avec leur fils. Cependant, alors que le bambin fonçait sur Reid et le plaquait au sol en gloussant de bonheur, elle s'obligea à chasser ces pensées négatives. Ne serait-ce que pour le bien de Nicholas, elle ne devait pas s'appesantir sur le passé et les regrets.

Après avoir chahuté un moment, le petit garçon se releva, captivé par quelque chose qu'il avait aperçu au bord du lac. Pointant son index potelé dans cette direction, il s'adressa à Reid qui, de toute évidence, ne comprit pas ce qu'il voulait dire.

Penelope se dirigea vers eux dans l'idée de servir d'interprète à Nicholas. Mais en la voyant approcher, son fils s'écria :

— Maman aussi !

— Quoi, maman aussi ?

Il se jeta dans l'herbe en riant.

— Tomber par terre, maman !

Après un coup d'œil sur ses vêtements – un jean et un sweat que Reid lui avait achetés au supermarché –, Pen jugea qu'ils ne craignaient rien.

— Tu veux que je tombe ? dit-elle, et elle se mit à rouler vers eux en poussant des petits cris joyeux.

Nicholas riait à gorge déployée. Alors qu'elle rampait sur les derniers mètres qui les séparaient, Reid tendit la main pour retirer un brin d'herbe de ses cheveux.

— Tu as une idée de ce que c'est, un « apin nolé » ? lui demanda-t-il.

— Un lapin quoi ?

— « Apin Nolé ». C'est ce qu'il a dit en montrant la rive, là-bas.

Nicholas, qui les avait entendus parler, pointa de nouveau le doigt.

— Apin Nolé ! cria-t-il.

Et soudain, Penelope comprit en repérant un petit sapin qui poussait au bord du lac.

— Un sapin de Noël ? C'est ça que tu as vu, n'est-ce pas ?

Nicholas tapa dans ses mains, ravi.

— Apin Nolé !

— La dernière fois qu'on est allés au centre commercial, il a vu les sapins de Noël dans tous les magasins, expliqua Pen. Je lui ai promis qu'on en installerait un à la maison.

Reid acquiesça, l'air pensif.

— Je crois que j'ai une hache dans la cabane de jardin, dit-il en se levant. Allons lui chercher son sapin.

Une fois le petit arbre coupé, Nicholas « aida » Reid à le traîner jusqu'à la maison. Pen semblait heureuse de voir son fils s'amuser. Reid savait à quel point elle était attachée aux traditions : chaque année, il avait été invité chez les Clark pour le corned-beef et la bière verte de la Saint-Patrick, les grillades et les feux d'artifice du 4 Juillet, ou le jambalaya et le *king cake* de mardi gras... Depuis le décès d'Andrew, ces repas festifs lui manquaient ; pouvoir donner le coup d'envoi des fêtes de Noël avec Pen et son fils l'emplissait d'une joie indescriptible.

De retour à l'intérieur, Reid s'aperçut qu'il n'avait pas de pied pour le sapin, ni de guirlandes, ni de boules. Il aurait dû y penser plus tôt, mais ce n'était tellement pas dans ses habitudes ! Au ranch, les lumières et les décorations apparaissaient comme par magie quelques jours après Thanksgiving.

Pen tenta de le dissuader de se rendre au supermarché.

— On peut se débrouiller pour caler le sapin dans un seau et fabriquer quelques guirlandes avec du papier ou du pop-corn, dit-elle.

— Je ne t'en empêche pas, si tu en as envie, mais laisse-moi aller faire quelques courses. Ça me ferait plaisir.

Comme elle commençait à protester, il s'avança vers elle et posa l'index sur ses lèvres. Surprise, Pen leva les yeux vers lui. Ils restèrent un long moment immobiles, au point que Reid crut se perdre dans l'intensité de son regard. Il brûlait de l'embrasser – jamais il n'avait ressenti un besoin aussi urgent. La voix agaçante qui l'avait jusque-là dissuadé de s'approcher d'elle le mit une nouvelle fois en garde : *Ne fais pas ça. Ce serait une erreur.*

Mais Reid avait toujours aimé vivre dangereusement, et il céda à son désir égoïste. Posant les mains sur les épaules de la jeune femme, il l'attira à lui et pressa sa bouche sur la sienne.

12

L'espace d'un instant, Pen se figea. Puis Reid la sentit frissonner.

Laisse-la tranquille ! lui ordonna la voix dans sa tête. *Tu n'as pas le droit de la toucher !*

Il fallait qu'il arrête, tout de suite. Il le savait, bon sang ! Mais alors qu'il s'apprêtait à reculer, Pen s'abandonna contre lui et entrouvrit les lèvres, l'invitant à approfondir son baiser. Comment aurait-il pu résister ? Il glissa une main dans son épaisse chevelure et explora sa bouche avec passion.

Un petit bruit filtra à travers le brouillard de son désir. Comme un gémissement étouffé. Avec un temps de retard, Reid s'aperçut que ce soupir avait des accents de peur. De regret. De chagrin. *Tu ne peux que la décevoir !* lui cria alors sa conscience. *Ce n'est pas d'un homme comme toi qu'elle a besoin. Tu vas la faire souffrir.*

Il s'écarta brusquement. La confusion se lisait sur le visage de la jeune femme. Tête baissée, sourcils froncés, elle refusait de croiser son regard.

Reid grommela un juron et se passa une main sur le visage.

— Excuse-moi. Je n'aurais pas dû…

Comme elle continuait de fixer le sol sans répondre, il se dirigea vers la porte.

— Bon. Je vais acheter ces décorations. Tu penses que… ça va aller ?

Elle se força à sourire.

— Bien sûr. Ne t'inquiète pas pour moi.

Reid n'insista pas. Rongé par le remords, il fila dans le garage, en espérant qu'il ne venait pas de gâcher leur fragile amitié.

Quand Reid rentra du supermarché, Penelope et Nicholas étaient en train de confectionner une guirlande de pop-corn en écoutant les musiques de Noël qui passaient à la télévision. Lorsqu'elle entendit la porte de derrière s'ouvrir et la voix grave de Reid lancer : « C'est moi ! », Pen sentit son pouls s'accélérer. Pourtant, elle pensait avoir repris ses esprits depuis ce baiser passionné qu'ils avaient échangé – et la vague de culpabilité et d'incertitude qui s'était abattue sur elle juste après. Andrew aurait voulu qu'elle tourne la page, qu'elle retrouve le bonheur auprès d'un homme capable d'être un bon père pour Nicholas et un mari aimant pour elle. Mais Reid Colton était-il cet homme-là ?

Elle ne pouvait nier la joie qu'elle avait éprouvée de le voir jouer avec Nicholas un peu plus tôt dans la journée. Ces sept derniers jours, il s'était montré d'une patience infinie avec le petit garçon, supportant ses caprices, sa curiosité insatiable et son besoin d'attention permanent. Et, bien sûr, elle ne le remercierait jamais assez de les protéger. Cependant, elle n'oubliait pas que Reid était un Colton, ni qu'il était impliqué dans la mort d'Andrew, volontairement ou non. En outre, il avait la réputation de fuir les relations sérieuses…

Elle n'aurait jamais dû répondre à son baiser. Car elle y avait répondu, elle ne pouvait pas se mentir. Et même si l'expérience lui avait littéralement coupé le souffle et embrasé les sens, même si elle n'arrivait pas à penser à autre chose depuis, il ne fallait surtout pas que cela se reproduise. Du moins, pas tant qu'elle ne saurait pas avec certitude ce qu'elle attendait de Reid et ce qu'il attendait d'elle. Quel avenir pouvaient-ils bien avoir ensemble ? Elle n'était pas seule dans l'histoire, il y avait Nicholas ; elle n'envisageait pas d'entamer une relation avec un homme qui n'avait pas l'intention de s'engager.

Reid apparut à la porte de la cuisine, les bras chargés de paquets.

— Ho, ho, ho !

Était-ce un soupçon de nervosité qu'elle percevait derrière sa gaieté surjouée ?

— Nicholas, va vite voir ce que Reid nous a rapporté, dit-elle en aidant son fils à descendre de sa chaise.

— Il y a des boules scintillantes, plusieurs guirlandes, des anges, du houx..., lista Reid, qui sortait les boîtes au fur et à mesure pour les montrer au petit garçon. Je vois que vous avez pris de l'avance.

Il plongea la main dans le saladier de pop-corn et en fourra une poignée dans sa bouche. Quand il se lécha les doigts, Pen détourna les yeux. Son cœur battait au rythme syncopé de la musique de jazz qui s'échappait de la télévision. Elle tenta de se concentrer sur le grain de maïs soufflé qu'elle était en train d'enfiler sur une aiguille. Comment allaient-ils surmonter leur gêne, après ce baiser ?

Heureusement, Nicholas était là pour faire diversion.

— Pè Nolé ! s'écria-t-il en montrant un Père Noël en peluche qu'il avait trouvé dans un des sacs.

Reid prit le petit garçon sur ses genoux.

— Qu'est-ce qu'il dit, le Père Noël ? lui demanda-t-il. Ho, ho, ho !

Nicholas sourit timidement.

— Ho, ho, ho ! répéta Reid en faisant bouger la figurine. À toi.

— Pè Nolé, dit Nicholas, et il tendit la main pour récupérer la poupée.

— Il est peut-être un peu jeune pour comprendre, intervint Pen.

Mais au même instant, Nicholas agita le Père Noël et s'exclama :

— Ho, ho, ho !

Reid et Penelope éclatèrent de rire, avant de le féliciter chaleureusement.

— Bon, ce n'est pas tout ça, mais je dois me remettre au travail, dit Reid en reposant Nicholas par terre. J'étais sur une piste quand on a fait ce détour au pays des lutins.

— Minute, papillon, protesta Pen. Il faut être deux pour installer un sapin de cette taille. Tu ne peux pas t'échapper comme ça.

Reid jeta un coup d'œil sur son ordinateur, puis sur l'arbre qui attendait contre un mur. Il enfonça les mains dans ses poches en poussant un soupir. Devinant qu'il allait se défiler, Pen chuchota quelques mots à son fils, qui se tourna vers Reid avec de grands yeux innocents.

— Te plaît, Ide ?

Qui aurait pu résister à une adorable petite bouille comme la sienne ? Même pas le Grinch en personne.

Au bout du compte, Reid aida Pen à fixer l'arbre dans son socle, puis à le décorer de guirlandes et de boules. Quand il ne resta plus que l'étoile à accrocher tout en haut, il porta Nicholas et lui montra comment faire. Pen aurait tant voulu immortaliser ce moment, d'autant plus que les parents d'Andrew adoraient recevoir des photos de leur petit-fils. Mais elle ne pouvait plus utiliser son téléphone, sans quoi les personnes qui avaient cherché à la tuer risquaient de la géolocaliser.

Tandis qu'il se tournait vers elle avec Nicholas dans les bras, Reid fronça les sourcils.

— Qu'est-ce qu'il y a ? L'étoile est de travers ? s'enquit-il.

— Elle est *toujours* de travers, et c'est ce qui fait son charme. Ne change rien.

— Pourquoi tu as l'air triste, alors ?

— C'est juste que… je regrette de ne pas pouvoir prendre une photo du sapin, de Nicholas…

De lui dans tes bras. Elle s'éclaircit la gorge.

— C'est bien de garder des souvenirs de ces moments en famille.

Reid reposa le petit garçon et lui ébouriffa les cheveux.

— Chez les Colton, ça n'a jamais été notre truc, malheureusement.

Mais j'ai bien aimé décorer ce sapin, confia-t-il en s'approchant d'elle. Merci d'avoir insisté pour que je vous aide.

Il lui prit la main et l'attira contre lui. L'atmosphère se fit soudain plus sensuelle, tandis qu'en fond sonore Mariah Carey chantait *All I want for Christmas is you*. Pen s'efforça de chasser de son esprit le souvenir encore vif de leur baiser torride.

— Remercie plutôt Nicholas, répondit-elle, en espérant que sa voix ne trahissait pas son émotion. C'est lui qui a repéré le sapin.

Reid porta son attention sur le petit garçon qui examinait chaque boule et chaque ampoule lumineuse d'un air émerveillé.

— Merci, Nick !

— Gade, maman ! s'exclama Nicholas en montrant une des décorations en forme de petit paquet entouré d'un ruban rouge. Tadeau !

— Ça me fait penser...

Reid se dirigea vers les sacs abandonnés près de la cuisine.

— Je t'ai rapporté quelque chose.

— Un cadeau de Noël ?

— Euh, non. C'est pour ta sécurité, précisa-t-il en sortant deux téléphones prépayés d'un des sacs. J'aimerais qu'on puisse se joindre quand je m'absente. Je vais enregistrer mon numéro dans ton appareil pour que tu puisses m'appeler facilement.

— Bonne idée.

Elle le regarda ouvrir les paquets.

— Tu es passé au ranch, ces derniers jours ?

— Non. Mais il est temps que je leur donne quelques nouvelles. Tu sais, cette piste dont je te parlais ?

— Avant qu'on fasse un détour au pays des lutins ?

— Oui, voilà. Eh bien, elle concerne mon père. Il semblerait que Hugh ait versé une somme substantielle au légiste qui a prétendu que le corps calciné était celui d'Eldridge. Et qui a disparu mystérieusement peu après.

— Tu peux le prouver ?

— Je n'en suis pas loin. J'ai trouvé le relevé bancaire sur lequel le transfert apparaît.

Il regarda sa montre.

— J'appellerai la banque demain matin à l'ouverture pour confirmer l'information.

— Quand tu dis que ce légiste a disparu mystérieusement, tu veux dire qu'il a été… tué ?

— Ça ne m'étonnerait pas, répondit Reid sombrement.

Sans surprise, Nicholas se montra particulièrement survolté ce soir-là. Même après lui avoir donné un bain et lu plusieurs histoires, Penelope eut toutes les peines du monde à le coucher. Quand il s'endormit enfin, elle sortit de la chambre sur la pointe des pieds et rejoignit Reid au salon.

Accroupi devant la cheminée, il venait tout juste d'allumer un bon feu. Il se redressa et s'épousseta les mains.

— Ça y est, le monstre est terrassé ?

— Oui, alléluia !

— Après une journée comme celle-ci, je m'attendais à ce qu'il tombe comme une masse.

— Ah, mais dans le monde des tout-petits, c'est tout à fait possible d'être trop fatigué pour s'endormir ! répliqua-t-elle. En tout cas, merci pour les décorations de Noël. Nicholas était très content.

— Tant mieux.

Il lui fit signe de s'asseoir sur le canapé. Une bouteille de vin et deux verres étaient posés sur la table basse. Il avait baissé l'éclairage de la pièce, et le sapin scintillait de mille feux.

— Viens, dit-il. C'est à ton tour de te détendre.

Pen hésita. Le décor était trop romantique. Trop… tentant. Elle repensa soudain au moment où ils s'étaient embrassés, quelques heures plus tôt. Qu'avait-il en tête, en créant cette atmosphère intime ?

Elle se morigéna intérieurement. Il n'y avait pas de mal à boire un verre de merlot au coin du feu. Pour le reste, elle était parfaitement capable de se contrôler. Elle s'assit à un bout du canapé, retira ses chaussures et replia ses jambes sous ses fesses.

Reid servit le vin et s'installa à l'autre extrémité.

— *Sláinte !* lança-t-il.

— *Sláinte ?* Tu n'es pas irlandais, il me semble.

— Non. Mon père ne l'était pas non plus, mais ça ne l'empêchait pas de dire ce mot chaque fois qu'il trinquait. Il pensait que ça faisait chic.

Pen porta le verre à ses lèvres, les yeux plissés.

— Tu parles de lui au passé, fit-elle remarquer. Tu penses qu'il est mort ?

— Non, pas forcément. Mais s'il est vivant, où est-il ? Pourquoi n'a-t-il contacté personne ? Pourquoi n'a-t-on reçu aucune demande de rançon ?

— Si je comprends bien, tu ne crois pas que mon père l'a vu il y a un mois ?

— Franchement, avec tout ce qu'on a appris ces derniers jours, je suis presque certain que Hugh a inventé cette histoire pour pouvoir ouvrir le testament. Et, comme par hasard, Eldridge lui lègue l'entreprise.

— Pourquoi personne dans ta famille n'a contesté ce document ?

Reid avala une bonne gorgée de vin.

— Parce que ça ressemble bien à un coup qu'Eldridge aurait pu faire. On était tous choqués, bien sûr, mais on s'est dit que c'était un dernier bras d'honneur qu'il nous faisait depuis sa tombe.

— Je ne savais pas que les relations étaient aussi tendues au ranch.

Il la regarda d'un air dubitatif.

— Enfin, je savais que Fowler était un sale prétentieux et que Marceline était un peu vache, mais...

— Un peu vache, répéta-t-il avec un sourire en coin. C'est un bel euphémisme.

— Mais le reste de ta famille ?

— Disons que la disparition d'Eldridge a fait ressortir le côté sombre du clan Colton, répondit-il. La suspicion, les coups de couteau dans le dos... Je préfère ne pas trop ressasser tout ça.

— Je comprends. Mon père a été un vrai salaud avec ma mère à l'époque où elle se battait contre son cancer. Il la traitait comme si elle était déjà morte.

— Tu m'en as parlé il y a quelques années. Je me souviens que ça a été dur pour toi.

— Ça l'a surtout été pour elle ! Il n'est quasiment jamais allé la voir dans sa chambre à la fin, quand elle était clouée au lit. Moi, j'étais déjà fâchée avec lui.

— On dirait que nos pères se ressemblent beaucoup. Pas étonnant qu'ils se soient si bien entendus... Moi non plus, je n'ai jamais eu de très bonnes relations avec Eldridge. Ce n'est pas par hasard qu'il est devenu millionnaire. Il a toujours été opportuniste, même à l'époque où il n'était qu'un péquenaud. Il a épousé sa première femme pour son argent et s'est entouré de gens dont il savait qu'ils protégeraient ses intérêts et n'auraient pas peur d'être aussi impitoyables que lui.

— Des gens comme mon père, résuma-t-elle.

Reid commença à bredouiller une réponse, mais elle l'arrêta.

— Pas la peine de prendre des pincettes avec moi. C'est la vérité, c'est tout. On en a eu assez de preuves ces derniers jours.

Il leva de nouveau son verre.

— Buvons aux enfants de mauvais pères, alors.

Pen trinqua avec lui.

— On s'en est bien sortis, malgré tout, non ? dit-elle.

— Toi, oui. Pour moi, il y a encore du boulot.

— Ça, c'est sûr !

Il porta une main à son cœur comme si elle l'avait blessé.

Pendant quelques instants, ils contemplèrent le feu qui crépitait dans la cheminée.

— Cela dit, reprit-il, concernant ma famille, je pense que le pire est derrière nous. J'ai l'impression qu'il y a plus de compréhension mutuelle, plus de coopération entre nous.

— Parce que tes frères et sœurs sont tous amoureux et enfin heureux dans leur vie.

Sentant une crampe lui venir à un mollet, elle étira sa jambe et frotta le muscle endolori.

— Et toi ? demanda-t-elle.

— Quoi, moi ?

— Es-tu heureux dans la vie ?

Reid but une gorgée de vin, puis reposa son verre sur la table basse. Alors, sans rien dire, il saisit le pied de Penelope et commença à le masser. D'abord surprise, elle se détendit peu à peu sous l'exquise pression de ses doigts. Un gémissement lui échappa.

L'espace d'un instant, la main de Reid s'immobilisa sur son pied tandis qu'elle retenait son souffle. Ils ne bougèrent ni l'un ni l'autre, ne prononcèrent pas un mot, et pourtant un message passa entre eux, limpide. Ils venaient de franchir une barrière invisible et de plonger dans un abîme dont elle n'était pas certaine de pouvoir revenir.

Lentement, Reid referma sa main sur sa cheville et la tira vers lui jusqu'à ce que ses deux jambes reposent en travers des siennes. En glissant sur le dos, Pen faillit renverser son vin ; il lui prit son verre et le posa à côté du sien, sans la quitter des yeux. Comme hypnotisée par l'intensité de son regard, Pen ne résista pas lorsqu'il se mit à imprimer sur les plantes de ses pieds des mouvements lents et profonds.

Elle renversa la tête en arrière, s'abandonnant à la sensation de bien-être qui l'envahissait.

Reid. C'est Reid Colton qui est en train de te faire fondre, lui souffla une petite voix. Mais elle la fit taire. Reid lui avait sauvé la vie. Il s'était expliqué au sujet de la mort d'Andrew. Il s'était révélé digne de confiance.

Et, peu importe combien d'années avaient passé et à quel point sa vie avait changé, il lui faisait le même effet que lorsqu'elle avait craqué étant jeune pour son charme canaille. C'était bien là le problème. Il l'avait toujours attirée, et les signaux qu'il lui envoyait à présent ranimaient le feu de son désir réprimé.

— Tu ne m'as pas répondu, murmura-t-elle d'une voix alanguie. Est-ce que tu es heureux dans la vie ?

13

Reid réfléchit à sa question sans cesser son massage.

— Je suis heureux là, tout de suite, répondit-il. Avec toi.

Pen sentit les battements de son cœur s'accélérer. Malgré les dangers et les bouleversements qu'ils avaient dû affronter ces derniers jours, elle aussi était heureuse à cet instant. *Avec Reid.*

Et si elle se trompait à son propos ? Et s'il lui avait menti ? Que faisait-elle de toutes ces années où son père l'avait ignorée pendant qu'il faisait des courbettes aux Colton ? L'hostilité qu'elle ressentait à leur égard n'était-elle qu'une manifestation de sa jalousie de petite fille ?

Elle avait découvert Reid sous un nouveau jour lorsqu'il était devenu le coéquipier et l'ami d'Andrew. Même s'il se comportait encore par moments comme un fils de riche à qui tout était dû, elle savait qu'il avait plus d'épaisseur que sa mère, qu'il était moins snob que son demi-frère et sa demi-sœur. Un sens aigu de la justice et du devoir l'avait poussé à exercer le métier de policier alors que rien ne l'y obligeait financièrement.

Elle poussa un long soupir. Aussitôt, les mains de Reid s'immobilisèrent.

— Il y a un problème ? s'enquit-il.

— Oui, tu as arrêté de me masser les pieds, répondit-elle en souriant. Et aussi, j'ai tendance à trop réfléchir. Je suranalyse tout tout le temps.

— Avoir l'esprit d'analyse n'est pas un défaut.

— Sauf quand ça devient pathologique. Je n'arrive pas à lâcher prise, à accepter les choses telles qu'elles se présentent.

Il fixa son regard sombre sur elle.

— Et à quoi réfléchissais-tu, à l'instant ?

Pen déglutit.

— À toi, murmura-t-elle.

— Je vois.

Doucement, il reposa les pieds de Penelope par terre, puis vint se placer au-dessus d'elle.

— Est-ce que je peux faire quelque chose pour t'aider à te décider ? demanda-t-il. Ça, peut-être ?

Il pressa ses lèvres sur sa gorge, à l'endroit où son pouls battait à tout rompre. Pen l'agrippa par les épaules.

— Ou bien... ça ?

Il attrapa le lobe de son oreille entre ses dents.

— Reid...

— J'ai envie de toi, Pen. Je ne vais pas prétendre le contraire. Mais si ce n'est pas ce que tu veux, tu peux me dire d'aller au diable et je respecterai ton choix.

Elle ouvrit la bouche pour répondre, mais les émotions et les pensées se bousculaient en elle, et elle ne put prononcer un mot. Devant son silence, Reid s'assombrit. Alors qu'il commençait à s'écarter, elle le retint par la chemise.

— J'ai... j'ai juste besoin de temps, souffla-t-elle.

Elle se sentait prise au piège entre sa loyauté envers Andrew et l'attirance qu'elle ressentait depuis toujours pour Reid. Avec les tragédies qu'elle avait vécues, la trahison de son père et le brouillard qui entourait son avenir, comment était-elle censée savoir ce qu'il convenait de faire ? Pour elle, mais surtout pour son fils, car les besoins de Nicholas passaient avant les siens...

Reid baissa la tête, visiblement déçu.

— Plus de temps, répéta-t-il. C'est vrai qu'on ne se connaît que depuis quinze ans. Et qu'on est amis depuis sept.

— Andrew...

— Andrew est mort il y a un an et demi, la coupa-t-il en se redressant. Mais je t'ai promis de respecter ton choix. Je tiendrai ma promesse.

Libérée de son poids et de sa chaleur, Pen frissonna. Quel que soit son état de confusion, elle n'avait pas envie de se passer de lui. Son désir pour lui était bien réel.

— Attends ! dit-elle avant qu'il ne se lève du canapé.

Elle s'agenouilla à côté de lui.

— Reid, je ne sais pas encore très bien où j'en suis, mais je sais que je veux... que j'ai besoin de...

Il haussa un sourcil. Pen glissa une main derrière sa nuque pour l'attirer vers elle.

— J'ai besoin de ça, murmura-t-elle en appliquant sa bouche sur la sienne.

Dans un premier temps, son baiser fut hésitant, comme si elle testait la réalité de son rêve d'adolescente. Mais à mesure que son corps prenait vie, à mesure que le sang affluait dans ses joues et au bas de son ventre, elle s'enhardit, passant la langue sur les lèvres de Reid. Alors, il enroula un bras autour de sa taille et la fit basculer en arrière sur le canapé.

Il l'embrassa avec une application qui faillit la rendre folle, alternant les moments où il frôlait sa bouche et ceux où il mêlait sa langue à la sienne en une danse lascive. Appuyé sur un coude, il laissa glisser son autre main le long de sa taille, tournant autour de sa poitrine sans jamais la toucher vraiment. Pen sentit un feu brûlant se répandre en elle, et bientôt toute son attention se concentra sur cette main qui jouait avec sa patience. Lorsqu'elle se posa enfin sur son sein et en effleura la pointe durcie, elle ne put retenir un soupir de plaisir.

Le vrai Reid surpassait tous ses fantasmes. Il était la chaleur et la douceur, la passion et la sensualité, l'incarnation du désir et de la tentation. Et pourtant, derrière l'émotion qu'il éveillait en elle persistait une irrépressible appréhension. Reid était un Colton. Il venait d'un monde de pouvoir et de privilèges. Malgré toutes ses explications, il restait l'homme qui avait donné la mort à Andrew. Et il était connu pour enchaîner les conquêtes sans se soucier des cœurs brisés qu'il laissait derrière lui.

L'abandonnerait-il elle aussi une fois le danger passé et leur enquête terminée ? C'était possible. C'était même probable.

Mais peu importe, se dit-elle. Quoi qu'il arrive, elle survivrait. Elle connaissait Reid, elle pouvait donc protéger son cœur. Elle n'avait qu'à savourer ce moment sans rien attendre de plus.

Pressée de sentir sa peau sous ses doigts, elle commença à lui déboutonner sa chemise. Il se décala pour lui faciliter la tâche, tout en déposant une série de baisers sur sa joue et son cou. Elle avait défait la moitié des boutons quand il attrapa le dos du vêtement pour le passer au-dessus de sa tête. Elle l'aida à se libérer des manches, puis il jeta la chemise vers la table… faisant tomber un des verres de vin.

Penelope se redressa brusquement en poussant une exclamation de surprise. Le liquide rouge se répandait sur la surface en verre, menaçant de couler sur le tapis. Alors qu'elle se levait pour intervenir, Reid la retint par le poignet.

— Laisse, ce n'est pas grave.

— C'est du vin rouge. Ça va ruiner ton tapis !

— Je m'en fiche. S'il est taché, je le remplacerai.

Elle lui lança un regard incrédule, tout en se dégageant de son étreinte.

— Ne sois pas ridicule.

Rapidement, elle alla chercher le rouleau de papier absorbant dans la cuisine et se dépêcha d'essuyer le vin.

— Ce n'est pas parce que tu as de l'argent que tu es obligé de le dépenser, observa-t-elle.

— Pourquoi tu te mets dans cet état ? Ce n'est qu'un peu de vin !

— Et tu as les moyens d'acheter un autre tapis.

— Exactement.

— Moi, non, répliqua-t-elle. Quand je vivais encore chez mes parents, j'aurais peut-être pu, mais même alors je ne l'aurais pas fait.

Il posa une main sur les siennes.

— Qu'est-ce qui se passe, Pen ? C'est quoi, le vrai problème ?

Elle baissa la tête, de nouveau envahie par les doutes qu'elle avait réussi à chasser un peu plus tôt.

— De temps en temps, tu dis quelque chose qui me rappelle tout ce qui nous sépare. J'ai toujours trouvé que dans ta famille vous étiez arrogants et que vous jetiez l'argent par les fenêtres. « Pas la peine de nettoyer ce vin, j'achèterai un autre tapis. »

— Je ne voulais pas que tu t'embêtes pour ça, c'est tout.

— Pareil pour l'ordinateur portable, poursuivit-elle sans l'écouter. « Je verrai si je peux en emprunter un au ranch, sinon j'en achèterai un autre. » Et toutes ces voitures que tu as eues quand tu travaillais avec Andrew... Tu aurais pu faire réparer ton SUV, mais non, tu t'en es débarrassé pour t'en payer un autre.

— C'était un vrai tas de ferraille ! se défendit-il. Il n'arrêtait pas de tomber en panne, évidemment que je l'ai remplacé !

— Et ton nouvel écran de télé, et ton nouvel équipement de sport...

— Ça te dérange que j'aie de l'argent ? la coupa-t-il gentiment. C'est ça ?

— Et le pire, c'est que tu fais pareil avec les femmes !

Pen regretta aussitôt d'avoir prononcé cette phrase. Elle ferma les yeux et se mordit la lèvre, tentant de retenir ses larmes.

Reid resta silencieux un long moment. Finalement, elle l'entendit arracher quelques feuilles de sopalin et finir de nettoyer la table. Puis il emporta les papiers souillés dans la cuisine.

Penelope fila dans sa chambre avant qu'il ne revienne. Elle

s'était trahie en lui révélant ce qui lui faisait vraiment peur : qu'il l'abandonne. Avec son physique et sa fortune, Reid Colton pouvait séduire toutes les femmes qu'il voulait. Pourquoi s'encombrerait-il d'une mère célibataire dont le père s'était sans doute rendu coupable de crimes odieux contre la famille Colton ?

Il n'avait rien à faire avec elle.

Quand il appela le banquier de Hugh Barrington le lendemain matin, Reid fut une fois de plus surpris – et consterné – de voir à quel point il était facile, avec un peu de cran et d'ingéniosité, d'obtenir des informations privées sur une tierce personne. En fournissant à l'employé la date de naissance de l'avocat ainsi que son numéro de téléphone, il réussit à se faire passer pour lui et à avoir confirmation du transfert d'argent réalisé sur le compte du médecin légiste. Il découvrit par la même occasion qu'un autre virement conséquent avait été effectué le jour de la fusillade vers une banque de La Nouvelle-Orléans.

Intrigué, il chercha à en savoir plus.

— C'est étrange. Mon associé dit qu'il n'a pas reçu l'argent. Son nom a peut-être été mal orthographié. Vous pouvez me l'épeler pour vérifier ?

— Ce n'est pas un nom de personne, monsieur, mais un nom d'entreprise. Mareau Dépannage.

— Ah oui, c'est vrai ! Je lui dirai de regarder sur le compte de sa société. Merci pour votre aide.

Avant même d'avoir raccroché, Reid tapait déjà « Mareau dépannage Nouvelle-Orléans » sur Google. Aucune entreprise n'était enregistrée à ce nom. S'agissait-il d'un compte en banque fictif ?

— Alors ? s'enquit Pen, qui construisait une tour de cubes avec Nicholas.

Reid lui rapporta ce qu'il venait d'apprendre, puis il se laissa aller en arrière dans son fauteuil en mâchonnant son stylo.

— Je crois qu'il est temps que je prévienne ma famille.

— Tu es sûr que tu peux leur faire confiance ?

Il soupesa la question en se tournant vers la baie vitrée qui donnait sur le lac. Une aigrette attendait, les pieds dans l'eau, qu'un poisson passe près d'elle. De gros nuages blancs filaient dans le ciel, poussés par le vent d'ouest.

— Il y a six mois, j'en aurais douté, répondit Reid. Mais depuis la disparition d'Eldridge, et malgré toutes les accusations qui ont été lancées contre les uns et les autres, j'ai plus que jamais l'impression que je peux compter sur mes frères et sœurs. On a passé l'épreuve du feu ensemble ; ça nous a soudés.

— Comme dit le proverbe, à quelque chose malheur est bon...

— Oui, même si je pense que ce progrès est dû en grande partie aux pièces rapportées.

— Qu'est-ce que tu veux dire par là ? demanda Pen en posant un dernier cube tout en haut de la tour.

Nicholas la fit s'écrouler avec un rire joyeux.

Une douce sensation de chaleur envahit Reid tandis qu'il observait ses deux invités – des invités qu'il avait chaque jour un peu plus envie d'accueillir de manière permanente dans sa vie, des invités qui le poussaient à se surpasser, et qui, pour la première fois depuis bien longtemps, lui redonnaient espoir dans l'avenir. Depuis qu'il les côtoyait, il comprenait mieux comment ses frères et sœurs étaient devenus plus aimables, plus fiables, plus loyaux envers leur famille.

— En ce moment, tous mes proches se marient ou deviennent parents, expliqua-t-il. C'est amusant comme le fait d'être amoureux et de partager sa vie avec son âme sœur peut changer une personne. On dirait que l'amour et le bonheur font ressortir le meilleur chez les Colton.

— L'amour fait ressortir le meilleur chez n'importe qui, répliqua-t-elle en souriant.

— C'est très vrai. Même Fowler et Marceline sont plus sympas ces derniers temps !

Pen eut l'air choquée.

— Fowler ? Quand il était ado, ma mère le trouvait déjà insupportable.

— Oui, il a toujours été mauvais comme un cochon avec moi et mes autres frères et sœurs. Mais il s'est radouci depuis qu'il a demandé sa copine en mariage.

— C'était inespéré... Et Marceline ? Le principal souvenir que j'ai d'elle, c'est quand vous êtes venus dîner chez nous un soir et qu'elle n'arrêtait pas de nous qualifier de « nouveaux riches ». Dans sa bouche, c'était clairement péjoratif.

— Tu parles ! Les Colton ne sont pas autre chose que des nouveaux riches ! Mon père et son frère n'avaient rien quand ils étaient gamins. Eldridge est un petit délinquant qui a épousé une femme fortunée et a eu la chance de trouver du pétrole.

— Oh ! mais je crois que Marceline incluait Eldridge dans son dénigrement. Je me rappelle, elle se vantait de son « vrai » père qui était issu de l'aristocratie. Elle m'a donné l'impression qu'on ne méritait pas notre argent.

— Pas étonnant que tu détestes notre famille...

— Ce soir-là, j'ai eu une longue discussion avec ma mère, poursuivit Pen. Elle m'a expliqué que la valeur d'une personne se mesurait à la façon dont elle traitait les autres et dont elle utilisait ses ressources, aux efforts qu'elle faisait pour rendre le monde meilleur.

L'expression de la jeune femme était empreinte de tendresse et de mélancolie. Reid tenta de se souvenir de la mère de Pen, mais celle-ci avait toujours été éclipsée par son obséquieux mari.

— Je crois que j'aurais bien aimé ta mère si je l'avais mieux connue, dit-il. Malheureusement, je ne lui ai jamais accordé beaucoup d'attention.

— Mon père préférait qu'elle reste dans l'ombre. Il avait

sûrement honte de ses idées généreuses, que ce soit envers les gens ou envers les animaux.

Elle fit la moue.

— Il n'était déjà pas très sympa avec elle quand j'étais petite, mais il a vraiment été odieux lorsqu'elle est tombée malade. Combien de fois j'ai regretté qu'il n'ait pas attrapé un cancer à sa place !

— Elle te manque.

— Bien sûr qu'elle me manque. Elle était mon roc.

— Pourquoi est-elle restée avec Hugh, s'il était si horrible avec elle ?

— Ma mère n'était pas parfaite non plus. Elle aimait le style de vie que l'argent de mon père lui offrait. Les belles tenues, les thalassos... Cet argent lui permettait aussi de soutenir les associations de protection des animaux, de sauver toujours plus de bêtes. Mes parents vivaient chacun de leur côté, en fait. Et en public, ils faisaient semblant d'être heureux ensemble.

— Je vois ce que tu veux dire. Avant qu'Eldridge disparaisse, je pensais que les miens fonctionnaient comme ça.

— Et tu as changé d'avis ?

— C'est bizarre, mais... oui. En tout cas, ma mère semble vraiment souffrir de l'absence d'Eldridge. À un point que c'en est agaçant, d'ailleurs. Elle en fait des tonnes !

Pen esquiva un cube que son fils venait de lancer vers elle.

— Non, Nicholas, dit-elle sévèrement. On ne jette pas les jouets !

— Sur ce, je vais réunir le clan, déclara Reid en se levant. On va peut-être avoir besoin de leur aide pour coincer ton père. Maintenant, il se méfie de nous deux ; il acceptera sans doute plus facilement de voir l'un ou l'une de mes frères et sœurs.

Pen le suivit jusqu'à la porte qui donnait sur le garage.

— Je peux faire quelque chose en attendant ? s'enquit-elle.

— Souhaite-moi bonne chance.

Elle le surprit en lui plantant un baiser sur le coin de la bouche.

— Bonne chance, murmura-t-elle.

Lorsqu'il monta dans son véhicule, Reid sentait son cœur battre joyeusement. Si Pen l'embrassait pour lui dire au revoir, si elle acceptait de se confier à lui comme elle l'avait fait, alors la chance lui souriait déjà.

En faisant route vers le ranch, Reid réfléchit à ce qu'il allait dire à sa famille. Que devait-il révéler, que devait-il taire ? Qui avait le plus de probabilités de gagner la confiance de Hugh et de lui soutirer des informations ?

Pour gagner du temps, il s'arrêta sur un parking et envoya un message groupé à ses proches :

URGENT : réunion de famille dans le salon au plus vite.

Il jeta son téléphone sur le siège passager et repartit. Même en se prenant tous les feux rouges, il arriva au ranch vingt minutes plus tard ; il espérait bien que les autres avaient eu le temps de se rassembler.

En entrant dans la maison, il tomba sur Marceline qui descendait le majestueux escalier, un petit sourire aux lèvres. S'il avait ignoré l'existence d'un certain Dylan, Reid aurait juré que sa demi-sœur manigançait encore quelque chose. Mais elle s'était confiée à lui récemment au sujet de sa relation secrète avec l'ouvrier du ranch, et elle se montrait nettement plus agréable depuis.

— Je dois vous parler, à tous, lui dit-il, assez fort pour la tirer de sa rêverie. On se retrouve au salon.

— Je sais, j'ai reçu ton message. Par contre, ne va pas croire que j'obéirai toujours au doigt et à l'œil sous prétexte que tu envoies un SMS groupé. J'ai ma vie.

Reid haussa un sourcil.

— Comment va Dylan ?

— Très bien, répondit-elle en retrouvant aussitôt son sourire.

Alors qu'elle finissait de descendre les marches, elle lui coula un regard en coin.

— Tu n'es pas en train de te moquer de moi, j'espère ? Parce que j'ai le droit de sortir avec qui je veux.

— Hé, du calme ! Je te rappelle que c'est moi qui t'ai encouragée à faire ce qui te rendait heureuse.

Sa réponse sembla la calmer. Rejetant ses cheveux en arrière, elle se dirigea vers le salon.

— Bon, j'espère que ça ne va pas prendre trop de temps. Je n'ai pas que ça à faire.

Dans la grande pièce, Reid compta rapidement les personnes présentes. Piper était assise à côté de son homme, Cord Maxwell, à qui elle chuchotait quelque chose tout en regardant son portable. TC faisait une micro-sieste, la tête appuyée contre le dossier du canapé. Whitney attendait en silence à côté de lui. Sans surprise, Fowler n'était nulle part en vue.

Reid l'appela sur son portable ; son frère aîné décrocha à la cinquième sonnerie.

— Qu'est-ce qu'il y a, Reid ? Je suis occupé.

— On l'est tous. C'est important, ramène-toi vite.

— Et si je suis au bureau ? Je pourrais être en réunion avec des investisseurs étrangers.

— C'est le cas ?

— Non, mais...

— C'est bien ce que je pensais. Rejoins-nous au salon, Fowler. J'ai des nouvelles concernant notre père.

— Pour ta gouverne, je n'aime pas être convoqué comme un subalterne. En tant que président de Colton SA, je ne peux pas tout laisser tomber dès que tu...

— Fais vite. On t'attend tous.

Reid raccrocha avant que son frère ait fini de pontifier.

Comme Alanna était également absente, il tenta de la joindre à l'écurie. Ce fut son amoureux, Jake McCord, qui répondit.

— On arrive dans cinq minutes. On vient juste de desseller les chevaux.

On. Reid faillit préciser que cette réunion ne concernait que ses frères et sœurs mais, après tout, leurs conjoints faisaient partie de la famille à présent.

— Où sont les autres ? demanda-t-il.

— Détends-toi, on est là, répondit Zane, qui venait d'entrer avec sa fiancée, Mirabella.

Le demi-frère de Reid avait un énorme sandwich à la main et semblait contrarié d'avoir été interrompu en plein casse-croûte.

— Alors, qu'est-ce qu'il y a de si urgent ?

— Je vous le dirai quand tout le monde sera là.

— Zane, tu vas salir le tapis ! protesta Whitney en montrant la salade et la mayonnaise qui débordaient du sandwich. Prends une assiette, au moins !

Zane jeta un regard blasé à sa mère, avant de se tourner vers une table d'appoint où trônaient un broc et une cuvette en faïence. Il s'empara de cette dernière et la plaça sous son sandwich.

— C'est mieux, comme ça ?

— Enfin, Zane, c'est une pièce de collection ! Tu ne peux pas...

— Maman, l'interrompit Reid. Laisse tomber, tu veux bien ?

Fowler apparut dans l'entrée du salon en même temps qu'Alanna et Jake arrivaient depuis l'arrière de la maison.

— Tu n'étais même pas au bureau ? lança Reid à son frère aîné.

Coiffé de son stetson et vêtu comme à son habitude d'un costume sur mesure, Fowler resserra sa cravate avec une petite moue de dédain.

— Je m'apprêtais à y aller, justement, alors si tu pouvais faire vite...

Reid réveilla TC d'un léger coup de pied dans les chaussures et jeta un regard circulaire sur la pièce pour s'assurer que tout le monde l'écoutait.

— J'ai des preuves que Hugh Barrington est impliqué dans la disparition d'Eldridge, annonça-t-il.

Piper releva les yeux de son téléphone et le dévisagea, stupéfaite.

— Mais… c'est lui qui l'a vu, il y a un mois !

— C'est ce qu'il prétend, en effet. Pourtant, le corps calciné n'était pas celui d'Eldridge, et rien n'est venu corroborer le témoignage de Barrington.

— Qu'est-ce que tu sous-entends ? s'enquit Whitney.

— Je ne sous-entends rien, j'affirme. Il y a quelques jours, la fille de Hugh m'a contacté à propos d'un dossier qu'elle avait découvert dans le bureau de son mari.

— Penelope ? demanda TC.

— Évidemment, imbécile, lâcha Fowler. Barrington n'a qu'une fille.

Ignorant la remarque acerbe de son frère, Zane expliqua à Mirabella qui étaient Penelope et Andrew, et comment Reid avait été accusé de la mort de ce dernier. Reid leur raconta ensuite ce que révélait le dossier en question, les recherches que Pen et lui avaient effectuées chez l'avocat et la tentative de meurtre dont ils avaient été victimes juste après.

— Mon Dieu ! s'écria Whitney en portant une main à sa bouche. Vous n'avez pas été blessés, au moins ?

— Non, on a eu beaucoup de chance.

— Tu as pu identifier le tireur ? s'enquit TC.

— Malheureusement, non. Par contre, on a trouvé des preuves que Barrington escroquait ses clients depuis des années – nous y compris.

— Le fumier ! s'exclama Alanna.

— Non seulement il s'est débrouillé pour qu'Eldridge lui lègue le contrôle de l'entreprise, mais en plus il nous volait déjà depuis des lustres ? gronda Fowler.

— Est-ce que tu l'as dénoncé à la police ? demanda TC.

— Pas encore.

— Pourquoi ? voulut savoir Whitney.

— Je n'ai pas fini de réunir les éléments. Je ne veux pas que les flics hésitent à arrêter Barrington, qu'il ait la moindre chance de s'en tirer.

— Tu as raison, il ne faut pas se précipiter, approuva TC.

— En étudiant son historique de navigation, j'ai aussi découvert qu'il avait cherché à savoir comment mettre en scène la mort de quelqu'un. Il a regardé de vieux articles de presse qui parlaient de corps volés dans des funérariums. Il s'est également renseigné sur l'identification des cadavres brûlés.

— Tu veux dire que Hugh a monté de toutes pièces cette histoire de corps calciné retrouvé dans une voiture ? souffla Whitney, pâle comme un linge.

— On savait déjà que le légiste avait été soudoyé pour déclarer qu'il s'agissait de papa, observa Alanna.

— C'est vrai, mais on ne savait pas *qui* l'avait payé, répondit Reid. J'ai trouvé la preuve que Hugh avait transféré de l'argent à ce médecin avant qu'il disparaisse.

— Pourquoi voulait-il nous faire croire qu'Eldridge était mort ? intervint Piper.

— Pour que le testament soit lu, répliqua Zane. J'imagine qu'il n'était pas aussi surpris qu'il l'a prétendu en découvrant son héritage.

— Je le savais ! grogna Fowler, hors de lui. Il va payer pour ça !

Sur ces mots, il sortit son téléphone et commença à chercher le numéro de l'avocat dans ses contacts.

— Attends, lui dit Reid. S'il apprend qu'on l'a démasqué, il risque de nous filer entre les doigts. Et il n'y a pas que le contrôle de Colton SA qui est en jeu.

— Tu penses qu'il a tué Dridgeounet ? s'étrangla Whitney.

— C'est bien l'impression que ça donne, en tout cas, répondit Zane, avant de ne faire qu'une bouchée de la fin de son sandwich.

— Mais s'il a tué papa pour récupérer les rênes de l'entreprise, pourquoi s'embêter à voler un cadavre plutôt que de fournir le vrai corps ? demanda Piper.

— Bonne question, souligna TC.

— Ce n'est pas tout, reprit Reid. Hugh a aussi fait des recherches sur le chlorure de potassium.

— Quel rapport ? s'enquit Fowler.

— Ces recherches datent d'un mois avant que je n'injecte à Andrew ce que je croyais être de l'insuline, et qui était en réalité... Je vous laisse deviner.

— Oh ! purée...

TC se laissa retomber en arrière sur le canapé.

— Tu es en train de nous dire que Hugh est peut-être impliqué dans la mort de son gendre ?

— Oui.

— Impliqué ? fit Zane. Bon sang, s'il a remplacé l'insuline d'Andrew par un poison, il s'agit de meurtre avec préméditation !

— Pen dit qu'il a eu l'opportunité de trafiquer les ampoules quand il est venu chez eux. Il ne lui restait plus qu'à attendre qu'Andrew s'injecte la dose fatale. Manque de bol, c'est moi qui la lui ai administrée.

— Attends un peu, dit Cord. Excuse-moi de poser cette question mais, s'ils ont retrouvé du chlorure de potassium dans la seringue et que tu as reconnu lui avoir fait la piqûre...

Il ne termina pas sa phrase, embarrassé.

— Pourquoi je n'ai pas été arrêté, c'est ça ? Parce qu'ils m'ont fait passer au détecteur de mensonges et que j'ai réussi le test. Et aussi parce que, comble de l'ironie, Hugh Barrington a volé à mon secours et démonté toutes les « preuves » que la police avait contre moi.

— Et parce que c'est un Colton, ajouta Fowler avec son arrogance typique. Le procureur s'est bien gardé de monter une accusation bancale contre un Colton, parce qu'il savait qu'il se ferait humilier au tribunal par nos avocats et qu'Eldridge détruirait sa carrière.

Cord regarda Piper en haussant un sourcil. La jeune femme détourna les yeux, refusant d'admettre qu'il y avait sans doute du vrai dans ce que disait Fowler.

— Il n'a pas été arrêté parce qu'il était innocent, tout simplement, affirma-t-elle.

Reid lui adressa un petit sourire reconnaissant, avant de poursuivre :

— Ce que je veux dire, c'est qu'il y a différents angles à considérer dans cette affaire. Hugh semble s'être livré à de nombreuses malversations. On a retrouvé un faux passeport et une grosse somme d'argent en liquide dans un coffre dissimulé dans son bureau.

— Tout ce qu'il faut pour s'enfuir à l'étranger, souligna Cord.

En tant que chasseur de primes, il savait de quoi il parlait.

— Si je résume, intervint Fowler, cet avocat véreux nous a escroqués pendant des années, il a essayé de nous convaincre qu'Eldridge était mort, il a falsifié le testament pour prendre le contrôle de notre entreprise, et il a organisé le meurtre de son gendre – dans lequel tu t'es retrouvé mêlé. Et malgré tout ça, tu ne veux rien faire ? Je comprends pourquoi tu t'es fait virer de la police !

— Je ne me suis pas fait virer, j'ai démissionné, se défendit Reid.

Il en avait assez de devoir sans arrêt se justifier à ce propos. Au moins, Pen semblait le croire. C'était tout ce qui comptait à ses yeux.

— Je n'ai jamais dit que je ne voulais rien faire, poursuivit-il. J'attends juste d'avoir un dossier suffisamment solide pour le dénoncer.

— Hum, fit Cord en se frottant le menton. Je ne voudrais pas jouer les rabat-joie, mais en tant qu'ancien policier tu sais sans doute que tes preuves ont été obtenues illégalement. Elles ne tiendront pas devant un juge.

Des murmures s'élevèrent dans la petite assemblée. Reid les fit taire :

— J'y ai pensé, bien sûr. Mais une fois que j'aurai parlé au procureur, il pourra délivrer des mandats de perquisition et citer des témoins à comparaître. Et j'ai aussi un plan pour coincer Barrington sans ça.

Zane se redressa.

— Qu'est-ce que tu as en tête ? Je peux faire quelque chose pour aider ?

— Désolé, mais, toi et moi, on est grillés. Hugh connaît nos liens avec la police. Par contre... Fowler, tu serais prêt à mener une petite mission d'espionnage ?

— Fowler ? s'exclama Marceline. Tu lui fais assez confiance pour recueillir des preuves contre Hugh ?

— Je dois dire que je partage son scepticisme, renchérit TC. Fowler n'est pas très subtil. Peut-être que je pourrais...

— Justement, le coupa Reid, je compte sur sa réputation de m'as-tu-vu. Barrington ne le soupçonnera jamais de vouloir le piéger.

Fowler lança un regard offusqué à ses frères et sœurs.

— Vous plaisantez ? Moi, je ne suis pas subtil ? J'en ai baratiné, des hommes d'affaires, pour leur arracher des contrats ! Les plus grands chefs d'entreprise du pays entrent dans mon bureau en pensant qu'ils vont pouvoir me faire plier, et quand ils en ressortent ils me mangent dans la main. Comment croyez-vous que Colton SA est devenue ce qu'elle est aujourd'hui ?

— C'est bon, grommela Alanna. Pas la peine de la ramener, tu as déjà été choisi pour faire le boulot.

— Essaye de ne pas tout foirer, OK ? dit TC.

Fowler lui répondit par un geste sans équivoque.

— Qu'est-ce que tu veux que je fasse ? demanda-t-il à Reid.

— Rapproche-toi de Barrington, sympathise avec lui. Fais-lui croire que tu veux faire équipe pour diriger l'entreprise.

— D'accord, je lui passe la pommade, et ensuite ?

— Tente de lui soutirer un maximum d'informations. Essaye de le coincer, vois comment il réagit. Et enregistre tout. Tu peux faire ça avec ton téléphone, n'est-ce pas ?

— Hum, fit à nouveau Cord. Si Fowler le rencontre dans son bureau ou au cabinet de Barrington, légalement il est obligé de le prévenir qu'il enregistre leurs échanges. Mais ce n'est pas le cas s'ils discutent dans un lieu public – au restaurant ou dans un parc, par exemple. Je dis ça, je dis rien.

— Qu'est-ce que tu en penses, alors ? demanda Reid à Fowler. Tu crois que tu sauras faire parler Barrington sans lui mettre la puce à l'oreille ?

— Oh ! que oui. Tu peux compter sur moi.

14

Ce soir-là, après avoir couché Nicholas, Penelope retrouva Reid au salon. Affalé sur le canapé, il regardait le plafond d'un air absent.

— Ça va ? lui demanda-t-elle en s'asseyant à côté de lui, cuisse contre cuisse.

Elle avait bien conscience de ce qui s'était passé – ou ce qui avait *failli* se passer – deux jours plus tôt sur ce même canapé. N'était-elle pas en train de tenter de diable ? Si, évidemment. Avait-elle envie de finir au lit avec Reid Colton ? Sur ce point, elle hésitait. Oh ! elle le désirait, cela ne faisait aucun doute, et elle savait que l'expérience ne serait que pur plaisir. Mais, au fond d'elle, ce qu'elle voulait vraiment, c'était *faire l'amour* avec lui. Elle voulait une relation qui ait du sens. Une relation engagée. Tout ce que Reid ne pourrait sans doute jamais lui offrir.

Comment un homme qui ne manquait de rien, qui avait le monde – et les femmes – à ses pieds, pourrait-il avoir besoin d'elle ?

Tout en sachant qu'elle ferait mieux de garder ses distances, Pen se sentait poussée vers lui par une envie instinctive de soulager sa détresse. Comme il ne répondait pas, elle posa une main sur sa jambe et le secoua doucement.

— Allô la Lune, ici la Terre ! Qu'est-ce qui se passe, Reid ?

Il tourna la tête vers elle.

— Oh ! je pensais juste à... tout ça.

— C'est précis, au moins.

— J'ai parlé à ma famille, aujourd'hui.

— Et ?

Il se leva pour aller déboucher la bouteille de vin qu'ils avaient entamée pendant le dîner. Il en versa un fond dans leurs verres, qu'il porta jusqu'au canapé.

— Forcément, ils ont été choqués d'apprendre la trahison de Hugh, dit-il.

Pen poussa un long soupir.

— Je ne sais pas pourquoi, mais je me sens coupable.

— Arrête. Tu n'es pas responsable de ce qu'il a fait.

— Coupable par association, si tu préfères. C'est quand même mon père. Ça me révolte qu'il puisse être aussi cupide. Et je prie pour que son égoïsme et son manque de cœur ne soient pas héréditaires. Je ne supporterais pas que, malgré tous mes efforts, Nicholas se révèle un jour aussi dépourvu de sens moral.

Alors qu'elle sirotait son vin, elle croisa le regard de Reid. Il ouvrit la bouche comme s'il voulait répondre, avant de la refermer en fronçant les sourcils.

— Qu'est-ce qu'il y a ? lui demanda-t-elle. Qu'est-ce que tu allais dire ?

Il se força à sourire.

— Rien.

— Bon sang, Reid, parle-moi ! Je déteste quand tu m'exclus comme ça !

— Je ne t'exclus pas ! Je suis d'accord, ton père est un sale type. Mais je doute sérieusement que Nicholas lui ressemble un jour.

Il lui pressa gentiment le genou.

— En t'ayant comme mère, c'est impossible.

— Tu ne crois pas que l'hérédité peut parfois prendre le pas sur l'éducation ? Et si mon père était comme il est à cause de je ne sais quelle maladie mentale génétique ? Et si Nicholas avait hérité de ce gène ?

— Pen, arrête.

— Ça pourrait arriver.

— Non, ça ne peut pas. S'il te plaît… fais-moi confiance, d'accord ?

Elle étudia son expression. Il semblait incapable de la regarder droit dans les yeux. Un sentiment de malaise l'envahit.

— Reid ?

Il continua d'éviter son regard. D'une main tremblante, Pen reposa son verre sur la table basse avant de se tourner vers lui.

— J'en ai marre des secrets et des tromperies. Comment veux-tu que j'avance sereinement dans la vie si je suis sans cesse en train de regarder par-dessus mon épaule ou de me demander si on me cache quelque chose ?

— Hugh Barrington n'est pas ton père.

— Qu'est-ce que tu racontes ? Bien sûr que c'est mon père.

— Non.

Reid leva enfin les yeux vers elle – des yeux emplis d'inquiétude et de compassion.

— Du moins, ce n'est pas ton père biologique.

— Si tu sous-entends que ma mère l'a trompé…

— Non ! s'empressa-t-il de dire en prenant ses mains dans les siennes. Tu as été adoptée, Pen. Je suis tombé sur les papiers lorsqu'on fouillait le bureau de ton père.

Pen cligna des yeux, abasourdie. *Adoptée ?*

— Je pensais que tu étais peut-être au courant…

— Non, je ne savais pas, murmura-t-elle.

— Je suis désolé.

— Tu n'as pas à l'être. Si c'est vrai, j'ai le droit de savoir. Mes parents auraient dû m'en parler. Je…

Elle soupira.

— Ça explique beaucoup de choses sur l'attitude de Hugh, mais ma mère…

— Je n'aurais pas dû te le dire.

— Je suis contente que tu l'aies fait. C'est juste... un peu dur à avaler.

— C'est bien le problème. Tu n'avais pas besoin qu'on te rajoute des soucis. Ça aurait pu attendre qu'on ait arrêté ton père et que tu puisses rentrer chez toi.

— Sauf que ce n'est pas vraiment mon père, répliqua-t-elle. Et, bizarrement, j'en suis soulagée.

— Je te comprends. En même temps, cela soulève aussi beaucoup de questions et rouvre peut-être de vieilles blessures. Je m'en voudrais que tu souffres encore plus à cause de moi.

— C'est moi qui ai insisté pour que tu craches le morceau. Tu n'es pas responsable des secrets que mes parents m'ont cachés. Ni de mes relations conflictuelles avec mon père. Par contre, je suis déçue que ma mère ne m'ait rien dit.

— Elle avait peut-être prévu de le faire avant de tomber malade. Mais annoncer à son enfant qu'il a été adopté et qu'en plus sa mère va bientôt mourir, ça fait beaucoup. Tu avais quel âge, douze ans ?

— Treize. La pire période pour une fille.

— Tu sais, je suis prêt à parier que c'est ta mère qui a décidé de t'adopter. Elle t'a choisie. Elle t'a *voulue*.

Pen ne répondit pas : l'émotion lui nouait la gorge. Les mots de Reid étaient comme un baume sur son âme meurtrie.

— Elle t'aimait, ajouta-t-il, même si ton père s'est révélé...

— ... être un salaud ?

Reid eut un petit rire et passa un bras autour d'elle.

— Je n'aurais pas osé, mais puisque tu le dis...

Il l'embrassa sur le haut de la tête. Pen se laissa aller contre lui, savourant le lien qui se renforçait chaque jour un peu plus entre eux. La présence de Reid atténuait l'effet dévastateur que cette annonce aurait pu produire sur elle dans d'autres circonstances.

Savoir qu'elle avait été adoptée jetait une lumière nouvelle sur son enfance. Elle repensa à certains moments clés de sa vie, chercha des indices qu'elle aurait pu rater. Lorsqu'elle se remémorait ses jeunes années, un sentiment revenait sans cesse : la solitude. Peut-être avait-elle deviné qu'elle n'était pas à sa place dans cette famille...

— Avant de rencontrer Andrew, je me sentais seule au monde, confia-t-elle. Ma mère a essayé de m'aider à me faire des amis, mais les réceptions mondaines, ce n'était vraiment pas mon truc. C'est peut-être pour ça que j'ai toujours été sensible au sort des animaux errants. Avec eux, j'avais l'impression d'être utile, d'être importante. En fait, on avait quelque chose en commun sans que je le sache : moi aussi, j'avais été une paria.

— Pen, il faut que tu gardes à l'esprit que ta maman t'a désirée. Tu ne sais pas pourquoi ta mère biologique t'a abandonnée, mais les Barrington t'ont accueillie volontairement chez eux.

Sa voix de baryton vibrait tout contre son oreille.

— J'espère que tu as raison, dit-elle. En fait, je crois que je me doutais de quelque chose. Je me sentais souvent seule. Et quand Andrew est mort, ça a été retour à la case départ.

— Tu n'es pas seule, protesta Reid. Déjà, tu as Nicholas.

— Ce n'est pas pareil. Je suis sa mère et, même si je l'aime plus que tout au monde, ça ne remplace pas la camaraderie, l'amitié que je partageais avec Andrew.

— Des amis, tu en as. Je le sais. Des voisins avec qui on a fait des barbecues, les gens de ta paroisse... et tu m'as, moi.

Elle entendit son cœur battre plus vite. Ses paroles la touchaient, mais elles la tourmentaient aussi.

— Pourquoi ? demanda-t-elle.

— Comment ça, pourquoi ?

— Pourquoi tu es là, avec moi ? Pourquoi tu m'aides ?

— Parce que... on est amis.

— Vraiment ?

Pen ne voulait pas de sa pitié. Elle ne lui avait pas parlé de son enfance pour s'attirer sa compassion.

— Oui, je le crois, répondit-il. Pas toi ?

— Tu es sûr que ce n'est pas parce que tu te sens coupable vis-à-vis d'Andrew ? Je veux dire, on n'était pas proches, tous les deux, avant que je l'épouse. Qu'est-ce qui a changé ?

Elle s'écarta de lui pour pouvoir le regarder en face.

— J'apprécie tout ce que tu fais pour moi en ce moment, ajouta-t-elle, mais qu'en sera-t-il plus tard ? Dans un an, dans dix ans ?

Elle sonda son regard, sachant qu'elle y trouverait la vérité. Et elle vit son hésitation. Son incertitude.

— Je n'ai pas de boule de cristal, Pen, répondit-il. Je ne peux pas te dire ce qui se passera dans dix ans.

— Merci pour ton honnêteté, murmura-t-elle en se levant.

Elle le laissa comme elle l'avait trouvé, seul, à fixer le vide. Malgré la déception, malgré la douleur, elle savait à présent à quoi s'en tenir avec lui, et elle allait pouvoir se ressaisir. Reid Colton restait Reid Colton : un riche play-boy incapable de s'engager, si bien intentionné fût-il.

15

— Monsieur Barrington, Fowler Colton souhaite vous voir, annonça la secrétaire de Hugh dans l'intercom.

Fowler Colton ?

Rien que le nom lui donnait des boutons. Il pianota sur son bureau, cherchant une excuse pour éconduire le visiteur indésirable. Jamais il n'avait connu de types aussi hypocrites et méprisables. Quoique... Dans le genre, Eldridge n'était pas mal non plus. Et, pour être honnête, ses propres associés et clients ne diraient pas autre chose de lui s'ils découvraient la vérité – ce que Hugh avait tout fait pour éviter.

Il eut un pincement de regret en pensant au contrat qu'il avait placé sur la tête de Penelope et de Reid Colton. Cela le chagrinait de se débarrasser de sa fille, mais il fallait bien qu'il protège ses intérêts. Ses petites combines ne pouvaient pas être révélées au grand jour, sans quoi c'était la prison assurée. Hors de question de...

— Monsieur Barrington ? insista Ethyl. Je vous envoie M. Colton ?

— Dites-lui que je...

La porte de son bureau s'ouvrit à toute volée.

— Dites-le-moi vous-même, Hugh, tonna Fowler en entrant dans la pièce. Nous sommes vos meilleurs clients depuis des années, je n'accepterai pas d'être renvoyé comme un vulgaire quidam.

Bondissant sur ses pieds, Hugh lui offrit son sourire le plus mielleux.

— Bien sûr, Fowler. Je m'apprêtais à dire à ma secrétaire de vous laisser entrer.

Il lui était de plus en plus pénible de faire des courbettes aux puissants Colton, surtout après les efforts qu'il avait déployés ces derniers mois pour tenter de les remettre à leur place. Il fit signe au jeune homme de s'asseoir, et lui proposa du café et du whisky. Déclinant l'offre, Fowler posa son stetson sur l'un des deux fauteuils qui faisaient face au bureau, déboutonna son pardessus et s'installa dans l'autre.

— Alors, que puis-je faire pour vous ? s'enquit l'avocat.

— Eh bien, c'est très simple, Hugh. Comme mon père vous a légué une participation majoritaire au sein de Colton SA, je tenais à m'assurer que nous étions sur la même longueur d'onde. Bien sûr, son corps n'a toujours pas été retrouvé, mais nous devrons bien l'enterrer un jour. Son testament ne me laisse que deux choix : me plier à sa volonté, ou faire des vagues.

Il pinça les lèvres.

— Je suis venu vous exprimer mon désir de travailler avec vous pour le bien de l'entreprise.

Hugh s'efforça de dissimuler sa surprise. Les Colton avaient donc avalé son mensonge ? Il s'éclaircit la gorge.

— Merci pour votre soutien. Je sais à quel point ces derniers mois ont été difficiles pour votre famille.

— Vraiment ?

Les yeux bleu pâle de Fowler brillaient de fourberie. Ou peut-être était-ce un effet de la lumière, songea Hugh. Ou de sa propre mauvaise conscience. Il préféra ne pas relever le sarcasme.

— Il me tarde de laisser cette période troublée derrière nous et d'avancer ensemble, dit-il d'un ton doucereux. Je suis convaincu que Colton SA continuera à prospérer pendant de nombreuses années sous notre direction conjointe. Néanmoins, tant qu'Eldridge n'a pas été officiellement déclaré mort, le testament ne peut pas entrer en vigueur.

Durant de longues secondes, les deux hommes s'observèrent en silence, tels deux chiens se disputant le même os.

— Je ne vais pas vous mentir, Hugh, lâcha finalement Fowler. Ça a été un choc pour moi d'apprendre que je n'aurais pas le contrôle de l'entreprise que mon père a passé sa vie à bâtir. Un moment, j'ai pensé me battre pour récupérer mes droits. Littéralement, ajouta-t-il avec un sourire en coin. Combien de fois je me suis imaginé vous traîner dans une ruelle pour vous tabasser jusqu'à ce que vous renonciez à cet héritage !

Hugh se força à ricaner, mais il avait soudain les mains moites. Il se retint de les essuyer sur son pantalon de crainte que son odieux client remarque l'effet que ses menaces à peine voilées produisaient sur lui.

— Cela étant, j'ai fini par me dire que mon père devait avoir de bonnes raisons de vouloir vous confier de telles responsabilités, poursuivit Fowler. Il a toujours eu du flair, et il a toujours su ce qui était bon pour l'entreprise. Sinon, Colton SA ne serait pas devenue ce qu'elle est aujourd'hui.

Hugh acquiesça avec ferveur.

— Tout à fait. Eldridge était un grand homme d'affaires.

— Comme vous êtes à ses côtés depuis des années, je sais que l'entreprise vous tient à cœur, à vous aussi. Et je sais que mon père vous respectait et respectait votre avis.

Hugh aurait savouré le compliment si Fowler n'avait pas eu l'air aussi constipé en le prononçant. C'était vrai que le vieux chnoque lui avait fait confiance – et Hugh ne s'était pas gêné pour en profiter.

— J'ai donc décidé de respecter la volonté d'Eldridge, conclut

Fowler. Pour faciliter la transition, je suggère que nous commencions à vous informer des différents projets et contrats prévus.

Il lui tendit la main.

— Êtes-vous d'accord pour faire équipe ?

Hugh n'eut pas d'autre choix que d'essuyer rapidement sa paume sur sa cuisse avant d'accepter la vigoureuse poignée de main de Fowler.

— Avec grand plaisir, répondit-il.

Si l'aîné des Colton découvrait l'ampleur de sa trahison, Hugh finirait à coup sûr derrière les barreaux.

Plutôt mourir.

Un soir, alors que Pen et Nicholas entamaient leur troisième semaine sous la protection de Reid, le petit garçon en fit voir de toutes les couleurs à sa mère pour se coucher. Reid l'entendait pleurer à l'autre bout de la maison ; il plaignait la jeune femme de devoir gérer ce genre de crises en plus de tout le reste.

Il avait presque terminé la vaisselle quand elle débarqua dans la cuisine, à bout de nerfs. Nicholas hurlait dans sa chambre.

— Où est ma clé de voiture ? demanda-t-elle.

— Pourquoi ?

— On ne t'a pas appris qu'on ne répondait pas à une question par une autre question ?

— Comme tu viens de le faire ? répliqua-t-il.

— Reid, je ne suis pas d'humeur à plaisanter.

Il ouvrit le tiroir dans lequel il avait rangé la clé et la lui tendit. Quand elle voulut s'en saisir, il écarta la main.

— Si tu as besoin de quelque chose dans ton SUV, dis-moi quoi, j'irai le chercher.

— J'ai besoin de la voiture. Je pars faire un tour.

— Oh ! que non.

— Reid ! Tu ne peux pas me retenir prisonnière !

— Tu as l'intention d'abandonner Nicholas parce qu'il ne veut pas dormir ?

— Ne sois pas idiot. Je vais le promener en voiture. C'est la seule façon de le calmer quand il est dans cet état.

Elle ouvrit la main.

— La clé, s'il te plaît.

— La seule façon ? Tu as essayé le lait chaud ? Ou un massage ?

— J'ai tout essayé. Le tour en voiture, c'est ce qui marche le mieux. Beaucoup de parents le font, ajouta-t-elle devant son air sceptique. Ne me juge pas !

— Très bien. Mais on prend le 4x4, et c'est moi qui conduis.

— Tu n'es pas obligé de venir.

— Si, je suis obligé. J'ai promis de te protéger, et je ne peux pas le faire en te laissant partir toute seule en pleine nuit.

— Je n'ai pas l'intention de m'enfuir, Reid. Je te jure que je reviendrai dès qu'il se sera endormi.

— Parce que tu crois que tu serais capable de retrouver le chemin jusqu'ici ?

— Eh bien...

— Va chercher ton manteau.

Il fit un signe de tête vers l'entrée de la cuisine où Nicholas venait d'apparaître, tout rouge et sanglotant.

— Quand tu seras prête, retrouve-moi dans le garage.

Pen soupira.

— Tu veux bien récupérer son siège auto dans le SUV ?

— C'est ce que j'allais faire.

Quelques instants plus tard, elle installait Nicholas dans la Range Rover et l'enveloppait d'une couverture.

— Tu ne lui mets pas son manteau ? demanda Reid.

— Les dernières études montrent que les sangles du siège auto les retiennent moins bien en cas d'accident s'ils ont une trop grosse épaisseur de vêtements.

Reid aurait dû le savoir. En tant que policier, il était censé connaître toutes les règles de sécurité, non seulement pour les faire respecter, mais aussi pour pouvoir conseiller les automobilistes. Ces derniers mois, il avait relâché son attention sur ces sujets. Après tout, il n'avait pas d'enfants, cela ne le concernait pas directement… Mais il allait bientôt être tonton, et il aurait alors une nouvelle génération de Colton à protéger.

Et puis, il y avait Nicholas.

Tandis qu'ils prenaient la route, Reid ajusta le rétroviseur intérieur pour mieux voir le petit garçon. Celui-ci s'était déjà calmé et essayait de distinguer par la fenêtre le paysage plongé dans l'obscurité.

Une drôle de sensation se répandit dans la poitrine de Reid – comme cette satisfaction que vous apporte votre première gorgée de café par un matin d'hiver. Qu'il le veuille ou non, il s'était attaché au fils de Pen. Son sourire irrésistible, ses grands yeux intelligents, son rire contagieux, s'étaient creusé une place dans son cœur. Même ses caprices l'irritaient moins que les premiers jours. Il commençait à comprendre comment le petit fonctionnait, ce qui déclenchait ses crises.

Pourtant, cette tendresse s'accompagnait d'une certaine nervosité. Reid découvrait les exigences de la parentalité. Élever un enfant était une tâche colossale, peut-être encore plus stressante que le métier de policier. À l'époque où il travaillait encore, Reid pouvait rester des semaines sans être confronté à une situation d'urgence où la vie d'une personne reposait véritablement entre ses mains. Un parent, lui, avait la charge de son enfant à chaque minute qui passait. Il devait subvenir à ses besoins, tant physiques qu'affectifs. Il devait le protéger du monde tout en le préparant à l'affronter.

Rien que de penser à toutes les responsabilités que cela impliquait, Reid en avait des sueurs froides. Une chose était certaine : il ne se sentait pas prêt à être père.

— Tu m'en veux ? lui demanda Pen doucement.

— Quoi ? Non, pas du tout. Pourquoi ?

— Tu as l'air tellement... concentré. J'ai cru que tu étais en colère contre moi.

— Non. Je réfléchissais, c'est tout.

— Pour ce que ça vaut, chuchota-t-elle en jetant un coup d'œil vers la banquette arrière, ça marche. Ses paupières se ferment toutes seules.

Reid regarda dans le rétroviseur et sourit en voyant les efforts que Nicholas faisait pour résister au sommeil. D'un accord tacite, Pen et lui se turent, laissant le ronronnement du moteur et le léger balancement du véhicule bercer l'enfant. Quand Reid demanda à la jeune femme au bout de combien de temps ils pourraient rentrer sans risquer qu'il se réveille, elle ne répondit pas. Il constata alors qu'elle s'était endormie, la tête appuyée contre la vitre.

Attendri, il se retint de lui caresser la joue. Elle avait besoin de se reposer. Il savait qu'elle dormait mal depuis qu'elle était chez lui ; les crimes de son père, la tentative de meurtre à laquelle ils avaient échappé, le stress de devoir s'occuper de Nicholas dans un environnement nouveau, pesaient sur son esprit. Il voyait ses cernes s'accentuer un peu plus chaque jour.

Il continua donc de rouler, profitant de ce temps pour ruminer ses propres préoccupations. Les travaux qu'il devait faire dans la maison, la disparition de son père qui n'avait toujours pas été élucidée, les mesures à prendre pour prouver la culpabilité de Barrington... Il fallait qu'il récupère les relevés téléphoniques de l'avocat. Qu'il voie si un lien pouvait être établi entre un tueur à gages connu des services de police et l'entreprise fictive Mareau Dépannage, à qui un virement important avait été effectué le jour de la fusillade. Il fallait qu'il...

— Reid ?

Tiré de ses pensées, il tourna la tête vers Pen, qui regardait par la fenêtre d'un air ensommeillé.

— Qu'est-ce qu'on fait là ? s'enquit-elle.

En reportant son attention sur la route, il réprima un grognement. Ils étaient en train de longer les prés les plus éloignés du ranch de Colton Valley, et devant eux se dessinait l'embranchement qui menait au manoir. Un petit rire lui échappa.

— Il faut croire que j'étais en pilotage automatique.

— Tu veux t'arrêter dire bonjour, tant qu'on est là ?

— Non, je n'ai rien de nouveau à leur annoncer, et rien à récupérer non plus. Rentrons à la maison.

Alors qu'il s'apprêtait à faire demi-tour, il aperçut une paire de phares qui descendait l'allée de la propriété. Qui pouvait bien sortir à cette heure tardive ? Depuis qu'ils avaient trouvé l'amour, ses frères et sœurs étaient tous devenus adeptes des soirées cocooning au ranch...

Intrigué, il se gara à l'entrée d'un petit chemin, coupa le moteur et éteignit les phares.

— Baisse-toi, ordonna-t-il à Pen.

— Pourquoi ?

Une note de panique perçait dans la voix de la jeune femme : sans doute repensait-elle à la dernière fois qu'il lui avait crié cet ordre...

— Je ne sais pas qui c'est, expliqua-t-il en montrant le véhicule qui se dirigeait vers eux. Il vaut mieux qu'on ne te voie pas avec moi.

Rapidement, elle détacha sa ceinture et se laissa glisser sur son siège, juste au moment où la Mercedes de couleur foncée passait à côté d'eux. Reid reconnut tout de suite la voiture d'Aaron Manfred. Éclairé par les lumières du tableau de bord, le vieil homme ne sembla pas remarquer la Range Rover cachée dans l'obscurité.

— Ça alors...

— Je peux me redresser ? demanda Pen.

— Oui, c'est bon.

Reid attendit qu'Aaron se soit suffisamment éloigné pour redémarrer et rallumer les phares.

— Où est-ce qu'il va, à cette heure-ci ? marmonna-t-il en commençant à le suivre.

— Qui était-ce ?

— Aaron Manfred.

— Le majordome de ton père ? Qu'est-ce que ça peut te faire qu'il sorte ?

— Rien, en théorie. Mais ce n'est pas la première fois qu'il part en vadrouille le soir. Ça te dit, une petite mission d'espionnage ?

— Tu as l'intention de le filer ?

— Oui, madame. Son attitude m'interpelle. Sa femme nous dit qu'il ne se sent pas bien, qu'il fatigue vite en ce moment et, alors qu'on le pense tous au lit, il s'échappe en catimini. Pourquoi ont-ils besoin de nous mentir ?

Pen jeta un coup d'œil sur son fils.

— Nicholas dort, ça ne lui fera pas de mal qu'on prolonge la balade.

À peine avait-elle fini sa phrase qu'elle bâilla à s'en décrocher la mâchoire. Reid ne put s'empêcher de sourire.

— Allonge le siège et profites-en pour faire un somme, toi aussi, lui dit-il.

— Tu es sûr ? Je peux t'aider à espionner Aaron, si tu veux.

— Non, ça ira. Si j'ai besoin de toi, je te réveillerai.

Alors qu'elle se pelotonnait dans son siège, tournée vers lui, il ne put résister à l'envie de ramener derrière son oreille une mèche de cheveux qui lui retombait sur la joue. Elle poussa un petit soupir de contentement que Reid sentit vibrer jusqu'au plus profond de lui-même.

Il serra le volant entre ses mains. *Concentre-toi,* s'ordonna-t-il. Il ne s'agissait pas de perdre la trace d'Aaron, qui venait d'emprunter la bretelle d'accès à la quatre-voies menant à Dallas.

— Où est-ce que tu vas comme ça, papi ?

Reid suivit la Mercedes jusque dans un quartier pauvre de la ville, où elle s'arrêta au pied d'un vieil immeuble de briques. Ne voulant pas se faire repérer, il se gara au bout de la rue. Il savait que sa famille versait un bon salaire à Aaron. Si celui-ci louait un appartement ici, ce n'était pas par manque d'argent.

À sa grande surprise, une petite femme vêtue d'un long manteau sortit de l'immeuble, les bras chargés d'un ballot de linge qu'elle déposa sur la banquette de la Mercedes. Leur fidèle majordome avait-il une liaison ? Lorsque la femme se tourna pour monter à l'avant de la voiture, Reid reconnut Moira.

Ainsi donc, Aaron et son épouse manigançaient ensemble et se couvraient l'un l'autre...

— Au moins, il ne la trompe pas, marmonna Reid, avant de rire dans sa barbe.

— Quoi ? murmura Pen d'une voix assoupie.

Elle redressa son siège et regarda autour d'elle, désorientée.

— Où est-ce qu'on est ? Qui a trompé qui ?

Au même instant, Aaron redémarra. Reid le suivit à distance.

— Personne ne trompe personne. Du moins, pas dans son couple. On est à Dallas. Aaron a récupéré sa femme ici, précisa-t-il en désignant l'immeuble devant lequel ils étaient en train de passer. Tu le reconnais ?

Pen pencha la tête pour pouvoir examiner la façade.

— Non, ça ne me dit rien. Et il n'y a aucune plaque à l'entrée. C'est quelle rue ?

Il lui donna l'adresse.

— Je ne crois pas être déjà venue dans cette partie de la ville. Qu'est-ce que Moira faisait là, à ton avis ?

— Aucune idée.

Reid observa les bâtiments et les commerces qui s'alignaient dans la rue quasiment déserte. Nombre d'entre eux étaient fermés et affichaient des panneaux « À vendre » ou « À louer ». Il repéra un salon de coiffure, un débit de boissons et une vieille gargote.

— Il y a quelque chose de suspect là-dedans, dit-il. Aaron et Moira n'iraient jamais...

— Arrête-toi ! cria soudain Pen.

Surpris, Reid écrasa la pédale de frein. La jeune femme se détacha et ouvrit sa portière.

— J'ai vu un chaton sur la route. Je ne pense pas que tu l'aies touché, mais...

— Quoi ? Attends, Pen !

Il voulut la retenir par le bras, mais elle fut plus rapide et descendit du véhicule.

— Tu es sûre que ce n'était pas un rat ?

En vérifiant dans le rétroviseur que personne n'arrivait derrière eux, il constata que le coup de frein avait réveillé Nicholas. Le petit garçon se frotta les yeux en gémissant. Reid pouvait-il le laisser seul dans la voiture le temps d'aller chercher sa mère ? Non, pas en pleine nuit dans ce quartier douteux. Mais il n'aimait pas non plus savoir Pen toute seule dans la rue.

Il se pencha par la portière.

— Pen, reviens ! Qu'est-ce que tu fais ?

Plus loin, la Mercedes d'Aaron disparut à l'angle d'une rue.

— Pen, s'il te plaît !

Penelope fit le tour de la Range Rover en regardant sous le châssis.

— Minou, minou ! Montre-toi !

Elle entendait Reid lui crier de revenir, mais elle ne pouvait pas abandonner ce chaton sans savoir s'il allait bien. Son amour des animaux, et en particulier de ceux qui n'avaient pas de foyer, était l'un des points communs qu'elle avait partagés avec sa mère – et l'un des principaux sujets de dispute avec son père.

Au fil des ans, les Barrington avaient recueilli un flot continu de chiens et de chats, et même un lapin et un furet.

— Bon sang, Pen, réponds-moi, au moins ! s'exclama Reid.

Était-ce de l'inquiétude qu'elle percevait dans sa voix, derrière son agacement évident ?

— Je t'entends, mais il va geler cette nuit ! Cette pauvre bête risque de mourir de froid, si elle ne se fait pas écraser avant.

Ne trouvant pas le chat sous la voiture, elle traversa la rue pour inspecter le trottoir d'en face.

— Se faire écraser par qui ? répliqua Reid, qui était sorti du 4x4. À part nous, il n'y a personne ici !

Comme pour le contredire, un vieux camion passa au même instant, crachant un nuage noir derrière lui. Reid chassa la fumée d'un geste de la main.

— Pen !

— Reste avec Nicholas. J'en ai pour une minute.

Alors qu'elle soulevait un carton posé contre un mur, elle entendit quelque chose détaler.

— Tu es là, le chat ?

— Et qu'est-ce que tu comptes en faire, si tu le retrouves ? demanda Reid.

Ignorant sa question, elle s'accroupit pour pouvoir examiner de plus près la pile de détritus. Que ferait-elle du chaton ? Elle le ramènerait à la maison, bien sûr. Que voulait-il qu'elle fasse d'autre ?

— Où es-tu, minou ?

Un faible miaulement lui répondit, et elle repéra enfin une boule de poils roux et blancs cachée sous une planche. Après une première tentative ratée, elle réussit tant bien que mal à l'attraper.

— N'aie pas peur, petit chat, murmura-t-elle en se dépêchant de rejoindre le 4x4.

Reid fit le tour du véhicule pour lui ouvrir la portière.

— Et maintenant, qu'est-ce qu'on fait de cette bestiole ?

— On la ramène chez toi.

Il poussa un soupir résigné. Comme elle avait les deux mains prises par l'animal terrorisé qui se tortillait en tous sens, il lui attacha sa ceinture.

— Enlève-moi mon écharpe, s'il te plaît, lui demanda-t-elle.

Reid obtempéra, puis l'aida à enrouler le chaton dans l'étoffe afin d'immobiliser ses petites pattes griffues. Lorsqu'ils se remirent en route, il affichait une expression dégoûtée.

— Tu fais la même tête que mon père quand on lui ramenait des animaux errants, observa-t-elle.

— Merci pour la comparaison !

— Je sais que tu es en colère, mais...

— Je ne suis pas en colère. Enfin, pas vraiment. Je sais bien que tu adores les bêtes. C'est une des raisons pour lesquelles je t'...

Il s'interrompit, horrifié. Avait-il vraiment failli lui dire qu'il l'aimait ? Pen senti son cœur battre plus fort.

— C'est une des choses que j'admire chez toi, se reprit-il d'un ton mesuré.

Elle le dévisagea sans rien dire, tout en caressant la tête du petit chat dans l'espoir de le calmer – et sans doute aussi de se calmer elle-même. Pourquoi l'aveu involontaire de Reid la mettait-il dans cet état ? Subitement, elle avait une conscience aiguë de sa présence à côté d'elle. Ses mains larges sur le volant. Son odeur légèrement musquée. Sa mâchoire crispée.

— Je n'ai rien chez moi pour accueillir un chat, observa-t-il. Ni croquettes ni litière.

— Justement : tu veux bien qu'on s'arrête dans un magasin pour que j'achète tout ça ?

— J'aurais dû m'y attendre... Tu te rends compte aussi qu'à cause de lui on a perdu la trace d'Aaron ?

— Je suis désolée. Qu'est-ce que Moira faisait dans cet immeuble, à ton avis ?

— Je n'en sais rien, mais j'ai bien l'intention de le découvrir.

Pen frotta doucement les oreilles du chaton, qui avait cessé de se débattre.

— Sans vouloir te vexer, tu ne crois pas que ton majordome et ta gouvernante ont droit à une vie privée ? dit-elle.

— Évidemment. C'est leur façon de faire des cachotteries que je trouve louche. Ça ne leur ressemble pas, et du coup ça m'inquiète.

— Tu sais, quand je vois l'importance que le majordome de mon père a pour lui, je ne peux pas m'empêcher de me dire que la disparition d'Eldridge doit être une véritable épreuve pour les Manfred. Peut-être... peut-être qu'ils consultent un psychologue et qu'ils n'osent pas vous le dire ?

— Un psychologue ? Ça m'étonnerait. Ils...

Reid s'interrompit brusquement. Puis il se gara le long du trottoir et se tourna vers elle.

— Pen, tu es un génie.

— Rien que ça ? répondit-elle en riant.

— Les Manfred sont dévoués à Eldridge. Comme tu dis, ils devraient être chamboulés par sa disparition, or je les trouve incroyablement stoïques. Et s'ils en savaient plus que nous ?

Pen se redressa.

— Tu crois qu'ils l'ont tué ?

— Non. Ce ne sont pas des meurtriers.

— Quoi, alors ? Ah... tu penses qu'ils planquent Eldridge dans cet immeuble !

— Ça vaut le coup de vérifier, dit-il, un grand sourire aux lèvres.

Il fit demi-tour et s'arrêta devant le bâtiment d'où Moira était sortie quelques minutes plus tôt.

— Attends-moi ici.

Pen retint son souffle tandis que Reid s'avançait vers la porte et tentait de l'ouvrir. Il recula de quelques pas, leva les yeux vers les étages supérieurs, puis remonta dans la Range Rover.

— Je suis sûr qu'il est ici, mais je ne vois pas comment entrer.

— Qu'est-ce que tu comptes faire ? s'enquit-elle alors qu'il redémarrait.

— Je crois que j'ai une idée.

16

Le lendemain matin, après être passé au drive de son *coffee shop* préféré pour s'acheter un grand café noir, Reid retourna dans le secteur de Dallas où il avait repéré Moira et Aaron la veille. Il se gara sur un parking payant d'où il avait une vue parfaite sur l'immeuble, puis il s'installa confortablement, prêt à patienter le temps qu'il faudrait. Son père se cachait-il dans ce quartier délabré ? Si oui, y était-il venu de son plein gré ou...

Un coup frappé à la vitre le tira brusquement de ses pensées. Un gros costaud se tenait de l'autre côté, emmitouflé dans une épaisse doudoune.

Reid entrouvrit la fenêtre.

— Il y a un problème ?

— Si vous avez l'intention de rester, vous devez payer, fit l'homme en le gratifiant de son haleine de fumeur. Cinq dollars les trente premières minutes, trois dollars l'heure supplémentaire.

Reid sortit trois billets de vingt dollars de son portefeuille et finit de baisser la vitre pour les tendre au gardien.

— Avec ça, je devrais être tranquille un moment.

— Pour sûr, répondit le type.

Alors qu'il commençait à repartir, Reid l'interpella :

— Dites... je peux vous poser une question ?

L'autre revint sur ses pas.

— Essayez toujours.

— Est-ce que vous auriez vu un vieil homme sortir de cet immeuble, là-bas ? Il doit être là depuis le mois de juin, environ. Assez maigre, plutôt petit, entre soixante-dix et quatre-vingts ans.

— Je ne sais pas, répondit le gardien. C'est possible...

— Réfléchissez bien. Il était peut-être avec un autre vieux monsieur et une petite dame aux cheveux gris qui ont une Mercedes bleu marine.

— Là, ça me parle ! Les voitures, c'est ma partie. Voyons voir... Il y a bien une Mercedes bleu marine qui vient là régulièrement, en effet.

— C'est-à-dire ?

Comme l'homme regardait le portefeuille avec insistance, Reid lui donna deux autres billets en réprimant un juron. L'employé les empocha d'un air satisfait.

— S'ils s'en tiennent à leur routine, expliqua-t-il, la Mercedes devrait venir déposer le papi d'ici une heure.

— Comment ça, le déposer ? Quand sont-ils partis ? Où sont-ils allés ?

— Comment voulez-vous que je sache où ils vont ? Je travaille, moi ! Tout ce que je peux vous dire, c'est qu'ils partent chaque mercredi vers 9 heures du matin et qu'ils reviennent vers 11 h 30. Parfois, la dame aide le petit vieux à rentrer dans l'immeuble, et la Mercedes fait le tour du pâté de maisons pour la récupérer.

Il extirpa un paquet de cigarettes de sa poche et le tapota pour en faire sortir une.

— Pourquoi toutes ces questions ? Vous êtes flic ?

— Quelque chose comme ça, répondit Reid. Merci pour les infos.

Il remonta sa fenêtre, et le gardien retourna d'un pas traînant vers sa guérite.

Reid but une gorgée de café. Le majordome et sa femme étaient donc venus ici toutes les semaines en pleine journée...

Intéressant. Il n'avait plus qu'à attendre une heure, et il était certain de revoir Eldridge.

Après avoir servi au chaton et à Nicholas leurs petits déjeuners respectifs, Penelope emmena son fils se promener au bord du lac. En rentrant la veille au soir, l'animal, qu'elle avait baptisé Lucky, avait englouti un bol de pâtée avant de s'endormir sur les genoux de sa sauveuse. Et ce matin, malgré ses ronchonnements, Reid s'était laissé attendrir par la petite boule de poils... jusqu'à ce que celle-ci se serve de lui comme d'une échelle pour grimper sur le plan de travail où il était en train de préparer des œufs. Pen n'avait pas pu s'empêcher de rire en le voyant grimacer de surprise.

Nicholas passa un long moment à ramasser des cailloux sur la rive et à les jeter dans l'eau depuis le ponton. Cette simple activité semblait le combler de joie. Et dire qu'il avait une chambre remplie de jouets achetés par leur hôte ! Penelope contempla le paysage autour d'eux, l'eau paisible du lac, la forêt environnante... Les arbres avaient perdu toutes leurs feuilles, mais leurs branches nues dégageaient une beauté sereine. Malgré tout, Pen se sentait nerveuse. Elle attendait le retour de Reid avec impatience. Allait-il retrouver son père ? Hugh était-il impliqué dans la disparition de ce dernier ? Cela ne la surprendrait pas.

Repérant une aigrette blanche perchée sur un bout de bois au bord de l'eau, Pen s'accroupit près de Nicholas et la lui montra.

— Regarde, mon cœur. Tu as vu l'oiseau ?

— Azeau ?

Il scruta le rivage. Quand il aperçut l'animal, son visage s'éclaira.

— Azeau !

Pen resta à sa hauteur, tentant de voir le lac à travers son regard d'enfant. Tout un monde à découvrir... Elle se mit à penser à Andrew, et à toutes les premières fois qu'il ne vivrait jamais avec leur fils. Le cœur lourd, elle s'obligea à revenir au présent. Il fallait qu'elle profite de tous ces petits moments de bonheur avec Nicholas.

— Allô ? Allô, maman ?

— Mmh ?

Tirée de sa rêverie, Pen reporta son attention sur son fils. Sans qu'elle ne se rende compte de rien, le coquin avait réussi à attraper le portable d'urgence qu'elle gardait dans sa poche, et il faisait semblant de téléphoner. Après avoir babillé quelques mots, il écouta d'un air concentré, puis répéta :

— Allô ? Allô ?

— Petite canaille ! dit-elle en riant. Mais ce n'est pas un jouet, mon chéri. Rends-le-moi, s'il te plaît.

— Non, à moi !

— Nicholas, rends-moi le téléphone.

Il lui tourna le dos et trottina vers l'extrémité du ponton. Craignant qu'il ne tombe à l'eau, Penelope se précipita pour l'attraper par le manteau. Fâché, le petit garçon jeta le portable dans le lac.

— Non ! cria-t-elle. Nicholas, ce n'est pas bien !

Il se laissa tomber sur les fesses en pleurant.

— Méchante, maman !

Pen étouffa un soupir. Tu parles d'un moment de bonheur ! En s'allongeant à plat ventre au bord du ponton, elle parvint à repêcher l'appareil. Sans surprise, celui-ci refusa de s'allumer.

— Oh ! Nicholas ! se lamenta-t-elle.

Soulevant son fils mécontent dans ses bras, elle se hâta de rentrer à la maison, en espérant que Reid avait assez de riz en réserve pour qu'elle tente de sauver le téléphone.

Lorsqu'ils poussèrent la porte, le chaton les accueillit d'un petit miaulement aigu. Nicholas oublia aussitôt son chagrin et s'accroupit pour le caresser.

— Fais doucement, d'accord ? lui dit Pen, avant de se diriger vers la cuisine pour fouiller dans les placards.

Elle voulait prouver à Reid que remplacer les objets n'était pas toujours la solution. Certaines choses méritaient d'être sauvées, même si cela demandait des efforts et de la patience. Les téléphones, les chatons... et les relations.

Un peu plus d'une heure plus tard, alors que Reid était plongé dans d'intenses réflexions concernant son avenir avec Pen, la Mercedes bleu marine d'Aaron se gara devant l'immeuble. La portière arrière s'ouvrit, et un homme en trench-coat affublé d'un chapeau mou, de lunettes noires et d'une fausse moustache émergea du véhicule. S'aidant d'une canne, il marcha lentement jusqu'à la porte.

Reid bondit de son 4x4 et traversa la rue en quelques enjambées.

— Hé ! cria-t-il. Eldridge ?

L'homme voûté se figea, avant de se retourner. En reconnaissant son fils, Eldridge eut l'air surpris, puis bizarrement soulagé. Sa moustache postiche paraissait encore plus ridicule vue de près.

— Tu as fini par me retrouver, constata-t-il.

— Un trench et une fausse moustache, dit Reid en secouant la tête. Tu n'aurais pas pu faire plus cliché ?

— Ça a marché pour Bogart.

— Ah oui ? Dans quel film ?

Eldridge le fusilla du regard.

— Je ne sais plus, mais on s'en fiche. Qu'est-ce que tu veux ?

— Des réponses, pour commencer.

Reid se sentait à la fois délesté d'un poids immense et gagné par une colère sourde.

— Qu'est-ce qui t'a pris de disparaître comme ça ? On a cru que tu étais mort !

— Monsieur ? appela Aaron depuis la Mercedes.

— Vous pouvez rentrer au ranch, lui dit Eldridge. Je vais lui parler.

Après un dernier coup d'œil inquiet vers Reid, le majordome s'éloigna en voiture.

Eldridge arracha sa moustache et se frotta la lèvre.

— Il y a un petit boui-boui au bout de la rue. Invite-moi à déjeuner, je t'expliquerai tout.

Comme Reid regardait l'enseigne d'un air méfiant, Eldridge ajouta :

— Je sais, il ne paye pas de mine, mais on y mange bien. Et la serveuse m'apprécie.

— C'est-à-dire ?

— Je lui donne de bons pourboires. L'argent achète bien des choses, tu sais. Tu n'as pas appris ça, depuis le temps ?

— Je préfère user de mon charme et de ma conversation pour séduire les femmes, répliqua Reid.

— C'est drôle, je ne vois pas d'alliance à ton doigt, fit remarquer Eldridge. Ta méthode ne doit pas être si efficace que ça.

Reid s'abstint d'évoquer sa relation naissante avec Penelope. Pouvait-on vraiment parler de relation ? Il avait des sentiments pour elle mais, s'il n'était pas prêt à s'engager avec elle et à être un père pour Nicholas, alors...

Il se contenta de suivre Eldridge sans rien dire.

Dans le restaurant, il balaya la salle du regard, à la recherche d'une table libre. Vu le nombre de clients, son père avait sans doute raison au sujet de la qualité de la nourriture. Reid s'apprêtait à lui proposer de s'installer au bar sur deux tabourets inoccupés quand la serveuse, une rousse d'une cinquantaine d'années prénommée Celia, s'approcha, tout sourires.

— Mais c'est mon client préféré ! s'exclama-t-elle. Comment ça va aujourd'hui, Burt ?

Reid lança un regard ébahi à son père.

— Burt ?

— Est-ce que ma table est libre, Celia ? s'enquit Eldridge sans répondre à Reid.

— Elle le sera en moins de deux !

La serveuse se dirigea vers un box au fond de la salle où un client avait fini son repas et lisait tranquillement le journal. Elle commença à débarrasser la table.

— Ce serait idiot de donner mon vrai prénom à une pipelette comme elle alors que je cherche à rester incognito, non ? glissa Eldridge à Reid.

— Si tu le dis, *Burt*.

Le client qui venait de se faire déloger leur jeta un regard noir en passant devant eux. Ayant fini de nettoyer la table, Celia leur fit signe de la rejoindre.

— Un café noir, c'est ça ? demanda-t-elle à Eldridge tandis qu'il s'installait.

— Oui, comme d'habitude.

— La même chose, renchérit Reid, qui était resté debout.

Alors que l'employée s'éloignait, il se tourna vers son père.

— Je préférerais prendre ce banc, si ça ne te dérange pas.

— Quelle différence ça fait ?

— Je m'installe toujours face à la porte d'entrée. C'est un truc de flic.

— Pourquoi ? De toute façon, tu ne l'es plus, alors...

Reid serra les dents. La remarque l'avait piqué.

— Flic un jour, flic toujours, répondit-il. C'est une question de mentalité.

Eldridge se leva en soupirant.

— Si ça peut te faire plaisir... Tu sais, j'étais sûr que ce serait toi qui me retrouverais. Je l'espérais, même.

— Pourquoi ?

— Parce que tu es un bon enquêteur. Peu importe ce qui s'est passé avec ton coéquipier, je savais que tu finirais par comprendre que je n'étais pas mort.

Il se glissa sur le banc d'en face en grognant.

— Maudite carcasse… Il y a des jours où j'ai envie de rester au lit toute la journée.

Reid le remercia d'un signe de tête, tant pour avoir accepté d'échanger leurs places que pour les compliments qu'il venait de lui faire. Malheureusement, ceux-ci arrivaient un peu tard pour sauver leur relation.

— Et si tu m'expliquais pourquoi tu as disparu ? lui demanda-t-il. Ça fait des mois qu'on se ronge les sangs !

— Vraiment ? C'est pour ça que vous avez mis tout ce temps à me retrouver ?

— Ta petite mise en scène au ranch nous a fait croire que tu avais été kidnappé, voire tué. Forcément, les flics se sont engouffrés dans cette piste.

— Et toi, qu'est-ce que tu as fait ? Mon fils, l'ancien policier ? Je croyais qu'une affaire de disparition te redonnerait la niaque.

— Attends un peu… Tu veux dire que, tout ça, c'était pour me tester ?

— C'était pour vous tester tous.

Reid resta bouché bée. Voyant la serveuse approcher avec la carafe de café, il se retint de réagir.

— Qu'est-ce que vous prendrez, Burt ? Au menu aujourd'hui, on a du ragoût de bœuf, du pain de maïs et une salade de chou. Sinon, je peux demander au chef de vous préparer un de ces cheeseburgers au bacon que vous aimez tant.

— Un cheeseburger au bacon ? répéta Reid. Ton cardiologue est au courant que tu manges ça ?

— Je mange ce que je veux, répliqua Eldridge. À mon âge, je devrais avoir le droit de profiter de la vie sans qu'on vienne m'enquiquiner.

— Bien dit, Burt ! approuva Celia. Un cheeseburger, alors ?

Eldridge réfléchit un moment.

— Non, le menu du jour, ce sera très bien.

— Pour moi aussi, dit Reid.

— De toute façon, je vais bientôt mourir, grommela le vieil homme quand la serveuse fut repartie. Autant accélérer le processus.

— Tu as des problèmes de santé, papa ? C'est pour ça que tu as monté toute cette histoire ?

Eldridge détourna les yeux en pianotant sur la table.

— Dis-moi d'abord une chose, Reid. Qu'est-ce qui se passe au ranch depuis que je suis parti ? Comment ma chère famille a-t-elle réagi à ma disparition ?

Fowler observait le ciel gris et plombé, parfait reflet de son humeur. Il devrait être heureux, pourtant. Tiffany attendait un bébé de lui, et elle avait accepté de l'épouser. L'avenir se présentait sous le signe du bonheur – quoi que cela veuille dire. Et c'était vrai qu'elle le comblait, ne serait-ce que sur le plan sexuel. Mais...

Il y avait toujours un « mais », n'est-ce pas ? songea-t-il en serrant les accoudoirs de son fauteuil de bureau. Il *devrait* être heureux, mais il ne l'était pas, car il restait encore trop de problèmes à régler. Le patriarche des Colton était introuvable, Hugh Barrington n'avait toujours pas été arrêté, et l'entreprise allait tomber aux mains d'un escroc si le testament d'Eldridge était mis à exécution.

Concernant son père, Fowler ne pouvait rien faire. Pour l'avocat véreux, en revanche, ses frères et sœurs lui avaient confié la mission de lui soutirer des informations, et cela n'avait rien donné jusque-là. Fowler en avait marre de caresser Barrington dans le sens du poil.

Bien décidé à le coincer, il se leva et sortit de son bureau en attrapant son manteau au passage.

— Je pars, aboya-t-il à sa secrétaire.

— Pour combien de temps ? voulut-elle savoir.

— Autant de temps qu'il faudra pour faire tomber ce fumier de Barrington !

17

Après l'incident du portable, Penelope mit Nicholas à la sieste et fit tout ce qui était en son pouvoir pour sauver l'appareil. Elle tenta ensuite de s'occuper en lisant, mais ses pensées ne cessaient de revenir à Reid. Avait-il réussi à retrouver son père ? Quel avenir pouvaient-ils espérer, elle et lui ? Serait-il encore présent dans un mois, dans un an ?

En entendant Nicholas se mettre à pleurer plaintivement, elle se hâta à son chevet. Dès qu'elle le vit, assis dans son lit, les joues rouges et le regard brillant, elle sut que quelque chose n'allait pas.

— Je suis là, mon bébé. Qu'est-ce qui se passe ? murmura-t-elle en s'asseyant à côté de lui.

Au lieu de lui tendre les bras comme il le faisait d'habitude quand elle venait le chercher, Nicholas continua de sangloter en tirant sur son oreille. Pen n'eut qu'à lui toucher le front pour que ses pires craintes se confirment : il était brûlant de fièvre.

L'inquiétude l'envahit comme une vague géante. C'était dans des moments comme celui-ci qu'Andrew lui manquait le plus. Avec sa formation aux premiers secours et son sang-froid naturel, son mari avait toujours su comment réagir dans les situations d'urgence, contrairement à elle qui avait tendance à paniquer.

Elle prit Nicholas dans ses bras et lui caressa doucement la tête, tout en luttant contre les émotions qui la submergeaient.

Il fallait qu'elle garde l'esprit clair pour prendre les bonnes décisions. Elle se força à respirer calmement.

Nicholas avait besoin d'un médecin. Et d'antibiotiques, sans doute, car il avait tout l'air de souffrir d'une otite – une de plus. Appeler une ambulance semblait en revanche un peu extrême, sans compter qu'elle n'aurait pas d'adresse précise à indiquer au régulateur. Elle jeta un coup d'œil sur sa montre. Midi. Le cabinet médical où Nicholas était suivi fermait dans une demi-heure ; aurait-elle le temps de l'y conduire ?

Son fils avait déjà fait des otites sévères par le passé. Le pédiatre l'avait prévenue que, sans prise en charge rapide, elles pouvaient entraîner une perforation du tympan. Il lui avait conseillé la pose de diabolos, et Pen avait prévu de fixer une date d'opération après les vacances de Noël. Comme elle regrettait de ne pas l'avoir fait plus tôt !

L'angoisse lui serra la gorge. Elle ferma les yeux très fort et se concentra sur sa respiration. *Ressaisis-toi, Penelope. Réfléchis. Nicholas a besoin de toi.*

Calant son enfant sur sa hanche, elle se dirigea rapidement vers la cuisine pour récupérer son téléphone et ses clés de voiture dans le tiroir où Reid les avait rangés. Comme la plupart des mamans, elle avait appris à accomplir toutes sortes de tâches avec un bébé agité dans les bras, mais ses mains tremblaient de nervosité et il lui fallut plusieurs tentatives pour réussir à réassembler l'appareil. Après une brève hésitation, elle l'alluma. Elle n'avait pas le choix, elle devait joindre le médecin. Et il fallait aussi qu'elle informe Reid de ce qui se passait.

Elle appela d'abord le cabinet, dont le numéro était enregistré dans ses contacts. Après avoir expliqué la situation à la secrétaire, elle la supplia de convaincre le pédiatre d'attendre un petit quart d'heure après ses heures de visite.

— Je suis sûre que je peux être là dans une quarantaine de minutes, lui dit-elle.

Mais qu'en savait-elle, au juste ? Lorsqu'ils étaient allés faire un tour en voiture pour calmer Nicholas quelques jours plus tôt, elle s'était endormie pendant le trajet. Et s'il fallait une heure pour rejoindre Dallas ? Elle pourrait toujours emmener Nicholas aux urgences, mais l'attente risquait d'être interminable et le personnel débordé ne connaîtrait rien des antécédents de son bébé.

Les pleurs de Nicholas redoublèrent pendant qu'elle l'attachait dans son siège auto. À leur intensité, elle sut qu'il avait vraiment mal.

— Pauvre bonhomme… Attends, je vais te donner quelque chose.

En fouillant dans le sac à langer, elle trouva une bouteille de paracétamol en sirop. Elle lui en administra une dose, puis se dépêcha de s'installer au volant. Après avoir entré l'adresse du cabinet médical dans le navigateur, elle extirpa de sa poche le papier sur lequel Reid avait noté le numéro de son téléphone prépayé. Elle le composa sur son portable, enclencha le haut-parleur et posa l'appareil sur ses genoux. Tandis que la sonnerie retentissait, elle sortit du garage et descendit l'allée cabossée.

— Dans deux cents mètres, tournez à gauche, annonça le GPS.

— Maman…, gémit Nicholas.

— Tiens bon, mon chéri. On va voir le docteur.

L'appel bascula sur le répondeur de Reid. Pen lui laissa un bref message, puis raccrocha. Où était-il ? Pourquoi ne répondait-il pas ?

Alors qu'elle s'engageait sur la route de campagne, elle jeta un coup d'œil dans le rétroviseur intérieur juste au moment où Nicholas vomissait le médicament qu'elle venait de lui donner. Une nouvelle bouffée d'angoisse l'étreignit à la vue de ses paupières tombantes et de ses joues enfiévrées.

Au diable les limitations de vitesse, se dit-elle en accélérant. Son bébé avait besoin d'aide… tout de suite.

— La famille a réagi à ta disparition de manière on ne peut plus prévisible, répondit Reid à son père. En se tirant dans les pattes et en s'accusant mutuellement.

Les épaules d'Eldridge s'affaissèrent.

— Même Whitney ?

Reid se gratta le crâne, tentant de se rappeler ce que sa belle-mère avait dit et fait depuis cinq mois.

— Elle a pris part aux accusations, mais c'était surtout pour se disculper elle-même. Whitney est l'une des premières personnes à avoir été soupçonnée. Après tout, elle était susceptible de toucher beaucoup d'argent à ta mort... Mais quand le testament a été lu, tout le monde a compris qu'elle t'aimait vraiment. Elle se fichait de savoir ce que tu lui avais laissé ou non. Tout ce qu'elle voulait, c'était retrouver son « Dridgeounet ». Et elle t'a réellement pleuré quand on a cru que ce corps calciné était le tien.

— Ah, Whitney, soupira Eldridge avec un sourire attendri.

Il se rembrunit.

— Quel corps calciné ?

Reid lui expliqua comment, un mois plus tôt, Hugh Barrington avait prétendu avoir vu Eldridge monter dans une voiture sous la menace d'une arme, voiture qui avait ensuite été retrouvée complètement brûlée avec un corps à l'intérieur.

— Pendant quelques jours, on a tous pensé que c'était toi, jusqu'à ce qu'un deuxième médecin légiste nous appelle pour démentir l'information. Quand on a essayé de mettre la main sur le premier médecin, il avait disparu.

Le portable de Reid vibra sur sa hanche. Il le déclipsa pour vérifier le numéro appelant et constata que ce n'était pas celui du téléphone qu'il avait confié à Pen, même si la combinaison de chiffres lui disait vaguement quelque chose. Il raccrocha l'appareil à sa ceinture et reporta son attention sur son père, qui semblait nerveux.

— C'est bizarre, cette histoire. Qui Hugh a-t-il vu se faire kidnapper, alors ? Et à qui appartenait ce corps brûlé ?

Reid détourna les yeux.

— On a des raisons de penser que Barrington a payé quelqu'un pour voler un cadavre dans une morgue ou un funérarium.

— Quoi ? s'exclama Eldridge, stupéfait. Qu'est-ce qui vous fait dire ça ?

— Eh bien, vu les clauses de ton testament, il avait tout intérêt à nous faire croire que tu étais mort.

Comme Eldridge le dévisageait d'un air abasourdi, Reid précisa :

— Les parts majoritaires dans Colton SA ? Laisse-moi te dire que la surprise n'a pas plu à Fowler.

Son père commença par blêmir, puis son visage s'empourpra.

— Je n'ai jamais légué la moindre part de l'entreprise à Barrington ! se défendit-il. C'est une blague, ou quoi ?

— Non, ce n'est pas une blague. C'est écrit noir sur blanc dans ton testament.

Reid fronça les sourcils.

— Tu dis que tu ne lui as pas légué de parts ?

— Sûrement pas ! explosa Eldridge en tapant du poing sur la table. C'est ce que cette vermine vous a fait avaler ?

— Si tu avais fait plusieurs copies de ton testament, ça nous aurait permis de vérifier.

— Évidemment que j'en ai fait plusieurs copies !

Eldridge semblait au bord de l'apoplexie. Les veines de son cou ressortaient, et sa voix était tellement tendue qu'elle paraissait prête à se briser.

— Aaron me l'avait bien dit… Quand je pense que j'ai fait confiance à cette ordure pendant des années !

Reid était bien d'accord : son père aurait dû se montrer plus prudent. Mais il n'était pas le seul à s'être fait berner par Barrington, et souligner son manque de discernement risquait de l'énerver encore plus.

— Donc, pendant tout ce temps, ma Whitnounette a cru que je ne lui avais rien laissé ? s'étrangla le vieil homme.

— Est-ce que tu pourrais éviter d'utiliser ces surnoms ridicules devant moi, s'il te plaît ?

À cet instant, la serveuse leur apporta leur commande. Reid huma les parfums qui se dégageaient de son assiette. Si le plat était aussi bon que l'odeur le laissait présager, il serait obligé d'ajouter cette adresse à la liste de ses restaurants préférés...

Il releva les yeux vers son père.

— Comme je te l'ai dit, le testament n'a été lu que le mois dernier. Avant ça, personne ne savait ce qu'il y avait dedans.

Eldridge semblait avoir de plus en plus de mal à respirer. Quand son visage vira au cramoisi, Reid se précipita vers lui.

— Appelez une ambulance ! cria-t-il à la serveuse.

Avant de sortir de l'ascenseur, Fowler enclencha l'enregistreur vocal de son téléphone et glissa celui-ci dans la poche intérieure de son manteau. Lorsque les portes s'ouvrirent, il tira sur les manches de sa chemise et traversa à grands pas le hall d'accueil du cabinet de Barrington.

— Il est là ? lança-t-il à la secrétaire, qui avait relevé la tête.

— Oui, mais...

— Dites-lui que je veux le voir.

Fowler réprima son impatience. Il avait très envie de débouler dans le bureau de l'avocat sans attendre d'être annoncé, mais cela risquait de lui mettre la puce à l'oreille. Mieux valait qu'il s'imagine que tout allait bien entre eux.

Lorsque l'assistante lui fit signe d'entrer, Fowler plaqua sur son visage un de ces sourires enjôleurs qui lui avaient permis de décrocher de nombreux contrats pour Colton SA – et d'attirer de nombreuses blondes dans son lit. Après les civilités d'usage, il s'assit en face de Barrington et passa à l'attaque.

— J'aimerais qu'on discute du testament de mon père.

L'avocat sembla se crisper. Avec ses petits yeux et son épaisse mèche brune coiffée en arrière, il lui faisait penser à une fouine.

— Je vous écoute.

— Je suis curieux de connaître votre avis sur la rédaction de ce testament. Vous êtes l'avocat d'Eldridge, ça ne vous paraît pas bizarre qu'il n'en existe qu'un exemplaire ? Et que votre client se soit tourné vers un de vos collègues pour le faire établir ?

Barrington se laissa aller en arrière dans son fauteuil en joignant le bout de ses doigts. Cette pose décontractée détonnait avec le tic nerveux qui agitait sa joue droite.

— Je savais que le document était en sécurité avec moi, je n'ai donc pas cru bon de lui conseiller d'en faire une copie.

— Et vous n'avez pas cru bon non plus de lui demander pourquoi il l'avait fait rédiger par un autre avocat ?

— Je… J'ai pensé qu'Eldridge avait sans doute de bonnes raisons de…

— Pourquoi votre confrère n'en a-t-il pas gardé un exemplaire ?

— Il faudrait lui poser la question directement.

— J'aimerais bien. Vous pouvez me donner son nom ?

Barrington hésita avant de répondre.

— Fowler, laissez-moi être honnête avec vous…

— Bonne idée.

— Nous savons tous les deux que votre père était un peu… excentrique.

Fowler haussa un sourcil. Excentrique ? C'était un euphémisme.

— Il est arrivé plus d'une fois au cours de notre collaboration qu'il me demande d'employer des méthodes assez peu orthodoxes. J'ai consenti à faire des exceptions pour lui, par respect pour notre longue amitié. Rien d'illégal, bien sûr, précisa-t-il avec un petit rire guindé. Mais ces manières d'agir n'étaient assurément pas dans mes habitudes.

Fowler croisa calmement les mains sur ses genoux.

— Hugh, laissez-moi être honnête à mon tour. Je pense que vous êtes un sale menteur.

Le visage de l'avocat se décomposa. Fowler aurait ri s'il n'avait pas bouillonné de colère intérieurement.

— Vous voyez, poursuivit-il, je suis persuadé que vous avez modifié le testament de mon père pour en devenir le principal bénéficiaire.

— C'est faux ! bafouilla Barrington.

— De plus, je sais que mon père était bien trop futé et bien trop méfiant pour confier la seule et unique copie d'un document aussi important à une seule personne.

— Il l'a fait, pourtant !

Fowler ignora sa remarque.

— Je trouverai les autres exemplaires de son testament, de son *vrai* testament, et je m'en servirai non seulement pour contester celui que vous nous avez sorti de votre manche, mais aussi pour vous faire radier de l'ordre des avocats et vous traîner au tribunal pour escroquerie !

Penelope aurait aimé avoir des gyrophares pour que les autres automobilistes lui cèdent la priorité. L'impatience et la frustration grandissaient en elle tandis qu'elle attendait que les quelques voitures arrêtées au stop devant elle s'insèrent dans la circulation. Elle ne se rappelait pas avoir été autant ralentie lors de son escapade nocturne avec Reid. Peut-être le GPS lui avait-il fait prendre le chemin le plus court, et non le plus rapide. Peut-être, dans sa précipitation, s'était-elle trompée en tapant l'adresse...

Lorsque ce fut enfin son tour de s'engager, elle dut attendre encore. Un gros SUV approchait, trop vite pour qu'elle ait le temps de passer. À sa grande surprise, le véhicule freina dans un crissement de pneus et s'arrêta en plein milieu du carrefour.

— Mais c'est pas vrai ! s'exclama-t-elle en s'empoignant les cheveux. Dégage de là !

Sa colère laissa place à l'inquiétude quand les portières avant et arrière droites s'ouvrirent. Deux hommes descendirent de la voiture – de vrais molosses à l'air mauvais.

Et ils étaient armés.

— Nicholas ! souffla-t-elle.

Les deux brutes s'avancèrent vers elle, pistolets brandis. Elle s'empressa de verrouiller les portes, tout en ayant conscience que cela ne protégerait pas son fils contre les balles. Gagnée par la panique, elle passa la marche arrière et enfonça l'accélérateur, avant de freiner brusquement : une deuxième voiture venait de l'emboutir par-derrière. Elle était coincée.

L'impact avait fait tomber son téléphone au pied du siège. Elle se pencha pour le ramasser et composa le 911 d'une main tremblante tandis que l'un des hommes apparaissait derrière sa fenêtre. L'autre fit le tour de l'Explorer pour se planter près de la portière de Nicholas.

— Descends ! cria le premier en pointant son arme sur la tête de Penelope.

Elle attendit que quelqu'un décroche à l'autre bout du fil. *Allez, allez, allez !* À l'arrière, le deuxième type essayait d'ouvrir la portière.

— Police secours, j'écoute ?

Avant qu'elle ait pu répondre, un énorme fracas lui arracha un cri. Sa vitre venait d'exploser. Nicholas hurla de terreur. Pendant de précieuses secondes, elle resta paralysée par la peur.

L'homme passa le bras à travers la fenêtre brisée, déverrouilla la portière et l'ouvrit. Puis il empoigna Penelope par le coude et la sortit sans ménagement de la voiture.

— J'ai dit, descends !

Il la poussa vers la portière arrière pendant qu'un de ses comparses s'installait au volant.

— Non ! cria-t-elle en se débattant. Ne faites pas de mal à mon bébé !

Le canon du pistolet se posa sur sa tempe.

— Ferme-la ou je te bute.

Comprenant qu'il n'hésiterait pas à mettre sa menace à exécution, Penelope monta à côté de Nicholas, aussitôt suivie du type. Un troisième homme s'assit à l'avant à côté du conducteur. Si elle voulait avoir une chance de sauver son fils, elle n'avait pas d'autre choix que de leur obéir.

Son voisin lui arracha le téléphone des mains et l'écrasa sous son talon. Penelope fut projetée contre lui lorsque le conducteur démarra en trombe. Le troisième ravisseur sortit un portable de sa poche.

— Ça y est, grogna-t-il quand son correspondant décrocha. On l'a cueillie avec son gamin. Non, il n'était pas avec eux.

Le « il » en question, c'était forcément Reid. Pen était à la fois soulagée qu'il échappe à la mort – car elle ne doutait pas que c'était le sort qui l'attendait – et affligée qu'il ne soit pas là avec elle. Elle se sentirait tellement plus optimiste !

Des bribes de pensées tourbillonnaient dans sa tête. Les visages de ses ravisseurs. La nécessité de s'échapper. Les pleurs de Nicholas. Les regrets. La panique.

Alors que les premiers effets du choc s'estompaient, la cruelle vérité lui apparut clairement. C'était sa faute si ces hommes les avaient retrouvés. Elle avait allumé son téléphone, s'était servie de son navigateur. Comme Reid l'avait craint, leurs ennemis avaient utilisé le bornage pour la localiser et savoir précisément où l'intercepter.

Elle pressa ses lèvres sur le front encore brûlant de Nicholas. Il devait absolument voir un médecin.

— Mon fils est malade, dit-elle d'un ton suppliant à l'homme assis à côté d'elle. Il a besoin de médicaments. S'il vous plaît, laissez-moi l'emmener à l'hôpital.

— La ferme.

— On pourrait les utiliser comme appâts, dit celui qui parlait au téléphone. Ouais, il voudra des preuves qu'ils sont vivants, mais on pourra les liquider ensuite.

Un frisson lui parcourut l'échine, et les larmes se mirent à couler sur ses joues. Elle tenta malgré tout de se concentrer sur la conversation du malfrat, attentive au moindre détail qui pourrait l'éclairer sur l'identité de leurs ravisseurs ou sur l'endroit où ils les emmenaient. Peut-être allait-elle mourir aujourd'hui, mais elle ferait tout son possible pour protéger son fils et épargner Reid.

Eldridge chassa la serveuse d'un geste agacé.

— Je n'ai pas besoin d'une ambulance, grommela-t-il. Juste d'un nouvel avocat pour pouvoir attaquer ce traître de Barrington en justice !

Reid retourna s'asseoir à sa place, tout en continuant de surveiller son père de près. Ce dernier était un peu moins rouge, mais paraissait toujours aussi furieux. À bien y réfléchir, il n'avait déjà pas eu l'air au mieux de sa forme avant d'apprendre que son avocat et ami l'avait trahi...

— Pourquoi tu as dit que tu allais mourir, tout à l'heure ?

— On va tous mourir, répondit Eldridge d'un ton bourru. Certains d'entre nous partiront un peu plus tôt que les autres, c'est tout. J'ai soixante-quinze ans, des poumons d'ancien fumeur et le foie d'un amateur de whisky.

— Et donc ?

— J'ai un cancer.

Reid le dévisagea, cherchant à savoir s'il se moquait de lui. Mais Eldridge refusait de croiser son regard, signe qu'il était sérieux.

— Quel genre de cancer ? À quel stade ?

Son père resta silencieux un long moment. Il serrait si fort sa fourchette que ses jointures étaient blanches.

— Prostate, finit-il par lâcher. Mais je t'interdis d'en parler à Whitney. Elle n'a pas besoin de le savoir.

— C'est ta femme ! Bien sûr qu'elle devrait le savoir !

— Non. Je ne veux pas qu'elle se fasse du souci pour une chose à laquelle elle ne peut rien changer. Quand je rentrerai – si je rentre un jour –, je le lui dirai moi-même.

— Tu rentreras. Tu nous as laissés bien assez longtemps comme ça dans l'ignorance et l'inquiétude.

— Je veux d'abord finir mes séances de rayons à l'hôpital. C'est là que je vais tous les mercredis matin depuis trois mois. Si les résultats sont bons la semaine prochaine, je rentrerai pour Noël. Je veux pouvoir faire mes adieux.

— Ne sois pas défaitiste. Le cancer de la prostate, ça se soigne si on le détecte assez tôt.

— Mouais, c'est ce que les médecins essayent de me faire croire. Ils n'arrêtent pas de me dire que je vais m'en sortir, mais c'est le cancer, bon Dieu ! J'ai connu trop de gens qui en sont morts pour faire confiance à ces bonimenteurs.

— Écoute-moi bien, répondit Reid en plantant son regard dans le sien. Tu vas faire exactement ce que les médecins te disent de faire, et tu t'en remettras. Il faut que tu arrêtes de te comporter comme un vieillard capricieux, parce qu'il y a des millions de gens qui sont plus malades, plus pauvres et plus à plaindre que toi et qui ne gémissent pas autant. Et tu vas vite rentrer à la maison, c'est clair ?

Eldridge croisa les bras sur son torse.

— Ce n'est pas à toi de me dire ce que je dois faire.

— Ah oui ? Après l'enfer que tu as fait vivre à ta famille, j'estime que j'en ai le droit. Tu nous dois bien ça. Whitney mérite mieux que de pleurer un homme qui n'est même pas mort. Et ton salaud d'avocat doit payer pour toutes ses années de mensonges et de manipulations !

Eldridge inspira profondément, avant d'acquiescer d'un air sombre.

— Là-dessus, on est bien d'accord, murmura-t-il.

18

— C'est ce qu'on va voir ! s'exclama Hugh en bondissant de son fauteuil.

— Pour l'instant, je n'ai pas encore tous les éléments, continua Fowler, mais Reid m'a assuré qu'il...

— Reid ? Ce flic raté ne peut rien prouver ! C'est moi qui vais porter plainte contre lui pour diffamation, violation de propriété et vol !

— Il dit que vous avez essayé de les faire assassiner, Penelope et lui. On va vous coincer, Barrington. Vous allez tomber pour tous vos mensonges et tous vos crimes.

Hugh pointa un index rageur sur Fowler.

— Écoutez-moi bien...

— Non ! Vous, écoutez-moi bien !

À cet instant, la sonnerie vieillotte du téléphone fixe interrompit leur échange. Fowler l'ignora.

— Si vous croyez que ma famille va rester là sans rien faire...

— Allô, aboya Hugh en décrochant.

— Cette conversation n'est pas terminée ! Comment osez-vous répondre au téléphone alors que je suis en train de vous parler ?

Hugh lui tourna le dos pour écouter son correspondant. Alors que Fowler, hors de lui, s'apprêtait à lui arracher l'appareil des mains, les mots de l'avocat le glacèrent.

— Vous les avez pris tous les deux ? Vivants ? Non, pas tout de suite. Il mordra à l'hameçon et essayera de les sauver. Quand il arrivera, supprimez-les tous. Oui, même le gamin. Je n'ai pas l'intention d'élever un autre marmot.

Fowler eut un mouvement de recul. Qu'est-ce que c'était que cette histoire ? De qui parlait-il, au juste ?

— C'est pour ça que je vous paye, poursuivit Hugh. Faites le boulot, et ne rappelez plus jamais sur cette ligne.

Il raccrocha brutalement, prit une grande inspiration comme pour se calmer, puis se tourna vers son jeune client, un sourire hypocrite aux lèvres.

— Que disiez-vous sur les preuves que votre frère détiendrait contre moi ?

Fowler le dévisagea. Il peinait à cacher sa révolte et son dégoût.

— Reid enquête sur vous, répondit-il. Bientôt, il aura réuni assez d'éléments pour vous envoyer en prison.

— À votre place, je manierais ce genre de menaces avec précaution. Je viens d'avoir un de mes hommes au téléphone : ils ont capturé Penelope et Nicholas. Ce n'est qu'une question de temps avant qu'ils n'attrapent Reid. Parce qu'il va voler à leur secours, évidemment, ajouta-t-il avec un rictus méprisant. Quel nigaud... Il croit sans doute qu'il est amoureux d'elle. J'ai bien vu comme il la regarde chaque fois qu'il la croise.

— Qu'est-ce que vous entendez par « capturer » ?

— Rien d'autre que ce que ce mot veut dire. Penelope et Nicholas sont aux mains de mes hommes, et elle et Reid ne pourront pas utiliser les informations qu'ils m'ont volées.

Même en connaissant les crimes que Barrington avait commis contre sa famille, Fowler n'en fut pas moins choqué par ce qu'il entendait.

— Vous seriez prêt à les tuer ? On parle de votre propre fille, là, et de votre petit-fils ! Je ne peux pas croire que vous laisseriez ces hommes s'en prendre à la chair de votre chair.

Hugh se mit à marcher de long en large derrière son bureau.

— J'ai passé trop de temps à faire des courbettes aux gens de votre espèce pour laisser quiconque ruiner mes plans maintenant. Je ne peux pas, je ne *veux* pas aller en prison, et je suis prêt à tout pour empêcher ça. Et puis, entre parenthèses, Penelope n'est pas ma fille. C'est juste une concession que j'ai faite à ma femme il y a des années parce qu'elle ne pouvait pas avoir d'enfants. Elle voulait absolument avoir quelqu'un à dorloter, c'est pour ça qu'on a adopté Penelope.

Fowler n'en croyait pas ses oreilles. Cet homme n'avait pas de cœur.

— Mais elle fait partie de votre famille, malgré tout...

— Ha ! Comme si c'était important pour vous, la famille ! Le nom Colton est synonyme d'égoïsme et de coups de poignard dans le dos.

— C'était peut-être le cas avant, mais c'est en train de changer, se défendit Fowler.

— Bien sûr... De toute façon, je ne ressens aucun attachement pour Penelope. On n'a jamais été proches – au contraire, nos relations ont toujours été conflictuelles. Et puis, c'est Reid et elle qui ont commencé en venant fouiller dans mon bureau. Ce sont eux qui ont déclaré la guerre ! Il faut bien que je protège mes intérêts.

— Êtes-vous responsable aussi de la disparition de mon père ? s'enquit Fowler, à qui les propos de l'avocat donnaient la nausée. Vous l'avez tué, lui aussi ?

— J'aimerais bien pouvoir m'attribuer ce mérite, mais je n'ai aucune idée d'où il est.

L'incrédulité de Fowler se mua en indignation. Un sentiment d'urgence s'empara de lui : il fallait qu'il alerte la police.

— Vous croyez que vous allez pouvoir vous en tirer impunément ? dit-il en sortant son téléphone et en commençant à taper son code d'accès. Commanditer trois meurtres en plus de tout le reste ?

Hugh alla se servir un whisky au buffet de son bureau.

— Je m'en suis tiré jusque-là, fit-il remarquer. J'ai appris auprès des meilleurs à ne laisser aucune trace.

Fowler faillit éclater de rire. Et se vanter de ses crimes, ce n'était pas laisser des traces ? Son téléphone avait tout enregistré, mais cela ne suffisait pas. Il devait se débrouiller pour savoir où les hommes de main de Barrington avaient emmené Penelope et son fils. Aurait-il le temps de prévenir Reid ?

— Dommage que mon frère ait compris votre petit jeu, observa-t-il. Maintenant, il y a beaucoup de gens qui savent ce que vous avez fait.

— C'est bien pour ça que Reid doit mourir. Je refuse de passer le reste de ma vie en prison.

Il but plusieurs longues gorgées de whisky.

— Dans quelques heures, je serai parti. À Mexico, peut-être... En tout cas, dans un pays où il fait chaud et où il n'y a pas d'extradition vers les États-Unis.

Hugh reposa son verre et ouvrit un tiroir de son bureau.

— Mais je ne peux pas prendre le risque que quelqu'un raconte ce qu'il sait. Mes secrets doivent rester bien gardés.

Un mauvais pressentiment assaillit Fowler une seconde avant que Hugh ne sorte un revolver du tiroir. Son instinct prit aussitôt le dessus. Fuir ou lutter. Il choisit la seconde solution.

Il se jeta en travers du bureau. Un « clic » retentit ; l'avocat avait essayé de tirer, mais peut-être son arme n'était-elle pas chargée... Pas le temps de vérifier : Fowler saisit les poignets de Hugh, tentant de les lever en l'air.

— Monsieur Barrington ! s'exclama la secrétaire, qui s'était précipitée à la porte du bureau.

— Appelez la police ! lui cria Fowler tandis que Hugh inclinait le revolver dans sa direction.

Une détonation assourdissante l'ébranla tout entier. L'odeur âcre de la poudre lui emplit les narines, et ses oreilles se mirent à bourdonner.

Alors seulement, il ressentit la douleur.

Le dos raide, les muscles crispés par la peur, Penelope écoutaient les trois hommes qui discutaient de ce qu'ils allaient faire.

— Moi je dis, on les emmène dans la forêt et on les descend tous les deux, suggéra le molosse assis à côté d'elle, qui avait un poing tatoué sur le cou.

— Non, pas tout de suite, rétorqua celui installé à l'avant sur le siège passager. Barrington a dit qu'il fallait se servir d'eux pour attirer Colton, et qu'ensuite seulement on les tuerait tous.

Un frisson la traversa quand elle entendit le nom de son père. C'était donc bien lui qui avait commandité son enlèvement et son meurtre imminent. Des larmes de rage et de douleur lui brûlèrent les paupières.

— On retourne chez Lenny, du coup ? demanda le conducteur.

— Ah non ! protesta le tatoué. Je ne veux pas que mes voisins les voient ou les entendent.

— Où est-ce qu'on va, alors ?

— À la planque de Colton, décréta son voisin au crâne rasé.

Il tapota sur son téléphone.

— Le premier signal venait du lac, à deux ou trois kilomètres d'ici.

Penelope lutta contre la nouvelle vague de panique qui l'assaillait. Elle n'avait que quelques minutes pour échafauder un plan. Son seul avantage, c'était qu'elle connaissait la maison. Combien de temps Reid mettrait-il à la rejoindre ? Pouvait-elle le prévenir d'une façon ou d'une autre ?

Le tatoué pointa son pistolet vers Nicholas, qui continuait de pleurer.

— Fais-le taire, ou je le descends tout de suite !

— Il a peur ! s'écria Penelope. Et il est malade ! Je l'emmenais chez le médecin quand vous nous avez arrêtés.

Le type fronça les sourcils en regardant le petit garçon.

— Qu'est-ce que c'est, sur son cou ?

Penelope baissa les yeux sur son bébé. Un liquide teinté de sang s'était mis à couler de son oreille.

La douleur coupa le souffle à Fowler. Cet enfoiré l'avait touché ! Quand il put enfin inspirer un peu d'air, il porta la main à son ventre et la leva devant ses yeux. Elle était couverte de sang.

Barrington en profita pour se dégager.

— Arrêtez-le ! croassa Fowler à la secrétaire.

— Dégage de mon chemin ! grogna l'avocat en bousculant la pauvre femme, qui tomba en arrière.

Au prix d'un violent effort, Fowler se mit à genoux. La brûlure qui lui traversait le flanc lui faisait tourner la tête, et il faillit vomir. Était-ce cela que l'on ressentait quand on mourait ? Il pensa à Tiffany, à la vie qu'ils n'auraient peut-être jamais ensemble. Et surtout, il pensa au fiasco qu'il venait de provoquer. Guidé par son envie de vengeance, il avait poussé un homme dangereux dans ses retranchements. Pour qui se prenait-il ? Contrairement à Reid, il n'était pas flic - ni agent secret comme Jake McCord.

Non loin de lui, il entendit la secrétaire appeler les secours en sanglotant. Ignorant la douleur, il rampa jusqu'à son portable qui était tombé par terre. Il fallait qu'il prévienne Reid.

Ses doigts ensanglantés laissèrent des marques rouges sur l'écran tandis qu'il cherchait le numéro dans ses contacts. L'appel bascula directement sur le répondeur.

— Bon sang, Reid… Barrington m'a… tiré dessus. Ses hommes… ont kidnappé Penelope. Ils… ils ont ordre de la tuer ! Et Hugh s'est enfui…

Sa vision se troubla. Sa tête était tellement lourde ! Il vit vaguement l'assistante courir vers lui, puis tout devint noir.

Pen crut que son cœur s'arrêtait de battre. C'était trop tard : le tympan de Nicholas avait rompu sous la pression de l'infection, et à présent le pus s'écoulait librement.

— S'il vous plaît, implora-t-elle, les yeux emplis de larmes. Son tympan s'est perforé, il faut vite l'emmener chez le médecin. Il pourrait perdre une partie de son audition.

— La ferme ! aboya le tatoué. Son oreille ne sera plus un problème quand il sera mort.

Penelope ravala un hoquet d'horreur.

— Vous êtes un monstre !

— Qu'est-ce que tu comptes faire, maintenant que tu connais la vérité ? demanda Eldridge à Reid d'un air abattu.

— Je n'ai pas l'intention de me taire, si c'est ce que tu attends de moi. Whitney mérite de savoir que tu es vivant. Bon sang, la famille tout entière a suffisamment souffert à cause de ta petite blague. Je ne veux pas être complice de ça.

— Reconnais quand même que ça a marché pour démasquer ce traître de Barrington. Il va payer pour ce qu'il a fait !

Ses traits s'adoucirent.

— Et puis, cela m'a prouvé que nos liens familiaux étaient plus forts que je ne le pensais.

— Donc, la fin justifie les moyens ? Les six mois qu'on a passés à se faire un sang d'encre, tu t'en fiches ?

— Je ne vais pas m'excuser pour ça jusqu'à la fin de mes jours.

— Tu t'es excusé auprès de moi, mais tu dois encore demander pardon à ta femme et au reste de ta famille.

— D'accord, mais… tout est bien qui finit bien, non ?

— Oh ! je t'en prie !

Reid sortit de sa poche plusieurs billets qu'il plaqua sur la table.

— Si tu n'as plus que des banalités à me dire, il vaut mieux qu'on en reste là. Reviens à la maison ou ne reviens pas, je m'en fiche. Je te laisse jusqu'au 24 décembre pour appeler Whitney ou te présenter au ranch ; après, je lui raconte tout ce que je sais.

Il se leva et se dirigea vers la porte, sourd aux protestations de son père. Il en avait assez entendu. Alors qu'il jetait un coup d'œil sur son téléphone, il constata qu'il avait deux messages. Étrange… Seule une poignée de personnes possédaient le numéro de cet appareil prépayé.

Le premier provenait de Pen :

« Reid, c'est moi, disait-elle d'une voix paniquée. Nicholas a de la fièvre, c'est sans doute une otite. Il a besoin de voir un médecin, et ça ne peut pas attendre ton retour. J'ai pris ma voiture, on est en route pour le cabinet médical. Appelle-moi sur mon ancien portable quand tu auras ce message. »

— Merde !

Reid était à la fois inquiet pour le petit garçon et contrarié que Pen ait été obligée de quitter la sécurité de la maison. Puis les derniers mots de la jeune femme s'imprimèrent dans son esprit, et il jura encore plus fort. L'appeler sur son ancien portable ? C'était donc ça, le numéro qui avait tenté de le joindre pendant qu'il discutait avec son père… Un numéro que Hugh Barrington connaissait très bien. Et qui était sans doute surveillé de près par ses sbires.

— Attends ! lança Eldridge, qui l'avait rejoint dehors.

— Désolé, mais j'ai une urgence.

Reid courut vers sa Range Rover tout en écoutant le second message. Il ne parvint pas immédiatement à identifier la voix sifflante qui s'exprimait difficilement, mais les mots l'emplirent d'effroi. Il s'arrêta pour consulter la liste des appels entrants et repéra le numéro de Fowler. Fowler, qui avait accepté d'approcher Barrington pour tenter de lui arracher des aveux. Fowler, ce demi-frère impulsif et orgueilleux qui avait à peu près autant de tact qu'un bulldozer.

Il réécouta le message. Fowler était blessé par balle. Barrington s'était enfui. Et ses hommes de main avaient kidnappé Penelope.

Reid sauta dans son 4x4 pour foncer au secours de la femme qu'il aimait.

Sous le choc, Zane raccrocha et leva les yeux vers Mirabella, qui était assise au bord de leur lit.

— Qu'est-ce qu'il t'a dit ? demanda-t-elle, inquiète.

— Il a retrouvé Eldridge. Mon père est vivant.

Elle esquissa un sourire.

— C'est une bonne nouvelle, non ?

— Ce n'est pas tout.

Pendant qu'il enfilait ses chaussures à la hâte et attrapait son arme, il lui raconta tout ce que Reid lui avait appris durant le bref coup de téléphone qu'il venait de lui passer. Barrington. Fowler. Penelope.

Mirabella porta une main à ses lèvres.

— Mon Dieu... Tu ne peux pas...

Il la fit taire d'un baiser.

— Reste ici. Le stress n'est pas bon pour le bébé. Appelle Alanna et dis-lui d'aller retrouver Fowler à l'hôpital. Je vais aider TC à attraper Barrington avant qu'il ne quitte le pays.

Pendant ses années dans la police, Reid avait été confronté à de nombreuses situations d'urgence. Il avait été formé à se détacher émotionnellement et à appliquer des procédures précises quel que soit le contexte. Néanmoins, jamais en ces différentes occasions il n'avait risqué gros sur le plan personnel.

Aujourd'hui, c'était le cas. Rien que d'imaginer Nicholas et Penelope aux mains de tueurs à gages, son sang se glaçait dans ses veines. Que devait-il faire ? Tout ce qu'il savait, c'était que les hommes de Barrington avaient capturé Penelope. Mais où la détenaient-ils ?

Dans son message, la jeune femme disait qu'elle emmenait son fils chez le médecin. Avait-elle eu le temps d'arriver à destination ? Ses ravisseurs l'avaient-ils attaquée dès sa sortie de la maison du lac ?

La maison du lac… Ce lieu ultra-sécurisé que Reid avait équipé d'une bonne dizaine de caméras de surveillance.

Il freina brusquement pour se garer au bord de la route. Dégainant son téléphone, il se connecta à l'application qui lui permettait de voir en direct ce qui se passait chez lui. Rien dehors, rien dans la chambre principale, rien dans le garage…

Un juron lui échappa lorsqu'il ouvrit la première vue du salon. Pen était assise sur le canapé avec Nicholas sur les genoux, tandis que deux – non, trois – hommes étaient postés à différents endroits de la pièce.

Il repartit sur les chapeaux de roues. Au moins, maintenant, il savait où il allait. Tout en roulant, il appela la police et donna l'adresse exacte de sa maison, en expliquant comment repérer le chemin depuis la route. Puis il raccrocha et fonça vers son refuge qui n'en était plus un.

Penelope berçait Nicholas, qui avait cessé de pleurer. Son front était un peu moins chaud, et il semblait moins souffrir. Il se laissait porter, complètement apathique, suivant des yeux les hommes effrayants qui les avaient ramenés ici.

— Mon fils a besoin de se reposer. Si vous refusez que je l'emmène à l'hôpital, est-ce que je peux au moins le mettre au lit ? demanda-t-elle au conducteur, Greg, qui paraissait être le plus raisonnable des trois.

Le tatoué s'appelait Lenny, et celui au crâne rasé, Marcus. Si par miracle elle survivait à cette journée, elle voulait se souvenir de tous les détails les concernant pour être en mesure de les décrire aux enquêteurs.

Greg réfléchit un moment.

— D'accord, finit il par dire. Mais après, tu reviens ici pour qu'on puisse t'avoir à l'œil.

Tout en étant soulagée d'éloigner son fils du danger, Pen détestait l'idée de le laisser seul. Quand elle ouvrit la porte de la chambre, Lucky, qu'elle avait enfermé là avant de partir, s'enfuit dans le couloir.

— Non, Lucky ! chuchota-t-elle. Reviens !

Mais avec son fils malade dans les bras et des hommes armés qui l'attendaient, le chaton n'était pas sa priorité. Le cœur lourd, elle le regarda s'éloigner d'un pas guilleret. Elle s'occupa de coucher Nicholas, l'embrassa tendrement et ressortit de la pièce. En coopérant avec ses ravisseurs, peut-être gagnerait-elle un peu de temps pour que Reid ou la police vienne les sauver.

Quand elle retourna au salon, elle repéra Lucky en train de jouer avec un ruban sous le sapin de Noël. Veillant à ne pas attirer l'attention sur lui, elle se percha de nouveau sur le canapé, prête à bondir. Car si l'occasion se présentait de désarmer un de ces sales types ou de faire quoi que ce soit qui pourrait la tirer de ce mauvais pas, elle la saisirait.

En s'arrêtant sur le chemin qui menait à la maison, Reid vérifia une dernière fois les positions des trois hommes, de Penelope et de Nicholas. Un des types se tenait debout devant Pen dans le salon. Il était armé. Un autre dévalisait le frigo dans la cuisine. Armé lui aussi. Le troisième, qui regardait par la baie vitrée, ne semblait pas avoir de pistolet sur lui, mais cela ne voulait pas dire qu'il n'en cachait pas un quelque part.

Après avoir sorti le démonte-pneu du coffre, Reid abandonna la Range Rover et termina à pied, en trottinant le plus longtemps possible sous le couvert des arbres. Lorsqu'il se fut suffisamment approché, il parcourut au pas de course les derniers mètres qui le séparaient de l'arrière du garage. Serrant l'outil dans ses mains, il longea le mur et jeta un coup d'œil par la vitre de la porte de la cuisine. Le type était toujours là. Reid attendit qu'il lui tourne le dos pour se faufiler à l'intérieur et lui asséner un violent coup sur le crâne. L'homme s'écroula comme une masse.

Il n'avait plus qu'à neutraliser les deux autres.

19

Un bruit sourd résonna dans la cuisine, tirant Pen de ses intenses réflexions stratégiques.

Greg, qui surveillait l'extérieur de la maison depuis la baie vitrée, se retourna brusquement.

— C'était quoi, ça ?

— Qu'est-ce qui se passe, Marcus ? appela Lenny.

Pas de réponse.

Pen sentit son cœur s'emballer. Elle se rapprocha de l'extrémité du canapé.

— Qu'est-ce que tu fais ? grogna Lenny en pointant son arme sur elle.

— Je... je voulais juste aller voir mon fils dans la chambre d'amis, répondit-elle, assez fort pour que Reid l'entende et qu'il soit ainsi informé de la situation – si c'était bien lui qui venait d'arriver.

— Non, tu restes là. Surveille-la, Greg, je vais aller jeter un œil dans la cuisine.

Après un dernier regard méfiant sur le jardin, Greg s'écarta de la fenêtre en dégainant un petit pistolet d'un holster de cheville. Pen resta immobile sur le canapé, tous les sens en alerte.

Dans le silence tendu, alors que Lenny se dirigeait prudemment vers la cuisine, les branches du sapin se mirent à bouger et les décorations tintèrent doucement.

— Qui est là ? demanda Lenny en se tournant vers l'arbre.

À travers les aiguilles, Penelope aperçut le chaton qui se déplaçait de branche en branche.

L'instant d'après, Reid surgit de la cuisine et passa un bras autour de la gorge de Lenny.

D'un mouvement du pied, Reid balaya les jambes de son adversaire pour le faire tomber. Mais avant qu'il puisse le viser avec l'arme qu'il avait prise au premier malfaiteur, l'autre l'entraîna au sol avec lui. Pen poussa un cri. Dans sa chute, Reid lâcha le pistolet.

L'impact lui coupa le souffle. Alors qu'il se relevait tant bien que mal, le tueur lui tordit le bras derrière le dos et le coinça contre le mur. Reid sentit le canon d'une arme s'enfoncer dans son crâne.

— Tiens, tiens, regardez qui voilà ! On t'attendait, Colton.

Dès que Reid avait fait irruption dans la pièce, Pen s'était levée du canapé... et retrouvée face au pistolet de Greg.

— Ne bouge pas, lui ordonna-t-il en la saisissant par le bras.

Pen sentit sa colère se décupler. De voir Reid se faire malmener par un voyou – lui qui s'était mis en quatre pour l'aider, lui qui avait consacré des années de sa vie au service de la communauté, lui... qu'elle *aimait* – l'emplissait de rage.

— Lâchez-moi, grogna-t-elle, les mâchoires crispées.

— La ferme !

— Vous allez payer pour ça, je vous le promets.

L'homme resserra son étreinte, et elle grimaça de douleur.

— J'ai dit, la ferme !

— Fais ce qu'il te demande, Pen.

Surprise, elle tourna la tête vers Reid. Mais le regard qu'il lui adressa était tout sauf défaitiste. Il avait beau être plaqué contre un mur avec une arme braquée sur la tête, Pen savait qu'il n'en avait pas fini avec ces brutes.

— À genoux, fils de riche, grommela le type derrière lui.

— Va te faire voir, répliqua Reid.

Sa réponse lui valut un coup de crosse sur la tempe. Pen étouffa un cri indigné, mais il se contenta de secouer la tête pour chasser les effets de la douleur. Il voulait être prêt à réagir dès que l'occasion se présenterait.

Grâce au commentaire de la jeune femme, il savait que Nicholas se trouvait dans la chambre d'amis, au bout du couloir. Mais l'enfant pouvait se réveiller à tout moment et venir chercher sa mère dans le salon. Il fallait se sortir de cette impasse au plus vite.

Du coin de l'œil, il avisa le pistolet qu'il avait laissé tomber dans la mêlée. S'il pouvait juste...

— Qu'est-ce que mon père vous a promis ? s'enquit Pen d'une voix amère. Combien vous paye-t-il pour nous tuer ?

— Assieds-toi, et ferme-la ! cria l'homme qui la tenait par le bras.

— Pen, arrête.

À peine Reid avait-il prononcé ces mots qu'une masse orange et blanche attira son attention. Le chaton ! Il avait presque oublié son existence... Malheureusement, ce n'était pas une petite boule de poils qui allait les sauver de deux assassins armés.

Et pourtant...

Lucky trottina vers Reid et son adversaire, lequel ne pouvait pas le voir. Et l'animal sauta sur la jambe de ce dernier, plantant ses vingt petites griffes acérées dans son pantalon.

— Ouille ! C'est quoi ce truc ?

Reid saisit sa chance. Un coup de coude dans l'estomac, un rapide tour de poignet, et il se libéra du malfaiteur. Des deux mains, il agrippa le pistolet, tentant de le lui arracher. Mais l'autre résista. Il semblait avoir une parade à toutes les tactiques de combat que Reid essayait... Pas de doute, l'homme était bien entraîné.

De sa main libre, il lui décocha un violent coup de poing dans la mâchoire. Reid recula d'un pas, sonné. Très vite cependant, il reprit ses esprits, baissa la tête et chargea.

Pendant quelques instants, Greg se détourna de Penelope, captivé par la lutte à laquelle se livraient Reid et Lenny. Pen n'hésita pas une seconde. Suivant les conseils d'Andrew, elle balança son front contre le nez du ravisseur et enchaîna avec un coup de genou dans l'entrejambe.

Alors que Greg se pliait en deux en gémissant, Pen attrapa la statuette de cheval sur la table basse et l'abattit de toutes ses forces sur le crâne du tueur à gages. Il s'écroula. Aussitôt, elle le délesta de son pistolet, qu'elle pointa sur Lenny.

— Les mains en l'air, salopard !

Au lieu de lui obéir, il chercha à récupérer l'arme que Reid lui avait fait lâcher. Penelope tira. Lenny tomba ; une tache de sang s'étalait sur son T-shirt. En entendant du bruit derrière elle, Pen fit volte-face et tira de nouveau. Greg s'effondra une seconde fois, touché à la cuisse.

Le flot d'invectives qu'il se mit à proférer parvint comme assourdi à Pen à cause des coups de feu qui résonnaient encore à ses oreilles, de l'adrénaline qui bourdonnait dans ses veines... et des pleurs terrorisés de son fils au bout du couloir.

— Nicholas ! souffla-t-elle.

Reid apparut à côté d'elle et lui prit doucement le pistolet des mains.

— Bien joué, Pen.

— Je... je t'avais dit que je savais tirer !

Il l'embrassa sur le front.

— Va vite voir ton petit garçon. Je m'occupe de ligoter ces fumiers en attendant les renforts.

20

Une heure plus tard, après avoir livré leurs premiers témoignages à la police, Pen et Reid furent autorisés à conduire Nicholas dans une clinique où son pédiatre devait les rejoindre pour le prendre en charge. Les trois ravisseurs, blessés plus ou moins grièvement, avaient été emmenés en ambulance et sous bonne garde dans un autre hôpital.

Alors qu'ils filaient sur l'autoroute, la sonnerie du portable de Reid retentit. Il demanda à Pen de décrocher et de mettre le haut-parleur.

— Salut Reid, c'est Zane. On est arrivés trop tard chez Barrington. D'après les domestiques, il a juste pris le temps de vider son coffre-fort et de jeter quelques affaires dans une valise avant de repartir. Il est sans doute en route pour un aéroport.

— Merde.

Reid réfléchit un moment.

— Celui de Dallas Fort Worth est trop public, trop grand. Je suis prêt à parier qu'un avion l'attend sur le tarmac d'un aérodrome privé.

— Oui, mais lequel ? Il y en a un certain nombre dans le coin.

Après discussion, Zane et TC furent envoyés vers les deux aérodromes les plus proches, tandis que Reid promettait d'en vérifier un troisième après avoir déposé Pen et Nicholas aux urgences.

— Je connais un ancien client de mon père qui a un avion, murmura pensivement la jeune femme lorsqu'elle eut raccroché. Harvey Freeland. Il le garde dans un hangar, sur une petite piste à l'est de Fort Worth.

— Tu penses qu'il serait prêt à emmener ton père à Mexico ?

— Il l'emmènerait sur la lune s'il le pouvait. Hugh lui a évité la prison pour blanchiment d'argent il y a dix ans.

Reid serra le volant plus fort.

— Comment s'appelle l'aéroport ?

— Je ne m'en souviens plus, mais je sais comment y aller.

— Et Nicholas ?

Elle se tourna pour regarder son fils endormi dans son siège auto.

— Le Dr Shaw m'a dit qu'il fallait le mettre sous antibiotiques et qu'à part ça il était trop tard pour intervenir. Ça m'embête de le faire attendre encore, mais j'aime encore moins l'idée que mon père s'enfuie et qu'il échappe à la justice. Allons à l'aéroport.

Alors qu'ils débouchaient de la route étroite et criblée de nids-de-poule qui menait à la piste isolée, Penelope reconnut la Lincoln Continental de son père.

— Il est là, dit-elle à Reid en lui montrant le véhicule.

— OK.

Il se gara sur le parking.

— Reste ici. Je m'en occupe.

— C'est mon père !

— Raison de plus pour que tu gardes tes distances.

Elle s'abstint de protester, sachant que quelqu'un devait veiller sur Nicholas. En tant qu'ancien policier, Reid saurait faire face à la situation. À supposer qu'ils n'arrivent pas trop tard...

Tandis qu'il ouvrait sa portière, elle le retint par la manche et l'embrassa avec ferveur. Reid lui rendit son baiser. Puis il sortit de la Range Rover.

— Sois prudent, Reid.

— Quand ce sera fini, il faudra qu'on parle, dit-il sombrement.

Le claquement de la portière la fit frissonner. Non seulement il prenait des risques en allant affronter son père, mais ses derniers mots n'auguraient rien de bon. « Il faudra qu'on parle. » Cette phrase avait-elle jamais précédé autre chose que de mauvaises nouvelles ?

Reid retira son pistolet de la ceinture de son jean et courut jusqu'au hangar. De là, il vit Hugh sur la piste, à côté d'un petit avion bimoteur dont les hélices tournaient déjà. L'avocat criait pour se faire entendre d'un individu en salopette.

— Barrington !

Reid braqua son arme sur l'homme qui avait causé tant de souffrances à Pen au fil des ans. S'il n'avait pas fait le serment de respecter la loi, il aurait été tenté de lui mettre une balle dans la tête sans autre forme de procès. Mais il ne pouvait pas l'abattre de sang-froid alors qu'il espérait bâtir sa vie avec sa fille... Il puisa donc en lui le calme et le professionnalisme dont il allait avoir besoin pour convaincre l'avocat de se rendre.

En entendant son nom, Hugh se retourna d'un bloc. Reid le vit grimacer, puis plonger la main dans la poche de sa veste... et en sortir un pistolet.

Il s'arrêta net, gardant son arme pointée sur Barrington tout en levant l'autre main en geste d'apaisement.

— Du calme. Personne n'est obligé de mourir aujourd'hui.

— J'ai déjà tiré sur Fowler. Je suis prêt à vous tirer dessus aussi s'il le faut ! cria Hugh.

Tandis que l'homme à la salopette courait se mettre à l'abri, Reid se réfugia derrière un pick-up garé sur le tarmac.

— Fowler a survécu, répliqua-t-il, en priant pour que son frère soit encore vivant. Si vous vous rendez maintenant, vous pourrez peut-être négocier votre peine. Mais si vous me tuez, ma famille veillera à ce que vous finissiez votre vie en prison.

Hugh secoua la tête. Il transpirait malgré le froid.

— Je ne veux pas aller en prison. Je vais monter dans cet avion et m'enfuir loin d'ici. N'essayez pas de m'en empêcher !

— Vous êtes allé trop loin, Hugh, répondit Reid d'un ton égal, alors qu'il fulminait intérieurement. Je ne peux pas vous laisser partir.

— Je n'ai pas tué Eldridge ! Je vous jure que je ne sais pas où il est ! cria Barrington avec une note de panique dans la voix.

— Je sais. Je l'ai retrouvé aujourd'hui, il est vivant. Il se cachait à Dallas depuis le début.

— Quoi ?

— Il voulait tester la loyauté de sa famille. Et démasquer d'éventuels traîtres parmi ses proches.

Reid marqua une pause. L'avocat continuait de brandir son arme d'une main tremblante, mais ses épaules s'étaient affaissées.

— Est-ce que vous lui avez parlé de… de ce que vous avez trouvé dans mon bureau ?

— Oui.

— Je voulais juste prendre ce qui me revenait de droit ! J'ai aidé votre père à devenir qui il est. Je lui ai sauvé la peau plus d'une fois. Je méritais ma part du gâteau !

Reid n'avait pas l'intention de débattre de la légitimité des actes de Hugh. En revanche, il avait besoin de clarifier un point. Pour pouvoir clore ce chapitre définitivement.

— Et Andrew ? C'est vous qui avez mis du chlorure de potassium dans son ampoule d'insuline ?

Hugh releva le menton.

— Oui, il ne m'a pas laissé le choix ! Je savais qu'il enquêtait sur moi. Par contre, je n'avais pas prévu que vous lui administreriez la dose fatale – je pensais qu'il la prendrait tout seul un jour ou l'autre. Avant d'en arriver là, j'avais essayé de le dissuader de me chercher des noises en me débrouillant pour qu'il soit soupçonné d'avoir volé de la drogue dans la salle des pièces à conviction ; je lui ai promis que je l'innocenterais s'il abandonnait son enquête, mais il a refusé.

— C'est vous qui lui avez tendu un piège ? Je pensais qu'il avait vraiment volé cette drogue !

Reid sentit la nausée l'envahir. Andrew avait été innocent sur toute la ligne. Quand ils s'étaient disputés ce fameux matin, son collègue avait tenté de défendre son honneur, mais Reid n'avait rien voulu entendre, persuadé que les faits parlaient d'eux-mêmes.

Il s'arracha à ses réflexions en voyant Barrington reculer vers les marches de l'avion.

— Restez où vous êtes, Hugh !

— Non ! Je pars. Si je vais en prison, je mourrai. Je ne veux pas subir l'humiliation d'un procès.

Reid s'écarta du pick-up et fit quelques pas prudents vers l'avocat, en continuant de le tenir en joue.

— Barrington, je n'hésiterai pas à vous tirer dessus pour vous empêcher de monter dans cet avion. Ne m'obligez pas à le faire. J'aime Penelope, et je ne veux pas être celui qui aura tué son père.

Ces mots semblèrent le toucher. Il regarda Reid tristement.

— Penelope... Elle me déteste. Elle serait plus heureuse sans moi.

— Vous lui avez fait du mal. Vous l'avez ignorée pendant des années, et vous vous êtes comporté comme un goujat avec sa mère. Et pour couronner le tout, vous lui avez pris Andrew. Vous ne croyez pas qu'elle a des raisons de vous en vouloir ?

— Si, bien sûr.

Hugh laissa retomber sa main qui tenait le pistolet. Ses yeux se voilèrent.

— Vous me promettez de prendre soin d'elle ? Et de son petit garçon ?

— Pour cela, il faudrait qu'elle veuille bien de moi... Mais si vous voulez tout savoir, j'aimerais l'épouser. Et être un père pour Nicholas.

— Parfait, répondit Hugh en reculant encore.

Reid enroula son index autour de la détente.

— Posez votre arme par terre et ne bougez plus.

— Non, Reid. Je vous ai dit que je n'irais pas en prison.

Barrington cala le canon de son pistolet sous son menton... et tira.

21

Le lendemain, debout sur le seuil du bureau d'Andrew, Penelope contemplait les cartons à moitié remplis qu'elle avait abandonnés près de trois semaines plus tôt.

Elle ravala ses larmes en pensant à tout ce qui avait changé depuis, et aux multiples façons dont elle avait perdu son père. D'abord en apprenant ses crimes, puis en apprenant qu'elle avait été adoptée, et enfin en apprenant sa mort.

Elle inspira profondément et alla s'asseoir derrière le bureau d'Andrew. Lucky dormait en boule dans un des cartons, près d'une pile de magazines qu'il avait mis en lambeaux. Pen promena son regard sur le désordre qui régnait dans la pièce. Finir de ranger les affaires de son défunt mari lui éviterait de tourner en rond – à défaut de lui occuper l'esprit.

Elle ne regrettait pas l'homme que Hugh Barrington avait été mais celui qu'il aurait pu être. Il avait ruiné une carrière brillante par cupidité, gâché ses talents par jalousie. Et plus jamais elle et lui n'auraient la chance de réparer leur relation. Elle sentait dans son cœur un vide qui n'était pas près d'être comblé. Une immense impression de déception et d'inachevé.

Avec Reid non plus, tout n'était pas réglé. Elle ne l'avait pas beaucoup vu ces dernières vingt-quatre heures. Après le geste désespéré de son père, il était resté avec les policiers pendant qu'elle emmenait Nicholas à la clinique. Quand elle avait entendu le coup de feu, son cœur avait cessé de battre un instant, tant elle avait eu peur que Reid ait été touché. Encore maintenant, ce souvenir l'emplissait d'effroi.

Un adjoint du shérif était passé chez elle pour l'interroger sur les événements de ces dernières semaines, à commencer par le jour où elle avait découvert la cache secrète d'Andrew dans le mur de son bureau. Ce même jour où Reid et elle avaient entamé leur enquête sur son père, où ils s'étaient fait tirer dessus, où ils s'étaient réfugiés dans la maison au bord du lac. Ce jour où la rancœur qu'elle éprouvait pour Reid s'était muée en gratitude. Ce jour où ses sentiments avaient pris le chemin de l'amour.

Et maintenant, où en étaient-ils, tous les deux ?

« Il faudra qu'on parle. » Cette conversation n'avait toujours pas eu lieu. Reid avait été trop occupé avec la police et sa famille... et elle avec Nicholas. Après seulement trois doses d'antibiotiques, son petit garçon allait déjà beaucoup mieux. Il devait garder un bouchon d'oreille stérile pendant encore quelques jours – un vrai défi pour un enfant de deux ans –, mais il s'en sortirait sans séquelles.

N'était-ce pas l'histoire de leurs vies ? Reid, le combattant du crime et play-boy millionnaire aux relations familiales compliquées ; elle, la mère célibataire dont l'unique priorité était son fils. Ils étaient tellement différents... Ils l'avaient toujours été. Qu'est-ce qui lui avait fait croire qu'ils pourraient construire quelque chose ensemble ?

Le tintement de la sonnette la tira de ses réflexions moroses. Quand elle ouvrit la porte et découvrit Reid, sa tension grimpa en flèche. Il avait l'air hagard ; les ecchymoses infligées par Lenny se voyaient encore plus aujourd'hui. Mais ce qui l'effraya le plus, ce fut l'abattement qui se lisait sur ses traits.

— Que s'est-il passé ? lui demanda-t-elle en le laissant entrer.

— Excuse-moi. Je ne voulais pas t'alarmer avec mon humeur lugubre.

Il se passa une main sur le visage, tout en se laissant tomber sur le canapé.

— Je suis juste un peu fatigué. Il a fallu répondre aux questions des enquêteurs, puis rendre visite à Fowler à l'hôpital, puis aller voir mon père à Dallas…

Pen s'assit à côté de lui.

— Comment ça, aller voir ton père ?

— Ah oui, c'est vrai. Avec tout ce qui s'est passé, je n'ai même pas eu le temps de te raconter… J'ai retrouvé Eldridge. Il est vivant, et il prévoit de rentrer à la maison demain. Il veut faire la surprise à la famille.

Il lui raconta pourquoi le patriarche des Colton avait mis en scène sa disparition, et comment il avait enrôlé son majordome et la femme de celui-ci pour l'aider dans ses manigances.

— Au moins, l'histoire finit bien pour lui, souligna Penelope.

Reid posa une main sur la sienne.

— Je suis désolé, Pen. Je n'ai rien pu faire pour le retenir.

— Tu n'y es pour rien. C'est un choc de plus à encaisser, c'est tout. Comment va Fowler ?

— Oh ! il est fidèle à lui-même. Il donne des ordres aux infirmières, il se plaint de la nourriture de l'hôpital, il fait suer tout le monde. Mais apparemment, il a les côtes aussi dures que sa tête : la balle ne les a même pas traversées. Il s'en sort avec une plaie superficielle et une côte cassée. Dans quelques semaines, il sera de retour à la tête de Colton SA.

— Tant mieux. Et les trois assassins ?

— Ils vont s'en remettre, eux aussi. Ils iront directement en prison dès qu'ils sortiront de l'hôpital. Nicholas et toi ne craignez plus rien, maintenant.

Reid jeta un coup d'œil autour de lui.

— Il fait la sieste, j'imagine ? Est-ce qu'il va mieux ?

— Beaucoup mieux. Je l'ai déposé à la crèche de l'église. Je voulais finir de ranger le bureau d'Andrew.

— Hé, laisse-toi un peu de temps. Tu as besoin de te reposer. Tu viens de vivre une rude épreuve.

— J'ai surtout besoin de tourner la page. Et de m'occuper. Si je réfléchis trop à ce qui s'est passé, je...

Sa voix se brisa. Reid l'attira contre lui, et elle s'autorisa à pleurer un moment dans ses bras. Mais si elle voulait aller de l'avant, il lui restait une question importante à régler. Elle essuya ses larmes et plongea son regard dans le sien.

— Hier, tu m'as dit qu'il faudrait qu'on parle. Je crois que c'est le moment.

— Tu as raison...

Il prit une grande inspiration, en frottant ses paumes sur ses cuisses. Sa nervosité inquiétait Pen.

— Écoute, dit-elle, je sais que le mariage est une lourde responsabilité, tout comme le fait d'élever l'enfant d'un autre. Tu as une belle vie, tu es libre, tu as assez d'argent pour faire ce que tu veux. Je ne peux pas te demander de renoncer à tout ça pour moi. Je comprends parfaitement...

— Attends.

Il lui prit les mains et les serra dans les siennes.

— Tu ne comprends pas, justement. L'argent ne fait pas le bonheur.

— Je sais. Ce que je veux dire, c'est que...

— Épouse-moi, Pen.

Comme elle le dévisageait, il ajouta :

— Les trois semaines que je viens de passer avec toi et Nicholas m'ont fait réaliser ce qui manquait dans mon existence. Avoir une grande famille et beaucoup d'argent, ça ne suffit pas. C'est toi que je veux, Pen. J'ai besoin de toi.

Penelope ne put contenir les larmes qui lui montaient aux yeux. Les mots de Reid répondaient à ses aspirations les plus intimes. Toute sa vie, elle n'avait rien désiré aussi ardemment que d'être *voulue*, que de savoir qu'on avait besoin d'elle. Dans le même temps, elle avait toujours rêvé d'avoir quelqu'un à aimer sans réserve. Quelqu'un avec qui elle pourrait construire une relation fondée sur l'entraide et la confiance mutuelle. Elle avait connu ce lien avec Andrew et pensait ne jamais retrouver un tel amour. A présent, l'espoir renaissait.

— Tu es sûr ? murmura-t-elle en fouillant le regard de Reid. Nicholas est...

— ... mignon, fatigant, débordant d'énergie, en pleine crise des deux ans ? Oui, il est tout ça à la fois, et je l'adore. J'ai envie d'être son père et de le voir grandir. J'ai envie de faire d'autres enfants. Avec toi.

— Reid...

— Je sais ce que tu penses de moi. Que je suis un fils de riche qui ne se rend pas compte de la chance qu'il a. Mais je me rends bien compte que tu es une perle rare, et je veux passer le reste de mes jours à te chérir et à te rendre heureuse. Tu donnes un sens à ma vie, Pen.

— C'est oui, dit-elle, la gorge nouée par l'émotion.

Le visage de Reid s'illumina.

— Tu viens de faire de moi le plus heureux des hommes.

Épilogue

Le matin de Noël

Reid frappa à la porte de l'appartement des Manfred. Quand Aaron vint lui ouvrit, il n'eut pas l'air surpris de le trouver sur le seuil.

— Bonjour, monsieur Reid. Je me demandais quand vous passeriez.

— Je serais bien venu plus tôt, mais j'ai été assez occupé ces derniers jours.

— C'est ce que j'ai cru comprendre. Comment va Mlle Barrington Clark ?

— Elle a traversé beaucoup d'épreuves, mais elle s'en remettra. C'est une jeune femme solide. Une jeune femme remarquable.

— Et vous ? demanda le majordome, tout en l'invitant à s'asseoir dans le petit salon.

Reid se percha au bord d'un fauteuil.

— Quoi, moi ?

— Comment allez-vous ? précisa le vieil homme en désignant les bleus et les égratignures que Reid arborait encore sur le visage.

— Oh ! ça... Je survivrai.

Moira, qui venait d'entrer dans la pièce, s'arrêta brusquement.

— Monsieur Reid ! Je ne savais pas que vous étiez là... Seigneur, vous êtes blessé !

— Ce n'est rien. Je ne suis pas venu vous parler de moi.

— J'imagine, répondit Aaron en s'asseyant en face de lui sur le canapé.

— Je ne vous cache pas que je suis déçu que vous ayez menti à la famille, et que vous nous ayez gardés dans l'angoisse et dans l'ignorance pendant tout ce temps.

— Monsieur Reid, je suis tellement navrée...

— Laisse-le finir, Moira, l'interrompit son mari en lui faisant signe de s'installer à côté de lui.

— Cependant, continua Reid, je comprends et j'apprécie votre loyauté à l'égard de mon père. En vérité, il est le seul en faute dans l'affaire. Il vous a mis dans une position intenable. Vous n'avez fait que suivre ses instructions et prendre soin de lui, comme toujours.

Reid observa ces deux personnes qui étaient devenues au fil des ans bien plus que de simples domestiques pour son père. Aaron et Moira étaient ses amis. Sa famille. Eldridge ne méritait pas leur dévouement.

— Merci, leur dit-il d'une voix émue.

Aaron leva les yeux, surpris, tandis que Moira semblait ne pas comprendre.

— Vous vous êtes occupés de mon père pendant qu'il s'amusait à vérifier qui l'aimait vraiment et à qui il pouvait se fier. Ma famille vous en est reconnaissante. Je ne sais pas si Eldridge s'en rend compte, mais vous avez prouvé que vous lui étiez fidèles et que vous teniez à lui, même quand il se comporte comme un enfant gâté.

— J'aurais juste aimé que cela ne nous oblige pas à vous mentir, à vous autres, confia Moira. Ça m'a fendu le cœur de voir Mme Whitney souffrir autant.

— Ce qui est fait est fait. Pour ma part, je ne reviendrai plus sur le sujet. Je vais dire à mon père de vous offrir une prime substantielle pour Noël, pour tous les efforts que vous avez faits.

— Oh non, monsieur Reid, ce n'est pas nécessaire !

— Oh que si, ça l'est ! s'exclama-t-il en riant. C'est la moindre des choses que ce vieux clown puisse faire pour vous.

Il se leva et se dirigea vers la porte.

— Joyeux Noël, Aaron et Moira. Profitez bien de votre jour de congé.

Sur ces mots, il quitta le couple de domestiques pour rejoindre sa famille. Il ne voulait pas louper le temps fort de la fête – le retour du patriarche des Colton.

Lorsque Reid entra dans le salon, Josie Colton Grange, sa cousine qui avait récemment épousé l'ancien contremaître du ranch, bavardait avec Penelope pendant que ses deux belles-filles âgées de presque deux ans jouaient au petit train avec Nicholas.

— Je crois que Lily et Leigh sont amoureuses de leur nouveau copain, commenta Josie.

— Dis donc, je t'interdis de jouer les entremetteuses avec mes filles, protesta Tanner Grange d'un ton faussement indigné. Elles n'ont pas le droit d'avoir des amoureux avant l'âge de trente ans, et encore, il faudra que je leur donne mon accord.

Fowler, qui était sorti de l'hôpital la veille au soir avec ordre de se reposer, était étendu sur une méridienne, Tiffany à ses côtés. Reid se glissa sur le canapé en attirant Pen sur ses genoux.

— Tu risques de regretter d'avoir dit ça, mon vieux, répliqua-t-il à Tanner. Notre bonhomme aura une foule d'admiratrices à ses pieds. Tes filles ont intérêt à réserver leur place assez tôt.

Pen le regarda d'un air surpris.

— Quoi ? lui dit-il. Tu ne crois pas que Nicholas aura plein d'amoureuses ?

— Peut-être, mais... tu as dit « notre » bonhomme.

— Si tu es d'accord, répondit-il à voix basse. Je ne veux pas qu'il oublie son père, et j'ai bien l'intention de lui parler d'Andrew pour qu'il sache à quel point c'était quelqu'un de bien. Mais j'aimerais adopter Nicholas dès que nous serons mariés.

Pen acquiesça, les yeux emplis de larmes.

— Oh ! oh ! oh ! s'exclama TC. Qu'est-ce que tu viens de dire, Reid ? Ai-je bien entendu le mot « mariés » ?

Pen baissa la tête pour cacher son sourire, tandis que Reid se passait une main dans les cheveux.

— J'avais prévu de garder cette annonce pour plus tard, après...

Stop ! Il avait bien failli trahir la seconde surprise de la journée.

— Dois-je comprendre que le dernier célibataire de la fratrie Colton va enfin faire le grand saut ? demanda TC, assez fort pour que tout le monde l'entende.

— Zane, tape-le pour moi, s'il te plaît, grommela Reid.

— Avec plaisir.

Zane donna un coup de coude dans le bras de leur frère, lui faisant renverser une partie de son martini. Reid n'avait plus le choix ; il aida Penelope à se lever et en fit autant.

— Puisque notre cher TC a vendu la mèche, dit-il, je vais vous l'annoncer officiellement...

Les conversations se turent dans la pièce bondée. La famille au grand complet s'était rassemblée au ranch pour fêter Noël, signe du chemin parcouru en un an. Les Colton de Dallas avaient même invité les enfants de feu leur oncle Matthew, qui avaient eux aussi vécu une année tumultueuse et transformatrice. À Colton Valley, les vieilles querelles avaient été apaisées et les nouveaux amours célébrés ; tout le monde voulait marquer ces heureux changements par un grand festin familial. Quel meilleur moment pour annoncer les projets que Reid nourrissait avec Pen et Nicholas ?

— Chers tous, laissez-moi vous présenter ma fiancée et mon futur fils. Penelope a accepté de m'épouser et m'a autorisé à adopter Nicholas !

Les applaudissements et les bravos fusèrent de toutes parts. Ses frères lui tapèrent dans le dos tandis que les femmes se pressaient autour de Pen pour la féliciter. Whitney se faufila jusqu'à Reid et le serra dans ses bras.

— Oh ! mon chéri, je suis ravie pour toi. Si seulement mon Dridgeou... euh, ton père, se corrigea-t-elle, pouvait être là pour partager notre bonheur !

À cet instant précis, un mouvement près de l'entrée attira l'attention de Reid.

— Maman, je crois que ton vœu a été exaucé. Joyeux Noël !

— Qu'est-ce que c'est que cette histoire de mariage ? tonna Eldridge.

— Dridgeounet ! s'écria Whitney.

Des exclamations de surprise et de joie s'élevèrent dans la pièce. Reid fendit la foule pour permettre à sa mère de se jeter dans les bras de son mari.

— Chéri ! Tu es vivant ! Tu...

Elle s'interrompit. Dévisagea Eldridge. Et le gifla.

— Comment as-tu pu m'abandonner comme ça ? lui cria-t-elle d'une voix stridente. Je me suis fait un sang d'encre ! Un sang d'encre, je te dis !

— Je suis désolée, mon cœur. J'avais besoin de temps pour y voir plus clair.

— Oh ! tais-toi, vieux bougre ! Tu pourras m'expliquer tout ça plus tard. Je suis si contente que tu sois là !

Elle se jeta à son cou et l'embrassa sur la bouche.

Le reste de la famille se regroupa autour d'Eldridge pour lui souhaiter la bienvenue et lui poser mille questions.

— Je crois qu'on nous a piqué la vedette, chuchota Pen à Reid.

— Ça, c'est Eldridge tout craché !

Elle posa la tête sur son épaule et entremêla ses doigts aux siens.

— Ce n’est pas grave. Et puis, je pense que le retour de ton père est le plus beau cadeau que ta famille pouvait espérer.

— En effet, approuva Reid en souriant. Et qui aurait pu y croire il y a six mois ?

CASSIE MILES

Menaces en haute montagne

Traduction française de
FLORENCE BERTRAND

BLACK ROSE

HARLEQUIN

Titre original :
SHALLOW GRAVE

1

— On est perdus ?

— Bien sûr que non.

Jack le Canif Jones se pencha par la vitre de son pick-up bringuebalant et cracha du jus de tabac sur le chemin gravillonné.

— Vous faites pas de souci, ma belle. Je vous emmène là où vous voulez aller.

Irritée, Daisy Brighton détourna la tête et fixa le pare-brise, ignorant le vieil homme assis au volant. Plus d'une heure et demie s'était écoulée depuis qu'ils avaient quitté la maison de sa tante Violet à Leadville, et le crépuscule avait peint le ciel en nuances de magenta, striées ici et là de nuages dorés qu'encadraient les silhouettes sombres des pins. Un manteau blanc recouvrait le mont Elbert, bien qu'on soit déjà à la mi-juin.

Elle avait escompté arriver au cimetière avant la tombée de la nuit. Raté. À l'évidence, Jack le Canif Jones n'avait pas la moindre idée d'où il allait, et le pick-up tournait en rond. Daisy fulminait.

Soudain, le faisceau du phare illumina un rocher sur lequel on avait gravé un cœur et des initiales : RAH + KB.

Elle fronça les sourcils.

— Monsieur Jones, je suis sûre que nous sommes déjà passés devant ces graffitis.

— Appelez-moi Canif, je vous l'ai déjà dit, s'esclaffa-t-il. Ne vous laissez pas effrayer par mon nom.

Il fallait plus qu'un canif pour effrayer Daisy. Elle enseignait la biologie dans un lycée de Denver depuis sept ans, et une classe pleine d'adolescents suffisait à terrifier n'importe qui, surtout quand elle distribuait des scalpels lors des séances de dissection des grenouilles.

Jones tourna à droite dans un chemin presque invisible, et ils continuèrent à sillonner le parc national de San Isabel. Ils n'avaient pas traversé de ville depuis une éternité.

Daisy baissa les yeux sur son téléphone. Pas de réseau. Pas de GPS.

— Vous avez dit que le cimetière était près de Butcher's Gulch, non ?

— On appelle ça une colline aux bottes, mon chou. On enterrait là des criminels et des pauvres gens qui avaient connu une mort violente. Si rapide qu'ils portaient encore leurs bottes.

Sa description concordait avec ce que Daisy avait découvert en effectuant des recherches sur ses ancêtres – un assemblage disparate de voleurs, de tricheurs et de bandits en tous genres. Son projet pour les vacances d'été consistait à retrouver l'endroit où avait été enterré le grand-père de son arrière-grand-père, Sherwood Brighton, un hors-la-loi mort en 1896. Tante Violet, convaincue que la tombe les mènerait à la cachette où reposaient ses biens mal acquis, avait recruté Daisy pour sa quête. Celle-ci avait déjà visité huit cimetières.

— Soyons clairs, insista-t-elle. Vous avez dit à tante Vi que vous aviez vu une stèle au nom de Brighton dans ce cimetière.

— C'est ça, pour sûr !

Il glissa un nouveau morceau de tabac à chiquer dans sa joue. Une habitude dégoûtante, de l'avis de Daisy.

— Dites donc, votre tante, elle fréquente quelqu'un ?

— Vous voulez savoir si elle a un ami ?

— Et comment ! Vi est sacrément belle femme.

Daisy n'allait pas le contredire. Mince et élancée, sa tante se maintenait en excellente forme grâce à des séances d'exercice quotidiennes. Ses cheveux mi-longs, coupés au carré, étaient teints du même blond que celui de Daisy, et elle avait les yeux verts comme sa nièce. À soixante-huit ans, Vi ne manquait certainement pas de style. Et son âge ne lui interdisait pas d'avoir un petit ami. Malgré tout, Daisy éprouva une pointe d'agacement en comprenant que Jack Jones s'attendait à ce qu'elle joue les entremetteuses.

— Violet n'a pas d'ami attitré, marmonna-t-elle.

— Vous pourriez peut-être me recommander, hein ?

Pas question. Daisy pinça les lèvres, refoulant l'évidente vérité. Il était impensable qu'une femme de la classe de Vi sorte avec lui à moins qu'il ne change du tout au tout. Il faudrait d'abord qu'il renonce au tabac. Qu'il se rase. Et aussi qu'il prenne un long bain dans un puissant désinfectant.

Cependant, elle ne voulait pas s'attirer les foudres de son chauffeur.

— Peut-être, dit-elle sans conviction.

— Votre tante est propriétaire de sa maison, non ? Elle a besoin d'un homme pour veiller sur elle.

— Elle n'a que faire d'un garde du corps. Elle a une carabine.

— Elle a d'autres biens ? De l'argent à la banque ?

Daisy en resta bouche bée. Ce gigolo s'intéressait-il à Vi pour son argent ? Avant qu'elle ait eu le temps de rétorquer, un écho discordant assaillit ses oreilles. De la musique électronique. Au beau milieu de la forêt ?

Un panneau apparut, indiquant le camping de Butcher's Gulch.

— Enfin ! Nous y sommes.

— Non, pas encore. La ville fantôme est à trois kilomètres d'ici et puis...

— Arrêtez-vous. Tout de suite, ordonna-t-elle sur le ton sans réplique qu'elle utilisait dans la salle de classe. Vous allez entrer dans le camping, et je vais demander le chemin.

Il s'exécuta en grommelant.

— Vous ne devriez pas descendre du pick-up. C'est dangereux.

— Je n'ai pas peur de quelques ados qui écoutent de la musique à s'en transpercer les tympans.

Comme s'ils l'avaient entendue, le volume diminua.

— Vous voyez ? Il n'y a aucun danger.

— La colline aux bottes est hantée, affirma-t-il. Et il y a des rumeurs qui circulent à propos d'un homme masqué qui attaque les jolies filles comme vous.

Peu désireuse de se quereller avec Jones avant d'être de retour saine et sauve à Leadville, Daisy descendit du pick-up sans répondre, enfila une veste en jean par-dessus son T-shirt et emprunta le chemin qui serpentait à travers le camping.

Plusieurs véhicules étaient garés près de l'entrée, pick-up et 4x4, et même une petite voiture de sport. Elle dénombra quatre tentes et une douzaine de jeunes assemblés autour de deux feux de camp. Certains dansaient, d'autres sirotaient de la bière dans des gobelets en plastique.

Demander son chemin à ces fêtards était sans doute une perte de temps. Vu leur état d'ébriété, ils auraient du mal à retrouver leur propre tente en pleine nuit. Elle s'apprêtait à retourner au pick-up de Jack Jones quand elle remarqua un 4x4 gris métallisé affichant l'écusson des parcs nationaux sur la portière. L'homme élancé qui allait y monter ne portait pas le chapeau à rebord plat typique des gardes, mais il avait un badge cousu à son uniforme vert foncé. Un garde forestier. Exactement le genre de personne dont elle avait besoin.

— Excusez-moi, dit-elle en s'approchant.

L'éclat du feu de joie se refléta dans les yeux du garde, soulignant la ligne résolue de son menton, qui contrastait avec ses lèvres charnues. Il ne souriait pas, ce qui décontenança Daisy.

— Je peux vous aider ?

Elle lui adressa un sourire éclatant.

— Je cherche la colline aux bottes de Butcher's Gulch.

— Vous campez ici ?

— Non.

— Vous êtes venue à la fête ? demanda-t-il en désignant les jeunes.

Elle sourit de plus belle, et songea qu'il devait se demander pourquoi elle était si enchantée de chercher un cimetière.

— Sherwood Brighton est un de mes ancêtres, expliqua-t-elle, et j'essaye de trouver sa tombe. Je suis Daisy Brighton.

L'homme porta une main à son chapeau et sourit enfin.

— Vous êtes l'héritière du trésor légendaire. Je suis AP Carter. On m'appelle Carter.

— Appelez-moi Daisy. Vous êtes garde forestier ?

— Auprès du service d'investigation des parcs nationaux.

Une Barbie aux cheveux roses, vêtue d'un short ultra-court et de rangers, s'avança vers eux d'une démarche incertaine. Elle battit des cils en regardant Carter.

— Quelle légende ? Racontez-moi ça, s'il vous plaît, monsieur le garde forestier.

Ce dernier marqua un point aux yeux de Daisy en prenant ses distances avec la nouvelle venue. Bien que trop jeune pour lui, et trop éméchée, elle était clairement sous le charme. Ce qui était compréhensible. Carter était un homme très séduisant, et son sourire, lorsqu'il choisissait de le montrer, était irrésistible.

Il adressa un signe de tête à Daisy.

— Allez-y, madame Brighton. Racontez l'histoire.

— Mon ancêtre était un hors-la-loi, expliqua-t-elle. En 1887, il a pillé un train sur la ligne de Denver à Rio.

La fille aux cheveux roses ne s'intéressait déjà plus à elle et se rapprocha de Carter, ce qui agaça Daisy. Le garde forestier n'était pas son petit ami, mais il aurait pu l'être. Au moins, elle avait vingt-neuf ans, un âge sans doute similaire au sien. Il ne pouvait pas avoir plus de trente-cinq ans.

Pour attirer l'attention de la jeune femme, Daisy eut recours à un vieux truc de prof, agiter un objet clinquant sous le nez de ses élèves.

— Vous savez combien vaut un lingot d'or ?

— Un quoi ?

— Un lingot. C'est une plaque d'or massif, qui pèse un kilo.

— C'est grand comment ?

— Comme un livre de poche à peu près. Un lingot vaut environ cinquante-six mille dollars. Sherwood Brighton en a volé cinquante. Il s'est échappé, et les lingots n'ont jamais été retrouvés.

Elle soupçonna que le calcul était au-delà des compétences de Barbie.

— Au total, cela représente près de trois millions de dollars.

— Sans blague !

Barbie vida sa bière d'un trait, se redressa et fit signe à ses compagnons.

— Hé ! Venez, il faut qu'on cherche les lingots !

Carter se pencha vers Daisy et chuchota :

— Vous voulez que je lui donne la mauvaise nouvelle ?

— Je m'en charge.

Daisy attendit que les campeurs se soient rassemblés autour d'eux pour reprendre la parole.

— Le trésor de Brighton a disparu en 1887. Des centaines de personnes l'ont cherché. Personne n'a réussi à le trouver.

— Par conséquent, je vous souhaite bonne chance pour vos recherches, lança Carter aux jeunes. Dans l'intervalle, veillez à ne pas mettre la musique trop fort, éteignez vos feux avant de partir et ne conduisez pas en état d'ivresse. Si je reçois une autre plainte à propos de votre conduite et que je dois revenir, je distribuerai des amendes et certains d'entre vous finiront dans une cellule.

Comme des protestations s'élevaient, il leva la main pour les faire taire.

— Point final.

Les jeunes s'éloignèrent. Daisy se tourna vers Carter.

— Vous pouvez m'indiquer le chemin de la colline aux bottes ?

Il lui prit le bras et la guida vers son véhicule.

— Le mieux est peut-être que je vous y emmène.

Elle allait refuser à regret quand elle jeta un coup d'œil vers l'entrée du camping. Le pick-up de Jones avait disparu. Le vieil homme l'avait abandonnée au beau milieu du parc national, sans moyen de transport pour rentrer à Leadville. Bien qu'exaspérée, elle n'allait pas s'en plaindre. Après tout, la goujaterie du mâcheur de tabac signifiait qu'elle allait faire la route en compagnie d'AP Carter, un vrai plaisir. Elle monta dans le 4x4 sans se faire prier.

— Où avez-vous garé votre voiture ? demanda-t-il.

— Chez ma tante, à Leadville.

— Vous êtes loin de chez vous.

Son sourire s'effaça, et il la toisa avec la sévérité qui avait imposé silence aux campeurs.

— Comment êtes-vous venue ici ?

— Un ami de ma tante m'a emmenée. Nous nous sommes perdus et, quand j'ai vu le panneau du camping, j'ai insisté pour descendre et demander le chemin. Il a dû s'en aller.

— On fait mieux comme ami. Venez.

Le 4x4 de Carter, méticuleusement entretenu, offrait un contraste bienvenu avec le pick-up de Jones mais, en dépit du confort, Daisy se découvrit incapable de se détendre. Elle était froissée par la désapprobation du garde forestier. Elle n'avait jamais été une écervelée, ni une fauteuse de troubles. En fait, c'était tout le contraire – elle était du genre à résoudre les problèmes et à être préparée à toute éventualité. Même là, elle avait pensé à apporter son téléphone portable, une carte de crédit et des espèces dans son portefeuille.

Comme il regardait dans sa direction, elle étudia le visage de Carter à la lueur du tableau de bord. Il ne souriait pas.

— Vous n'êtes pas content.

— Ne vous inquiétez pas, madame Brighton. Je veillerai à ce que vous rentriez chez vous sans encombre.

— Appelez-moi Daisy.

— Bien... Daisy. Que comptez-vous faire quand nous arriverons au cimetière ?

— Je veux lire les noms sur les croix. Certains sont gravés dans la pierre, d'autres dans le bois, si bien qu'ils sont à peine déchiffrables. Cela dit, beaucoup de vieux cimetières ont été restaurés, et les tombes sont bien délimitées, les inscriptions claires.

Souvent, on y lisait des épitaphes poignantes, telles que : « Pendu et il le méritait », ou : « Piétiné par du bétail, mort trop jeune », ou encore : « Poignardé par une épouse sans cœur. »

— Qu'est-ce qui vous a amenée ici ? Pourquoi ce cimetière plus qu'un autre ?

— Le type qui m'a abandonnée prétend avoir vu une croix portant le nom de Brighton. Je ne sais pas s'il dit la vérité, mais cela vaut la peine de jeter un coup d'œil.

Carter mit le pied sur le frein et ralentit, puis quitta la route pour s'engager dans un chemin envahi par les herbes folles et l'armoise. Au bout de cinquante mètres, il se gara et annonça :

— Bienvenue à Butcher's Gulch.

Avant de sortir du 4x4, il tendit à Daisy une des torches électriques qu'il gardait dans sa boîte à gants. Une fois dehors, elle remarqua que l'air avait fraîchi et boutonna à demi sa veste en jean. Son imagination s'emballa alors qu'elle s'approchait des ruines de la ville fantôme. Le faisceau de sa lampe glissa sur une cheminée en pierre encore attachée à un mur à demi écroulé. Une fenêtre dépourvue de vitres demeurait accrochée aux planches branlantes d'un porche. On distinguait d'un côté les vestiges de ce qui avait dû être la grand-rue. Elle vit une autre cheminée. Un chariot déglingué à la roue cassée.

En levant les yeux, elle fut frappée par la beauté du ciel constellé d'étoiles, le croissant de lune. La vie et l'énergie qui avaient un temps été présentes à Butcher's Gulch s'étaient évanouies au gré de la brise. Sans croire aux fantômes, Daisy sentait le poids des souvenirs autour d'elle. Autrefois, ces maisons avaient été remplies de rires et de cris d'enfant. Des familles s'étaient étreintes. Des amants s'étaient enlacés. Mais il y avait aussi eu des tragédies. Un frisson lui noua les muscles de la nuque. La peur avait-elle régné ici ? Des hurlements avaient-ils déchiré la nuit ?

Marchant d'un pas lent, savourant la fraîcheur nocturne, Carter rejoignit Daisy. Comme il lui effleurait l'épaule, elle ne put réprimer un frisson. Elle tourna son visage vers lui, une lueur angoissée dans le regard.

— Quelque chose ne va pas ? demanda-t-il.

— J'ai eu une prémonition absurde, un pressentiment de danger.

— Ce n'est pas si étrange. Nous sommes en chemin vers un cimetière.

— Mais je ne crois pas aux superstitions. Je suis une scientifique – une professeure de biologie.

— La science ne peut pas tout expliquer.

Garde forestier, sillonnant seul les parcs nationaux le plus clair de son temps, il avait appris à se préparer aux exceptions plutôt qu'à se fier aux règles. Mère Nature était imprévisible. Lorsqu'il avait commencé sa ronde ce soir-là, il n'avait jamais imaginé rencontrer une femme affublée du joyeux nom de Daisy Brighton, qui cherchait un trésor dans un cimetière. N'avait jamais imaginé qu'il serait attiré par son grand sourire plein d'assurance, par l'agacement qu'il percevait dans son geste quand elle repoussait des mèches vagabondes de cheveux blonds derrière ses oreilles.

Cela lui plaisait qu'elle soit organisée, et il était amusé de voir qu'elle s'irritait dès que quelque chose échappait à son contrôle. Elle serait facile à taquiner.

Il braqua sa torche dans la pente, sur un mur en pierre qui entourait une clairière à l'orée des bois.

— La colline aux bottes est là.

— Comment le savez-vous ?

— Je suis déjà venu. C'est ce que font les gardes forestiers. Ils gardent. Et ils explorent. Le camping n'est qu'à un kilomètre et demi de là, de l'autre côté de la forêt. Écoutez.

Elle se tut et sembla se concentrer.

— Je les entends. Allez-vous devoir retourner là-bas et arrêter la fête ?

— Pas encore. Je leur ai dit qu'ils pouvaient écouter leur musique jusqu'à 22 h 30.

Gérer les campeurs ivres et bruyants n'était pas normalement de son ressort en tant qu'enquêteur, mais Carter tenait à répondre à toutes les plaintes. Deux personnes avaient signalé un voyeur, un individu cagoulé. C'était sa responsabilité de protéger ceux qui venaient profiter de la nature – qu'ils soient randonneurs, visiteurs ou campeurs. Ou chercheurs de trésor, ajouta-t-il intérieurement en jetant un coup d'œil à Daisy.

Elle balaya de sa torche le cimetière.

— Je vois une croix là-bas sur la gauche. Je vais aller voir.

— Je commence du côté opposé, dit-il. Nous nous rejoindrons au milieu.

Le mince clair de lune l'aida à repérer un muret à demi écroulé. À l'extrémité nord, quatre pins ponderosa se dressaient au-dessus des tombes. Broussailles et mauvaises herbes avaient envahi une bonne partie du cimetière. Il trouva un groupe de croix en bois, où figuraient des noms qui avaient été retracés en lettres noires. Les quatre tombes étaient occupées par des membres du même gang.

— Ça va ? cria-t-il à l'adresse de Daisy.

— Mieux que ce type dont la stèle dit qu'il a été piétiné par un élan.

Carter s'approcha des arbres et distingua le murmure d'un ruisseau. Il plissa le nez. La brise nocturne apportait une odeur nauséabonde. À moins qu'il n'ait une prémonition à son tour ? Il scruta la forêt, et aperçut des yeux qui brillaient dans le noir, sans doute ceux d'un prédateur, un coyote ou un loup. Méfiant, il retira la courroie de sûreté de son holster afin de pouvoir dégainer son Beretta plus vite en cas de besoin.

Alors qu'il baissait les yeux, il vit que quelqu'un avait pris la peine de délimiter une tombe à l'aide de pierres. Plutôt que de marcher sur la sépulture, il prit soin de faire le tour. Il était sûrement plus superstitieux que Daisy. Avant de rejoindre celle-ci, il retourna à l'extrémité nord pour s'assurer qu'il avait tout vu. Sous un buisson d'aronie, il s'arrêta net devant une fosse. La femme étendue sur le sol retourné était morte depuis assez longtemps pour avoir attiré les prédateurs. Son cadavre avait été rongé. La moitié du visage avait disparu. Le sang sur ses vêtements avait séché, formant des taches marron. Au clair de lune, sa peau paraissait gris-bleu, plus foncée ici et là par des hématomes. L'odeur de la chair en décomposition était suffocante.

Autour de son cou, une blessure avait été en partie recouverte d'un foulard.

Deux semaines plus tôt, Carter avait vu un autre corps dans une position identique, dans un cimetière de Glenwood Springs. La victime s'appelait Hannah Guerrero. Elle aussi portait un foulard.

— Carter !

La voix de Daisy tremblait.

— Venez vite. J'ai trouvé une femme. Elle est morte.

Une troisième victime.

2

Le cœur cognant à tout rompre, Daisy s'agenouilla à côté de la femme qui était étendue à même le sol, les jambes écartées. Elle posa sa torche par terre. Bien que l'inconnue soit probablement morte, elle ne put s'empêcher de sentir son pouls. La chair du poignet était froide, ornée d'un délicat tatouage à motif de papillon.

Il n'y avait pas de pouls.

La rigidité cadavérique avait crispé les muscles et la mâchoire. Les paupières étaient fermées. Les longs cheveux bruns de la morte étaient déployés autour de son visage. Un joli visage, mais qui n'était pas paisible dans la mort. Au contraire, on y lisait l'effroi.

La personne qui avait disposé le corps – le meurtrier – avait pris soin d'elle, s'était assuré que les boutons de son chemisier étaient fermés et que son pantalon en toile n'était pas froissé. Du sang rouge vif luisait sur la plaie que la victime avait au cou, en partie dissimulée par un long foulard en soie, à fleurs.

La fraîcheur du sang incita Daisy à se demander si le tueur était encore à proximité.

Elle jeta un coup d'œil par-dessus son épaule, scrutant la forêt impénétrable. N'importe qui pouvait se cacher là. De nouveau, elle appela :

— Carter !

— J'arrive.

Daisy remit la main de la femme sur son ventre, là où elle était auparavant.

— Je suis tellement désolée, murmura-t-elle. J'espère que vous avez profité de la vie.

L'adrénaline courait dans ses veines, mais elle n'était ni sous le choc ni terrifiée. Ce n'était pas la première fois qu'elle voyait un cadavre. Elle en voyait régulièrement à l'institut où elle continuait à étudier la science médico-légale.

Elle se leva, ramassa la torche et essuya la sueur sur son front. Faire face à cette morte était plus troublant que d'examiner un corps médicalement préparé sur une table de laboratoire. Malgré tout, elle pouvait sûrement apprendre quelque chose. Lentement, d'un geste résolu, elle dirigea le faisceau de la lampe sur la tête, puis descendit jusqu'aux pieds de la victime, qui étaient nus. Elle se pencha et les regarda. Ils étaient parfaitement propres.

Carter approchait, zigzaguant pour éviter de marcher sur les tombes. Était-il superstitieux ?

— Bon sang. Encore une.

— Que voulez-vous dire ?

— Il y a une fosse de l'autre côté du cimetière. Une autre femme morte.

— Un tueur en série ?

— C'est possible.

Elle sentit son regard s'attarder sur elle.

— Vous paraissez calme. Cela ne vous bouleverse pas ?

— Bien sûr que si. C'est horrible. Mais…

— Quoi ?

— J'enseigne la biologie, et il m'arrive d'examiner des cadavres avec mes étudiants.

— Ah !

— Par ailleurs, je suis des cours à Denver, dans un établissement où on conserve des cadavres enterrés dans différentes conditions. L'odeur là-bas... c'est autre chose.

— Je vois, marmonna Carter.

— Enfin, je ne crois pas que cette femme ait été tuée ici. Regardez : ses pieds nus sont tout propres. Elle n'a pas marché dans la forêt ni dans l'herbe.

Il se pencha pour voir. À la lueur de la torche, elle remarqua qu'il avait blêmi. Il pinçait les lèvres avec l'air de quelqu'un qui se fait violence pour garder le contrôle de lui-même.

— Bonne observation, dit-il d'une voix rauque.

Elle était surprise par sa réaction. Elle avait supposé que tout garde forestier était soit chasseur, soit coutumier des pratiques qui étaient associées à la chasse, comme le dépeçage, qui était bien plus impressionnant que la scène qu'ils avaient sous les yeux. De plus, étant donné qu'il travaillait comme enquêteur, il avait certainement déjà été confronté à des cadavres.

— Excusez-moi, je ne voulais pas vous mettre mal à l'aise.

Il braqua sa torche en direction de la colline.

— Venez avec moi. Il faut que je retourne à ma voiture pour utiliser la radio.

— Votre téléphone portable ne marche pas ?

— Le réseau est presque inexistant ici.

Pendant un instant, ils marchèrent en silence. Le crissement de leurs pas sur les aiguilles de pin sèches se mêlait à d'autres sons – l'écho lointain de la musique venant du camping, le murmure de la brise dans les branches, les petits bruits des créatures nocturnes.

Le tueur était-il tout près d'eux ? Les avait-il observés ?

Carter ne lui avait pas demandé son avis mais ne lui avait pas ordonné de se taire. Elle s'autorisa une remarque supplémentaire.

— Si je devais deviner, je dirais qu'elle est morte depuis moins de trois heures, plus probablement autour de deux.

— Pourquoi dites-vous ça ?

— Le sang autour de son cou est frais, la rigidité cadavérique commence juste à s'installer et il n'y a pas encore de mouches, d'asticots ou autres prédateurs.

— Il faut que je vous dise, Daisy, que vous n'êtes pas du tout ce à quoi je m'attendais.

Il s'arrêta près de la cheminée en ruines à la sortie de Butcher's Gulch, retira son chapeau et passa une main dans ses épais cheveux noirs.

— Je pensais que vous étiez une citadine venue rendre visite à sa tante, vaguement intéressée par l'histoire de l'Ouest, qui repartirait chez elle au bout de deux semaines parce qu'elle s'ennuyait.

Daisy dut s'avouer qu'il n'avait pas tout à fait tort.

— Je ne suis pas obsédée par la recherche du trésor de Brighton. Mais ma tante Vi est ma seule famille, et je suis prête à faire un effort pour lui faire plaisir.

— Il ne s'agit pas seulement de ça, lui fit-il remarquer. Vous êtes à l'aise dans cet environnement. Vous ne vous affolez pas en découvrant un corps parce que vous considérez la mort comme un événement naturel. Vous n'avez pas peur des coyotes ou des ours.

Elle se demanda s'il la complimentait ou se moquait d'elle.

— Qu'est-ce que vous essayez de me dire, Carter ?

— Je dis que vous êtes à votre place ici. Vous y êtes bien.

— Peut-être. Peut-être pas. J'ai toujours vécu en ville.

Chaque matin, elle se levait à l'aube et saluait avec plaisir la ligne majestueuse des Rocheuses visible de sa fenêtre, mais elle n'avait aucune envie de jouer les pionnières et de s'installer dans une cabane.

— Vous avez grandi dans les montagnes ?

— J'étais policier à Denver avant de devenir garde forestier, dit-il en remettant son chapeau. J'adore mon travail, et en général je le fais bien. Ça me gêne d'avoir été au bord de la nausée tout à l'heure. Et que vous l'ayez fait remarquer. Vous dites ce que vous pensez.

— Coupable, Votre Honneur.

— Je ne vous juge pas.

— Ah non ?

— Non. Vous me plaisez, Daisy.

C'était une déclaration simple, directe, absolument charmante. Il fallait être un homme sûr de lui pour s'exposer ainsi. Et si elle l'envoyait sur les roses ? Ou que, au contraire, elle interprétait ses paroles comme des avances sexuelles ?

— Merci, dit-elle, décontenancée.

— J'apprécie votre intelligence et je serais idiot de ne pas profiter de votre expertise. Que pouvez-vous me dire d'autre sur la morte ?

Daisy fut soulagée de retourner à un sujet qu'elle connaissait.

— Quand je suis arrivée, j'ai soulevé sa main pour vérifier son pouls. J'ai remarqué que son vernis à ongles était écaillé et qu'un ongle était cassé. Cela m'incite à penser qu'elle a essayé de se défendre.

— Autre chose ?

— Il y avait une odeur étrange. Pas celles que j'associe en général avec la mort.

— Je l'ai remarquée aussi, dit-il. Du répulsif anti-ours. Je ne suis pas convaincu que ce soit efficace, mais quantité de gens jurent que ce genre de produit maintient les animaux et les insectes à distance.

— Le tueur s'en est sans doute servi parce qu'il ne voulait pas que les prédateurs abîment le corps, réfléchit Daisy. Ça concorde avec la manière dont il l'a disposé.

— Et le foulard qu'il a noué autour du cou de sa victime. L'autre femme aussi portait un foulard. Je me demande pourquoi.

Il fronça les sourcils.

— Peut-être qu'il serait utile de consulter un profileur.

Un profileur ? Une conversation avec ce genre d'expert pourrait être passionnante, songea Daisy, excitée malgré elle à cette perspective. Elle pourrait peut-être participer à une enquête pour meurtre. Trop cool !

Des phares surgirent derrière le 4x4 de Carter, et le pick-up de Jack le Canif Jones se gara. Le vieil homme sauta à terre, cracha du jus de tabac et agita sa main malingre.

— Salut, mon chou. Je suis de retour. Je parie que vous êtes contente de me voir.

Carter lui braqua sa torche en plein visage.

— Restez où vous êtes.

Jack le Canif plissa les yeux.

— T'as un problème, mon gars ?

— Garde forestier Carter. Montrez-moi vos papiers.

— C'est M. Jones, intervint Daisy. C'est lui qui m'a emmenée ici.

— Et qui vous a laissée en plan. Pas très gentil, il me semble, rétorqua Carter, sans détourner sa torche. Vos papiers.

Le vieil homme cracha de nouveau.

— Et si j'ai pas envie de vous les montrer, vous allez faire quoi ?

En un éclair, Carter dégaina son Beretta.

— Les mains sur la tête, Jones. Je n'ai pas le temps de jouer à vos petits jeux.

Si Jack le Canif avait songé à riposter, il renonça en voyant Carter faire un pas vers lui. Le garde forestier ne plaisantait pas, et Jones le savait. Il mit docilement les mains sur la tête.

— C'est bon, monsieur le garde. Je vais coopérer.

En un instant, Carter lui passa les menottes, prit ses clés de voiture et l'aida à grimper sur le siège de son pick-up.

— Vous allez rester ici jusqu'à ce que j'aie le temps de prendre votre déposition.

— Ma déposition pour quoi ? Qu'est-ce qui se passe ici ?

— Une enquête pour meurtre, expliqua Carter.

— Quelqu'un a été tué ? se récria Jones d'un ton perçant. Je n'ai rien à voir avec ça ! Dites-le-lui, Daisy !

Elle ouvrit la bouche pour répondre, mais le vieil homme reprit la parole avant qu'elle en ait eu le temps.

— Et elle, qu'est-ce qu'elle va faire si je ne peux pas la ramener à la maison ?

— Je veillerai à ce qu'elle soit raccompagnée, assura Carter.

— Je ne peux pas vous demander ça, murmura-t-elle. Je ne veux pas être une gêne au beau milieu d'une enquête. Leadville est loin d'ici.

— Loin d'ici ?

Carter la regarda, incrédule.

— C'est à quarante minutes de route, moins à cette heure-ci parce qu'il n'y a pas de circulation.

— Quarante minutes ?

Elle foudroya Jones du regard.

— Nous avons roulé pendant une bonne heure et demie.

— Je me suis peut-être égaré.

Il lui avait joué un tour, plutôt. Daisy n'était guère amusée.

— Je vous suggère de vous mettre à l'aise dans votre caisse à savon, parce que M. Carter a beaucoup à faire avant de vous parler.

Sur quoi elle tourna les talons et se dirigea vers le 4x4 du parc national. Carter la rejoignit.

— Vous le connaissez bien ?

— Non, pas du tout.

— Vous avez des raisons de le soupçonner ?

Daisy savait que sa tante ne l'aurait jamais laissée partir avec Jones si elle avait pensé qu'il était dangereux.

— Il n'est pas très malin mais sans doute inoffensif.

— C'est ce que disent les voisins des tueurs en série.

Daisy réfléchit. Si elle avait vu juste quant à l'heure de la mort, Jack aurait pu assassiner la femme et être à Leadville à temps pour venir la chercher. Ils avaient passé plus d'une heure et demie sur la route avant d'atteindre Butcher's Gulch. Pourquoi avait-il délibérément tardé à arriver ? Pourquoi avait-il tourné en rond ?

Avait-il attendu la tombée de la nuit ?

Il avait pu envisager de la tuer aussi ! Une série de frissons lui parcourut l'échine.

— Oui, ce pourrait être lui le tueur. Jack le Canif...

— Jack le Canif ? Intéressant. Je me demande ce qui lui a valu son surnom.

Carter ouvrit la portière conducteur de sa voiture.

— Je suis à vous dans une minute. Il faut que j'avertisse le bureau.

Daisy songea qu'elle devrait peut-être appeler sa tante aussi pour lui dire de ne pas s'inquiéter, mais pour le moment elle n'avait pas de réseau. Peut-être pourrait-elle utiliser le téléphone sophistiqué de Carter lorsqu'il aurait terminé.

L'instant d'après, il descendit de voiture, referma la portière et repartit en direction de la colline aux bottes.

— Suivez-moi. Ne vous éloignez pas.

Elle n'allait pas se le faire dire deux fois. Elle avait vu la morte et savait qu'un tueur était en liberté. Si ce n'était pas Jack le Canif, qui était-ce ? Personne ne semblait vivre dans les environs. Aucune lumière n'était visible dans les collines alentour. L'assassin avait-il pu venir du camping ?

Elle écouta à demi Carter donner des instructions à ses collègues au siège. Il réclamait l'aide du shérif, des patrouilles routières et l'intervention du FBI.

— Dites-leur que nous avons affaire à un tueur en série. Et qu'il faut organiser des autopsies.

Daisy frissonna. Tout en restant proche de Carter, elle balaya le cimetière de sa torche. De ce côté-ci, nombre des tombes étaient dotées de stèles, parfois agrémentées d'anges ou de cœurs enlacés. Elle trébucha sur un bloc de granit presque invisible sous les hautes herbes, braqua la lampe sur la pierre et lut :

ANNIE BRIGHTON. ÉPOUSE, AMIE, AMANTE.

Aucune date. Rien sur les causes de sa mort. Mais Daisy savait qu'elle avait trouvé la tombe de l'épouse de Sherwood Brighton.

3

AP Carter termina sa conversation avec Joaquin Stanley, son supérieur au siège de l'Office des parcs nationaux à Salida, puis se dirigea vers l'endroit où Daisy était agenouillée près d'une stèle. Elle braqua sa lampe sur la pierre brute.

— Lisez.

— Annie Brighton. Épouse, amie, amante.

Il n'était guère d'humeur à s'intéresser à une chasse au trésor. Pas maintenant. L'enquête sur le double - non, le triple - meurtre allait être un casse-tête à coordonner et exigerait toute son attention.

— C'est une bonne ou une mauvaise nouvelle ?

— Disons que c'est inattendu. Je cherchais Sherwood, pas sa femme, et je ne sais pas grand-chose à son sujet. Mais cette stèle confirme les dires de Jack le Canif. Il avait affirmé avoir vu le nom de Brighton dans ce cimetière.

— Ne soyez pas si prompte à pardonner. Rien n'excuse qu'il ait fait semblant de s'être perdu.

— Je ne le défends pas. Il est lamentable, mais ce n'est sans doute pas un tueur en série.

Elle haussa les épaules.

— Puis-je emprunter votre téléphone pour appeler ma tante ? Elle sera contente que j'aie trouvé Annie.

— D'abord, je voudrais votre avis sur quelque chose. Le shérif a été prévenu, et ses adjoints ne vont pas tarder. Une fois qu'ils seront ici, je ne pourrai plus vous parler.

— Pourquoi ? Je ne vais pas disparaître.

— Vous êtes une civile, Daisy. Ces types vont essayer de vous mettre à l'écart. Ils ne comprendront pas votre expertise et n'en voudront pas. Moi, si.

Il captura sa main dans la sienne et se mit à descendre la colline, espérant ne pas commettre d'erreur en recrutant une prof de lycée comme consultante.

— Je veux que vous jetiez un coup d'œil à la fosse.

Il avait hésité avant de lui accorder sa confiance. Bien qu'il ait apprécié sa brève analyse concernant l'autre victime, il ne pouvait oublier qu'elle n'était ni policière ni médecin légiste. Et révéler des informations au sujet d'un meurtre pourrait être considéré comme une faute professionnelle. Mais que faire d'autre ? Cette affaire ne ressemblait à aucune des enquêtes qu'il avait menées par le passé. Il avait besoin de toute l'aide disponible.

Elle plissa le nez à l'approche de la tombe.

— Celle-ci est morte depuis assez longtemps pour que la chair ait commencé à se putréfier.

— C'est-à-dire ?

— Au moins trois jours.

Avoir un début d'information avant l'arrivée des adjoints du shérif serait un avantage pour Carter. Il pouvait d'ores et déjà planifier une stratégie pour l'enquête. Il se frotta le nez, s'efforçant de refouler la puanteur.

— Vous savez, Daisy, si vous ne voulez pas approcher davantage, il n'y a pas de problème.

— L'odeur ne me dérange pas. J'y suis habituée, dit-elle, en continuant à s'avancer. D'ailleurs, j'aimerais vous demander une faveur.

— Allez-y.

— Je n'ai jamais assisté à une vraie autopsie. Pourriez-vous m'obtenir l'autorisation d'observer ?

Carter se demanda pourquoi diable il était attiré par cette femme, mais il hocha la tête.

— Je m'arrangerai.

Le remerciement enthousiaste de Daisy aurait été approprié pour quelqu'un qui venait d'obtenir des places gratuites pour un match de qualification des Broncos.

— Elle aura lieu où ?

— C'est au FBI d'en décider. Sans doute à Pueblo.

Parvenu devant la fosse, il se força à baisser les yeux une fois de plus sur la morte, dont les vêtements étaient lacérés et maculés de sang. Ce qui restait de son visage paraissait gonflé, et sa chair avait viré au gris cendre.

Daisy se mit à genoux et balaya le faisceau de sa lampe sur le corps.

— On a du mal à croire que c'est le même tueur, observa-t-elle. L'autre femme a été traitée avec délicatesse, tandis que celle-ci semble avoir été maltraitée. Le seul vêtement propre est le foulard qu'elle a autour du cou. Vous voyez les marques sur ses bras et ses poignets ? Elle a peut-être été ligotée. Si vous appelez un profileur, il ou elle pourra tirer pas mal de conclusions de tout ça.

— Je veillerai à ce que nous ayons des photos.

Il n'avait pas été aussi efficace avec le corps retrouvé à Glenwood. Ce n'était pas sa juridiction. Pas lui qui menait l'enquête. Mais Daisy avait raison. Un profileur apporterait une autre perspective, surtout eu égard à l'étude des similarités entre les victimes. Toutes étaient jeunes et en bonne forme physique, de taille et de corpulence moyennes. En revanche, si Hannah Guerrero était une brune au teint mat, la femme que Daisy avait découverte avait de longs cheveux châtains. Et celle-ci était blonde. Le tueur ne semblait pas avoir un type préféré.

À l'aide d'un morceau de bois ramassé sur le sol, Daisy souleva la main et montra le poignet pendant à Carter.

— Le processus de rigidité cadavérique est terminé. Comme je vous le disais, la mort remonte sans doute à deux ou trois jours.

— Vous ne pouvez pas être plus précise ?

— Pas vraiment. La température du corps ne sera pas un bon indicateur parce qu'il était à l'extérieur et que la température de l'air à cette saison varie beaucoup entre le jour et la nuit.

Carter soupira. Il aurait aimé que la science médico-légale soit aussi efficace et aussi infaillible en réalité qu'à la télévision. Hannah avait été tuée à Glenwood dix jours plus tôt. Si cette femme-ci était morte depuis trois jours, cela signifiait un écart de sept jours entre les deux meurtres. Le meurtre de la femme retrouvée par Daisy était récent, par conséquent l'écart s'était réduit.

Sans hésiter, Daisy se pencha vers le visage défiguré de la victime.

— Des asticots. Vous voyez les œufs ?

Carter regarda la plaie. De minuscules œufs pâles se mêlaient aux asticots.

— Oui, confirma-t-il, refoulant un haut-le-cœur.

Jamais il n'avait été aussi près de vomir sur une scène de crime. Il aurait préféré rester stoïque, mais les réflexes étaient automatiques.

— Les prédateurs n'ont pas fait trop de dégâts, reprit-elle. Des marques de dents et de griffes ici et là. Je présume que quelque chose protégeait son corps.

Elle s'assit sur ses talons et le regarda.

— Ou bien elle a été tuée ailleurs. Il a peut-être attendu qu'elle se vide de son sang avant de l'amener.

— Pouvez-vous déterminer si elle a saigné ici ?

— Pas sans la bouger, et je doute que le médecin légiste apprécie.

Tant de questions sans réponse. Si quelque chose l'avait recouverte et protégée des prédateurs, il devait chercher l'objet en question. Si elle avait été tuée ailleurs, il était possible que le tueur vive dans les parages. Mais rien n'était certain : il avait pu mettre le cadavre dans sa voiture et l'amener.

Il se promit intérieurement de chercher des traces de pneus. Une pelle ou une bêche. Il fallait passer les bois au peigne fin.

Tant de tâches à accomplir avant qu'il doive laisser à d'autres le soin de poursuivre l'enquête.

Daisy venait de mettre fin à sa conversation avec tante Vi quand le hurlement d'une sirène de police résonna dans le canyon. Carter et elle remontèrent la colline jusqu'à la ville fantôme afin d'aller saluer les adjoints du shérif. Bien qu'elle se tienne prête à apporter son assistance, ce fut tout juste si ces derniers lui adressèrent la parole. Carter avait eu raison de dire qu'elle serait ignorée.

N'étant pas particulièrement en quête d'attention, Daisy resta en retrait, et observa le déroulement des opérations. L'adjoint Graham – un homme athlétique, rasé de près, qui portait l'uniforme et une casquette de base-ball affichant le logo du comté – s'anima quand Carter évoqua l'hypothèse du tueur en série. Il dissimula aussitôt son sourire sous une grimace, mais Daisy l'avait saisi et comprenait. Les tueurs en série étaient des créatures étranges et terrifiantes. Tels les vampires, ils hantaient les cauchemars des gens ordinaires. En traquer un représentait un défi de taille pour un jeune adjoint dans une région rurale.

— Vous avez apporté de quoi éclairer la scène ? s'enquit Carter.

— Bien sûr.

— Et des chaussons pour ne pas contaminer d'éventuelles empreintes ?

— Oui, et des gants en latex aussi.

— Parfait. Allons-y.

Carter se tourna vers le second adjoint, un homme d'âge moyen vêtu d'un jean et d'une chemise d'uniforme.

— J'apprécierais que vous restiez ici pour accueillir les suivants.

L'adjoint Escobar acquiesça tranquillement.

— Des renforts vont arriver de chez nous. Qui d'autre attendons-nous ?

— Le médecin légiste, l'ambulance, le FBI et la police de la route. Peut-être d'autres gens aussi. C'est mon supérieur qui s'est chargé d'alerter tout le monde. Et je ne tiens pas à ce qu'un troupeau d'enquêteurs vienne contaminer la scène de crime. Si vous avez besoin d'informations supplémentaires, vous pouvez vous adresser à Mme Brighton.

Contente de se rendre utile, Daisy redressa les épaules et adressa un geste de la main à l'adjoint. Escobar lui fit signe d'approcher.

— Du café, Brighton ?

— Appelez-moi Daisy. Et c'est oui pour le café.

Il la conduisit côté passager du 4x4, sortit une grande thermos et versa du liquide fumant dans un gobelet en carton.

— J'espère que vous l'aimez noir. Quand je suis de nuit, ma femme me donne un tas de sandwichs et du café bien fort.

— Noir, c'est parfait.

Elle en but une gorgée. Il n'était pas particulièrement bon, mais une dose de caféine lui ferait du bien.

— Merci. Vous avez des questions à me poser ?

Il s'adossa au pare-chocs de son véhicule, et regarda Carter et son collègue rassembler leur équipement.

— Que faisiez-vous dans le cimetière ?

— Des recherches, répondit-elle, comme s'il n'y avait rien de plus naturel. Carter a eu la gentillesse de m'aider, et j'ai découvert un des corps.

— Vous avez dû être terrifiée.

— Non, pas vraiment.

Elle expliqua brièvement qu'elle enseignait la biologie et

voyait des cadavres assez souvent, puis se lança dans une description des deux victimes. Escobar posa des questions ici et là, auxquelles elle répondit de son mieux.

— Vous avez déjà collaboré avec Carter ? demanda-t-elle à son tour.

— Une fois ou deux. C'est quelqu'un de bien.

Il but un peu de café et lui jeta un regard de biais.

— Vous l'aimez bien.

— Je n'ai pas dit ça.

— C'était inutile. Vos yeux l'ont fait à votre place, rétorqua-t-il avec un sourire. Et pourquoi pas ? Vous vous complétez, comme le beurre de cacahuète et la gelée. Vous êtes tous les deux beaux et intelligents. Vous vous souciez tous les deux d'autrui.

— Comment le savez-vous ?

— Il est garde forestier. Vous êtes enseignante. Vous prenez soin des gens.

— Il n'y a rien entre Carter et moi.

Elle aurait aimé que les relations soient aussi simples qu'il le laissait entendre, mais elle n'avait jamais eu cette expérience-là. Bien sûr, Carter lui plaisait physiquement. Il était grand, élancé, et avec son jean et son chapeau il ressemblait au cow-boy typique. Ses cheveux bouclés, son regard expressif et son sourire séduisant ne gâtaient rien. Si elle avait été plus jeune, elle se serait peut-être jetée dans une aventure sans lendemain avec lui, mais elle avait vingt-neuf ans et elle était prête pour davantage. Elle voulait trouver quelqu'un, avoir une relation sérieuse et fonder une famille.

Rien de durable ne pourrait exister entre Carter et elle. C'était un montagnard, et elle une citadine.

Par chance, l'arrivée de trois véhicules supplémentaires lui permit d'échapper à une conversation plus poussée avec Escobar. Elle regarda les policiers, gardes forestiers et adjoints du shérif se rassembler autour d'Escobar, qui leur demanda d'attendre le retour de Carter avant de descendre dans le cimetière.

— Il ne veut pas que la scène de crime soit piétinée. Je présume qu'il n'y a pas de médecin légiste parmi vous ?

Il y eut quelques grincements de dents. Les gardes forestiers estimaient qu'ils devaient seconder Carter sur place.

— Madame Brighton, cela vous ennuierait d'aller chercher Carter ?

Elle ne demandait pas mieux que de s'éloigner de tous ces gens impatients. Quelques instants plus tard, elle rejoignit Carter et Graham, qui avaient installé deux projecteurs mobiles, lesquels éclairaient la scène comme s'il s'agissait d'un tournage de film.

Graham se tenait aussi loin de la victime que c'était possible sans se fondre dans l'ombre. Carter, en revanche, inspectait de près la blessure qu'elle avait au cou. Son malaise semblait s'être dissipé. Il lui fit signe de s'approcher.

— Daisy, regardez ça.

Quand elle se pencha à côté de lui, elle sentit l'odeur du gel mentholé censé masquer celles du répulsif anti-ours et de la mort. Graham avait dû l'apporter.

— Que vouliez-vous me montrer ?

Il avait enfilé des gants en latex, et écarta doucement le foulard.

— Il y a déjà des œufs d'insectes.

— Des mouches bleues. Elles sont attirées par l'odeur de la charogne et arrivent tout de suite.

Carter ordonna à l'adjoint de prendre des photos.

— Un attroupement s'est formé en haut de la colline, dit-il à Daisy.

— C'est pour ça que je suis ici. Escobar a besoin d'un coup de main pour les contenir.

— Le FBI est là ?

— Pas encore. Pourquoi ?

— Ils prennent automatiquement le contrôle de l'enquête

en cas de tueur en série. Il faut que je leur parle avant qu'ils me relèvent.

— Cela semble injuste que vous soyez mis de côté.

— L'important, c'est de trouver le coupable avant qu'il ne tue de nouveau, lui fit-il remarquer. Vous ne portez pas de chaussons.

— Non. Je suis désolée.

Elle se redressa, levant la tête vers lui, et rencontra son regard bleu. C'était la première fois qu'elle le voyait en pleine lumière, et elle ne fut pas déçue. Les projecteurs soulignaient ses pommettes hautes et le sourire qui dissimulait son tempérament d'homme résolu. Était-ce là un autre point commun entre eux ? Elle soupçonnait que oui. Carter et elle avaient tous les deux à cœur d'être efficaces.

Des rires et des exclamations s'entendaient dans la forêt de sapins près de la colline aux bottes. Daisy vit apparaître Barbie, suivie de plusieurs autres jeunes qui avaient participé à la fête au camping. Ils étaient à une centaine de mètres d'eux.

Carter pivota et se dirigea vers eux.

— Daisy, venez avec moi. Graham, monte en haut de la colline et demande à une personne de chaque véhicule de venir ici.

Daisy le suivit alors qu'il avançait d'un pas décidé vers les fêtards, qui avaient dû emprunter le sentier à travers bois. Barbie semblait avoir pris la direction des opérations. Manifestement pompette, elle leur adressa un signe de la main enthousiaste.

— Re-bonsoir, monsieur le garde forestier, lança-t-elle. Pourquoi toutes ces voitures de flics ?

— Une enquête est en cours.

Carter continua à marcher vers eux, l'incarnation même de l'autorité en dépit de ses chaussons bleus.

— Trop cool ! Quel genre d'enquête ?

Comme ils approchaient du groupe, Daisy reconnut certains de ses membres – trois jeunes gens, Barbie et une jeune femme rousse qui portait des couettes. Un des jeunes paraissait complètement ivre, mais les deux autres étaient tout à fait lucides.

— On a entendu les sirènes, expliqua le plus grand, qui avait l'air un peu plus âgé que ses compagnons. On a voulu savoir ce qui se passait.

— C'est elle, intervint Barbie en pointant le doigt vers Daisy. C'est la dame qui cherche un trésor.

— Les lingots de Brighton. Vous les avez trouvés ?

— Pas vraiment, non.

L'autre type sobre plissa les yeux derrière ses lunettes rondes et fit mine de contourner Carter.

— Il y a des projecteurs là-bas. Et on dirait un corps sur le sol.

— Il faut que vous restiez à l'écart, ordonna Carter, écartant les bras et les repoussant fermement vers le sentier.

— Il a raison ? demanda Barbie. Quelqu'un a été assassiné ?

— Oui.

Carter laissa retomber ses bras.

— Et vous êtes des témoins. J'ai besoin d'informations...

— Une minute.

Barbie battit des paupières, au bord des larmes.

— C'est une fille aux cheveux châtain ? De la même taille que moi ?

— Oui.

— Elle porte un tatouage ? Un papillon sur le poignet gauche ?

Daisy ne put s'empêcher d'acquiescer.

— Oh ! mon Dieu ! C'est Rene.

4

Carter était exaspéré par le tour chaotique qu'avait pris l'affaire. Même s'il n'était pas habilité à traquer un tueur en série, il avait espéré fournir aux agents du FBI une série d'informations cohérentes plutôt qu'un fatras de faits apparemment dénués de lien. Jusqu'à maintenant, depuis la découverte accidentelle des corps jusqu'à la déclaration d'une femme à moitié ivre affirmant connaître l'identité d'une des victimes, rien hormis les observations de Daisy n'avait été le résultat d'un raisonnement logique. Il avait besoin de mettre un peu d'ordre dans tout cela avant de laisser l'affaire au FBI.

Ayant chargé Daisy de garder l'œil sur les cinq jeunes gens, il retourna sur la colline aux bottes pour donner des instructions aux renforts. La première tâche à accomplir consistait à relever les empreintes digitales des victimes et à les identifier. Il confia cette mission à un des agents de police et envoya ses collègues des parcs nationaux prendre les dépositions des campeurs avant qu'ils se dispersent.

Daisy resterait avec lui pendant qu'il enregistrait ses conversations avec Barbie et ses copains. Pas très professionnel, certes. Il n'aurait pas dû mêler une civile à l'enquête, mais il avait besoin de parler à ces jeunes avant qu'ils aient eu le temps de se concerter pour que leurs récits concordent. L'un d'eux pourrait se trahir et dire quelque chose d'utile.

L'un d'eux était peut-être le tueur.

Barbie était leur porte-parole. La nouvelle de la mort de son amie l'avait dégrisée, et elle répondit clairement à ses questions. La jeune femme au tatouage s'appelait Rene Williams, elle avait vingt-trois ans et était étudiante à mi-temps à l'université du Colorado, à Denver, comme la plupart des jeunes qui avaient assisté à la fête. Rene avait disparu l'avant-veille, mais personne ne s'était inquiété de son absence. Elle était venue camper pour échapper à la dépression qui la minait depuis sa rupture avec son petit ami.

— J'ai pensé qu'elle avait envie d'être seule, expliqua Barbie. Que c'était pour cette raison qu'elle était partie.

— Vous avez le nom et l'adresse de son petit ami ?

— Non. Rene et lui vivaient ensemble, mais il est parti voilà une semaine. Je n'ai jamais eu son numéro. Vous pensez qu'il...

Elle prit une inspiration d'air frais et se força à poursuivre.

— Vous pensez qu'il l'a tuée ?

— Il est trop tôt pour se livrer à des hypothèses. Depuis quand êtes-vous au camping ?

— Le premier groupe, dont Rene faisait partie, est ici depuis quatre jours. Nous rentrons tous à Denver demain.

Les conditions dans lesquelles se déroulaient les interrogatoires n'auraient guère pu être pires. Les cinq témoins avaient consommé de l'alcool à divers degrés. Ils pouvaient entendre ce que disaient les autres. Et Carter n'avait qu'un minuscule enregistreur et un carnet à spirales pour consigner leurs dires. Vraiment tout sauf idéal.

Il envisagea de laisser tomber, d'attendre que les agents du FBI prennent la relève. De toute façon, les éléments qu'il mettait à jour seraient vérifiés et revérifiés. Il sentit une légère pression sur son bras et vit que Daisy le regardait. La lueur d'intelligence qui brillait dans ses yeux verts l'encouragea mieux qu'un discours. Elle n'avait pas besoin de dire à voix haute qu'elle croyait en lui.

Tout dans son attitude irradiait sa confiance. Elle devait être une excellente professeure.

— Le grand est peut-être une des dernières personnes à avoir vu Rene en vie. Il s'appelle Slade Franklin.

Il sourit, content qu'elle soit là pour l'épauler.

— Vous écoutez.

— Je me souviens de vos paroles, Carter. L'important est de trouver le tueur avant qu'il attaque quelqu'un d'autre. Et c'est à vous de protéger les gens dans cette forêt.

La tâche était vaste, et peut-être n'était-il pas à la hauteur du défi. Cependant, elle avait raison. Il se devait d'essayer.

Il fit signe au grand type d'approcher.

Ce dernier se laissa tomber sur une souche d'arbre tandis que Carter restait debout.

— Parlez-moi de la dernière fois que vous avez vu Rene.

— Elle restait en retrait des autres. Elle avait l'air seule et elle m'a fait de la peine. Je suis allé lui parler.

— Vous ne la connaissiez pas avant cette fête ?

— Non, monsieur.

— De quoi avez-vous parlé ?

— De son abruti de petit ami. Je n'ai jamais rencontré ce type, mais je peux vous dire tout de suite qu'il ne la méritait pas.

— Vous espériez qu'elle envisagerait de sortir avec vous ?

— Je suppose. Elle a accepté de venir faire un bain de minuit avec moi.

— Vous étiez nus tous les deux ?

— Non, elle a gardé son slip et son soutien-gorge. Nous sommes allés nous changer dans mon camping-car après. Elle était vraiment jolie.

Il eut un sourire penaud.

— Je sais que c'était une mauvaise idée de vouloir sortir avec une fille qui sort d'une rupture, mais ça m'était égal.

— Vous avez essayé de l'embrasser ? demanda Carter, soupçonneux.

Slade avait-il fait des avances importunes à Rene ?

— Elle n'a pas voulu, et je n'ai pas insisté.

En dépit de sa stature de géant, Slade semblait être un jeune homme sensible.

— Je sais ce que c'est d'être largué. Et malheureux.

— Que s'est-il passé ensuite ?

— Son ex a débarqué.

Carter consulta ses notes.

— Josh Santana ?

— Oui, c'est ça. Il s'est mis à l'embrasser, et elle n'a pas protesté, alors qu'elle m'avait dit que ce type était un salaud.

— Vous avez dû être en colère.

— Oui.

Le téléphone de Carter vibra. Il jeta un coup d'œil à l'écran, mais ne reconnut pas le numéro qui s'affichait.

— Excusez-moi un instant.

L'appel émanait des agents du FBI basés à Pueblo. Ils s'étaient perdus en route, ce qui n'était guère surprenant. Butcher's Gulch était connu des habitants du coin, mais ne figurait pas sur les cartes. Il conseilla aux agents de se rendre au camping, où les gardes forestiers pourraient leur indiquer le chemin.

Quand il revint, il trouva Daisy en train d'interroger Slade.

— Vous êtes étudiant, Slade ?

— Non, madame. J'ai trente et un ans. Je suis menuisier.

— Comment avez-vous su qu'il y aurait une fête ici ce soir ?

— Je l'ignorais. Je suis venu pour échapper à la chaleur de Pueblo. Il fait toujours plus frais dans les montagnes.

— Vous êtes venu tout seul ? insista-t-elle.

Il fronça les sourcils.

— Il n'y a pas de mal à ça, si ? Vous aussi êtes venue seule, n'est-ce pas ? Quelqu'un pourrait trouver bizarre que vous veniez fouiner dans un cimetière.

— Je ne pouvais pas m'en aller.

— Pourquoi pas ?

— Parce que j'ai découvert le corps.

Désireux de remettre l'entretien sur les rails, Carter intervint.

— Désolé pour cette interruption.

— Pas de problème.

— Revenons à ce qui s'est passé après l'arrivée de Josh, voulez-vous, Slade ? Qu'avez-vous fait ?

— Je n'étais plus d'humeur à bavarder avec les autres. Je suis retourné à mon camping-car et je me suis couché.

Il poussa un soupir.

— Enfin, je suis resté dehors un moment, à attendre Rene. Mais je ne l'ai jamais revue.

Des gyrophares et la plainte d'une sirène émanant de la ville fantôme annoncèrent l'arrivée d'une ambulance. Les victimes n'avaient certes plus besoin de soins, mais l'ambulance était nécessaire pour les transporter à l'endroit où auraient lieu les autopsies.

Carter renvoya Barbie et Slade au camping, puis fit signe à Daisy de le suivre. Les ambulanciers, qui se tenaient à côté du véhicule de l'agent Escobar, l'interrogèrent aussitôt du regard. Une fois de plus, Carter sentit le poids des responsabilités sur ses épaules.

— J'aimerais vous aider, murmura Daisy.

Sa place n'était pas ici. Une prof de biologie, chercheuse de trésor à ses heures perdues, n'avait rien à faire dans une enquête de police, mais il avait envie qu'elle reste, envie d'entendre son opinion lorsque les choses se seraient un peu calmées. Il s'accrocha au seul prétexte qui lui venait à l'esprit.

— Vous ne pouvez pas partir avant l'arrivée du FBI. Ensuite, je vous ferai raccompagner à Leadville.

— Je préférerais attendre que vous me rameniez.

Il fut ravi de l'entendre.

— Il sera peut-être tard, avertit-il.

— Ça m'est égal.

Elle haussa les épaules.

— Après tout, j'ai intérêt à le faire, ajouta-t-elle en souriant. Vous m'avez promis que je pourrais assister à l'autopsie.

— Dans ce cas, c'est entendu.

Il lui tendit les clés du 4x4.

— Si vous voulez échapper au chaos, vous pouvez vous réfugier dans ma voiture.

Un nouveau véhicule apparut, se joignant à ceux qui étaient déjà garés dans la ville fantôme. Contrairement aux autres, la Chevy Tahoe ne portait aucun logo. Deux hommes en descendirent, vêtus de gilets noirs, l'inscription FBI au dos. Sans attendre ni consulter personne, ils dévalèrent la colline.

Les fédéraux étaient venus prendre le contrôle de l'enquête.

Daisy évita le FBI et les ambulanciers, et se dirigea droit vers l'agent Escobar, toujours adossé au pare-chocs de son 4x4. Apparemment, son rôle consistait à diriger les gens vers divers sites, et il ne semblait pas s'offusquer de faire la circulation, pour ainsi dire. Elle devina qu'il avait une cinquantaine d'années, ou du moins qu'il était assez âgé pour prendre les choses avec calme et détachement.

Du coin de l'œil, elle observa Carter qui serrait la main des agents du FBI. L'un d'eux semblait le connaître, mais ils ne paraissaient pas particulièrement amicaux. Dans la hiérarchie des forces de l'ordre, les fédéraux occupaient la première place. Carter avait déjà admis qu'ils bénéficiaient des meilleures ressources disponibles.

Debout à côté d'Escobar, Daisy avait une vue dégagée sur la colline et remarqua que des projecteurs avaient maintenant été installés autour du second corps. Elle jeta un coup d'œil à son compagnon.

— Je parie que vous avez déjà vu ce genre de choses.

— Chaque fois qu'il y a un crime important, tout le monde rapplique, commenta-t-il.

— Avez-vous déjà enquêté sur un tueur en série ?

— Jamais.

Il croisa les bras.

— Et je n'ai jamais entendu parler d'un tueur qui laissait ses victimes dans un cimetière. Vous savez qu'il y en a eu une autre, n'est-ce pas ?

Elle hocha la tête.

— Carter l'a mentionné. Mais il ne m'a pas donné de détails.

— Vous en voulez ?

Elle acquiesça de nouveau.

— Mais d'abord, je me souviens que vous avez parlé de sandwichs ?

— Il y a une glacière sur le siège arrière. Servez-vous.

Escobar était de loin son préféré parmi les enquêteurs... à l'exception de Carter, bien entendu. Elle ouvrit la glacière et en inspecta le contenu. La femme d'Escobar avait préparé six sandwichs jambon-fromage, et un accompagnement de tomates et de salade dans des sachets en plastique.

— Vous voulez quelque chose ?

— Non, je vais m'en tenir au café. Prenez de l'eau minérale aussi.

Daisy ne se fit pas prier. Elle n'avait rien mangé depuis le petit déjeuner. Elle n'avait pas prévu de passer autant de temps dans le pick-up de Jack le Canif, ni de découvrir des corps et d'interroger des suspects. Elle n'avait pas prévu non plus de rencontrer quelqu'un comme AP Carter, qui lui donnait envie de s'attarder encore davantage pour profiter de sa compagnie.

Elle retourna vers Escobar.

— Merci mille fois. Je meurs de faim.

— Même après avoir regardé ces cadavres ?

— Oui.

— Vous n'êtes pas quelqu'un d'ordinaire, vous. Je voudrais bien que mes enfants aient des profs comme vous. Quelqu'un qui rend l'éducation amusante.

— J'adore mon travail, dit-elle avant de mordre à pleines dents dans son sandwich.

Carter n'avait-il pas affirmé exactement la même chose à propos du sien ? Ils avaient tant de points communs ! Dommage qu'il vive ici et elle en ville. Elle n'était guère encline à poursuivre une relation à distance.

— La première victime a été trouvée voilà environ dix jours au cimetière Linwood à Glenwood Springs. Je l'ai lu dans le rapport de police. Elle était étendue à même le sol à côté de la clôture qui entoure la stèle de Doc Holliday.

— Vous êtes allé sur cette tombe ?

— J'y ai emmené les enfants. Ma femme disait que c'était instructif. L'inscription sur la stèle dit : « Mort dans son lit. » Ça a dû être une déception pour Doc, parce qu'il voulait mourir dans l'action.

— Pourquoi Carter a-t-il été mêlé à cela ? s'étonna-t-elle, perplexe. Je pensais que les crimes commis dans les cimetières étaient du ressort de la police.

— La PJ de Glenwood a sollicité l'aide de l'Office des parcs nationaux à cause de la situation de Linwood Cemetery. Pour atteindre la tombe de Doc Holliday, il faut marcher à travers la forêt pendant un bon kilomètre et demi.

— C'est pareil pour celle de Buffalo Bill Cody, commenta-t-elle, pensive. Vous savez qu'il est enterré juste à côté de Denver ?

— Non.

Daisy revint au vif du sujet.

— Pardon, je m'égare. Autre chose concernant la victime de Glenwood ?

— Elle s'appelait Hannah Guerrero, et elle était assistante dentaire.

Daisy remarqua qu'un véhicule supplémentaire avait fait son apparition au bout de la file garée dans Butcher's Gulch. Un homme d'un certain âge, une sacoche désuète à la main, se dirigeait vers eux. Escobar le présenta. C'était le médecin légiste du comté, un généraliste à la retraite doté d'une grosse moustache blanche.

— Mme Brighton a découvert un des corps, expliqua l'agent en désignant Daisy. Elle est professeure de biologie et peut vous donner des détails médicaux.

— Oh ! ils se résument en un mot, se hâta-t-elle de dire, peu désireuse d'induire le médecin en erreur. Elle était morte. Vouliez-vous savoir quelque chose en particulier ?

Il haussa les épaules.

— Selon vous, comment a-t-elle trouvé la mort ?

— Homicide, répondit-elle sans hésiter. Il y a des plaies sanglantes à la gorge, mais je ne peux pas affirmer avec certitude que ce soit la cause du décès.

Il arqua les sourcils, et une lueur de respect apparut dans son regard.

— Et pour ce qui est de l'heure de la mort ?

Elle lui fit part de ses observations quant à la température des corps, la rigidité cadavérique ainsi que la présence de mouches et d'asticots.

— Cela dit, seule une autopsie peut vous fournir une réponse précise.

Un des ambulanciers s'était approché du médecin.

— Il faudrait que vous établissiez un certificat de décès pour que nous puissions décider si nous allons les transporter ou non.

— Eh bien, tout dépend de qui commande ici : le bureau du shérif, la police du Colorado, l'Office des parcs nationaux ou le FBI !

Tant d'organisations étaient impliquées dans l'enquête que Daisy songea que ça allait être un véritable casse-tête pour Carter. Ayant remercié Escobar pour le sandwich, elle se dirigea vers le 4x4, ignorant Jack le Canif toujours assis dans son pick-up. Il lui cria quelque chose, mais elle n'y prêta pas attention.

Reconnaissante à Carter d'avoir eu la prévoyance de lui donner les clés, Daisy s'étendit sur la banquette arrière. La nuit n'était pas froide, mais elle fut tout de même contente de dénicher une couverture.

Avant de s'endormir, elle s'imagina reposant entre les bras de Carter. Elle allait faire de beaux rêves.

5

Daisy s'éveilla en sursaut lorsque la voiture s'arrêta. Le moteur continuait à ronronner, et elle entendait de la musique. *Une musique de film. Lequel ?* Elle cilla, ouvrit les yeux et se rappela être montée dans le 4x4 de Carter. Elle se redressa, tenant la couverture devant elle pour se protéger du froid. Au-dehors, on ne voyait que des arbres.

— Où sommes-nous ? demanda-t-elle, tout à fait réveillée maintenant.

— Pas très loin de Butcher's Gulch. Il est 5 h 30, c'est bientôt l'aube.

— Si tôt !

— Ou si tard, répondit-il. Tout dépend du point de vue.

Il n'était pas encore minuit quand elle s'était endormie. Elle avait dû être plus fatiguée qu'elle ne l'avait cru. Elle prit une profonde inspiration et reconnut la musique que Carter fredonnait avec le CD. *La Guerre des étoiles.*

— Que la force soit avec vous.

— J'aime à penser que c'est le cas.

— Vous vous voyez en Obi-Wan ? Ou Luke Skywalker ?

— Ni l'un ni l'autre.

— Bien sûr que non, gémit-elle. Plutôt en Han Solo.

— On ne peut que l'aimer, non ?

Il éteignit la musique et ouvrit la portière.

— Venez avec moi.

Elle n'eut pas le temps de lui demander où. Avant qu'elle ait posé les pieds par terre, il avait déjà commencé à descendre la pente. La brise matinale caressa les joues de Daisy – fraîche, piquante, embaumant le pin. Le ciel se teintait de rose à l'horizon, si bien qu'elle n'avait pas besoin de torche, mais elle avança prudemment jusqu'à l'orée de la forêt.

Debout sur la rive d'un petit lac, elle admira le reflet pastel de l'aube sur l'eau scintillante et à travers les cimes des arbres. Sans mot dire, Carter s'approcha d'elle et prit sa main dans la sienne. Ils ne s'étaient rencontrés que la veille, et il ne s'était rien passé entre eux, mais une sorte d'intimité les liait.

— Teacup Lake, annonça-t-il en désignant les flots cristallins. C'est là que Josh a trouvé Rene et Slade.

— Avez-vous eu la possibilité de reparler aux témoins ?

— J'ai interrogé Jack le Canif rapidement. Il a admis s'être perdu délibérément. Quelqu'un l'a payé pour qu'il attende la tombée de la nuit pour vous emmener à Butcher's Gulch.

— Vraiment ? A-t-il dit qui ?

— Il ne connaissait pas le type, et je ne suis pas certain qu'il ait dit la vérité. Il voulait peut-être se retrouver en tête à tête avec vous.

Daisy frissonna.

— Et les autres ?

— D'après Barbie, Rene se baignait souvent dans le lac.

— Toute nue ?

— Apparemment. J'ai aussi parlé à d'autres campeurs. L'un d'eux a affirmé qu'il vous connaissait. Eric Wolff.

Une bouffée d'irritation monta en elle, et elle se raidit, pressant par inadvertance la main de Carter.

— Les Wolff – Eric et son père, Gerald – sont des descendants en ligne directe de Morris Wolff, qui faisait partie du gang de Sherwood Brighton. Eric a exagéré le rôle de son ancêtre et prétend avoir des informations qui mèneront à la découverte du trésor, dont il réclame la moitié.

— D'après les autres participants à la fête, il ne faisait pas partie de leur bande.

— Comme Slade Franklin, fit-elle remarquer.

— Oui. Et il y avait deux autres jeunes gens attirés par la musique, la bière qui coulait à flots et la présence de jolies filles.

Il se tut et baissa les yeux sur elle. Les premiers rayons du soleil illuminaient ses pommettes et son menton décidé.

— Vous croyez qu'Eric vous cherchait ?

— Oui.

À son tour, Daisy baissa les yeux et laissa son regard s'attarder sur les lèvres de Carter, essayant d'imaginer leur premier baiser. Elle détourna la tête avant de céder à la tentation de l'embrasser.

— Sa présence ne peut pas être une simple coïncidence.

— Que savez-vous d'autre à son sujet ?

— Comme ma tante, il est convaincu que la tombe de Sherwood Brighton est la clé qui nous permettra de trouver le trésor. Son raisonnement vient de lettres qu'Annie, la femme de Sherwood, aurait adressées à Morris. Ma tante Vi croit qu'il a mis le doigt sur quelque chose.

— A-t-il jamais mentionné Glenwood ou Doc Holliday ?

Elle fronça les sourcils.

— Je ne crois pas. Vous pensez à la première victime.

— Hannah Guerrero, oui.

— Était-elle dans la même position que Rene et l'autre femme ?

— Disons qu'il y avait des similarités.

Il se détourna pour fixer les eaux ondulantes du lac.

— Elle était étendue sur le dos, tout habillée, les mains sur le ventre, un long foulard en soie autour du cou. Apparemment, elle a été tuée là où on l'a retrouvée. Son sang s'est répandu sur la poussière et dans ses longs cheveux noirs.

— Noirs ?

— Elle ne ressemblait à aucune des deux autres victimes. Le tueur n'a pas de type de prédilection.

— Hannah était originaire de Glenwood ?

— D'une ville voisine, Carbondale ou Basalt. Ses amis l'ont décrite comme sociable, facile à vivre et un peu crédule – le genre de personne capable de croire à une histoire à dormir debout, ce qui me fait penser qu'elle aurait adoré votre chasse au trésor. J'aurais aimé pouvoir en faire davantage pour trouver son assassin.

— Que vous a demandé la police ?

— De voir si je pouvais apprendre quoi que ce soit de la piste qui mène à la tombe. C'est un chemin très fréquenté, il y a trop d'empreintes. Bref, je n'ai pas trouvé grand-chose. Aucun signe de lutte. Une trace d'empreinte appartenant à Hannah à côté d'une paire d'empreintes de chaussures de sport du 46.

— Un homme imposant ?

— Pas nécessairement. L'important, c'est que ses empreintes étaient autour de celles de Hannah et faisaient face à la même direction.

— Que voulez-vous dire ?

— Comme ceci, dit-il en joignant le geste à la parole.

Il la fit pivoter pour qu'elle soit devant lui, les épaules contre son torse.

— Pourquoi ?

En guise de réponse, il plaça un bras autour de sa taille pour la maintenir en place. De l'autre main, il fit mine de lui trancher la gorge avec une arme imaginaire. L'action ne prit que quelques secondes.

— C'est la seule manière dont ça a pu se produire.

— Il aurait été couvert de sang.

— Sauf s'il l'a lâchée immédiatement. Il a sectionné la carotide. Elle a peut-être fait quelques pas en titubant avant de perdre connaissance et de s'effondrer. Les gouttes de sang suggèrent que c'est ce qui s'est passé.

— C'est affreux.

Parler du meurtre la troublait plus que d'analyser un cadavre. De plus, elle avait été déstabilisée par leur soudain contact physique. Même s'il mimait une scène de crime, Carter, en se rapprochant d'elle, avait mis tous ses sens en émoi. Sa proximité avait éveillé en elle une sensation de bien-être.

— J'ai aussi compris que le tueur avait essuyé la semelle de ses chaussures sur les aiguilles de pin avant de redescendre le sentier. À première vue, Hannah et lui étaient montés ensemble.

— Ce qui signifie que c'était quelqu'un en qui elle avait confiance.

— Ou avec qui elle n'avait pas peur d'être seule à la nuit tombée.

L'écart entre faire confiance à quelqu'un et ne pas avoir peur de lui était vaste. Dans ses relations amoureuses, Daisy avait toujours eu du mal à accorder sa confiance. En revanche, elle avait rarement peur d'être seule avec quelqu'un qu'elle venait de rencontrer. N'était-elle pas montée dans le pick-up de Jack le Canif sans même y réfléchir à deux fois ?

— Le tueur pourrait-il avoir été son petit ami ? demanda-t-elle, songeuse.

— Je ne me souviens pas de tous les détails, avoua-t-il. Je sais que, le soir du meurtre, Hannah était dans un bar de Glenwood avec des amis. Elle est partie à 20 heures retrouver un type obsédé par l'histoire du Far West, et apparemment curieux de voir la tombe de Doc Holliday.

— Cela me fait penser à Eric Wolff, murmura-t-elle. D'ailleurs, je suis sûre que c'est lui qui a soudoyé Jack le Canif pour qu'il attende la nuit avant de me déposer au cimetière.

— D'après une de ses amies, Hannah avait l'impression d'être espionnée.

— Là encore, c'est quelque chose dont Eric est capable.

— Cette amie s'est inquiétée de ne pas pouvoir joindre Hannah au téléphone. Elle est allée à sa recherche et a découvert le corps.

Daisy se demanda si Carter allait interroger la jeune femme en question. S'il avait été chargé de l'enquête, il aurait sûrement commencé par là.

— Avec qui allez-vous collaborer pour cette affaire ?

— Les tueurs en série sont du ressort du FBI.

Il continua à fixer les eaux paisibles du lac tandis que la forêt prenait vie, résonnant du pépiement des moineaux. Une chouette survola l'étendue d'eau, sa chasse nocturne terminée. Elle disparut dans la forêt.

— Les fédéraux peuvent faire appel à leurs experts en informatique pour découvrir des meurtres similaires dans différents États. Et avoir accès au casier judiciaire des suspects.

— Y compris Jack le Canif ?

— Oui. Je ne l'ai pas éliminé de ma liste, mais il n'est pas le premier suspect. Ces meurtres ont sans doute été commis par un homme plus jeune, plus vigoureux.

— Qu'est-ce qui vous fait dire cela ?

— Je devine que Hannah voyait le meurtrier comme un petit ami potentiel, sinon elle n'aurait pas laissé ses amis au bar pour aller le rejoindre. Quant à Rene, elle a sans doute été tuée ailleurs et portée jusqu'au cimetière. Elle avait beau être menue, il faut être fort pour porter un poids mort.

— Vous avez réfléchi à tout cela, observa-t-elle en le regardant calmement. Vous acceptez de ne pas être chargé de l'enquête ?

— Je ne regrette pas de ne pas avoir à négocier avec toutes les branches des forces de l'ordre impliquées. Si je ne suis pas le chef, j'ai plus de liberté, et moins de règles à respecter.

Il effleura la joue de Daisy du revers de la main, l'invitant à lever la tête vers lui.

— Et je n'ai pas à m'inquiéter de faire des confidences à une jolie civile.

Il me trouve jolie.

— Je ne voudrais pas vous causer d'ennuis.

— Vous ne m'en causez pas du tout.

Il se pencha et l'embrassa légèrement. La douce pression de ses lèvres déclencha en Daisy une onde de sensations qui s'accentua encore lorsqu'elle s'arqua contre lui, laissant son corps épouser le sien. Presque incapable de respirer, elle s'abandonna au baiser et se sentit fondre.

Les jambes en coton, elle crut un instant qu'elle allait se pâmer telle une ingénue dans un mélodrame, et cette pensée l'incita à se ressaisir. Elle se dégagea avec fermeté, fixa Carter, les yeux écarquillés et le cœur palpitant, et balbutia la première chose qui lui venait à l'esprit.

— L'autopsie. Je peux toujours y assister ?

— Je ferai de mon mieux pour vous obtenir l'autorisation.

— Quand aura-t-elle lieu ?

— Sans doute cet après-midi.

Elle se cramponna à cette pensée comme à un canot de sauvetage dans une mer de confusion. Il faudrait que Carter l'emmène, ce qui signifiait qu'ils seraient ensemble, et elle aurait une nouvelle occasion de paraître calme, détachée et raisonnable.

— Et maintenant ?

— Je vous ramène chez votre tante.

Elle reprit son souffle en remontant la colline derrière lui. *Inspire... expire... inspire.* Sa tante allait adorer Carter. Depuis que les parents de Daisy avaient déménagé en Australie, Vi avait endossé leur rôle et ne manquait jamais une opportunité de lui répéter qu'il était temps qu'elle se marie. À ses yeux, le séduisant garde forestier serait le candidat idéal.

Tout en conduisant, Carter lui parla de la direction de l'enquête.

— Cet après-midi, nous devons faire un crochet au bureau

du FBI à Pueblo pour enregistrer votre déposition. J'ai travaillé avec un des agents par le passé. Il s'appelle Pat Wiley.

— Ils étaient deux hier soir.

— L'autre s'appelle Mickey Hicks.

Carter sentait ses paupières se fermer toutes seules. Après avoir travaillé toute la nuit, il avait besoin d'une injection de caféine pour remettre son cerveau en branle. Il manquait de lucidité, ce qui expliquait peut-être qu'il ait embrassé Daisy. Ça n'avait pas été une décision rationnelle – il avait agi sur une impulsion, sans penser aux conséquences. Était-ce une erreur ? Ou la meilleure décision de sa vie ?

Il s'arrêta devant une cafétéria qui servait du café correct. La cuisine n'y était pas extraordinaire, mais il avait besoin d'énergie. Daisy était une lève-tôt, apparemment, et bavarda gaiement tout en sirotant son café. L'observer revigora Carter plus que la caféine.

Ils reprirent la route et, peu après 9 heures du matin, arrivèrent à la maison victorienne de tante Vi, dans le quartier historique de Leadville. Peinte en gris, noir et lilas, la bâtisse ne manquait ni de classe ni d'élégance. Cette description était tout aussi vraie de la femme qui, assise sous le porche, les regardait se garer. Comme Daisy, tante Vi avait des cheveux blonds traversés de mèches. Au contraire de Daisy, qui portait les siens en queue-de-cheval, elle avait une coupe au carré à hauteur du menton. Daisy avait dit à Carter que sa tante avait soixante-huit ans, mais elle faisait aisément dix ou même vingt ans de moins.

— Votre tante a l'air d'être parfaitement à sa place dans cette maison, commenta Carter lorsque Daisy le rejoignit devant le 4x4.

Daisy sourit.

— Sur la plupart des femmes, sa tenue aurait l'air d'un cliché, mais elle est parfaite sur tante Vi.

Celle-ci avait coutume de s'habiller dans le style western : chemisier droit glissé dans une jupe en simili-cuir, bottes de cow-boy en peau de serpent. Et des bijoux en argent et turquoise, bien entendu.

Lorsque Daisy s'acquitta des présentations, Violet serra fermement la main de Carter et lui adressa un sourire parfait.

— Devrais-je m'inquiéter, monsieur Carter, que ma nièce ne soit pas rentrée hier soir ?

— Mes excuses, madame. Nous avons été accaparés par une enquête sur un tueur en série.

Vi haussa les sourcils, mais garda son sang-froid.

— Si nous entrions ? Je dois vous informer que j'ai un autre visiteur. Tu l'as déjà rencontré, Daisy. C'est Eric Wolff.

Carter jeta un coup d'œil devant la maison, et son regard s'arrêta sur une camionnette bleu marine affichant le logo d'une entreprise de peinture. Derrière lui, Daisy grommela :

— Ce n'est pas un ami. Eric rôdait à côté de la scène des meurtres hier soir, et je pense qu'il me suivait. En fait, je vais lui poser la question tout de suite.

Elle franchit le seuil d'un pas résolu, abandonnant Carter et sa tante sur le porche. Si Carter avait été chargé de l'enquête, il aurait retenu Daisy avant qu'elle attaque un suspect, mais il n'avait ni l'autorité ni l'envie de l'en empêcher. Sa colère pousserait peut-être Eric à dire quelque chose de compromettant pour lui.

Il tint la porte pour Vi.

— Après vous, madame.

— J'espère que vous ne m'en voudrez pas si je vous pose une question personnelle. Êtes-vous marié ?

— Ni marié ni fiancé.

Le sourire de Violet s'accentua.

— Voudriez-vous du café ? Un scone à la cannelle fait maison ?

— Avec plaisir.

Pendant que Violet empruntait le couloir en direction de la cuisine, Carter suivit le son de la voix de Daisy jusqu'à un salon meublé d'antiquités disparates. Il n'avait rien d'un expert en matière de décoration d'intérieur, mais cette pièce lui plaisait. Elle irradiait la personnalité.

Daisy s'était placée devant Eric Wolff, lequel était vautré dans un fauteuil à oreillettes en velours bordeaux. Sa voix était emplie de l'autorité sévère de la professeure habituée à traiter avec des adolescents difficiles. Âgé d'une bonne trentaine d'années, Wolff n'était plus un adolescent, mais il en avait gardé l'attitude.

— Je vais te poser la question de nouveau, répéta Daisy. M'as-tu suivie au camping ?

— Tu n'es pas le centre du monde, Daisy.

— Je pense que tu m'espionnes.

Elle jeta un coup d'œil à Carter.

— C'est illégal, non ?

— Vous pourriez demander que M. Wolff soit soumis à une injonction d'éloignement.

Eric croisa les bras.

— Je n'ai rien à me reprocher.

Ses cheveux blonds mi-longs tombaient autour de son visage poupin en mèches molles et emmêlées. Il n'était pas gros, mais ses joues étaient rondes et il avait un nez retroussé. D'après son interrogatoire au camping, Carter connaissait l'âge d'Eric, son adresse et son métier – à supposer qu'on puisse considérer que peintre en bâtiment au chômage soit un métier.

— Jolie camionnette, commenta Carter. Vous travaillez ailleurs qu'à Pueblo ?

— Bien sûr.

Eric s'était un peu tassé sur lui-même.

— Il vous est arrivé de travailler à Glenwood Springs ?

— Oui. Pourquoi ?

— Vous étiez là-bas autour du 10 juin ?

L'air nerveux, Eric détourna les yeux.

— Il faudrait que je vérifie mon agenda.

Vi réapparut, apportant des cafés, du sucre et de la crème sur un plateau qu'elle déposa sur une grande table basse en marbre. Un agréable arôme de café frais se répandit dans la pièce alors qu'elle se redressait.

— Daisy, viens avec moi dans la cuisine, s'il te plaît. J'ai besoin d'aide pour servir les scones.

Carter prit place sur le canapé le plus proche du fauteuil d'Eric, retira son chapeau de cow-boy et prit une tasse de café. Il n'y mettait ni sucre ni crème, encore moins dans un café aussi bon que celui-ci, bien différent de celui de la cafétéria.

Il jeta un coup d'œil en direction d'Eric. Plusieurs questions le taraudaient, mais il n'était pas sûr de savoir par laquelle commencer. Garder le silence était une technique qui s'était révélée payante lors d'interrogatoires précédents. Eric semblait nerveux - le genre de personne qui avait besoin de parler pour combler un silence gênant.

Daisy ne l'aimait pas - ce qui, aux yeux de Carter, était une raison suffisante de le soupçonner. À trente ans passés, Eric Wolff vivait avec son père à Pueblo. Que manigançait-il ? Suivait-il Daisy parce qu'il avait peur de l'aborder directement ? Ou était-ce un tueur ?

— J'ai besoin d'un avocat ? demanda soudain Eric.

— Avez-vous fait quelque chose d'illégal ?

— Non, bon sang ! C'est sur Daisy que vous devriez enquêter. Elle a toutes sortes de secrets. Vi et elle nous volent des millions, à mon père et à moi.

Daisy entra à grands pas, apportant un nouveau plateau sur lequel étaient disposés des serviettes, des couverts, de la crème épaisse et deux sortes de confiture.

— Tu es un menteur.

Tante Vi la suivait, un plat de scones entre les mains.

— Calmez-vous tous les deux.

Carter mourait d'envie de se jeter sur les scones, mais son

téléphone portable émit un signal annonçant l'arrivée d'un texto. Sur l'écran s'affichait le numéro du FBI.

— Excusez-moi, dit-il aussitôt. Il faut que je prenne cette communication.

Il gagna la porte d'entrée et sortit avant d'ouvrir le texto. L'agent Wiley avait identifié la jeune femme blonde qu'ils avaient découverte sur la colline aux bottes grâce à ses empreintes digitales. Elle s'appelait Andrea Lindstrom. Le nom parut familier à Carter sans qu'il sache pourquoi. Il n'avait pas été mentionné par les étudiants du camping.

Il étudia la photo jointe, et soudain la lumière se fit dans son esprit.

Il la connaissait.

Il détourna les yeux de la photo sur l'écran. La veille au soir, il avait fixé ce visage défiguré, à demi déchiqueté. Le foulard en soie autour de son cou était raidi par le sang séché. S'efforçant de refouler cette épouvantable vision, il se rappela le jour où il avait interrogé cette jeune femme douce et gentille à propos de la mort tragique de son amie, Hannah Guerrero.

La disparition d'Andrea avait été signalée le 14 juin.

Hannah avait été tuée le 10, Andrea avait disparu le 14. Cependant, Daisy avait estimé que sa mort remontait à deux ou trois jours, autrement dit le 17.

Où était-elle entre le moment où elle avait disparu et celui où elle était morte ?

6

Perturbé par le lien entre les deux victimes, Carter rangea son téléphone et rentra dans la maison. Debout à côté du salon, il marqua une pause et dressa l'oreille. Il n'entendit ni Daisy ni Eric, ce dont il se félicita, car il n'avait aucune envie d'assister à leurs chamailleries. Tante Vi était en train de les sermonner sur l'importance d'une conduite courtoise, ce qui, soulignait-elle, séparait les êtres civilisés des animaux.

Carter entra, s'excusa et reprit sa place, puis accepta un scone qu'il recouvrit de crème et de confiture à la fraise. Daisy était assise à l'autre bout du canapé, aussi loin d'Eric que c'était possible. Les joues empourprées par la colère, le menton droit, les lèvres serrées. Si Eric était furieux aussi, il n'en montrait rien. Ses épaules s'étaient tassées, sa bouche tremblait et des larmes brillaient dans ses yeux bleus.

— Merci, mademoiselle Violet, dit-il d'une voix penaude. Je n'ai jamais voulu vous insulter, ni vous ni Daisy.

Celle-ci émit un grognement indéchiffrable, qui lui valut un regard sévère de sa tante.

— Tu as quelque chose à dire, ma chère ? Parle plus fort.

Carter enfourna le scone pour ne pas éclater de rire face à la lutte évidente que menait Daisy pour maîtriser son indignation.

— Je suis désolée d'avoir élevé la voix, dit-elle. J'ai une question toute simple à poser à notre invité.

— Vas-y, dit sa tante, jouant les intermédiaires.

— Eric, m'as-tu suivie au camping ?

— Non, dit-il aussitôt. Tu ne m'as pas vu te suivre, si ?

Carter sirota son café pour faire descendre le scone. Il croyait Eric. Non parce qu'il était innocent, mais qu'il y avait d'autres manières de connaître les allées et venues de quelqu'un. De plus, il ne pensait pas Eric capable de suivre quiconque sans être repéré. Il n'avait rien d'un chasseur.

— J'ai une seconde question, insista Daisy. As-tu soudoyé Jack le Canif pour qu'il attende la tombée de la nuit avant de m'emmener au cimetière ?

Eric baissa les yeux et haussa les épaules.

— Pas vraiment.

Cette fois, Carter n'en crut rien.

— Moi aussi, j'ai une question, intervint-il. Où étiez-vous ce matin avant de venir à Leadville ?

— Je dormais. Pourquoi ?

— Avez-vous dormi dans votre camionnette plutôt que de rentrer à Pueblo ?

Eric acquiesça.

— Il n'y a pas de mal à ça.

— Pensez à l'aube, suggéra Carter d'une voix apaisante, dénuée de menace. Un des plus beaux moments de la journée, quand le ciel vire au rose et que la lumière se reflète sur l'eau. Vous n'êtes pas d'accord ?

— Si, répondit Eric, hésitant.

— Dites-moi, Eric. Étiez-vous à Teacup Lake ce matin ?

— Peut-être.

Dès que les mots eurent jailli de ses lèvres, il se couvrit la bouche comme pour retirer son aveu.

— Bon, d'accord, je vous ai vus là-bas. J'ai vu ce que vous faisiez.

— Vous surveillez Daisy, déclara Carter. Comment vous y

prenez-vous ? Vous avez caché un traceur dans son sac à main ? Ou relié un localisateur à son téléphone ?

— Qui a fait quoi ? demanda Violet.

— Tu m'as espionnée ! rugit Daisy, furieuse.

— Écoute, Daisy, tout ce que je veux, c'est qu'on collabore. J'ai vraiment besoin de ce trésor. Mon père et moi, on croule sous les dettes. Si on n'a pas de rentrée d'argent bientôt, on va perdre la maison. Je n'aurai jamais l'avenir que je mérite.

— Que pensez-vous mériter ? s'enquit Carter.

— Une maison, une épouse affectueuse et deux enfants, un garçon et une fille. Et un golden retriever, comme celui que j'avais avant que maman nous quitte. Elle a emmené le chien avec elle. Quel genre de femme fait une chose pareille ?

Apparemment, il était beaucoup plus affecté par la perte de son chien que par le fait que sa mère avait déserté sa famille. À certains égards, il semblait normal – pathétique, mais normal. À d'autres, il se comportait comme un pervers.

— Pourquoi devrais-je t'aider ? demanda Daisy.

— J'ai des informations sur les lingots qui faciliteraient tes recherches, et je parie qu'il y a une foule de choses que tu pourrais me dire.

— Prouve-le, lança Daisy. Montre-moi une de ces lettres adressées à Morris Wolff dont tu parles tant. Tu as dit que tu en avais plusieurs écrites par l'épouse de Brighton.

Il plongea la main dans la poche de sa veste en toile.

— Quand on trouvera le trésor, on partagera. Cinquante-cinquante.

— Tu auras vingt pour cent, contra-t-elle.

— Quarante.

— Vingt-cinq, et c'est ma dernière offre.

Il se leva et tint une feuille de papier juste hors de portée de Daisy. Pour la première fois, Carter se rendit compte que, sous ses dehors de mollasson, il était plus grand que la moyenne et en raisonnable condition physique.

Il tendit le papier à Daisy avec un rire froid.

— C'est une copie. Quand tu l'auras lue, appelle-moi et donne-moi un indice aussi important que celui-là.

Sur quoi il sortit à grands pas de la pièce et de la maison. Daisy bondit sur ses pieds et le poursuivit.

— Une seconde ! Je veux savoir comment tu me surveilles. Tu as tracé mon téléphone ?

Carter lui emboîta le pas. Il ne pouvait contraindre Eric à lui remettre le traceur dont il s'était servi, mais il voulait montrer à cet imbécile qu'il se causait des problèmes tout seul.

— Je vous conseillerais de coopérer, lança-t-il de la porte d'entrée.

— Très bien, répondit Eric, boudeur. Il y a un traceur dans ton porte-monnaie.

— Comment as-tu pu le mettre là ?

— Disons simplement que tu devrais surveiller tes affaires de plus près. Enfin, tu n'as qu'à le retirer et je ne pourrai plus te localiser.

Daisy acquiesça à regret.

— Tu as intérêt à ne pas m'avoir menti.

— Et toi, tu as intérêt à m'appeler. On a un marché.

Quand Carter se retourna pour regagner le salon, il se retrouva face à tante Vi. Les mains sur les hanches, elle le toisait d'un air sévère.

— Que disait Eric à propos de ce qu'il avait vu au lac ? demanda-t-elle.

— Eric nous espionnait, répondit Carter vaguement, espérant noyer le poisson. C'est incroyable qu'il soit légal d'acheter des traceurs en ligne. Il devrait y avoir une loi interdisant de suivre quiconque sans sa permission.

— J'ai été harcelée par un voyeur autrefois, avoua Violet dans un murmure. C'était juste après que j'avais divorcé de mon second mari, et je n'étais pas habituée à me débrouiller toute seule.

Mission accomplie : il avait changé de sujet.

— Qu'est-ce que vous avez fait ?

— Eh bien, j'ai acheté une carabine.

Un léger sourire naquit sur ses lèvres.

— La première d'une longue série. Grâce à ce voyeur, j'ai découvert que je prenais plaisir à tirer.

Carter se promit de garder cette information à l'esprit. À cet instant, son téléphone vibra, annonçant l'arrivée d'un nouveau message de l'agent Wiley. Les deux victimes de la colline aux bottes avaient été droguées. Rene avait aussi un taux élevé d'alcool dans le sang, ce qui suggérait qu'elle avait continué à boire après avoir quitté la fête au camping.

Daisy revint, son portefeuille à la main. Elle avait retiré le minuscule traceur, qu'elle jeta par terre et piétina.

— Voilà ce que je pense d'Eric Wolff.

— Tu es sûre de l'avoir détruit ? demanda Vi. Faut-il que j'aille chercher ma carabine ?

Carter n'était pas certain qu'elle plaisantait, et décida de ne pas s'attarder pour le découvrir. Tout en se dirigeant vers sa voiture, il s'adressa à Daisy :

— J'ai quelques coups de fil à donner, mais je serai de retour d'ici une heure environ, et nous irons au bureau du FBI à Pueblo.

— Je serai prête.

Comme il ouvrait sa portière, il entendit la voix de tante Vi s'élever :

— C'est la dernière fois que je te le demande, Daisy. Que s'est-il passé au lac ?

Carter s'engouffra dans l'habitacle et démarra. Il n'était pas sûr de savoir où aller, mais il avait besoin d'espace. Tout autre endroit était préférable à une discussion avec la redoutable Vi sur ses relations avec sa nièce.

Pour autant que Daisy souhaite éviter le sujet du baiser avec Carter, elle savait que sa tante n'allait pas lâcher l'affaire avant d'avoir obtenu une réponse.

Si je te le dis, vas-tu laisser tomber le sujet ?

— Sans doute que non. Il faut que je me tienne informée des faits et gestes de ma nièce. Leadville n'est pas une métropole. Les gens ici se soucient les uns des autres. Et ils commèrent. Dieu ce qu'ils peuvent commérer !

Daisy ne voyait pas pourquoi sa conduite affecterait le regard que les habitants portaient sur sa tante. Après tout, ceux qui venaient de la grande ville avaient la réputation d'avoir une morale douteuse. Elle ne ferait que confirmer les préjugés.

— Carter et moi nous sommes embrassés, soupira-t-elle.

— J'approuve, déclara Vi. Il me paraît être un jeune homme très bien, et il a un travail respectable. Voilà qui est prometteur.

— Ce n'était qu'un baiser. Ça ne signifie rien.

— Peut-être que si.

Vi lui donna une petite tape sur les fesses, à la manière d'un coach qui envoie un nouveau joueur sur le terrain.

— Dépêche-toi, ma chérie. Il va revenir dans un petit moment, et tu devrais te préparer. Prendre une douche, te laver les cheveux, mettre un peu de maquillage.

Grommelant entre ses dents, Daisy gravit l'escalier, traversa le palier et pénétra dans sa chambre. Elle avait évidemment eu l'intention de faire sa toilette et de se changer, pas pour avoir l'air plus séduisante mais parce qu'elle voulait être propre et fraîche en prévision de la journée qui l'attendait. Après sa déposition au FBI, elle espérait assister à l'autopsie.

Tante Vi entra dans la chambre sans avoir toqué.

— Tu pourrais peut-être m'emprunter une jolie tenue. J'ai une penderie pleine de vêtements que j'ai à peine mis.

— Crois-moi, Vi, si j'avais l'intention de séduire Carter – ou n'importe qui d'autre –, tu serais la première personne que je consulterais.

Ayant eu quatre maris et un nombre incalculable de petits amis, sa tante était indéniablement une experte en la matière.

— Mais je ne peux pas avoir une relation sérieuse avec un type qui vit dans les montagnes. J'ai un travail que j'adore en ville.

— Ne sois pas si prompte à te décider.

Désireuse de changer de sujet, Daisy lança :

— J'ai découvert quelque chose à Butcher's Gulch. Il y avait une stèle au nom d'Annie Brighton, la femme de Sherwood.

— Un indice ! commenta Vi, ravie. Jack le Canif avait affirmé avoir vu le nom de Brighton là-bas, mais je ne savais pas si je devais le croire ou pas.

— Il voulait avant tout t'impressionner. Il espère que tu vas sortir avec lui et tomber amoureuse parce que tu es riche et que tu pourras prendre soin de lui.

— Je ne suis pas fortunée, protesta-t-elle. Et de toute façon, je ne m'intéresserais pas à un homme de l'acabit de Jack Jones. J'ai meilleur goût !

— Je ne sais pas grand-chose d'Annie. Tu peux me résumer sa vie ?

— Sherwood et elle ont eu trois enfants, qu'elle a plus ou moins élevés toute seule. La carrière de Sherwood comme hors-la-loi le retenait loin de chez lui des jours durant.

À entendre sa tante, on aurait dit que l'activité de bandit était aussi légitime que celle de courtier en bourse.

— Il subvenait aux besoins de sa famille, et personne ne lui a jamais demandé d'où venait son argent.

— Peut-être que les gens avaient peur, marmonna Daisy.

— Tu n'as aucune raison de critiquer ton ancêtre. Tout suggère que c'était un gentleman.

Sauf qu'il attaquait des banques, songea Daisy.

— Continue.

— Annie était couturière de son état, et connue pour confectionner de splendides robes de mariée. Elle a vécu à Cripple Creek et à Pueblo l'essentiel de sa vie.

— Mais elle a été enterrée à Butcher's Gulch.

— Que dit l'inscription ? demanda Vi avec curiosité.

— Annie Brighton. Épouse, amie, amante.

— Ah, c'est adorable. Sherwood pensait encore à elle comme à son amante.

Elle fronça les sourcils.

— Une seconde. Cela n'a pas de sens. Je crois me souvenir qu'il est mort avant elle.

— Peut-être un des enfants a-t-il rédigé l'inscription.

Daisy était intriguée. Pourquoi Annie avait-elle été enterrée dans un cimetière où reposaient des hors-la-loi et des indigents ? Elle semblait avoir gagné sa vie honnêtement par ses activités de couturière. Pourquoi Butcher's Gulch ? Qui avait fait mettre la stèle ?

Au lieu de se diriger vers la salle de bains, elle s'assit au bord du lit et tira de sa poche le papier qu'Eric lui avait remis. Peut-être la lettre, envoyée par Annie à Morris Wolff et datée du 6 juin 1889, contenait-elle des indices.

Vi lut par-dessus son épaule.

— C'était deux ans après le vol des lingots. Quand j'y pense, je suis certaine que Sherwood est mort en 1896, neuf ans après. Quelle était la date sur la tombe d'Annie ?

— Il n'y en avait pas. Ni sa date de naissance ni celle de son décès.

— Ce n'est pas particulièrement inhabituel, commenta Vi. Certaines femmes n'aiment pas révéler leur âge, même après leur mort.

Daisy lut les premières lignes, rédigées d'une belle écriture soignée. Puis elle leva les yeux, stupéfaite.

— Eh bien ! C'est osé, non ?

— Ces descriptions sont basées sur des références bibliques, déclara Vi. Ses seins sont des fruits mûrs, fermes et juteux. Faits pour le plaisir de l'homme. Ces phrases me rappellent le *Cantique des Cantiques*.

Annie poursuivait en évoquant avec imagination les parties génitales de Morris Wolff, lesquelles étaient apparemment dures comme du chêne et lui arrivaient aux genoux. En somme, la lettre était une version XIXe siècle de la tendance actuelle à envoyer des photos dénudées par texto. Annie avait hâte « d'être unie à lui des pieds à la tête » et « de goûter chaque parcelle de sa chair frémissante ».

— Hmm, commenta Daisy. Nous savons maintenant pourquoi sa tombe mentionne que c'était une amante, pas nécessairement celle de son mari.

Vi désigna la fin de la lettre.

— C'est le seul moment où elle fait allusion à lui.

Daisy lut à haute voix :

— « Sherwood ne saura jamais où j'ai caché les lingots. Ils sont à moi maintenant. »

— Ce sont les mots d'une femme en colère.

Violet frissonna.

— Nous avons peut-être fait fausse route. Annie semble avoir été la cheffe.

— Et c'est elle qui avait l'or.

Daisy dut admettre qu'Eric Wolff leur avait donné un indice de valeur pour leur chasse au trésor. Et ne put s'empêcher de se demander ce qu'il dissimulait d'autre.

7

Les vitres baissées, Carter traversa Leadville, une de ses bourgades préférées, qui faisait partie du territoire qu'il patrouillait régulièrement. Après les dernières habitations, le ciel d'un bleu éclatant s'étira au-dessus de lui. Il roula vers une colline qu'il connaissait, laissant la nature mettre de l'ordre dans son esprit.

À plus de trois mille mètres d'altitude, Leadville était née de la ruée vers l'argent de 1889, mais sa véritable richesse résidait dans la beauté de son cadre. Neuf pics de plus de quatre mille mètres, encore couronnés de neige à la mi-juin, dominaient le paysage.

Carter quitta la route principale et s'arrêta au sommet d'une petite colline, dans une clairière dotée de quelques tables et bancs de pique-nique en bois désormais grisâtre. Il ouvrit la portière, descendit au soleil et prit une profonde inspiration, savourant l'odeur de résine et de pomme de pin. C'étaient des endroits comme celui-là, ces magnifiques panoramas sur les montagnes et les forêts, qu'il considérait comme son vrai bureau.

Regrettant de ne pas avoir apporté une thermos de l'excellent café de tante Vi, il s'assit sur une des tables, retira son chapeau et laissa la brise ébouriffer ses cheveux. Il contempla le paysage, en quête de réponses. Une partie de son cerveau bouillonnait de questions sur l'enquête, tandis que l'autre était absorbée par Daisy. Elle lui avait plu dès l'instant où ils s'étaient rencontrés.

Il admirait son intelligence, le son cristallin de son rire le faisait sourire, et jamais il n'oublierait le goût de ses lèvres.

Il fixa les monts déchiquetés en face de lui. Que diable allait-il faire ? La réponse s'imposa aussitôt. La priorité était d'arrêter le tueur en série.

Pour cela, il avait besoin de conseils. À l'aide de son téléphone par satellite, il appela Joaquin Stanley, son supérieur. L'ancien hippy possédait des compétences aussi uniques que variées : il était titulaire de trois licences, en biologie, psychologie et sylviculture. Avant d'entrer à l'Office des parcs nationaux, il avait été agriculteur, pompier, et thérapeute spécialisé dans le traitement des criminels. Son analyse des motivations du tueur en série fournirait à Carter un profil solide.

Dès qu'ils furent en communication, Carter lui fit un rapide résumé de l'affaire, ajoutant que le FBI à Pueblo avait pris le contrôle de l'enquête.

— Eh bien, il me semble que tu as tout mis en place, conclut son supérieur. Pourquoi m'appelles-tu ?

— J'aurais besoin de ton aide pour obtenir un profil du tueur.

— Viens me voir cet après-midi.

— Je ne peux pas. J'ai rendez-vous au bureau du FBI à Pueblo. Et ensuite, je vais assister à une autopsie.

— Toi ? s'étonna Joaquin. Tu n'as jamais aimé ce genre de choses.

— Oui, eh bien, les gens changent.

— Je sens que tu ne me dis pas tout. Que se passe-t-il ?

— Rien. Je ne vois pas de quoi tu veux parler.

Carter connaissait bien son supérieur. Il l'imaginait caressant sa barbe poivre et sel bien taillée, vestige du look ZZ Top qu'il affectionnait dans sa période hippy.

— J'ai l'impression que quelque chose a changé. Que tu ne te conduis plus comme un cow-boy solitaire.

— Je n'ai jamais été cow-boy, lui fit remarquer Carter.

Il aimait vivre en pleine nature, mais il n'avait pas grandi dans un ranch et ne montait pas à cheval.

— Tu sais ce que je veux dire, insista Joaquin. Je parle de ton attitude, de ton indépendance. Tu es comme Gary Cooper ou Clint Eastwood – un farouche solitaire qui apprivoise l'Ouest sauvage.

Carter ne put réprimer un sourire.

— Si je suis un cow-boy, qu'est-ce que tu es, toi ?

— Un bûcheron, rétorqua Joaquin fièrement. Mon ex-femme aimait me regarder couper du bois. Sans blague. Elle trouvait ça sexy.

— Puisqu'on parle de femmes...

— Ah ! ah !

Carter entendit la main de Joaquin s'abattre sur le bureau.

— Je sais ce qui a changé ! Tu es amoureux. Eh bien, bonne chance, mon vieux. Il est grand temps.

— Je ne dis pas que tu as raison, mais j'ai rencontré une femme têtue qui adore sa vie en ville et ne viendra jamais vivre dans les montagnes. Comment puis-je la faire changer d'avis ?

— N'entame jamais une relation en pensant que tu peux changer l'autre. Soit tu l'acceptes telle qu'elle est, soit tu quittes ton poste et tu vas vivre en ville.

— Tu es en train de dire que c'est à moi de changer.

— Pas nécessairement. Toi et ta copine pouvez passer un bon moment ensemble, et puis chacun repart de son côté.

Carter n'était pas à la recherche d'une liaison sans lendemain. Avec Daisy, il sentait que davantage était possible – une relation fantastique. Il avait été marié par le passé, mais cette union n'avait duré que deux ans. Son ex-femme l'avait accusé d'être trop renfermé sur lui-même, de ne pas savoir faire partie d'un couple. Daisy, elle, était indépendante, différente de toutes les autres femmes qu'il avait rencontrées. Une relation avec elle serait une vraie aventure.

Son regard se posa sur le vaste panorama qui s'offrait à lui.

Il était chez lui ici. Il ne voudrait jamais aller vivre ailleurs. Si elle ne changeait pas d'avis...

— Revenons au profil, dit-il, s'obligeant à se focaliser sur la raison de son appel. Voici ce que je peux te dire sur les trois victimes. Toutes étaient jeunes et jolies. Toutes ont été retrouvées dans un cimetière, mais ont peut-être été tuées ailleurs. Elles portaient un foulard en soie autour du cou, pour dissimuler leur gorge tranchée. Deux d'entre elles, Hannah et Andrea, se connaissaient.

— Parle-moi de leurs différences.

— Elles ne se ressemblaient pas physiquement. Hannah avait les cheveux noirs, les yeux foncés et était solidement bâtie. Andrea était une blonde très mince, au teint pâle. Rene Williams, la dernière victime, avait de longs cheveux châtains, et elle était menue.

— Quoi d'autre ?

— Elles avaient des métiers différents. Hannah travaillait comme assistante dentaire, Andrea était employée dans une compagnie d'assurances. Toutes deux vivaient seules, en appartement, dans l'agglomération de Glenwood Springs. Rene était étudiante à Denver et venait de rompre avec son petit ami.

— Quand ont-elles été tuées ?

— Je ne pourrai te le dire avec précision qu'après les autopsies, mais Daisy a fait une estimation pour celles de Butcher's Gulch.

— Daisy, répéta Joaquin. Elle est médecin légiste ?

— Non, professeure de biologie à Denver, répondit Carter d'une voix aussi neutre que possible. Elle enseigne l'anatomie et étudie la science médico-légale.

— Et elle t'a donné son avis ?

— Oui. On sait que Hannah a été assassinée le 10 juin. Andrea a sans doute été tuée le 17, mais a disparu le 14. Rene est morte hier soir, le 20.

— La première victime le 10, la deuxième le 17, la troisième le 20, résuma Joaquin dans un soupir. Je comprends que tu aies besoin d'un profil de toute urgence. L'écart se resserre entre les meurtres, ce qui pourrait indiquer que le tueur projette de frapper de nouveau très vite.

— Oui. Il n'y a pas de temps à perdre.

Carter entendit le raclement des pieds d'un fauteuil. Il devina que Joaquin s'était levé et faisait les cent pas sur le tapis navajo couleur noire et terre de Sienne qui recouvrait le sol de son bureau. Bouger faisait partie de son processus de réflexion. Il disait que l'activité physique lui stimulait le cerveau.

— Quand tu as trouvé les corps, quelle a été ta première impression ?

— Hannah et Rene étaient étendues de manière à suggérer qu'elles étaient endormies, mais le corps d'Andrea avait été abîmé par les prédateurs.

Il songea soudain à l'hypothèse émise par Daisy.

— Il est possible qu'il ait essayé de la protéger avec une sorte de couverture.

— Parle-moi des foulards.

Carter imagina son supérieur debout face à la fenêtre de son bureau, qui donnait sur les montagnes – le mont Princeton, le mont Harvard, parmi d'autres.

— Ils étaient similaires. Je crois que le tueur les avait apportés.

— Avez-vous trouvé une arme quelconque ?

— Non. L'autopsie nous dira ce qui a causé la mort des femmes de Butcher's Gulch. La gorge de Hannah a été tranchée par un couteau de chasse.

— Pas vraiment une information précise, soupira Joaquin. Y a-t-il eu agression sexuelle ?

— Pas sur Hannah. Il faut attendre l'autopsie pour les deux autres. Mon instinct me souffle que non.

Il décrivit la manière dont les cheveux de Rene étaient déployés sur le sol, son chemisier boutonné jusqu'au cou.

— Que dois-je chercher, d'après toi ? En dehors du profil habituel du tueur en série – un individu de sexe masculin entre vingt-huit et trente-cinq ans, qui a subi des mauvais traitements enfant.

— Le tueur est organisé, déclara Joaquin. Il a tout planifié, a apporté une arme et un foulard spécial. Peut-être même a-t-il choisi ses victimes. Il se peut qu'il soit excité par le fait de les suivre, de les espionner, de découvrir leurs habitudes.

Carter songea à Eric Wolff et au traceur qu'il avait mis dans le porte-monnaie de Daisy. Il serait facile de vérifier ses allées et venues le soir de la mort de Hannah.

— S'il a enlevé Andrea et l'a retenue trois jours durant avant de la tuer, il a peut-être joué au papa et à la maman avec elle. Assouvi une espèce de fantasme.

Ou bien il l'avait torturée. Carter se remémora les marques que la jeune femme avait au poignet. Si le tueur retenait ses victimes captives, il devait avoir accès à un endroit isolé.

— Il n'a pas fait ça pour Hannah. Ni pour Rene.

— Il a peut-être établi d'autres liens avec elles. Chanté ou dansé avec. Trouvé des manières de se rapprocher de ses victimes qui n'auraient pas forcément un sens pour autrui.

— Autre chose ?

— Ses motivations me semblent complexes, poursuivit Joaquin. Je serais étonné d'apprendre qu'il obéit à un fantasme sexuel. Je chercherais plutôt du côté d'un lien psychologique malsain avec sa mère, sa sœur ou une autre parente proche. Un incident déclencheur avec une de ces femmes a pu éveiller en lui le besoin de commettre un meurtre. C'est comme s'il les sauvait en les tuant.

— Quel genre d'incident ?

— Un décès, une querelle, une séparation, par exemple. Sa mère a pu divorcer d'avec son père et fonder une nouvelle famille. Le fils verrait le meurtre comme une solution pour garder sa mère.

— En tuant d'autres femmes ?

— Il y a une bonne dose de rage mêlée à son chagrin.

— Qu'est-ce qui te pousse à étudier ces criminels ? demanda Carter, perplexe. Qu'est-ce qui te plaît dans la psychologie forensique ?

— Peut-être que tu devrais poser la question à ta nouvelle amie, la prof de biologie, gloussa Joaquin. Appelle-moi quand tu auras les résultats de l'autopsie. J'aimerais être tenu au courant. Et faire la connaissance de Daisy.

— Que devrais-je faire à son sujet, à ton avis ?

— Essaye de couper du bois.

Quand Daisy se glissa sur le siège passager du 4x4, elle se rendit compte que sa jupe kaki – droite et assez ample – révélait généreusement ses jambes bronzées. Elle jeta un coup d'œil à Carter assis au volant, tentée de lui expliquer qu'elle avait opté pour une jupe pour son interrogatoire au FBI afin de paraître plus respectable.

Cependant, elle devrait alors aussi justifier le T-shirt à col en V qui épousait ses formes sous sa veste légère.

Elle avait beau se dire qu'elle n'essayait pas de le séduire, sa tenue racontait une autre histoire.

Cette sortie n'était pas un rendez-vous romantique. Ils allaient se rendre au bureau du FBI à Pueblo et observer une autopsie. Elle avait deux autres cimetières à visiter pendant qu'ils étaient dans ce secteur.

Rien de romantique là-dedans.

Elle se cala contre le dossier de son siège et contempla les nuages vaporeux qui flottaient dans le ciel bleu. Des touffes d'herbe toutes neuves ponctuées de fleurs bleues et écarlates tapissaient le sol de la vallée entre les hautes falaises ocre. L'Arkansas, gonflé par la neige qui fondait sur les sommets, déversait ses cascades le long de la route. Un jour comme celui-là, quand la brise embaumait le soleil et l'été, elle comprenait aisément pourquoi Carter avait choisi de vivre dans les montagnes plutôt que d'être policier dans les rues sèches et brûlantes de Denver.

Elle émit un soupir silencieux. S'ils n'avaient pas été en train de traquer un tueur en série, la journée aurait été parfaite.

— Qu'a dit le profileur au sujet des crimes ?

— Il a une théorie selon laquelle le tueur a de l'affection pour ses victimes. Qu'il est en quelque sorte attaché à elles.

— Dans ce cas, pourquoi les tuer ?

— Je te le dirai plus tard.

Il fronça les sourcils.

— Il y a une question supplémentaire concernant Andrea. D'après Wiley, sa disparition a été signalée le 14, mais tu penses qu'elle est morte le 17 ou le 18. Où était-elle dans l'intervalle ?

Daisy frissonna à la pensée que la jeune femme avait été retenue captive par le tueur, d'autant plus qu'elle savait ce qui était arrivé à son amie Hannah. Elle se remémora les traces de liens sur ses bras et ses poignets.

— Joaquin, mon supérieur, qui a exercé la psychologie, est d'avis que ces crimes ne sont pas commis au hasard. Le coupable surveille, espionne et enlève des jeunes femmes avec qui il imagine avoir un lien affectif.

Carter chercha ses mots.

— Il est possible qu'il voie en elles des remplaçantes d'une femme dont il a été proche.

Daisy écoutait, stupéfaite. Pourquoi, dans ce cas, commettait-il des actes aussi épouvantables ? Comment pouvait-il se convaincre que jouer ainsi avec ces femmes était un signe d'amour à leur égard ?

— Je ne suis pas douée pour me mettre dans la tête des autres.

— Ce n'est pas étonnant, quand leur raisonnement est si tordu.

— Ton supérieur étudie ces tueurs. Qu'est-ce que cela révèle sur lui ?

— Je pourrais te poser la même question. Pourquoi étudies-tu les cadavres ?

Il plongea son regard dans le sien, un contact bref mais profond.

— D'ailleurs, je dois être aussi bizarre que vous, parce que je prends plaisir à vous parler à tous les deux.

Daisy continua à fixer la route. Malgré elle, elle se demanda s'il avait remarqué que son mascara soulignait le vert de ses yeux.

— Tu trouves que je suis bizarre ?

— Pas bizarre. Je pense que tu es extraordinaire.

C'était une première dans sa vie. Personne ne lui avait jamais rien dit de pareil. Gênée, elle se hâta de retourner à un sujet plus sûr.

— Comment pouvons-nous utiliser ce profil ?

— Quand nous examinons des suspects potentiels, nous devons chercher d'éventuels déclencheurs – des incidents impliquant leur mère ou une femme qui comptait pour eux. Que peux-tu me dire concernant Eric Wolff ?

— Ce n'est pas un tueur, affirma-t-elle. C'est un petit chasseur de trésor mesquin et jaloux.

— Son profil correspond en partie à celui du tueur, lui fit remarquer Carter. Il a l'âge approprié, des horaires de travail souples, il peut aisément transporter un corps dans sa camionnette. Et il a admis t'avoir espionnée.

Tout ce que Carter disait était sensé. Elle avait été troublée lorsque Eric avait admis les avoir observés ce matin-là. Un comportement pervers, certes, mais de là à être un tueur en série...

— Il vit à Pueblo avec son père. Sa mère n'est plus là. Je crois qu'elle est partie quand Eric était adolescent.

— Ce qui pourrait être un déclencheur.

— Mais ça remonte à si longtemps ! Eric a plus de trente ans. Il a eu le temps de se remettre de cet abandon, non ?

— Certains individus ne s'en remettent jamais. Ils restent marqués jusqu'à la fin de leurs jours.

— C'est vrai.

Pour sa part, fille unique d'un foyer stable, elle avait grandi sans traverser de tragédie, et en était reconnaissante.

— La question que nous devrions nous poser est celle-ci : pourquoi maintenant ? Qu'est-ce qui a pu réactiver le traumatisme ?

— Il faut que nous fassions des recherches sur la mère d'Eric. Elle est peut-être en train de se remarier. À moins qu'elle ne soit morte.

— Il est facile de vérifier s'il peut être le tueur ou non, répondit Daisy. Vérifions son alibi. Était-il à Glenwood Springs le soir de la mort de Hannah ?

— Hannah avait rendez-vous avec un type qui voulait voir la tombe de Doc Holliday. Tu crois qu'Eric aurait pu inventer un prétexte de ce genre ?

Daisy hocha lentement la tête, et un frisson la parcourut. La première fois qu'elle avait rencontré Eric, il avait parlé du cimetière de la colline aux bottes. C'était lui qui avait persuadé tante Vi de chercher la tombe de Sherwood.

Pouvait-il être le tueur ?

Une graine de peur avait germé dans son esprit. Durant les deux heures et demie que durait le trajet, ils évoquèrent d'autres suspects – y compris Slade Franklin, qui vivait aussi à Pueblo. Cependant, Daisy ne put se défaire de la pensée qu'Eric l'avait suivie dans la forêt.

Comme ils entraient dans les faubourgs de Pueblo, elle remarqua une camionnette bleu foncé du côté opposé de la rue, trop loin pour qu'elle puisse distinguer les traits du conducteur. Celui-ci démarra avant qu'elle ait pu lire le logo peint sur la carrosserie.

Était-ce lui ? L'instant d'après, elle vit un homme qui traînait les pieds sur le trottoir, comme Eric. Il habitait dans cette ville. Il pouvait être n'importe où.

En train d'attendre. De guetter. De planifier son attaque.

8

Le siège du FBI à Pueblo occupait tout le huitième et le neuvième étage d'un immeuble situé en face du centre de détention du comté. Daisy aurait dû se sentir en sécurité dans ces couloirs ordonnés où les agents travaillaient dans des box entourés de bureaux privés. Leurs armes étaient sous clé, mais ils avaient été entraînés à protéger le public. En tout cas, ils avaient l'allure de professionnels : la plupart arboraient pantalon, chemise et blazer, et certains portaient une cravate.

Un agent aux cheveux roux qu'elle avait vu sur la colline aux bottes s'approcha et donna une bourrade à Carter. De taille moyenne, il en imposait par ses cuisses musclées et les biceps qui tendaient le tissu de ses manches. Comme Daisy l'avait soupçonné, sa poignée de main était si ferme qu'elle dut serrer les dents pour ne pas grimacer de douleur.

— Je ne crois pas que nous nous soyons rencontrés à Butcher's Gulch, dit-il. Je suis Mickey Hicks.

— Et moi Daisy Brighton. Appelez-moi Daisy.

— Navré que vous ayez été mêlée à cette affaire, Daisy, mais ne vous en faites pas. On va coincer ce type.

Elle était venue faire une déposition. Pourtant, les yeux bleu clair de Hicks semblaient accusateurs. Elle frissonna, envahie par un sentiment de culpabilité injustifié. Elle avait beau n'avoir rien fait de mal, elle ne put s'empêcher de s'inquiéter à l'idée qu'une vieille infraction ne remonte à la surface.

Carter la présenta à l'agent Pat Wiley, qui ne ressemblait en rien à son collègue. Hicks paraissait dur, intense, tandis que Wiley faisait penser à une vieille paire de mocassins – pas forcément belle à voir mais confortable à souhait. D'apparence quelconque, il avait un sourire tranquille, des cheveux châtains qui commençaient à s'éclaircir sur le crâne, et une cravate texane attachée au moyen d'une barrette en argent sur laquelle était gravé un coyote. Daisy songea malgré elle au dessin animé. Sa poignée de main la rassura, de même que le compliment qu'il lui adressa.

— Votre estimation de l'heure de la mort semble tout à fait juste. Merci pour votre aide.

— Je suis heureuse d'avoir pu vous apporter mon concours.

Une femme en blouse blanche, à l'évidence enquêtrice médico-légale, s'approcha de Hicks et lui remit un dossier.

— L'analyse ADN confirme qu'il s'agit de Rene Williams, annonça-t-elle sur un ton professionnel.

Avant que Wiley ait eu le temps de répondre, elle tourna les talons et s'éloigna. L'agent du FBI fit entrer Daisy et Carter dans une petite pièce contenant une table, quatre chaises et une glace sans tain sur l'un des murs. L'endroit ressemblait en tout point à ce que Daisy avait imaginé d'après les séries télévisées.

— La police de Glenwood m'a transmis des informations concernant Andrea Lindstrom, déclara Wiley quand ils furent assis. Une enquête a été ouverte après que la compagnie d'assurances qui l'employait a signalé sa disparition. Il n'y avait aucun signe d'effraction dans son appartement. Aucun de ses amis ou parents n'avaient de nouvelles d'elle. La police a été très méticuleuse, mais n'a pas trouvé la moindre piste.

Daisy assimila ces paroles. Cela signifiait-il qu'Andrea avait été enlevée dans la rue ? Le tueur l'avait-il invitée à prendre un café ? C'était peu probable ! Elle n'aurait sûrement pas engagé la conversation avec un inconnu après ce qui était arrivé à Hannah.

— Je me demande si elle est rentrée chez elle après son travail le jour de sa disparition. Où sa voiture a-t-elle été retrouvée ?

— Dans le parking d'un supermarché.

Une scène s'imposa aussitôt à l'esprit de Daisy.

— Je parie que ses courses étaient à moitié chargées dans le coffre.

— En effet, confirma Wiley, surpris. Comment le saviez-vous ?

— Je vis seule et je prends des précautions. Quand je descends de voiture, j'ai toujours mon spray au poivre à la main, prêt à être utilisé. Je n'y pense même plus. C'est devenu un réflexe.

Sa voix s'altéra, et elle dut se racler la gorge.

— Je suis vulnérable quand je suis en train de charger ou de décharger des courses, et que j'ai les bras occupés.

Sous la table, Carter lui prit la main et la pressa doucement. Elle espéra qu'il ne se rendrait pas compte qu'elle tremblait.

— Bon raisonnement, commenta Wiley. Les policiers de Glenwood sont parvenus à la même conclusion.

— Qu'ont-ils découvert d'autre ? intervint Carter.

— Hannah Guerrero avait des liens avec Pueblo. Son grand-oncle, qui est mort en octobre dernier, a été inhumé au cimetière de Rolling Hills. Elle était présente à l'enterrement.

Daisy dressa l'oreille. Le cimetière en question était sur sa liste d'endroits où Sherwood Brighton était susceptible d'être enterré.

Wiley tourna une page dans son dossier.

— Le soir de sa mort, elle a fait un jogging au bord de la rivière. Ce soir-là, le corps d'une jeune femme a été découvert sur la rive nord. Le lieu était mal éclairé, mais visible du chemin que Hannah empruntait. La victime avait été assise dos à un tronc d'arbre. À première vue, on aurait pu la croire endormie.

— Quelle température faisait-il ? s'enquit Daisy.

— En début de soirée, autour de 10 °C. La victime portait un jean et une veste légère.

Il tira de son dossier un cliché qu'il fit glisser sur la table en direction de Carter, qui le plaça entre Daisy et lui. En effet, la jeune femme semblait se reposer. Sur la photo suivante, en revanche, on discernait des marques violacées autour de son cou.

Elle avait été étranglée.

Si la méthode de l'assassin différait de celle utilisée pour les autres meurtres, le soin avec lequel le corps avait été disposé était similaire.

— C'est Hannah qui a trouvé le corps ? demanda Daisy.

— Ce n'est pas elle qui l'a signalé, mais elle était dans les parages, c'est certain.

Ainsi, Carter et elle avaient découvert les dernières victimes en date, mais elle soupçonnait que l'origine de ces crimes remontait bien plus loin dans le passé. Y en avait-il eu d'autres ? Combien ?

Un frisson lui parcourut les bras. Peut-être avait-elle déjà croisé ce tueur, entendu sa voix ? Saurait-elle le reconnaître s'il l'approchait ? Ou paraîtrait-il tout à fait normal jusqu'au moment où il passerait à l'attaque ?

Elle avait soudain du mal à respirer, la poitrine comprimée comme par un étau. Elle tâtonna à la recherche de la main de Carter, mais il se penchait vers Wiley, le regard intense.

— Est-il inhabituel qu'un criminel change son mode opératoire ?

— Cela arrive, répondit Wiley avec un haussement d'épaules. S'il est en train de se définir.

— Et le foulard ? Cette femme ne portait pas de foulard.

Une troisième photographie, représentant un pendentif orné d'un cœur, vint s'ajouter aux deux autres.

— Aucun de ses parents ou amis n'a reconnu ce bijou. Il l'a étranglée avec tant de force que le cœur s'est enfoncé dans la chair. Une reconstitution du crime suggère qu'il était derrière elle, peut-être en train d'attacher le pendentif, quand il l'a étranglée.

— La strangulation paraît une méthode moins efficace, mais aussi moins salissante que sectionner une artère, observa Carter. Pourquoi en aurait-il changé ?

— Nous savons que c'est un individu organisé qui aime planifier tous les détails. Il ne laisse pas grand-chose au hasard. La strangulation peut paraître plus propre, mais il est plus probable que la victime tente de se défendre.

— Pas s'il l'attaque par-derrière, murmura Carter.

— Elle pourrait quand même donner des coups de pied ou essayer de crier.

Daisy se sentit blêmir. Étudier les cadavres était une chose, mais entendre parler de victimes qui se débattaient avant de mourir éveillait dans son imagination des images bien trop noires. Elle allait rarement voir des films d'horreur. Et même alors, il lui arrivait de se couvrir les yeux pour ne pas voir les scènes trop dérangeantes.

— Y en a-t-il d'autres ? Depuis combien de temps sévit cet homme ?

— J'attends des compléments d'information, expliqua Wiley. La victime résidait dans la réserve Ute près de Durango. L'enquête a été confiée à la police tribale.

Carter acquiesça.

— Je n'ai jamais eu de problème à collaborer avec les tribus.

— C'est parce que tu es garde forestier, que tu veilles sur la nature. Elles ne te considèrent pas comme un ennemi. En revanche, elles sont moins enclines à coopérer avec le FBI.

Daisy comprenait ces réticences. Compte tenu des violations de traités et de leur appropriation des territoires indiens par le passé, la police tribale avait de bonnes raisons de se méfier des autorités fédérales. Il n'était guère étonnant que les tribus préfèrent travailler avec un enquêteur comme Carter, qui partageait leur respect envers la terre.

— Quoi qu'il en soit, reprit Wiley, nous étendons nos recherches informatiques pour couvrir toutes les jeunes femmes portées disparues ou assassinées au cours des dix dernières années.

Une liste interminable de victimes… Bouleversée, Daisy garda le silence pendant que les deux hommes continuaient à discuter de l'enquête.

Elle voulait désespérément que le coupable soit arrêté. Cependant, que pouvait-elle faire ? Elle n'avait pas de formation d'enquêtrice.

Dès qu'ils en auraient terminé avec le FBI, Carter et elle iraient observer l'autopsie. Là, au moins, elle pourrait mettre à profit ses compétences.

9

Carter observa Daisy à la dérobée alors qu'ils se dirigeaient vers le laboratoire. Elle lui avait affirmé qu'elle allait bien, et sa démarche assurée semblait le confirmer. Cependant, lorsqu'elle leva la main pour écarter une mèche blonde qui retombait sur son front, elle évita son regard. Elle était nerveuse depuis leur départ de Leadville. Durant leur entretien avec Wiley, sa nervosité n'avait fait que croître. Elle avait pâli. Ses mains tremblaient.

Il avait du mal à comprendre. Il l'avait vue examiner calmement un cadavre qui grouillait d'asticots, mais parler de l'enquête la troublait.

Lui cachait-elle quelque chose ?

— Tu es sûre de vouloir assister à cette autopsie ? demanda-t-il en s'arrêtant devant le laboratoire.

— J'ai hâte de voir Julia Stillwater au travail, répondit-elle avec un sourire qui paraissait sincère. Cette femme est une légende. D'après un de mes anciens profs, c'est la meilleure dans son domaine.

Carter ne doutait pas de son enthousiasme. Pourtant, il percevait aussi en elle une certaine tension.

— Si nous allions prendre un café avant d'entrer ?

— Je préfère observer.

Personnellement, il était tenté par un café de plus. Il n'avait pas dormi de la nuit, et il était presque l'heure du déjeuner.

— Tu n'as pas faim ?

— Non. Je vais très bien.

Très bien. Il n'en croyait pas un mot. Elle était effrayée, c'était évident.

— Quelque chose te tracasse, et je veux savoir ce que c'est.

— Ce n'est rien, vraiment.

Il n'eut d'autre choix que de la suivre dans la salle d'attente. Celle-ci était dotée du mobilier fonctionnel typique de ce genre d'endroit, mais la ressemblance s'arrêtait là. Un tableau abstrait dans les tons turquoise, or, mauve et ocre évoquait le paysage du désert. Des plantes vertes étaient disposées çà et là dans des pots en terre cuite à motif géométrique. Un panneau indiquait la salle d'autopsie près d'une porte à vitre opaque. Derrière se trouvait le laboratoire proprement dit. Les accents mélancoliques d'une flûte flottaient dans l'air.

— C'est si paisible, soupira Daisy, visiblement plus détendue. Le décor est forcément l'œuvre de Julia Stillwater.

Carter n'avait rencontré le médecin qu'une seule fois et n'avait jamais assisté à une autopsie, mais il respectait le savoir de cette femme issue de la tribu Ute, qui supervisait un dispensaire dans la réserve en plus de son travail. Elle lui avait été d'emblée sympathique.

Dans l'antichambre, un stagiaire leur indiqua le vestiaire où ils pouvaient enfiler la tenue de rigueur dans le laboratoire.

— L'autopsie a commencé ? s'inquiéta Daisy.

— Seulement l'examen externe.

Le stagiaire haussa les épaules.

— Je ne sais pas ce que ces victimes ont de spécial, mais il y a une foule d'observateurs.

Carter s'y était attendu. Sans doute des agents du FBI et de la police de l'État.

— Il pourrait s'agir d'un tueur en série.

Le jeune écarquilla les yeux.

— Waouh !

— Savez-vous si un examen toxicologique a eu lieu ?

— Oui, mais je n'ai pas les détails. Je sais seulement que le doc a dit que l'heure suggérée du décès entrait dans les paramètres raisonnables.

Daisy donna un petit coup de coude à Carter.

— Tu as entendu ? Je suis dans les paramètres raisonnables !

Ils pénétrèrent dans la salle d'autopsie. Aidée d'un assistant, Julia Stillwater était en train de retourner le corps dénudé de Rene Williams sur le côté afin de montrer les taches sombres de la lividité sur son torse et son dos. Un second assistant prenait des photos.

Derrière son masque médical, le médecin portait un casque équipé d'un micro. Elle indiqua à l'assistant la chair grisâtre du bras de Rene.

— Tatouage en forme de papillon au-dessus des marques de liens sur le poignet gauche. Quand on voit un tatouage, il y en a souvent d'autres.

De fait, elle en trouva cinq autres, dont un qui représentait le signe du Scorpion, et un autre une série d'étoiles ressemblant à la constellation de la Grande Ourse. Détournant les yeux du cadavre, Carter se focalisa sur les gestes du médecin alors qu'elle examinait tour à tour les différentes parties du corps.

— Faites une photo de cette double piqûre, ordonna-t-elle à l'assistant en montrant un endroit sur le côté de la victime. Elle a probablement été causée par un pistolet paralysant.

Tous les enquêteurs présents dans la salle dressèrent l'oreille. C'était un fait nouveau. Carter était presque certain que Hannah n'avait pas été attaquée à l'aide de ce genre d'arme, ce qui signifiait que le tueur avait là encore modifié son mode opératoire.

En haut du dos de Rene, au-dessus de la clavicule, le docteur Stillwater découvrit un dernier tatouage. Le nom de Josh entouré d'un cœur. Le petit ami de Rene.

Un autre suspect.

Carter jeta un coup d'œil autour de lui et dénombra sept observateurs. Aucun n'était aussi fasciné que Daisy, qui ne cessait de s'approcher de la table d'auscultation pour mieux voir.

Le médecin prit son scalpel. Le moment était venu de pratiquer l'incision en forme de Y qui allait révéler les organes. Pas vraiment un spectacle que Carter avait envie de voir.

Julia Stillwater sourit à Daisy.

— Mademoiselle Brighton ?

— Oui. C'est un honneur de faire votre connaissance, docteur.

— Vous êtes professeure de biologie.

— En effet.

— Vous avez fait du bon travail. Nous devrions avoir une conversation.

— Ce sera avec plaisir.

Carter ne pouvait voir le visage de Daisy derrière son masque, mais il devinait qu'elle souriait jusqu'aux oreilles. La perspective d'un échange avec ce médecin qu'elle admirait lui avait fait oublier sa peur. Maintenant, elle allait réellement bien.

En revanche, il n'était pas ravi d'être là. Certes, il voulait savoir quels éléments le médecin allait découvrir, mais il n'était pas intéressé par la procédure. Peu lui importait la manière dont Julia Stillwater parvenait à ses conclusions. Il se serait contenté de lire son rapport.

Comme il cherchait un prétexte plausible pour s'éclipser, le médecin lui épargna cette peine.

— Je vais faire une pause d'une demi-heure environ. Pour ceux d'entre vous qui observent, n'hésitez pas à aller prendre un café, et rappelez-vous de remettre votre combinaison à votre retour. Daisy, venez avec moi, s'il vous plaît.

Le bureau de Julia Stillwater ressemblait en tout point à ce que Daisy avait imaginé : une pièce spacieuse, dotée de deux grandes fenêtres ; des jardinières en bois pleines de basilic, petits pois et piments, baignées de soleil ; un oiseau de paradis à grandes feuilles, presque aussi haut que le plafond. Une collection de poteries Ute côtoyait des panières en osier sur une série d'étagères. Des photos de famille et des dessins d'enfants agrémentaient les murs.

Un petit bureau où trônait une pile de documents était placé dans un coin, tandis qu'une table basse en noyer entourée de fauteuils confortables occupait le centre de la pièce. Le Dr Stillwater retira masque et bonnet, révélant les deux longues tresses noires qui avaient été dissimulées dessous.

— Du café ?

Carter la remercia pour son hospitalité.

— Nous nous sommes déjà croisés, dit-il.

— Je me souviens de vous. Aloysius Periwinkle Carter IV, c'est bien ça ?

Aloysius Periwinkle ? Daisy réprima à grand-peine un petit rire. Pas étonnant qu'il se présente comme AP Carter.

Il eut un sourire penaud.

— Vous avez bonne mémoire.

— Je n'oublie pas les gens qui m'intéressent. Vous avez collaboré à plusieurs reprises avec la police tribale.

— J'ai beaucoup de respect pour les hommes et les femmes qui maintiennent l'ordre sur la réserve. D'ailleurs, j'espère leur parler d'un meurtre qui remonte au mois d'octobre dernier.

— A-t-il un rapport avec ces deux autopsies ?

— Je crois que oui, déclara Carter. La victime a été étranglée.

— Eileen Findlay, soupira le médecin. C'est moi qui ai pratiqué l'autopsie. Mon assistante vous remettra le dossier.

Elle porta son regard foncé sur Daisy.

— Expliquez-moi comment quelqu'un qui est professeure de biologie à Denver se retrouve dans le cimetière d'une ville fantôme.

— Avez-vous entendu parler de Sherwood Brighton ?

— Du trésor disparu, vous voulez dire ?

Daisy acquiesça, et résuma le pourquoi et le comment de ses recherches.

— Nous avons trouvé la tombe de son épouse, Annie, à Butcher's Gulch. Reste à savoir pourquoi cette femme apparemment honnête a été enterrée dans un cimetière de hors-la-loi.

— Un mystère, commenta le médecin. J'ai entendu dire que vous encouragez vos élèves à travailler sur les cadavres.

— C'est une expérience que j'essaye de leur faire partager, mais ce n'est pas toujours facile. Parfois, il n'y a pas de corps disponibles. Il arrive aussi que les parents refusent de donner leur autorisation.

Une attitude qui ne manquait jamais de l'étonner.

— Quand on étudie l'anatomie, il est bon de voir comment les organes sont reliés dans le corps. En botanique, je demande à mes élèves de planter un jardin. Comment peut-on comprendre les plantes autrement ?

Julia Stillwater prit les mains de Daisy dans les siennes.

— Vous êtes une bonne professeure. Si vous envisagez un jour de quitter Denver, vous pourriez travailler ici.

Muette de stupeur, Daisy savoura cet instant. Le contact chaleureux de Julia, l'arôme du café et le parfum des plantes, les couleurs des poteries Ute. Elle jeta un coup d'œil à Carter, et songea qu'il s'intégrait parfaitement à ce décor, aux sentiments qu'elle éprouvait.

Elle s'éclaircit la gorge.

— Merci.

— Je parle sérieusement, insista le médecin avant de lui lâcher les mains pour servir le café. Nous avons besoin de gens qui ont vos compétences. Et votre passion.

La conversation se poursuivit, roulant sur l'autopsie en cours.

— Les marques que vous avez trouvées m'intriguent, admit

Carter. Je me demande pourquoi le tueur a utilisé un pistolet paralysant. S'il s'en est servi au moment d'enlever sa victime ou juste avant de la tuer… Rien de tel n'a été découvert sur Hannah. Peut-être n'a-t-il pas eu recours à un pistolet parce qu'il savait qu'ils étaient complètement seuls, loin de tout.

— Il y a tant d'hypothèses possibles, murmura Daisy en sirotant son café. Et aucun moyen de connaître la vérité. Je m'imagine déjà que ce monstre terrorisait ses victimes avant de les tuer. Comment savoir pourquoi ?

— La psychologie peut nous aider, affirma Carter en se tournant vers le médecin. J'en ai parlé à Joaquin Stanley.

— Comment va-t-il ?

— Très bien.

Carter relata sa conversation avec son supérieur, évoquant la liste des motivations possibles du tueur.

— Dans ma culture, dit-elle d'un ton songeur, on croit que les gens qui sont morts récemment deviennent des fantômes et restent proches de leur corps pendant un certain temps. Il se peut que le tueur essaye de ressusciter une relation qui n'est plus.

Daisy frissonna.

— Un des suspects a admis m'avoir suivie. Devrais-je m'inquiéter ? Suis-je en danger ?

— Suivre sa victime fait peut-être partie du profil du tueur, mais il y a des gens qui en suivent d'autres pour des raisons différentes. Quoi qu'il en soit, c'est un comportement menaçant.

— Par conséquent, je devrais prendre des mesures pour me protéger de cet individu.

— Eh bien, on sait que, si la victime est sans protection ou dans un endroit dangereux, cela augmente la probabilité d'une attaque.

Daisy songea à Hannah, qui avait été attirée dans un lieu isolé. Andrea, en revanche, avait été enlevée sur le parking d'un supermarché, où elle n'était pas seule mais entourée de gens qui vaquaient à leurs affaires.

— Ne faites confiance à personne, reprit Julia. Ne prenez aucun risque. Et – c'est important – trouvez-vous un protecteur approprié.

— Comme Carter.

Elle doutait fort d'être agressée s'il l'accompagnait.

— Plus de visites nocturnes au cimetière, murmura-t-elle.

— Avez-vous une raison précise de croire que vous pourriez être la prochaine victime ?

Daisy secoua la tête.

— Mon imagination s'emballe, voilà tout.

— Examinons les liens entre les victimes, intervint Carter. Hannah faisait son jogging quand la première femme a été retrouvée. Andrea était une amie de Hannah. Rene se trouvait à proximité de l'endroit où le corps d'Andrea a été abandonné après son meurtre.

— Il n'y a aucun lien similaire avec moi, lui fit remarquer Daisy. Peut-être devrais-tu garder l'œil sur Barbie et les autres filles qui étaient au camping.

— Bonne idée. J'en parlerai au FBI.

Le médecin se leva et termina son café.

— Il est temps que je me remette au travail. Daisy, voudriez-vous me servir d'assistante pour la seconde partie de l'autopsie ?

— Avec plaisir !

Débordant d'enthousiasme, elle se leva d'un bond, comme si ses jambes étaient montées sur des ressorts. Instinctivement, elle serra Carter contre elle et lui donna un baiser amical sur la joue, avant de se morigéner intérieurement. Elle avait beau tenter de garder ses distances, son instinct la poussait à vouloir se rapprocher de lui.

Il remit son chapeau et la regarda, une expression intense dans son regard bleu. Avec son sourire sexy, il l'informa qu'il devait retourner au bureau du FBI et qu'il reviendrait la chercher une heure plus tard.

— J'aimerais profiter de notre passage en ville pour avoir une conversation avec Slade Franklin.

Elle se souvenait très bien du jeune homme. Sur le moment, à Butcher's Gulch, elle n'avait pas eu peur de lui. Et maintenant ? Alors que tout le monde était suspect ? Cela lui ferait peut-être du bien d'être confrontée à lui de nouveau.

— Si cela ne t'ennuie pas, j'aimerais bien être là.

Il inclina la tête de côté.

— Pourquoi ?

— Pour affronter mes angoisses.

— Ça ne devrait pas poser de problème.

Il lui pressa légèrement le bras.

— Je reviens tout à l'heure. Ne va nulle part sans moi.

Daisy regarda la porte se refermer sur lui. Pour elle, parler à un suspect potentiel – même s'il paraissait innocent – représentait un pas dans la bonne direction. Elle traiterait cet entretien comme une expérience scientifique, où il était nécessaire de se concentrer sur les faits, et non les hypothèses.

Et elle suivrait le conseil du Dr Julia. Elle ferait tout pour éviter de prendre des risques.

10

Après avoir passé une heure et demie au siège du FBI, Carter revint chercher Daisy, qui l'attendait devant le laboratoire. Encore tout excitée, elle lui relata l'autopsie dans les moindres détails alors qu'ils regagnaient le 4x4, à commencer par le moment où le Dr Julia et elle avaient retiré les organes de la victime. D'après leurs conclusions préliminaires, Rene était en parfaite santé, et aurait dû vivre longtemps. Comme Daisy prononçait ces paroles, sa voix trembla un peu. Elle était visiblement émue par le destin tragique de la jeune femme.

— C'est difficile à accepter, ajouta-t-elle, pensive. Elle ne se mariera jamais, n'aura jamais d'enfants, jamais la possibilité de réaliser ses rêves. Je me demande ce qu'elle étudiait à l'université.

Carter lui pressa doucement l'épaule. Il comprenait son désarroi. La cruauté, l'injustice et le chagrin auxquels il était confronté lors de ses enquêtes le touchaient toujours autant. Il avait renoncé à essayer de rester impersonnel et détaché. Quand il pensait à Rene, à Andrea et à Hannah, il avait le cœur serré par la tristesse.

— Le FBI a contacté ses parents. Ils vivent dans un ranch, dans le Wyoming.

— Je n'ose pas imaginer ce qu'ils peuvent éprouver.

— Moi non plus.

Daisy marqua une pause en arrivant au 4x4 et leva les yeux vers lui.

— Je ne t'ai pas laissé placer un mot. Y a-t-il du nouveau ?

— On a relevé des empreintes claires pour des chaussures du 46. La même pointure que pour celles relevées à l'endroit où Hannah a été tuée.

— Autre chose ?

— Quand tu as vu le corps d'Andrea, tu as suggéré qu'il avait dû être protégé des prédateurs par une couverture. Tu avais raison. Les techniciens ont récupéré des fibres et des fragments de tissu.

Il s'interrompit, hésitant à en dire plus long. L'information qu'il s'apprêtait à lui donner allait-elle accentuer encore son anxiété ? Mais que faire d'autre ? Il ne pouvait lui mentir.

— Le tissu provient d'une bâche en toile, du genre que les peintres – ou les menuisiers – utilisent.

— En toile ?

Il devina à quoi elle pensait.

— Ne tire pas de conclusions hâtives. Il est probable qu'Eric Wolff en ait, et Slade aussi.

— J'en ai acheté moi-même lorsque j'ai repeint ma cuisine, marmonna-t-elle, les sourcils froncés. Ce n'est pas un indice suffisant contre Eric, sauf si nous la retrouvons et qu'elle est maculée de sang.

— Je n'ai rien appris d'autre. Wiley va chercher un éventuel lien entre Hannah et Eileen Findlay, la femme retrouvée au bord de l'eau. Elle étudiait à Pueblo aussi.

Il repoussa son chapeau sur son front et inclina la tête vers le soleil. La chaleur du début d'été était bienvenue après le froid qui régnait au laboratoire. La vie était partout autour d'eux. Les moineaux gazouillaient dans les arbres. Les passants se hâtaient sur les trottoirs. Daisy et lui avaient eu une journée bien occupée, mais il n'était que 16 h 30. Ils n'avaient pas terminé.

— Avant d'aller aux cimetières que tu voudrais visiter, je

propose que nous rendions visite à Slade Franklin. Il a été un des derniers à voir vu Rene vivante, et il conduit une camionnette qui pourrait servir à transporter des cadavres.

— A-t-il un casier judiciaire ?

— Vierge.

Ce qui incitait l'agent Wiley à penser que Slade n'était probablement pas impliqué. Par conséquent, un entretien avec lui ne figurait pas parmi ses priorités.

— Je l'ai appelé sur son portable, et il a accepté de nous recevoir chez lui dans un quart d'heure. C'est bien tombé. Il ne travaille pas aujourd'hui parce qu'il a rendez-vous à 17 h 30 avec un client potentiel pour lui donner un devis concernant un projet.

— Quel genre de projet ?

— La rénovation d'une maison, il me semble.

Il ouvrit la portière passager pour Daisy.

— Je pense que nous avons le temps de lui parler et d'aller à un de tes cimetières avant la tombée de la nuit.

Carter s'installa au volant, entra l'adresse dans le GPS et jeta un coup d'œil vers Daisy, qui se mordillait la lèvre inférieure.

— Ça t'ennuie que je te reparle de l'autopsie ?

Il serra les dents. À vrai dire, il en avait déjà entendu assez, mais c'était important pour elle... et elle était importante pour lui.

— Je t'écoute.

— En examinant le cerveau, le Dr Julia a trouvé des traces d'un traumatisme, sans doute causé par un coup violent.

— Rene était-elle inconsciente avant qu'il la tue ?

— Je ne peux pas l'affirmer, mais c'est probable.

— C'est paradoxal mais, si l'assassin l'a assommée, c'est peut-être pour lui éviter la douleur. Ce qui tendrait à concorder avec le profil établi par Joaquin.

Elle acquiesça.

— Comment allons-nous procéder avec Slade ? demanda-t-elle. Je vais être la gentille et toi le méchant ?

— Sois toi-même, c'est tout, répondit-il, amusé par l'idée que Daisy puisse jouer le rôle de policier.

Moins d'un quart d'heure plus tard, il se garait devant une maison ancienne de style Craftsman. Peinte en jaune et blanc, elle était dotée d'un étage, d'une pelouse bien entretenue et d'un garage séparé. Elle ne ressemblait pas au domicile d'un trentenaire. Trop ordonnée. Les fauteuils à bascule à coussins fleuris sur la terrasse en bois semblaient plus appropriés à des personnes âgées. Cependant, le camping-car de Slade était garé dans l'allée.

Ce véhicule était une des principales raisons qui avaient conduit Carter à vouloir l'interroger de nouveau. Un élément crucial du mode opératoire du tueur était qu'il se déplaçait régulièrement, et transportait ses victimes. Si Carter découvrait quoi que ce soit de compromettant, il demanderait un mandat de perquisition au FBI.

Comme Daisy et lui remontaient l'allée, la porte à moustiquaire s'ouvrit et Slade apparut sur le seuil.

— C'est un plaisir de vous voir, monsieur. Et vous aussi, madame.

Bien qu'âgé de trente et un ans, deux de plus que Daisy, Slade paraissait plus jeune. Maigre et dégingandé, il avait tout de l'adolescent qui ne s'est pas encore étoffé. Il y avait une ébauche de rides au coin de ses yeux et de ses lèvres, mais ses traits semblaient indéfinis. Dans son pantalon en toile beige et sa chemise en coton, il avait l'air complètement inoffensif.

— Quel genre de menuiserie faites-vous ? demanda Daisy après lui avoir serré la main.

— J'aime les rénovations, remettre en état de vieilles maisons.

Il passa une main sur ses cheveux coupés en brosse.

— J'aime bien démolir, en fait. C'est cool.

Il était très poli, songea Carter. À l'évidence, il avait été bien élevé. Par une mère stricte ?

— Nous avons quelques questions supplémentaires à vous poser. Pouvons-nous entrer ?

— J'ai juste une chose à vous demander.

Slade baissa la voix.

— Je vous serais reconnaissant de ne pas dire que Rene et moi avons passé du temps seuls ensemble.

— Pourquoi pas ?

— Ma petite amie est dans la cuisine et elle est jalouse.

Petite amie ? Carter le déclassa intérieurement sur sa liste de suspects potentiels. Les tueurs en série étaient connus pour leur incapacité à maintenir des relations durables.

— Comment s'appelle-t-elle ?

— Brandi Thoreau.

— Depuis quand vous fréquentez-vous ?

— Deux ans, avec des pauses.

— Une minute, intervint Daisy. Vous n'avez pas dit que vous aviez rompu ?

— Si, grimaça-t-il. C'est Rene qui m'a encouragé à me réconcilier avec Brandi. Elle comprenait ce qu'était l'amour, et j'ai une dette envers elle. Je suis triste qu'elle soit morte.

Carter réprima l'envie de corriger cette version édulcorée des faits pour y inclure le mot « meurtre », mais l'expression abattue de Slade l'en dissuada. Il avait de la compassion pour lui.

Dans le salon, Carter prit place dans un fauteuil gris à motifs assorti au canapé. Pas le genre de mobilier qu'un jeune homme aurait choisi. Pas plus que les tableaux de paysage fabriqués en série. Dans la salle à manger attenante, un des murs était occupé par un piano droit, et un placard vitré exhibait une collection d'assiettes et de plats bleu et blanc qui auraient pu appartenir à la grand-mère très comme il faut de Carter – un des rares membres de sa famille qu'il appréciait.

Un parfum flottait dans l'air et lui chatouillait les narines.

— Ça sent bon, commenta-t-il. Qu'est-ce que c'est ?

Slade haussa les épaules.

— Une herbe qui pousse dans le jardin. Je ne sais pas au juste.

— De la lavande anglaise, déclara Daisy. J'en ai sur mon balcon à Denver. Elle pousse à l'état naturel dans le Colorado.

— Ma mère adorait ce parfum, expliqua Slade. Elle mettait cette lavande dans de petits sachets qu'elle glissait dans ses tiroirs.

Daisy hocha la tête. Si elle était nerveuse, elle n'en montrait rien.

— Vous avez une maison ravissante, dit-elle au moment où la porte de la cuisine s'ouvrait.

Une jeune femme brune, vêtue d'un jean serré et d'un débardeur à paillettes qui soulignait sa poitrine généreuse, venait d'entrer. Elle compensait sa petite taille par des talons vertigineux.

— C'est vrai ? lâcha-t-elle. Vous trouvez ces vieilleries ravissantes ?

Toujours polie, Daisy se leva et se présenta.

— Vous devez être Brandi, ajouta-t-elle.

— Oui, confirma celle-ci en lui serrant la main. Que pensez-vous réellement de ces antiquités ? De ces plats démodés ?

— Ce n'est pas mon style favori, admit Daisy, mais beaucoup de gens apprécient.

Brandi roula ses grands yeux et ajusta sa longue queue-de-cheval brun-roux.

— La maman de Slade aimait tout ce fatras. Et il n'a pas jugé bon de s'en débarrasser.

— Elle vit ici ?

— C'était sa maison. Slade est revenu habiter ici pour s'occuper d'elle après son AVC.

— Maman adorait ses affaires, intervint Slade en s'approchant.

— Oui, mais il y a deux ans qu'elle est morte, lui fit remarquer Brandi en le fusillant du regard, les poings sur les hanches. Il est temps de lâcher prise, mon chéri.

Daisy échangea un coup d'œil avec Carter, qui acquiesça imperceptiblement. Ces circonstances – la mort récente d'une mère adorée – pouvaient être un déclencheur.

D'accord, mon chou, capitula Slade en lissant une mèche sur le front de Brandi. La semaine prochaine, nous irons faire du shopping, et tu pourras m'aider à choisir de la vaisselle.

Carter décida de changer de sujet.

— Parlons de votre travail. Vous travaillez à votre compte, c'est bien ça ?

— Oui, je suis mon propre patron, même si je travaille souvent pour certains entrepreneurs ou promoteurs. J'aime bien organiser mon emploi du temps moi-même, ajouta-t-il, l'air fier de lui.

Pas étonnant, s'il était un tueur en série.

— Vous n'avez jamais été employé ?

— Avant de revenir à Pueblo, j'étais à plein temps chez un entrepreneur de Denver qui m'a beaucoup appris. C'est lui qui m'a conseillé de suivre un apprentissage. J'ai toujours voulu travailler le bois.

— C'est votre père qui vous a enseigné les bases ?

Slade lâcha un ricanement amer.

— Il est parti quand j'avais cinq ans. Je ne l'ai pas vu depuis.

Carter aurait voulu en apprendre davantage sur la femme qui l'avait élevé mais, si Slade était à ce point dévoué envers elle qu'il ne pouvait se résoudre à se débarrasser de ses meubles, il ne fournirait sans doute pas une description impartiale. Brandi non plus, puisque, à l'évidence, elle n'avait guère apprécié la mère de Slade et digérait mal l'emprise que celle-ci continuait à avoir sur lui. Il serait peut-être plus utile de questionner un voisin.

— Slade est très talentueux, commenta Brandi en caressant le dessus d'une petite table en marqueterie. C'est lui qui a fabriqué ce meuble, et il est magnifique. Je crois qu'il devrait ouvrir un magasin et vendre ses créations.

— Eh bien, mon chou, on dirait que tu as des tas de projets pour m'aider à dépenser mon argent.

— Ce n'est pas comme si tu étais sans le sou ! rétorqua-t-elle. Ta maman t'a laissé un bon magot.

Elle s'adressa à Daisy.

— Elle était riche. Pas hyper riche, mais assez pour ne jamais travailler.

— Ne va pas donner l'impression qu'elle était paresseuse, intervint Slade, l'amertume perçant de nouveau dans sa voix.

— Oh ! j'avais oublié. Ta maman était parfaite.

Daisy intervint avant que la conversation ne dégénère davantage.

— Brandi, pourrais-je avoir un verre d'eau, s'il vous plaît ? J'ai la gorge sèche.

— Bien sûr. Venez avec moi.

Elle pivota sur ses talons hauts et se dirigea vers la cuisine. Slade regarda partir les femmes, et Carter, qui l'observait, vit son expression mécontente se muer en sourire.

— Daisy est remarquable. C'est une vraie dame. Vous devriez veiller à la garder.

— J'en ai l'intention, rétorqua Carter, agacé.

Slade poussa un soupir.

— Dommage que Brandi n'ait pas passé plus de temps avec maman. Elle lui aurait appris à avoir un peu plus de classe.

— Parlez-moi de votre mère. Comment s'appelait-elle ?

— Elizabeth Hodgkiss Franklin. Elle n'a jamais toléré qu'on lui donne un diminutif comme Lizzy ou Beth. C'était Elizabeth.

Slade s'approcha d'une bibliothèque encastrée sous l'escalier et s'empara d'une photo dans un cadre à dorures.

— Elle était très belle, mince et gracieuse. Toujours élégante.

Il tendit la photo à Carter pour qu'il la voie mieux. Elle avait été prise devant une grille en fer forgé, à côté d'une plaque en cuivre usée par les intempéries sur laquelle on lisait : « Cimetière de Rolling Hills ». Une version plus jeune de Slade, arborant costume et cravate noirs, entourait de son bras les épaules d'une femme aux cheveux bruns presque aussi grande que lui.

— Elle est superbe, non ? Elle avait confectionné cette robe elle-même.

Elizabeth portait une robe noire droite à manches longues, très élégante. Et, autour du cou, un foulard en soie à motifs verts et bleus.

Dans la cuisine, Daisy remarqua d'autres objets sans doute hérités de la maman de Slade. La salière et la poivrière sur la table à abattants en bois, les carreaux désuets derrière l'évier. Les éléments, en revanche, étaient modernes, en bois clair, de très belle facture. Probablement fabriqués par Slade.

Brandi choisit une bouteille parmi une sélection de boissons alcoolisées dans un placard. Elle dévissa la capsule.

— Aimeriez-vous goûter quelque chose de plus intéressant que l'eau ?

— Qu'est-ce que c'est ?

— Du rhum blanc. Il a un goût de raisin.

Daisy n'avait aucune envie de s'enivrer, mais songea qu'un petit verre ne pouvait pas lui faire de mal. Et encouragerait peut-être Brandi à parler davantage.

— D'accord, merci. Avec des glaçons, s'il vous plaît.

— Slade m'a dit que vous étiez prof, lança Brandi en servant deux bonnes rasades de rhum sur un tapis de glaçons. Je voulais faire ça quand j'étais petite.

— Pourquoi avez-vous changé d'avis ?

— Je m'ennuyais comme un rat mort à l'école. Et je me suis dit que je pouvais gagner plus d'argent en devenant influenceuse. Je poste des vidéos sur le maquillage et la mode.

Une activité qui expliquait le débardeur à paillettes, plus approprié à une sortie en boîte de nuit qu'à un après-midi à la maison.

— Vous devez bien vous débrouiller en informatique.

— Oui, je suis super douée.

Elle tendit son verre pour trinquer avec Daisy, but une bonne gorgée de rhum et rejeta la tête en arrière.

— Eh bien, madame la prof, vous allez me dire pourquoi vous et votre copain - qui est drôlement mignon, d'ailleurs - êtes venus parler à Slade ?

— Seulement pour clarifier certains points de l'enquête.

— Non, je ne vais pas gober ça.

Brandi sirota son rhum.

— Slade est suspect ? Devrais-je engager un avocat ?

— Vous pensez qu'il en a besoin ?

— Hmm.

Elle roula de nouveau les yeux, sans doute une expression qu'elle affectionnait.

— Si je pense que mon adorable petit copain est un tueur en série ? Vous plaisantez ? Pourquoi êtes-vous ici ?

Daisy but une petite gorgée de rhum. Ce n'était pas sa boisson favorite, mais ce n'était pas déplaisant.

— Si Slade était réellement suspect, vous croyez que le FBI enverrait un garde forestier et moi l'interroger ?

— Je n'avais pas pensé à ça, admit Brandi en se resservant. Mais peut-être que vous êtes des agents du FBI sous couverture ? Ce serait trop cool.

— Désolée de vous décevoir, mais non. Les choses sont exactement telles qu'elles semblent être. Par exemple, votre petit ami ne correspond pas au profil. En général, les tueurs en série n'ont pas de petite amie.

— Mais il est bizarre pour ce qui est de sa mère, objecta Brandi. Ça, c'est un truc de tueur en série, non ?

— Ça pourrait l'être.

— Je suis vraiment contente qu'elle ait été beaucoup plus grande que moi.

— Pourquoi ? demanda Daisy en terminant son rhum.

— Slade essaye constamment de me faire essayer ses tenues, et je nage dedans. Et il voudrait que je me coiffe comme elle. Dans le style des années 1980, vous voyez ? Vous pouvez être sûre que je l'ai envoyé promener !

Avant que Daisy ait pu refuser, Brandi remplit son verre.

— Je ne devrais pas en boire davantage, protesta-t-elle. Je n'ai rien mangé.

— Allons, buvez un peu ! l'encouragea Brandi en souriant. Que pouvez-vous me dire sur la morte à qui Slade a parlé ? Vous croyez qu'ils ont fait plus que parler ? Elle était plus jolie que moi ?

— Elle était petite et brune, répondit Daisy prudemment. Et non, je ne pense pas qu'ils aient fait plus que parler. Elle venait de rompre avec son petit ami. Slade est-il du genre à courir les filles ?

— Il paraît timide, mais je ne suis pas sûre.

Daisy sirota son rhum.

— Il part souvent seul en week-end ?

— Pas plus qu'un autre. Il va à la chasse et à la pêche.

Son regard se fit perçant.

— Vous ne pouvez tout de même pas croire qu'il tue des femmes à ses heures perdues.

Daisy secoua la tête, et sentit un léger vertige la gagner. Un effet de l'alcool.

— Ce tueur aime traquer sa proie.

— Bon sang, ça donne la chair de poule. Et ce n'est pas mon Slade. Il a des défauts, mais la subtilité n'en fait pas partie.

Daisy se demanda si elle en avait trop dit. Elle n'avait pas la finesse nécessaire pour diriger cette conversation avec Brandi.

— Vous essayez de vous servir de moi ?

— C'est comme ça que je gagne ma vie, lui fit remarquer Brandi. J'influence des filles quelconques, je les persuade que, si elles utilisent un certain type de mascara, leurs yeux vont paraître plus brillants. Si elles achètent mon rouge à lèvres, leurs lèvres seront aussi pulpeuses que les miennes.

— Vous leur mentez.

— Et je suis payée pour ça. Écoutez, mon chou. Vous perdez votre temps avec mon Slade.

Daisy était de son avis. Slade lui était sympathique. Mais n'était-ce pas ce qu'on disait de tous les tueurs en série ?

Un jeune homme si gentil.

11

Les yeux toujours rivés sur la photo, Carter écoutait le monologue de Slade sur sa mère, qui était à l'évidence le grand amour de sa vie. Elle était originaire de Philadelphie, où sa famille possédait plusieurs grands magasins. Ses parents avaient veillé à ce que son avenir soit assuré, en plaçant de l'argent dans un trust à son intention.

Slade pensait qu'elle avait été heureuse dans l'Ouest, et qu'elle était tombée amoureuse de cette contrée. Quand son père les avait abandonnés, elle avait refusé de retourner dans l'Est. Elle s'était occupée de diverses œuvres de charité à Pueblo, et soutenait financièrement le musée des beaux-arts et la troupe de ballet.

— Elle était merveilleuse, conclut Slade, les larmes aux yeux.

— Elle ne s'est jamais remariée ?

— Elle disait que j'étais le seul homme dont elle avait besoin. C'était mignon, non ?

— Hmm.

Cater grimaça intérieurement. Apparemment, Elisabeth avait eu une relation malsaine avec son fils.

— Elle me promettait de ne jamais me quitter et me faisait faire la même promesse envers elle.

Très malsaine.

— Brandi vous rappelle votre maman ?

— Pour sûr. Ce sont deux femmes de caractère. Et elles n'hésitent pas à me donner des ordres.

Il parlait souvent de sa mère au présent, et Carter avait l'impression qu'aucune femme ne pourrait jamais rivaliser avec elle. Il était temps de changer de sujet.

— J'ai quelques questions concernant votre emploi du temps. Vous travaillez toujours à Pueblo ?

— Non, monsieur, je travaille dans tout l'État. Surtout dans le sud-ouest du Colorado.

— Vous est-il déjà arrivé de travailler à Glenwood Springs ?

Carter retint son souffle. Si Slade s'était trouvé à Glenwood Springs le 10 juin, il passerait tout en haut de la liste des suspects.

— Ce mois-ci, par exemple ?

— Non, pas en juin. La dernière fois, c'était au mois d'avril, il venait de neiger. Oui, je crois que c'était en avril.

— Vous pourriez vérifier ?

— Bien sûr. Venez avec moi dans mon bureau.

Dans la salle à manger, Slade marqua une pause pour jouer les premières mesures de *Sonate au Clair de lune* au piano – une mélodie qui hanta Carter alors qu'il suivait le jeune homme dans le couloir. Tout au bout, côté rue, il y avait une chambre. Carter fit un pas en arrière pour jeter un coup d'œil dans la pièce, dotée d'un grand lit et de meubles quelconques. Sans doute une chambre d'amis. Une salle de bains se trouvait à côté. Celle-ci avait manifestement été rénovée, et agrandie. Les placards, neufs et très beaux, confirmaient les dires de Brandi : Slade avait du talent.

Le cabinet de travail était occupé d'un côté par un bureau en chêne et des étagères, et de l'autre par un classeur métallique. Ignorant l'ordinateur, Slade s'assit dans le fauteuil pivotant, ouvrit le tiroir central du bureau et en tira un registre.

— Qu'avez-vous besoin de savoir ?

— Vous êtes très organisé.

— Ce qui vaut la peine d'être fait vaut la peine d'être bien fait, déclara Slade. C'est ce que disait maman.

Sa mère était morte deux ans plus tôt, mais il était évident que Slade ne l'avait pas vraiment enterrée.

— Je suis surpris que vous n'utilisiez pas l'ordinateur.

— Oh ! détrompez-vous, je m'en sers. C'est génial pour gérer la comptabilité et les coordonnées de mes clients. Mais j'aime tenir un registre pour mon emploi du temps. Je peux y faire des ratures et des modifications, ou y coller des post-it. Mon premier employeur avait recours à ce système, et je l'ai adopté.

Carter soupçonnait que Slade était un bon homme d'affaires – sympathique, compétent et efficace.

— Dites-moi quand vous êtes allé à Glenwood Springs pour la dernière fois. Et puis-je voir votre emploi du temps pour le début de ce mois-ci ?

— Certainement.

Carter s'approcha et lut par-dessus l'épaule de Slade. Les entrées du registre étaient numérotées avec soin, au stylo bleu foncé. Du 21 au 25 avril, il avait installé des étagères et des placards dans un bureau à Glenwood. Il y avait eu d'autres déplacements, à Durango, près de la réserve indienne, et à Buena Vista. Rien de particulier n'était noté pour le 10 juin.

— Quand vous travaillez à l'extérieur, je présume que vous dormez dans le camping-car ?

— Parfois. Il m'arrive aussi de prendre une chambre au motel. Tout dépend du temps qu'il fait. Mon camping-car est confortable, mais il n'est pas chauffé.

— Vous avez un évier ?

— Non. J'essaye de camper près d'un lac ou d'une rivière.

Il referma le registre.

— J'aimerais bien acheter un mobil-home ou un camping-car plus sophistiqué, mais Brandi détesterait ça. Elle n'aime pas dormir en pleine nature.

Des rires fusèrent dans le couloir, et Brandi et Daisy firent irruption dans la pièce. Daisy avait les joues rouges, et Carter devina que les deux jeunes femmes n'avaient pas bu que de l'eau dans la cuisine.

Brandi tendit le poignet et désigna sa montre.

— Il faut que tu partes, Slade, sinon tu vas être en retard pour ton rendez-vous.

Ce dernier regarda Carter.

— Elle a raison. Avons-nous terminé ?

Avant de prendre Daisy par le bras, Carter tira une carte de visite de sa poche.

— Merci de nous avoir reçus. Appelez-moi avant de quitter la ville.

Ou de commettre un nouveau meurtre.

Slade fronça les sourcils.

— Vous en serez le premier informé, dit-il avec un sourire sombre.

Était-ce une menace qui perçait dans sa voix ?

De retour dans le 4x4, Carter au volant, Daisy inspira et expira lentement, luttant contre le vertige et regrettant amèrement d'avoir bu ce second rhum. D'autant plus qu'elle avait eu l'estomac vide. Brandi l'avait menée en bateau en lui vantant les talents de Slade. Elle espérait seulement ne pas en avoir trop dit.

— Slade part camper tout seul, soi-disant pour aller à la pêche et à la chasse. Et il a essayé de persuader Brandi de se déguiser dans les robes de sa mère.

— Son attitude vis-à-vis de sa mère est sérieusement anormale, commenta Carter en jetant un coup d'œil vers elle. Ça va ?

— J'ai bu un verre de rhum, peut-être deux, avoua Daisy. Brandi essayait de m'enivrer.

— Pourquoi ?

— Je ne sais pas. Peut-être pour que je ne cause pas d'ennuis à son petit ami.

Elle inspira et expira de nouveau.

— Tu as appris des choses intéressantes en lui parlant ?

— On peut dire ça, oui.

Elle plissa les yeux et se concentra pour écouter la description qu'il lui faisait de la photo que Slade lui avait montrée. Quand Carter en vint au foulard, elle sentit un frisson lui parcourir la nuque. Malgré tout, la photo en soi n'était pas une preuve suffisante.

— Tu ne peux être sûr de rien, dit-elle.

— Tu es vraiment soûle ou quoi ? C'est un indice de taille.

— Le fait que la mère de Slade ait porté des foulards ne prouve pas qu'il soit un tueur en série, lui fit-elle remarquer.

— Il me rappelle le type dans *Psychose*. Il a l'air complètement inoffensif jusqu'au moment où il passe à l'attaque. Tu te souviens de ce film ?

Daisy n'appréciait pas les films d'horreur et ne tenait certainement pas à raviver ses peurs. Elle changea de sujet.

— Comment s'appelait le cimetière de la photo ?

— Rolling Hills.

— Il est au sud de Pueblo. C'est un cimetière très vaste, murmura-t-elle, gênée d'en savoir autant sur ce sujet. Je n'ai pas fait de recherches là-bas, parce qu'il existe un registre qui regroupe la plupart des tombes. Tu n'as pas dit que Hannah était venue assister à un enterrement à Pueblo ? Peut-être qu'elle a croisé Slade à Rolling Hills. Il me paraît du genre à aller se recueillir souvent sur la tombe de sa mère.

— Bonne déduction, commenta Carter en lui lançant un regard d'approbation. Je vais demander à Wiley de vérifier où la mère de Slade est enterrée. Le grand-oncle de Hannah est à Rolling Hills, j'en suis sûr.

— Mais si c'est lui le coupable, pourquoi t'aurait-il donné un indice aussi flagrant ? Pourquoi t'avoir montré une photo où on voit sa mère porter un foulard ?

— Je pense qu'il ne s'est pas rendu compte des implications. Son expression n'a pas changé d'un iota, sa respiration était calme.

— Il est peut-être innocent.

— Ou bien il souffre d'un dédoublement de la personnalité, comme dans *Dr Jekyll et Mr. Hyde*.

— Je sais que ce syndrome existe, répondit Daisy, songeuse. Mais il est rare.

Carter se gara devant le siège du FBI.

— Je vais en toucher deux mots à Wiley. Ça nous aidera peut-être à obtenir un mandat de perquisition pour le véhicule de Slade.

Daisy songea de nouveau à Eric Wolff et à la camionnette bleue qu'il utilisait pour ses activités de peintre en bâtiment.

— Tu pourrais aussi en demander un pour Eric ? Après tout, il a admis avoir mis un traceur dans mon sac.

— Je peux essayer, mais je ne te garantis rien. Il peut prétendre que vous êtes amis et que tu l'y avais autorisé. Ce sera ta parole contre la sienne. On devrait peut-être aller lui rendre une petite visite pendant qu'on est à Pueblo.

— Le FBI ne va pas le questionner ?

— Daisy, tu ne l'aimes pas et je comprends pourquoi. Mais ça ne fait pas de lui un suspect.

Daisy descendit de la voiture et se tint un instant immobile sur le trottoir, attendant que son vertige se dissipe. Elle regarda les montagnes à l'ouest. Le coucher du soleil n'aurait pas lieu avant deux bonnes heures, mais la lumière déclinait déjà.

— Nous n'aurons pas le temps d'explorer mes cimetières aujourd'hui, n'est-ce pas ?

— Si nous nous dépêchons, nous pourrons en visiter un avant la nuit.

Il la guida vers l'entrée tout en poursuivant :

— En revanche, je ne sais pas comment je vais pouvoir te

déposer à Leadville, qui est à deux heures et demie d'ici, et retourner te chercher demain matin.

— Mais il faut que je sois ici demain ! Le Dr Julia m'a promis de me laisser prendre part à l'autopsie d'Andrea.

— Dans ce cas, nous avons un problème, conclut-il. Trop de choses à faire et pas assez de temps pour les faire.

Il avait raison, et elle ne voulait pas être une gêne pour l'enquête, d'autant moins qu'il semblait faire des progrès.

— Si tu dormais chez ma tante ? De cette manière, nous pourrions partir de bonne heure demain.

Carter s'arrêta devant l'ascenseur.

— Ou bien tu pourrais passer la nuit chez moi.

Après une bouffée de panique, elle assimila lentement sa suggestion. Ils savaient tous les deux qu'une relation était impossible. Rien de durable ne pourrait exister entre eux, ils étaient trop différents.

Si elle passait la nuit chez lui, il faudrait qu'ils gardent leurs distances.

Elle en était capable. Elle n'était plus une adolescente.

— Tu vis à Salida, c'est ça ?

— Oui, entre Salida et Florence, près de la Royal Gorge. Mon chalet est à une heure d'ici environ.

Les noms qu'il avait cités ne disaient rien à Daisy. Elle tenta en vain de visualiser une carte dans sa tête. Il aurait aussi bien pu lui dire qu'il habitait sur la lune.

— Au milieu de nulle part, je présume ?

— Tu me connais bien, répondit-il avec un sourire.

Et s'il n'avait ni électricité ni eau courante ? Daisy refoula ces pensées ridicules.

— Tu as une chambre d'amis ?

— Deux. Deux salles de bains, une cuisine équipée et un système de sécurité ultra-perfectionné. Et j'ai une seconde voiture que tu pourrais conduire.

La mention du système d'alarme était rassurante. Si elle acceptait, songea Daisy, il faudrait qu'elle aille faire quelques emplettes avant de quitter Pueblo : deux T-shirts, des sous-vêtements et des affaires de toilette.

— Bon. Je vais y réfléchir.

Quelques secondes plus tard, ils pénétraient dans les locaux du FBI, où une activité intense continuait à régner. Wiley et Hicks se dirigèrent aussitôt vers eux.

Wiley serra la main de Daisy.

— Le Dr Julia veut que je vous engage.

— Moi aussi, souffla Carter.

— C'est un compliment qui me touche, mais j'ai déjà un travail à Denver.

Ainsi, Carter voulait qu'elle reste. Daisy n'allait pas aborder ce sujet maintenant, devant Wiley et ses collègues.

Elle désigna la vaste salle.

— Que se passe-t-il ? Vous avez une nouvelle piste ?

— Dès qu'il est question d'un tueur en série à la télévision et sur Internet, nous recevons des dizaines d'appels. Même si la plupart sont sans intérêt, nous devons tous les vérifier.

— Y compris ceux qui parlent d'OVNI et d'extraterrestres qui s'en prennent aux jeunes femmes, soupira Hicks.

— Désolé de vous donner du travail supplémentaire, déclara Carter, mais j'aimerais obtenir des mandats de perquisition pour les véhicules de suspects légitimes.

Wiley se percha sur le bord d'un bureau vacant.

— Je t'écoute.

Pendant que Carter relatait leur conversation avec Slade et sa petite amie, Daisy promena son regard sur la salle. Sur un immense tableau blanc figurait la liste des victimes avec leur photo, la date et le lieu de leur meurtre. Dessous se trouvait une carte du sud-ouest du Colorado, où les sites en question avaient été marqués en rouge. Des techniciens en blouse blanche allaient et venaient, tandis que les agents pianotaient sur leur clavier ou parlaient au téléphone.

Alors qu'elle les observait, Daisy se sentit soudain coupable. Toutes ces personnes étaient focalisées sur les victimes, et voilà qu'elle se torturait l'esprit pour savoir si elle devait passer ou non la nuit chez Carter.

Enfin, Daisy, reprends-toi.

Le plus simple serait de dormir à l'hôtel ici, à Pueblo. Et de prendre un taxi pour s'y rendre.

Profitant d'une pause dans la conversation, elle attira Carter à l'écart et lui fit part de sa décision.

— Je vais descendre dans un motel, mais aller faire quelques courses d'abord.

— Je pensais qu'on allait visiter un cimetière ?

Il paraissait sincèrement déçu.

— Laisse-moi au moins te déposer.

— Non, merci. Ne t'inquiète pas. Je vais appeler un taxi.

— Très bien, si c'est ce que tu veux. Mais si tu changes d'avis ou que tu as besoin d'aide, n'hésite pas à m'appeler.

Daisy le remercia, mais elle ne voyait pas pourquoi elle aurait eu besoin d'aide. À Denver, elle vivait seule et se débrouillait par elle-même. Ce n'était pas un problème.

Après un échange rapide avec l'agent Hicks, elle nota le nom d'un hôtel correct et réserva une chambre. Puis elle appela un taxi pour qu'il vienne la prendre en bas de l'immeuble.

Elle parcourut la salle des yeux à la recherche de Carter et vit qu'il regardait dans sa direction. Plus grand que la plupart de ceux qui l'entouraient, il semblait au-dessus du chaos et de l'effervescence. Il leva la main en guise d'au revoir et lui adressa un sourire. Il était plus séduisant que jamais, mais il paraissait soucieux.

Une fraction de seconde, Daisy se souvint du conseil du

Dr Julia. Ne pas courir de risques, veiller à ce que quelqu'un – comme Carter – soit là pour la protéger. Elle faillit se raviser sur-le-champ, mais se raisonna aussitôt : il n'y avait aucune raison de se considérer comme une cible potentielle.

Elle n'avait rien à craindre.

Ou bien ?

12

Le taxi que Daisy avait appelé fut ponctuel. Elle donna l'adresse du motel et se cala sur son siège. Alors que le véhicule redémarrait, Daisy remarqua une camionnette bleue garée de l'autre côté de la rue, et fut soulagée quand celle-ci s'éloigna avant qu'elle ait pu déchiffrer le logo. *Cela ne pouvait quand même pas être Eric ?* Elle refusait de se laisser intimider. Il vivait à Pueblo, il avait pu se trouver dans cette rue par pure coïncidence.

Sauf qu'elle n'y croyait pas une seconde.

Arrivée au Sundowner Motel, Daisy pria Marlene, la conductrice, de l'attendre pendant qu'elle déposait ses affaires puis de l'emmener dans un endroit où elle pourrait acheter quelques produits de première nécessité. Après avoir jeté un rapide coup d'œil à la chambre 18, située au premier étage – une pièce sobre et impeccable, dotée d'un grand lit et d'une petite table devant la fenêtre –, elle remonta dans la voiture. Marlene la conduisit au centre commercial, promit de revenir la chercher une demi-heure plus tard et s'en alla.

Daisy attrapa un chariot et s'engouffra à l'intérieur du magasin.

Acheter du dentifrice et des T-shirts lui parut agréablement normal. Elle prit quelques articles de base : une brosse à dents, de l'aspirine, du shampooing, de la crème hydratante. Voir les rayons familiers et le choix habituel de produits lui donnait un sentiment de sécurité, peut-être infondé. Elle se rappela qu'Andrea avait justement été enlevée sur le parking d'un supermarché. Elle secoua la tête, refoulant cette pensée. *Reste vigilante.*

Au bout de l'allée, comme elle tournait en direction du rayon des vêtements féminins, elle se retrouva face à face avec un homme aux cheveux blancs, grand et corpulent, qui traînait un tank à oxygène dans son chariot. Il la foudroya du regard.

— Je vous connais, siffla-t-il.

Une menace. Le cœur cognant dans sa poitrine, Daisy battit en retraite et fit demi-tour. L'atmosphère du supermarché était subitement plus sombre. Pourquoi donc s'était-elle imaginé être en sécurité ici ? Ces clients, ces caissiers, tous pouvaient être des tueurs en série !

Au moment où elle empruntait l'allée suivante, elle crut apercevoir Eric.

Un chariot lui heurta les jambes. En se retournant, elle reconnut le vieil homme. À en juger par son teint rougeaud et son nez bulbeux, il avait un penchant prononcé pour l'alcool. Il pointa le doigt vers elle et secoua la tête.

Daisy s'éloigna à toute allure. Son imagination s'emballait. Pourquoi, mais pourquoi avait-elle refusé de passer la nuit chez Carter ? Même si elle n'était pas une victime potentielle, elle en savait trop long sur l'enquête – assez pour que le tueur puisse la considérer comme une menace.

Elle s'empressa de choisir deux T-shirts, un pantalon en toile et des chaussettes, puis jeta un coup d'œil par-dessus son épaule et vit de nouveau le vieil homme. Avant même d'avoir pris conscience de ce qu'elle faisait, Daisy se retrouva dans le rayon des sports et s'approcha d'un employé qui se tenait debout derrière le bureau.

— Je veux acheter un pistolet.

— Désolé, madame, nous ne vendons plus d'armes à feu.

Affolée, Daisy parcourut des yeux la sélection de couteaux de chasse. Où avait-elle la tête ? Contrairement à sa tante, elle ne savait absolument pas se servir d'une arme. Elle n'avait même pas suivi de cours d'autodéfense ! Pourtant, elle avait besoin de se protéger.

Elle avait besoin d'aide. Besoin de Carter.

C'était une conclusion douloureuse pour son esprit d'indépendance, mais aussi une solution logique, rationnelle. Tout en faisant la queue pour la caisse, elle vérifia son téléphone. À son grand soulagement, Marlene l'attendait dehors.

Avant de sortir du supermarché, Daisy s'assura qu'elle avait son spray au poivre à la main.

Chargée de ses deux sacs de shopping, elle monta dans la voiture et se sentit aussitôt en sécurité.

— Ça va ? s'enquit Marlene. Vous avez l'air troublée.

— J'ai été harcelée par un vieil homme.

— Voulez-vous appeler la police ?

Voulait-elle appeler la police ? Sa réaction était-elle démesurée ? *Calme-toi.* Elle avait l'impression de suffoquer dans l'habitacle.

— Non, merci, ça ira. Cela vous ennuie si je baisse la vitre ?

— Non, pas du tout.

Daisy abaissa la vitre au maximum et se pencha au-dehors. Il était près de 7 heures du soir, et la circulation était plus calme. Des traînées orange et mauves striaient le ciel. Elle regarda les sommets paisibles au loin. Carter avait peut-être raison, après tout. Vivre en pleine nature était mieux que d'inhaler des gaz d'échappement du matin au soir.

La Hyundai de Marlene s'arrêta à un feu, et une camionnette bleu foncé s'immobilisa à sa hauteur dans la voie d'à côté. Pas n'importe quelle camionnette – Daisy reconnut aussitôt le logo de Wolff Peintures, mais ce n'était pas Eric qui était au volant. Le vieillard aux cheveux blancs était accoudé à la vitre ouverte. Il la toisa froidement, un rictus hideux déformant ses joues violacées.

— Salut, Daisy.

Quand la sonnerie de son téléphone retentit, Carter dut farfouiller sous une pile de paperasse pour le retrouver. Jusqu'à maintenant, rien dans les informations réunies par le FBI sur Slade Franklin et sa petite amie n'avait justifié l'émission d'un mandat de perquisition chez lui ou dans son camping-car. Le couple semblait mener une vie sans histoire.

À la vue du nom de Daisy sur l'écran, Carter se hâta de répondre.

— Salut. Comment ça va ?

— Ça va mal. Très mal. Tu m'as dit de t'appeler si j'avais besoin d'aide, et c'est le cas.

Les mots avaient jailli à toute allure, et la nervosité de Daisy était presque palpable.

— Ralentis et dis-moi où tu es.

— Non, dis-moi où tu es, toi.

— Là où tu m'as laissé. Au siège du FBI.

— Tant mieux, tant mieux. J'avais peur que tu ne sois en route pour rentrer chez toi. Mais non. Tant mieux. Je serai là dans quelques minutes. S'il te plaît, viens à ma rencontre en bas. S'il te plaît. Je suis à bord d'une Hyundai couleur bronze.

— J'arrive.

Il se leva et alerta d'un geste l'agent Wiley tout en continuant à parler à Daisy.

— Reste en ligne. Raconte-moi ce qui s'est passé.

— Tu ne vas pas y croire. J'ai été harcelée au supermarché par un homme aux cheveux blancs. Je ne l'ai pas reconnu sur le moment, mais ensuite je l'ai vu au volant de la camionnette d'Eric.

— Harcelée ?

Wiley s'approchait.

— Daisy a des informations, lui murmura Carter à l'oreille. Elle arrive.

L'agent hocha la tête.

— La camionnette d'Eric, tu disais ? reprit Carter en s'adressant à Daisy.

— J'ai eu tellement peur que j'ai essayé d'acheter un pistolet.

Carter dévala l'escalier quatre à quatre.

— Tu es armée ?

— Le magasin ne vendait pas d'armes à feu, et de toute façon j'ai changé d'avis.

En dépit de l'étrangeté de leur conversation, elle semblait s'apaiser peu à peu.

— On arrive devant le bâtiment. Je ne te vois pas.

— J'y suis presque.

Comme il s'apprêtait à passer tout droit à l'accueil, le gardien l'arrêta d'un geste.

— Attendez. Il est plus de 19 heures. Il faut que je vous ouvre et que je vous fasse rentrer.

— OK. Allez-y.

Carter s'approcha de la porte vitrée. Dès que le voyant lumineux du panneau en chrome eut changé du rouge au vert, il se rua sur le trottoir. Il vit tout de suite la Hyundai et se hâta d'aller ouvrir la portière. Daisy lui tendit un sac à carreaux et se tourna vers la conductrice avant de descendre.

— Merci, Marlene. Je vais vous donner un bon pourboire.

— C'était plutôt excitant d'être mêlée à une course-poursuite avec cette camionnette, lâcha la jeune femme en tendant le cou pour mieux voir l'immeuble. C'est vraiment le siège du FBI ?

— Au huitième étage.

Carter posa le sac, prit Daisy par les bras et la fit pivoter vers lui, soudant son regard au sien.

— Qu'est-il arrivé ?

Il lisait la peur dans ses yeux.

— Je vais bien, assura-t-elle.

— Ne me raconte pas d'histoires. Dis-moi la vérité. Je n'aurai pas moins d'estime pour toi si tu m'avoues que tu as peur.

— Mais moi, si.

Elle mit les mains sur le torse de Carter, maintenant une distance entre eux sans le lâcher pour autant.

— Quand j'entends ces histoires abominables à propos des tueurs en série, je me sens menacée par les choses que je ne comprends pas ou que je ne peux pas m'expliquer. Je suis prise de panique.

Il captura les mains de Daisy dans les siennes et les mit autour de son cou.

— Commence par le début et dis-moi tout.

— Pas ici, protesta-t-elle en tremblant. Il faut qu'on rentre à l'abri. Je ne veux pas qu'il nous voie.

Il aurait dû se douter qu'elle n'allait pas se sentir en sécurité sur un trottoir exposé. En temps normal, il était sensible à l'angoisse d'autrui, savait quoi faire et quoi dire. Cependant, dès lors qu'il s'agissait de Daisy, c'était comme si son instinct ne fonctionnait plus. Gauchement, il prit le sac d'une main et enroula l'autre bras autour de la taille de la jeune femme.

Ils coururent ensemble vers l'entrée. Carter se demandait comment faire signe au gardien de sécurité quand le problème fut résolu pour lui. Soupçonnant sans doute des ennuis, Wiley l'avait suivi et se tenait prêt à les faire entrer dans l'immeuble.

Une fois à l'intérieur, Daisy s'empressa de s'éloigner des fenêtres et tira Carter vers les cabines d'ascenseur, dont les parois en acier la protégeraient des regards. Enfin, elle se laissa aller contre la poitrine de Carter, se cramponnant si étroitement à lui qu'il sentait la vibration des battements frénétiques de son cœur.

Il regarda Wiley par-dessus l'épaule de Daisy.

— Elle a été harcelée par un géant aux cheveux blancs et a tenté d'acheter une arme à feu.

Daisy émit un rire - un son qui ravit Carter. Pourtant, quand elle leva les yeux, des larmes roulaient sur ses joues et son sourire tremblait un peu.

— Ce n'est pas tout.

— Vous voulez vous asseoir ? demanda Wiley.

— Je veux porter plainte pour que vous alliez arrêter ce pervers.

— Bien sûr, répondit Wiley sur un ton légèrement hésitant. De quel pervers parlons-nous, au juste ?

— Du père d'Eric Wolff.

Carter acquiesça. Il n'était guère surpris. De tous les suspects qui avaient fait l'objet de recherches, Gerald Wolff avait le casier judiciaire le plus rempli, allant de dizaines de contraventions impayées jusqu'à une condamnation pour coups et blessures qui lui avait valu six mois de prison. Il était divorcé depuis quinze ans. Durant son mariage, son épouse avait requis un total de quatre injonctions d'éloignement.

Et voilà que Gerald avait espionné Daisy. Tout comme Eric.

Tel père, tel fils.

13

Daisy prit place au bout de la longue table de la salle de conférences tandis que Carter s'installait à sa droite, face au somptueux coucher de soleil qui embrasait les montagnes. À sa gauche se trouvaient Wiley et Hicks, munis d'un enregistreur afin de ne rien perdre de son récit.

Même avant de commencer, elle se sentit idiote d'avoir paniqué autant. Un vieil homme l'avait accostée. Et alors ? L'incident avait été insignifiant – à moins, bien sûr, que Gerald Wolff se révèle être le tueur.

— J'ai peut-être dramatisé.

— M. Wolff ne correspond pas au profil typique, déclara Hicks. Il a soixante-trois ans.

— Je suppose que cela signifie que Jack le Canif est aussi éliminé de la liste.

— Pas si vite.

Wiley feuilleta son classeur et en tira un cliché de Jones qui, à vrai dire, n'était pas mal du tout. Rasé de près, les cheveux soigneusement ramenés en arrière et rassemblés en un chignon masculin, il paraissait nettement plus jeune.

— Il n'a que cinquante-deux ans.

— Je lui en aurais donné vingt de plus, admit Daisy. Je présume qu'il n'a pas eu une vie facile.

— Vous lui accordez le bénéfice du doute, commenta Wiley.

Mais il a fait de mauvais choix, dont certains l'ont conduit tout droit en prison. En général, pour vols sans envergure.

— Cela ne me plaît pas qu'il tourne autour de ma tante Vi.

— Je comprends. Parlez-nous de ce qui s'est passé, en commençant par le moment où vous êtes arrivée à l'hôtel.

— J'ai jeté un coup d'œil à ma chambre. Après quoi, j'ai demandé à la conductrice de mon taxi, Marlene, de m'emmener faire des courses. Elle m'a déposée dans un grand supermarché qui vend de tout. Enfin, sauf des pistolets.

Wiley arqua un sourcil.

— Vous allez trop vite, Daisy. Procédons dans l'ordre. Qu'avez-vous acheté ?

Elle décrivit son passage au rayon cosmétiques et sa rencontre avec Gerald Wolff.

— Sur le moment, je n'ai pas su qui il était. Je ne l'avais jamais vu, mais il est allé chez ma tante Vi à Leadville. Gerald et Eric affirment avoir droit à une part du trésor de Sherwood Brighton parce que leur ancêtre, Morris, faisait partie de son gang.

— Et vous n'êtes pas d'accord, observa Wiley.

— Prétendre qu'il a autant droit à cette fortune que ma tante est absurde. Sherwood était le chef de la bande, tandis que Morris n'était qu'un sous-fifre. De plus, il est possible qu'il ait eu une liaison avec la femme de Sherwood.

— Celui-ci voulait peut-être l'exclure, suggéra Wiley. Pour se venger.

— C'est peu probable. Sherwood a laissé des archives très précises des plans qu'il mettait au point pour les attaques. Morris Wolff est rarement cité. Enfin, à supposer que le trésor existe réellement, nous avons conclu un accord avec Eric pour lui en donner une partie.

L'agent Hicks croisa les bras.

— Il existe, c'est sûr. Une foule de gens y croient.

— Ce qui ne prouve rien, rétorqua-t-elle. De toute façon, le trésor n'a rien à voir avec le tueur en série. À moins que je ne me trompe ?

Les trois hommes échangèrent un regard, puis Carter prit la parole.

— Nous ne pouvons ignorer la coïncidence, Daisy. Si nous considérons sérieusement Eric comme suspect, il y a peut-être un lien.

— Nous reviendrons sur ce point plus tard, intervint Wiley. Poursuivez, je vous en prie.

Elle reprit son récit, arrivant au moment où Gerald s'était penché par la vitre de la camionnette pour l'apostropher. Elle pinça les lèvres. Jamais elle n'oublierait le son de sa voix : un grognement rauque qui donnait l'impression qu'il avait avalé du verre brisé.

— Il m'a menacée.

Carter mit une main rassurante sur la sienne.

— Continue, Daisy. Tu es forte. Qu'a-t-il dit ?

— Il m'a dit de ne pas penser que j'étais maligne. Que, si moi et ma tante – qu'il a traitée de garce – ne trouvions pas ce trésor bientôt, nous allions le regretter.

— Le regretter comment ? insista Wiley.

— Il n'a pas eu le temps de préciser comment. J'ai passé le bras dehors et je l'ai aspergé de spray au poivre.

Ça avait été une action instinctive. Effrayée, elle avait frappé à l'aveuglette. Ne savait même pas si elle avait atteint sa cible parce qu'elle avait remonté sa vitre en hurlant à Marlene de démarrer. De fuir la camionnette bleue. D'aller directement au FBI.

À ce souvenir, son pouls se remit à battre la chamade. En dépit de la climatisation, la sueur perlait sur son front et sur son dos. Elle noua ses doigts à ceux de Carter, éprouvant le besoin qu'il lui communique sa force et son calme.

— Ensuite, j'ai appelé Carter et je suis venue ici, termina-t-elle.

— Vous souvenez-vous d'autre chose à propos de ce vieil homme ? Avait-il une arme ? Vous a-t-il touchée ?

— Il m'a heurtée avec son chariot.

Son regard alla de Carter aux deux agents. Que se passait-il ? Ne la croyaient-ils pas ?

— Il devrait aller en prison !

— Ses actions ne constituent pas à proprement parler une agression, marmonna Wiley. Nous ne pouvons pas arrêter un homme pour avoir fait ses courses. Ou vous avoir parlé.

Elle se leva lentement, les poings serrés, furieuse.

— Il a insulté ma tante et il nous a menacées !

— J'aimerais que nous puissions faire davantage, dit Wiley.

Daisy avait toutes les peines du monde à maîtriser sa colère. Pourquoi aurait-elle dû tolérer les menaces de Gerald Wolff ? Elle pointa la porte du doigt.

— Vous avez une armée d'agents qui suivent des pistes improbables sur tous les détraqués du Colorado. Pourquoi ne pas enquêter sur Wolff père et fils ?

— Nous avons besoin de preuves, expliqua Hicks.

— Ils m'ont suivie l'un et l'autre. La camionnette bleue était à Butcher's Gulch, sur la scène du crime. Et peut-être à Glenwood Springs.

— Nous ne savons pas avec certitude si elle était là au moment du meurtre de Hannah, objecta Hicks. Et l'homme avec qui elle avait rendez-vous était jeune.

— C'était peut-être Eric. Le père et le fils pourraient être complices. C'est possible, non ?

Carter se leva à son tour et se tint à côté d'elle.

— Je suis d'accord avec Daisy. Nous ne pouvons pas permettre à Wolff de la menacer impunément. Je vais aller le questionner chez lui.

Le cœur de Daisy se gonfla de fierté et de gratitude. Carter la croyait. Il volait à sa défense.

— Pas si vite, Carter ! rugit Hicks en tapant du poing sur la table. Je te rappelle que c'est le FBI qui est chargé de cette enquête.

— Merci de me l'avoir rappelé, riposta Carter. Je ne suis pas à vos ordres. Je travaille pour l'Office des parcs nationaux.

— La pointure de ses chaussures, lâcha Daisy, triomphante. Vous avez relevé des empreintes sur les scènes de crime, et Gerald Wolff est un homme imposant – il fait sans doute du 46.

— Cela pourrait constituer un élément de preuve, avança Wiley. Suffisant pour un mandat de perquisition.

— Ha !

— Ce n'est pas un crime d'avoir de grands pieds, mais nous allons l'interroger. Carter, tu devrais garder tes distances avec lui, parce qu'il sait déjà que tu as un lien avec Daisy. Hicks et moi irons lui parler.

— Quand ?

— Après dîner, promit Wiley, les sourcils froncés. De votre côté, rentrez chez vous. Hicks et moi aurons un émetteur radio, vous pourrez suivre notre conversation.

Soulagée, Daisy se dirigea vers la porte. Elle éprouvait un mélange de fierté et d'embarras. Sa conduite reposait-elle sur des faits, ou s'était-elle laissé emporter par la panique ? Quoi qu'il en soit, elle avait deux motifs de satisfaction. Gerald Wolff n'allait pas s'en tirer à si bon compte.

Et Carter était de son côté.

Debout devant la chambre 18, Carter marqua une pause afin de scruter le parking et la rue au-delà. Tout paraissait calme. Il suivit Daisy, remarquant aussitôt que la pièce était équipée de lits jumeaux. S'il devait passer la nuit ici, il n'y aurait pas de problème. Certes, il préférerait emmener Daisy à son chalet, dans un endroit où elle se sentirait en sécurité et où il pourrait se détendre et, peut-être, guider leur relation vers un terrain plus intime. Leur baiser de ce matin-là méritait une suite, et Carter se sentait prêt, un sentiment qui se renforça lorsque Daisy retira ses chaussures de marche et s'étira sur le lit le plus proche de la porte, révélant ses longues jambes bronzées.

Il détourna les yeux et s'obligea à se focaliser sur les plats à emporter qu'ils avaient achetés dans un restaurant chinois – wontons au fromage, pâtés impériaux, chow mein, bœuf au gingembre, porc à la sauce aigre-douce, poulet kung pao, riz pilaf. Avait-il vu trop grand ? Peut-être, mais il mourait de faim. Avant de s'installer pour manger, il posa le transmetteur remis par Wiley et Hicks sur une commode afin de pouvoir entendre l'interrogatoire de Gerald Wolff.

Daisy roula sur le ventre et émit un son qui tenait à la fois du gémissement et du gloussement.

— Quelle journée ! Jamais je ne suis passée comme cela du meilleur au pire.

— Ah bon ? Et le meilleur, c'était quoi ? demanda-t-il, songeant au baiser de Teacup Lake.

— L'autopsie, bien sûr.

Il aurait dû le deviner.

— Et le pire ?

— Mon face-à-face avec Barbe Bleue.

Son sens de l'humour fit sourire Carter, même s'il savait qu'elle plaisantait pour masquer ses véritables sentiments. Elle n'aimait pas être vulnérable.

— Je suis désolé que ce soit arrivé.

— Ce n'est pas ta faute.

— Je sais. Mais si j'avais été là, Wolff ne t'aurait jamais approchée.

— C'est vrai. Tu es un alpha, c'est sûr.

— On peut être sérieux une minute ?

Il se leva et alla régler l'émetteur sur la fréquence indiquée par Wiley.

— Je me sentirais mieux si je pouvais – avec ta permission – garder l'œil sur toi.

— Comme un garde du corps ?

Exactement.

— Oui. Je veux m'assurer que tu es en sécurité.

Elle réfléchit longuement. Pesant le pour et le contre, sans doute. Enfin, elle hocha la tête d'un air solennel.

— D'accord.

Pendant qu'il appelait Wiley pour vérifier que le lien fonctionnait, Daisy disposa les plats sur la petite table près de la fenêtre. Baguettes à la main, ils se mirent à manger. Au début, Daisy ne fit que grignoter, mais son appétit se réveilla au fur et à mesure qu'ils goûtaient les plats plus épicés.

Carter sourit, prenant plaisir à la regarder.

— À ton avis, quel est le meilleur restaurant asiatique de Denver ?

Sans hésiter une seconde, elle lui cita deux ou trois endroits.

— J'adore les dim sum le dimanche matin, et toi ?

— Je suis tout à fait d'accord avec tes choix, répondit-il, soulagé de constater qu'ils avaient des points communs, après tout.

Apparemment, ils appréciaient tous les deux la bonne cuisine.

— J'ai suivi un cours pour apprendre à confectionner les sushis.

— Il faudra que tu me montres. Mais comment trouves-tu du poisson frais dans les montagnes ?

— Il n'est pas frais, admit-il. On n'a pas l'océan. En revanche, on a des congélateurs.

Sur la commode, l'émetteur grésilla. Carter se hâta d'augmenter le volume. La voix de Wiley, empreinte d'autorité, résonna dans l'appareil.

— FBI. Ouvrez la porte, monsieur Wolff.

14

Daisy posa ses baguettes et fixa l'appareil, émerveillée par la netteté du son. On avait l'impression que Gerald Wolff et les agents du FBI étaient dans la même pièce qu'eux et non à des kilomètres de là.

Carter regagna sa place, se pencha vers elle et lui pressa doucement la main.

Elle toucha la sienne en retour.

— Je suis contente que nous ne soyons pas là-bas.

— Moi, je le regrette.

C'était une parfaite illustration de leurs différences. Elle préférait observer la situation de loin – noter méthodiquement faits et incohérences – tandis que Carter était un homme d'action.

Lors de sa confrontation avec Gerald, Daisy l'avait soupçonné d'être un alcoolique. Ce soir, il toussait et respirait avec difficulté, comme quelqu'un qui était atteint d'emphysème.

— Qu'est-ce que vous voulez ? grogna-t-il, hostile.

— Nous enquêtons sur le meurtre de deux femmes, répondit Wiley. Votre fils est à la maison ?

— Non, il n'est pas là. Et nous n'avons rien à voir avec des meurtres.

— Votre camionnette bleue a été vue près de la scène de crime. Eric a reconnu qu'il se trouvait sur les lieux. Vous étiez avec lui ?

— Sûrement pas, maugréa-t-il. Je ne me sers presque jamais

de la camionnette. Eric est censé gérer son affaire. Il nous mène à la faillite, surtout.

— Vous êtes à la retraite ?

— On m'a mis à la retraite anticipée à cause de mon infirmité. Je ne peux plus tenir debout toute la journée.

— Possédez-vous un autre véhicule ? s'enquit Hicks.

— Ça ne vous regarde pas.

— Vous avez rencontré Daisy Brighton aujourd'hui.

— Ah ! c'est pour ça que vous êtes ici. Bien. Cette petite garce m'a attaqué. Vous devriez l'enfermer. Regardez mon bras. Elle m'a aspergé de spray au poivre.

Wiley ignora sa remarque.

— Vous la suiviez.

— Vous ne pouvez pas le prouver. On s'est trouvés dans le même supermarché au même moment, c'est tout.

Elle l'entendit ahaner, sans doute alors qu'il s'asseyait.

— Daisy et sa tante essayent de me voler mes lingots, mon héritage.

Wiley ne releva pas davantage.

— Eric a admis avoir placé un traceur dans le sac de Mme Brighton.

— C'est un jeu entre eux. Une plaisanterie. Il n'y a pas de mal.

— Je lui ai conseillé de demander une injonction d'éloignement. Il me semble que votre ex-femme a recouru à ce procédé plusieurs fois vous concernant.

— Je me fiche de ce qu'elle a fait. Je suis content que cette vieille truie ne soit plus dans ma vie.

— Vous avez été arrêté pour violences conjugales, mais votre épouse a retiré sa plainte. Vous avez un problème avec les femmes, monsieur Wolff ?

Wiley changea de sujet, se concentrant sur Eric pour savoir comment ce dernier avait réagi quand sa mère était partie. En avait-il voulu à son père ? Pas d'après Gerald, qui affirma avoir bien élevé son fils tout seul, en usant de fermeté pour lui inculquer les bonnes manières.

— Je lui ai tout appris, à ce bon à rien aux cheveux longs, lâcha-t-il avant d'être interrompu par une quinte de toux. Je lui ai montré comment peindre des maisons, comment négocier avec les fournisseurs. Et comment traiter les femmes. Vous voyez ce que je veux dire ?

— Vous lui avez aussi appris à les suivre ?

— Quand on veut quelque chose, il faut être persistant, grogna Gerald. Étudier sa proie, l'observer, découvrir ce qui lui plaît. Alors, on passe à l'attaque. Et on prend ce qu'on veut.

— Et si elle n'est pas d'accord ?

— Elles sont toujours d'accord.

Daisy étouffa un grognement de dégoût.

— C'est cela le but d'Eric avec Daisy ? demanda Wiley, d'une voix où perçait la répulsion.

— Peut-être. Elle n'est pas mal.

— Il a d'autres petites amies ?

— Où voulez-vous en venir ? grommela Wolff.

— Le nom de Rene Williams vous dit-il quelque chose ? Et celui de Hannah Guerrero ?

— Jamais entendu parler.

— C'était votre fils ou c'était vous, Gerald ? Eileen Findlay, Andrea Lindstrom.

La voix de Wiley était dure comme l'acier. Son crâne dégarni et sa cravate texane lui donnaient peut-être l'air inoffensif mais, d'après Carter, son taux d'arrestation était un des plus élevés de la région.

Ils entendirent une porte s'ouvrir. Une autre voix s'éleva. Eric Wolff était rentré.

— Bonsoir, messieurs. Que se passe-t-il ici ?

— Fous le camp ! rugit Wolff père. Je peux me débrouiller tout seul.

— Tu ne comprends pas, papa ? Ils essayent de te mettre les meurtres sur le dos.

— Ou sur le tien, mon gars.

— Boucle-la, grogna Eric.

— Ne me réponds pas !

S'ensuivirent des marmonnements et un bruit de lutte. Le raclement des pieds d'une chaise sur le sol. Des piétinements, le claquement d'une gifle, le fracas d'un objet qui se brise.

Inquiète, Daisy interrogea Carter du regard.

— Une sorte de bagarre, j'imagine.

Il se dirigea vers la commode et mit les mains de chaque côté de l'émetteur. On aurait dit qu'il voulait plonger dans la radio et en découdre aussi.

— Je voudrais bien savoir qui a fait quoi.

— Pourquoi ?

— J'aimerais voir Hicks balancer son poing dans la figure de Gerald. Ce type ne me plaît pas du tout.

Un nouveau fracas, et la voix de Wiley résonna.

— Si vous le frappez de nouveau, vous êtes en état d'arrestation.

— C'est mon fils, rétorqua Gerald. S'il a besoin d'être discipliné, c'est à moi de le faire.

— Ça va, affirma Eric. Je n'ai rien.

— Vous saignez, observa Wiley. Vous voulez consulter un médecin ?

— J'ai le nez qui saigne, c'est tout. Je l'ai mérité.

Il s'éclaircit la voix.

— On a fini ?

— Quelle pointure faites-vous ? demanda Hicks.

— Du 45. Mon père fait du 46.

— J'aimerais jeter un coup d'œil à votre placard à chaussures.

Gerald refusa tout net, et fut pris d'une nouvelle quinte de toux. Eric déclara qu'il était inutile de lui parler quand il était dans cet état. Au bout de cinq minutes de discussion, les agents du FBI s'en allèrent. Avant de couper la transmission, Wiley dit à Carter qu'ils se verraient le lendemain.

— Nous aurons un mandat de perquisition pour la camionnette, la maison et tout ce que vous voudrez.

— On a gagné, commenta Carter en éteignant l'appareil.

— Super, soupira-t-elle.

Daisy quitta la table. L'interrogatoire lui avait coupé l'appétit. Elle ouvrit un cookie et lut la prédiction sur le papier à l'intérieur.

Vous trouverez le bonheur avec un grand brun séduisant.

Elle regarda Carter encore assis à table. Un grand brun séduisant en personne. Sa présence était infiniment rassurante. Elle désigna un cookie.

— Quel avenir te prédit-on ?

Il déballa le petit gâteau et lut à voix haute :

— *Une ravissante femme passera la nuit dans votre chalet.*

Daisy fit mine de lui prendre le papier, mais il résista.

— Tu me racontes des histoires !

Il haussa les épaules.

— On me prédit que je vais faire un voyage dans les montagnes, ce qui est plus ou moins mon travail. Pas vraiment une surprise.

Daisy songea à l'idée de passer une nuit avec lui, et la refoula. La vie était déjà trop compliquée.

— Qu'as-tu pensé de l'interrogatoire ?

— Wiley est malin, et Gerald est un misogyne qui a sûrement maltraité Eric toute sa vie.

— Ces traits correspondent-ils au profil d'un tueur en série ? demanda-t-elle en sirotant un peu d'eau.

— Je crains que oui.

Carter continuait à enfourner du riz aux légumes.

— La haine des femmes est un élément crucial. Il a aussi admis les considérer comme des proies. Hannah et Andrea avaient toutes les deux le sentiment d'être observées. Mon supérieur,

Joaquin, dirait que Gerald est un être narcissique qui s'estime plus intelligent que tout le monde, et surtout les fédéraux.

Daisy songea aux victimes. Leur dernière vision avait-elle été celle du visage bouffi de Gerald Wolff ? Quelque chose dans ce scénario ne collait pas.

Elle s'assit sur le lit.

— Je suis plutôt encline à penser que c'est Eric le tueur. Il a été victime de maltraitance enfant et a perdu sa mère adolescent. Nous devons nous renseigner sur elle. Voilà quinze ans qu'elle est partie. Pourquoi commencer à tuer maintenant ?

Il mordit dans un wonton au fromage.

— La maltraitance n'est pas une excuse.

— Comment ?

Il étudia le wonton comme si les réponses étaient cachées dans les plis de la pâte.

— Un comportement criminel ne peut pas toujours être mis sur le compte de mauvais parents.

Daisy devina qu'il y avait autre chose derrière cette observation, mais s'abstint de creuser davantage.

— Il est plus de 21 heures, déclara-t-elle en jetant un coup d'œil à son téléphone portable. Je ferais mieux d'appeler Vi pour la prévenir que je ne rentrerai pas à Leadville ce soir.

Elle expliqua à sa tante qu'elle passait la nuit dans un hôtel à Pueblo, puis demanda :

— Tante Vi, Jack a-t-il été en contact avec toi ?

— À vrai dire, il est assis dans le salon en ce moment même.

Une sonnette d'alarme se déclencha dans la tête de Daisy.

— Dis-lui de rentrer chez lui. Tout de suite.

— Je ne suis jamais impolie avec mes hôtes. D'ailleurs, il a fait un effort avant de venir. Il s'est peigné, rasé, et il a dû acheter une chemise neuve.

Daisy se remémora la photo qu'elle avait vue dans les locaux du FBI. L'homme pouvait avoir l'air présentable, en effet.

— Ne l'encourage pas. C'est un suspect, souviens-toi.

— Ma chère petite, ne t'inquiète pas pour moi. C'est tout à fait inutile. J'ai mon Glock 42 dans la poche de ma jupe.

En dépit de ses soixante-huit ans, sa tante n'était pas femme à capituler sous la menace.

— Tu es toujours armée ?

— Souvent. J'ai un permis, après tout.

Elle s'éclaircit la voix.

— À vrai dire, je suis plus inquiète à ton sujet, entre les autopsies et les interrogatoires de criminels. Ce gentil garde forestier est avec toi ?

— Oui.

Elle jeta un coup d'œil vers Carter qui débarrassait la table, et ajouta tout bas :

— Mais il ne va pas passer la nuit ici.

— Pourquoi pas ?

— Je le connais depuis à peine deux jours. C'est trop tôt.

— Oui, bien sûr, admit tante Vi. Mais il pourrait rester sans nécessairement partager ton lit. Il pourrait veiller sur toi... comme un garde du corps.

Pour être franche, Daisy n'était pas sûre de pouvoir rester seule avec Carter sans céder à la tentation. Quand elle le surprenait à regarder ses jambes nues, elle avait envie de remonter sa jupe davantage. Le moment était peut-être venu d'enfiler le pantalon qu'elle avait acheté.

Daisy attrapa son sac, gagna la salle de bains et ferma la porte derrière elle. Puis elle ouvrit le robinet pour que Carter ne puisse pas entendre le reste de la conversation.

— Il m'a invitée dans son chalet à côté de Salida, à environ une heure d'ici.

— Vas-y, conseilla tante Vi. Sinon, tu vas passer la nuit à te cacher sous les couvertures et à guetter les pas dans le couloir. Je me souviens comment tu étais enfant.

— Que veux-tu dire ?

— Tes parents, surtout ma sœur, étaient protecteurs à l'excès. Elle ne voulait pas te laisser regarder quoi que ce soit d'effrayant, même les contes de fées. Le jour où tu as enfin vu un film un peu angoissant chez une amie, tu as été traumatisée. Tu as pleuré toute la nuit. Toutes les ombres te faisaient peur. Une fois où je faisais du baby-sitting, je t'ai trouvée cachée dans ta penderie, un couteau de cuisine à la main.

Voilà qui expliquait pas mal de choses.

— C'est drôle, je ne me souviens de rien de tout ça.

— Mais tu as encore peur, n'est-ce pas ? Je m'en suis rendu compte quand tu parlais avec Eric. Va tout de suite dire à Carter que tu acceptes son invitation. Tu veux que je lui parle ? Tu sais, juste pour lui dire que ça ne signifie pas que tu envisages une nuit torride avec lui.

Oh ! mon Dieu !

— Certainement pas, rétorqua Daisy, horrifiée. Et débarrasse-toi de Jack, tante Vi.

Daisy sortit de la salle de bains et se dirigea vers Carter. Son pantalon neuf, un peu trop long, traînait sur la moquette. Elle posa son téléphone sur la table et plongea son regard dans les yeux bleus de Carter. Avant de se laisser hypnotiser par le reflet de la lumière sur ses iris, les mèches brunes qui retombaient sur son front ou le pli trop sexy de ses lèvres, elle murmura :

— J'aimerais passer la nuit chez toi ce soir.

— Pas de problème.

Aussitôt, l'imagination de Daisy s'apaisa. Elle était en sécurité.

15

Avant de s'engager dans l'allée gravillonnée qui menait au garage de son chalet, Carter éteignit les phares de son 4x4. Il s'arrêta derrière une rangée de frênes qui dissimulait son véhicule de la route, sortit son Beretta du holster qu'il avait rangé dans la boîte à gants et ajusta le plafonnier pour que la lumière ne s'allume pas quand il descendrait.

Daisy émergeait lentement du sommeil.

— Que se passe-t-il ? demanda-t-elle d'une voix assoupie.

— Sans doute rien.

Elle s'était endormie peu après qu'ils avaient quitté Pueblo, et il ne l'avait pas réveillée lorsqu'il avait remarqué des phares derrière eux.

— Reste ici et garde les portières verrouillées.

Plus tôt, quand il était passé devant les bureaux de l'Office des parcs nationaux à Salida, il avait envisagé de recruter Joaquin comme renfort, mais toutes les lampes étaient éteintes dans les locaux. Bien qu'il ne soit guère plus de 10 heures du soir, son supérieur – qui se levait à l'aube – était peut-être déjà couché. Carter ne voulait pas le déranger à cause d'une menace qu'il avait peut-être imaginée.

Les phares avaient disparu juste après qu'il avait franchi les limites de l'agglomération de Salida.

Il avait contacté l'agent Wiley. Lors d'une conversation à voix basse, Carter avait appris que le FBI avait placé Gerald Wolff sous surveillance – une mesure extrême, mais les tueurs en série méritaient une attention extrême. La camionnette bleue n'avait pas bougé, ce qui signifiait que le véhicule qui suivait le 4x4 de Carter n'était pas celui de Wolff.

À moins que Gerald ou Eric ne se soit esquivé à bord d'un autre véhicule.

Était-il en train de devenir paranoïaque ? Jamais jusqu'à maintenant il n'avait été troublé par la peur, mais l'angoisse de Daisy était communicative. Il sentait sa panique et voyait du danger dans toutes les ombres.

Le véhicule qui le suivait ne s'était pas approché suffisamment pour qu'il puisse en identifier la marque ou le modèle. Et puis, les phares avaient disparu. Jusqu'au moment où il avait emprunté la route sinueuse qui conduisait au chalet.

Carter descendit sans bruit et s'enfonça dans la nuit, l'arme au poing. La lune descendante et le ciel dégagé donnaient assez de clarté pour lui permettre de discerner la bordure de l'allée, où le gravier cédait la place à d'épais buissons. Le garage en bois se dressait devant le 4x4. Une vieille jeep équipée d'un chasse-neige était garée sous l'avant-toit. Un sentier rustique équipé d'une main courante en bois menait à la terrasse couverte qui courait sur la façade du chalet. Aucune lumière n'était allumée à l'intérieur.

Carter suivit le bord de l'allée, prenant soin de marcher dans l'herbe. Une rafale de vent frais balaya son visage, et l'odeur de la forêt acheva de chasser la torpeur qui s'installe lors d'un long trajet en voiture. Il se sentait prêt à en découdre si nécessaire, et espérait presque qu'un des suspects avait été assez stupide pour le suivre.

S'il avait été seul, il se serait peut-être enfoncé dans la forêt afin de localiser l'espion et de le prendre par surprise. Ce soir, cependant, sa priorité, tant qu'ils n'auraient pas appréhendé le tueur, était de protéger Daisy. Après tout, elle ne serait pas dans cette situation s'il ne l'avait pas escortée au cimetière de Butcher's Gulch. Il avait sa part de responsabilités.

Jetant un coup d'œil par-dessus son épaule, il tenta de discerner sa silhouette sur le siège passager, mais la nuit était trop sombre. Il ne pouvait que prier pour qu'elle ait suivi ses instructions.

Il s'accroupit derrière les boîtes aux lettres plantées à la limite de sa propriété et scruta la route. Dix minutes durant, il se tint immobile. Ses années de chasse lui avaient appris à se fondre dans son environnement et à attendre patiemment.

Enfin, Carter se leva et gagna le milieu de la route qui passait devant son chalet et serpentait à travers la colline vers d'autres propriétés. Aucun signe du véhicule. Était-il raisonnable de conclure que le conducteur était parti ? Ou attendait-il un moment plus propice pour frapper ?

Il retourna d'un pas vif au 4x4, déverrouilla les portières et ouvrit celle côté passager. Aussitôt, il fut assailli par l'odeur des wontons frits. Apparemment, Daisy avait eu un petit creux.

Elle sourit.

— Tout va bien ?

— Pour autant que je puisse en juger. Je serai plus tranquille une fois que nous serons à l'intérieur et que j'aurai mis l'alarme.

— Bien, chef.

Chargé du sac de Daisy, des restes de leur dîner et de son Beretta, il gravit le sentier jusqu'à la terrasse couverte, pianota un code et, après le déclic, poussa la porte d'entrée. Il avait acquis ce chalet trois ans plus tôt, parce qu'il était tombé amoureux de la vue et que les travaux ne l'effrayaient pas. Il avait commencé par installer des serrures plus perfectionnées et un système d'alarme électronique, conçu pour protéger sa maison quand il devait s'absenter pendant de longues périodes. Par la suite, il avait ajouté le grand garage qui lui servait aussi de pièce de rangement. Cette année, il avait pour projet principal d'agrandir la terrasse et d'y installer un barbecue.

Ayant réglé l'alarme, il regarda Daisy qui se promenait dans le séjour, s'arrêtant devant la cheminée en pierre avant de passer dans la salle à manger, dominée par une grande table qu'il avait l'intention de restaurer un jour. Elle termina son tour dans la vaste cuisine, également en cours de rénovation, où un long plan de travail en granit faisait face aux appareils ménagers désuets couleur avocat.

— C'est génial, dit-elle avec un sourire un peu contraint. Il y a beaucoup de potentiel.

— Ce n'est pas parfait, admit-il volontiers. Disons que c'est un travail de longue haleine.

— Dommage que Slade Franklin soit un suspect. Tu aurais bien besoin d'un menuisier spécialisé dans la rénovation.

— J'ai du mal à croire que tu envisages d'engager un possible tueur en série, commenta-t-il en mettant les restes du dîner dans le réfrigérateur. De toute façon, ça me plaît de retaper la maison. Mes copains viennent me donner un coup de main de temps en temps, et on passe une bonne journée.

— Tu n'as jamais pensé que tu aurais besoin d'une touche féminine ?

— Tu te portes volontaire ?

— Pas question.

Sa réponse était venue trop vite, et elle la renforça en reculant d'un pas. Daisy tenait à lui faire savoir sans ambiguïté qu'elle ne cherchait pas une relation plus profonde avec lui, et cela le contrariait. Maintenant, il était résolu à la faire changer d'avis.

— Tu es sûre de ne pas vouloir être ma décoratrice d'intérieur ?

— À cent pour cent, affirma-t-elle. Je vis en appartement, et mon bricolage se résume à remplacer les plantes vertes du balcon quand elles meurent.

Carter n'insista pas. Il lui offrit un choix de boissons, et elle opta pour une tisane.

— Tu as faim ? Je peux faire réchauffer quelque chose.

— Non, merci.

Après avoir rempli la bouilloire, il lui fit signe de prendre place sur un tabouret en face de lui.

— Il y a quelques questions auxquelles nous devons répondre, à commencer par celle-ci : penses-tu être en danger ?

— Je ne sais pas, avoua-t-elle. Parfois je suis nerveuse, et même paniquée, mais je n'ai aucune preuve qui le justifie.

En une phrase, elle avait résumé les côtés opposés de sa personnalité. Devait-elle écouter son instinct ? Ou laisser ses connaissances guider sa conduite ?

— Je veux dire, reprit-elle, ça n'a pas de sens que le tueur s'en prenne à moi. Je n'ai aucun lien avec les femmes qui ont été assassinées. J'habite à Denver, je ne connais ni leurs amis ni leur famille. Nous avons toutes travaillé dans des domaines différents. Quelle serait sa motivation ?

— Les tueurs ne sont pas forcément des êtres rationnels.

Il mit des sachets dans la théière à fleurs héritée d'une ex-petite amie.

— Les victimes ne se connaissaient pas, hormis Andrea et Hannah à Glenwood Springs.

— Jolie théière, ironisa-t-elle.

— Au moins, je sais faire du thé.

Il mit la théière, les tasses, le sucre, la crème et des petites cuillers sur un plateau.

— Si nous allions dans mon bureau ? Je veux prendre des notes.

Il la précéda dans le couloir, passa devant la salle de bains et pénétra dans le bureau, lequel était presque aussi grand que le salon. Ayant déposé le plateau sur la table basse devant le canapé en cuir, il alla droit au grand tableau blanc placé en face.

À l'aide d'un marqueur noir, Carter écrivit le nom des victimes, commençant par Eileen Findlay, tuée à Pueblo. Il y ajouta celui de Hannah, d'Andrea et enfin celui de Rene.

— Que mettrais-tu de plus ?

En jaune, elle nota l'âge des femmes, leur profession, leur adresse, le lieu où elles avaient été retrouvées. Et la date.

Cela fait, elle recula d'un pas et hocha la tête d'un air satisfait.

— J'aime être organisée. Du côté opposé du tableau, nous pouvons noter la liste des suspects.

— Nous n'avons pas accès à tous les noms, lui fit-il remarquer. Il y a un certain nombre d'individus que le FBI maintient sous surveillance.

Il fit le tour de la table et se remplit une tasse de camomille, puis s'installa à sa place préférée sur le canapé, et alluma la petite lampe en cuivre.

— Notre enquête concerne seulement Wolff père et fils, Slade Franklin et Jack Jones.

— Pas le petit ami de Rene ? s'étonna-t-elle en inscrivant les noms.

— Le FBI de Denver le garde à l'œil.

Il l'observa tandis qu'elle ajoutait des informations pertinentes sur les suspects, notamment leur âge, leur adresse et leur profession.

— Je suis contente de faire cela, admit-elle.

— Je vais te poser la question de nouveau. Penses-tu être en danger ? Oui ou non.

— Oui.

Il lut la peur dans ses yeux verts, saisit le léger frémissement de sa voix. Elle croyait à ce qu'elle venait de dire, même si elle aurait été incapable d'expliquer pourquoi.

Lui aussi.

Daisy voulait donner un sens aux meurtres. Elle attrapa un feutre rose.

— Ceci est pour les alibis. Ou le manque d'alibi.

— Explique-toi.

Elle tira un trait reliant Eric aux deux victimes découvertes à Butcher's Gulch.

— Nous savons qu'il était dans les parages et qu'il aurait pu commettre ces deux meurtres.

— N'oublie pas qu'Andrea a été enlevée le 14 à Glenwood Springs, tuée le 17, et que son corps n'a été retrouvé que le 20. Eric l'aurait retenue captive trois jours durant ?

— Je suppose qu'il a un alibi pour cette période-là, grommela-t-elle.

— Il est à son compte. C'est lui qui tient son registre, ce qui signifie qu'il aurait pu aller à Glenwood et nous mentir.

Elle gribouilla un E et un point d'interrogation à côté des noms d'Andrea et de Hannah. Puis tira un trait vers Eileen Findlay.

— Il vit à Pueblo, il est donc possible qu'il n'ait pas vraiment d'alibi pour ce meurtre-là.

Toutes ces constatations s'appliquaient également à Slade Franklin, qui travaillait lui aussi en indépendant, et avait montré ses propres registres à Carter.

Elle recula d'un pas.

— Nous ne savons presque rien des mouvements de Gerald Wolff ou de Jack Jones.

Carter la rejoignit au tableau. En mauve, il ajouta une note entre les victimes et les suspects, et traça un cercle autour d'un unique mot : mandat.

— Wiley a promis d'avoir toute la paperasse nécessaire d'ici demain. Avec un peu de chance, nous allons mettre la main sur quelque chose.

Elle se prépara sa tisane, y ajoutant une cuillerée de sucre et un peu de lait, puis alla prendre place à l'autre bout du canapé et but une gorgée de camomille. La chaleur et l'arôme de la boisson la détendirent. Après une si longue journée, elle s'était attendue à être lasse, mais le petit somme qu'elle avait fait pendant le trajet l'avait revigorée. Elle se sentait tout à fait réveillée – un peu trop, même. Son cerveau commençait à élaborer des fantasmes concernant Carter, et elle dut se faire violence pour les refouler.

Du coin de l'œil, elle le vit écrire un autre mot, cette fois à l'aide d'un marqueur jaune : motivation.

— Bonne idée, commenta-t-elle, laissant son regard s'attarder sur les épaules larges de Carter, sur ses hanches minces.

Il était trop séduisant, trop parfait.

— Nous savons ce qui anime Gerald. Il hait les femmes.

— Et Jack le Canif ?

— Je dirais que c'est l'argent qui l'intéresse. N'a-t-il pas accepté de me faire tourner en rond contre un paiement ?

— C'est ce qu'il m'a raconté, oui. Il a déclaré avoir reçu la somme en question par le biais d'un tiers – un jeune – et ne pas savoir qui était derrière.

— Combien a-t-il touché ?

— Il n'a pas voulu me le dire. J'ai eu l'impression que ce n'était pas grand-chose.

Elle fronça les sourcils.

— Et il n'a rien tiré des autres victimes.

— Jack n'est pas un suspect principal, et le mobile est faible, conclut-il avec un haussement d'épaules. Passons aux autres. Eric et Slade ont eu des rapports compliqués avec leur mère.

— Slade avait un attachement malsain envers la sienne, et Eric a explosé de rage en racontant que sa mère était partie en emmenant son golden retriever.

Elle le regarda et sourit.

— C'est ironique, non ? Je sais pas mal de choses sur nos suspects, mais presque rien sur toi.

— *Idem* pour moi.

Elle avait envie de remplir ces blancs, de savoir qui il était, ce qu'il aimait et ce qui le faisait rire. Quel était son film préféré ? Sa chanson préférée ?

— Parle-moi de toi.

16

Assise sur le canapé, Daisy s'efforçait de se concentrer sur sa tisane et d'ignorer l'attraction magnétique qui la poussait vers Carter, installé à l'autre bout, une jambe reposant sur son autre cuisse.

Elle retira ses chaussures de marche et étendit les jambes sur les coussins. C'était une manière de créer une barrière entre eux, mais celle-ci se révéla tout sauf efficace. Lorsque Carter prit son pied nu et se mit à le masser doucement, une onde de plaisir se répandit dans tout le corps de Daisy.

Elle prit une profonde inspiration. Où en étaient-ils ? Ah oui, elle voulait le connaître mieux.

— Commençons par ton nom. Il sort de l'ordinaire, non ? Aloysius Periwinkle IV.

— C'est le moins que l'on puisse dire.

— Qui était le premier Aloysius et d'où venait-il ?

— À en croire le mythe familial, il était à moitié irlandais et à moitié écossais, et il a immigré en Virginie avec d'autres membres de son clan. C'était un poète sans le sou.

De l'index, Carter traça une ligne tout le long de la plante de son pied. Un frémissement monta en Daisy, allant de sa jambe jusqu'à sa hanche. Elle se raidit et se relâcha, s'efforçant de maîtriser sa voix.

— Comment est-il allé de la Virginie au Colorado ?

— En plus d'être un poète, c'était aussi un aventurier. Jeune homme, il est parti chercher fortune dans l'Ouest pendant la ruée vers l'or.

Une histoire familière. Nombre des premiers pionniers avaient nourri le même espoir, et la plupart d'entre eux avaient été déçus.

— Et qu'est-il devenu ?

— Il a trouvé un filon près de Cripple Creek et s'est associé avec un technicien pour construire une mine. Ensuite, il a eu la chance de rencontrer sa femme, qui était comptable. Elle a sagement investi leurs profits et les a rendus riches. Carter a fondé un journal à Colorado Springs et ouvert un pub.

Son récit berçait Daisy, l'apaisait tandis qu'il continuait à lui caresser la plante du pied, stimulant le désir enfoui en elle.

— Ils ont eu quatre enfants, et l'aîné des garçons a été nommé d'après son père. La tradition s'est perpétuée depuis.

— J'espère que tu n'envisages pas de baptiser ton premier-né Aloysius.

Elle n'infligerait jamais pareille humiliation à son fils. *Son fils ?* Comme si elle avait la moindre raison d'imaginer avoir des enfants avec Carter ! Était-elle en train de perdre la tête ?

— Ça va, Daisy ?

Elle exhala un long soupir.

— Oui. Je t'écoute.

— Les générations suivantes ont hérité de pas mal d'argent. Il y a eu des placements immobiliers très lucratifs, surtout près d'Aspen. Le clan Carter s'est toujours très bien débrouillé sur le plan financier.

Sa voix s'altéra, devint un peu rauque.

— Il n'a pas été aussi chanceux sur le plan génétique.

Alarmée, elle le fixa.

— Une maladie ?

— On peut dire ça, murmura-t-il, les yeux rivés sur son pied.

L'alcoolisme. Il y a eu un certain nombre d'alcooliques dans ma famille, y compris mon frère cadet, Theodore, et mon père.

La charmante histoire du poète écossais cherchant fortune avait viré au cauchemar. Elle se remémora la remarque amère de Carter lorsqu'ils avaient compris que Gerald Wolff maltraitait son fils.

— Et toi ? demanda-t-elle, le cœur battant.

— J'ai échappé à ça.

Il montra sa tasse de tisane.

— Certains diraient peut-être que j'ai contrôlé mes impulsions en me concentrant sur des professions qui définissent clairement le bien et le mal. J'ai étudié le droit à l'université, mais j'ai changé d'avis et je suis entré dans la police. Mon père était furieux. Il n'a jamais eu de poste stable. Il allait d'une prétendue fantastique opportunité à une autre. Certaines n'étaient pas légales. Pire, il a entraîné Theo avec lui.

— Ils sont restés dans le Colorado ?

— Non. Quand ma mère a divorcé d'avec mon père, ils sont partis dans l'Idaho.

Un sourire forcé se dessina sur ses lèvres.

— Je suppose que je m'en suis pas mal tiré. Theo aussi, en fin de compte. Après plusieurs cures de désintoxication, il gère maintenant un ranch dans l'Idaho. Il élève du bétail. Un jour à la fois.

— Je suis désolée, souffla-t-elle.

— Pendant que nous évoquons les tours malheureux que nous joue le destin, je devrais mentionner mon mariage. Il a duré moins de deux ans. Elle détestait être mariée à un flic, ce que je peux comprendre. Après notre séparation, je suis devenu garde forestier. Je ne l'ai jamais regretté.

— Et tu ne veux jamais changer de métier ?

Elle entendit l'intonation de sa voix monter à la fin de sa question. Comme si elle espérait le contraire.

— Je croyais que non. Jusqu'à récemment.

Une bouffée d'optimisme envahit Daisy.

— Récemment ?

Après lui avoir pressé les orteils une dernière fois, il reposa ses pieds sur le canapé et retourna au tableau blanc.

— Il y a une autre manière de considérer ces données. Nous avons quatre victimes, c'est suffisant pour établir un modèle.

À l'évidence, il voulait éviter de parler de sa vie privée. Discuter du passé n'était pas facile. Elle n'insista pas.

Son téléphone sonna dans la cuisine. Elle se hâta d'aller répondre.

— Allô ?

— Bonsoir, Daisy. J'espère qu'il n'est pas trop tard pour vous appeler.

La voix était familière, mais elle n'arrivait pas à l'identifier.

— Excusez-moi, qui est à l'appareil ?

— C'est moi, Brandi Thoreau. Il y a quelque chose dont je voudrais vous parler.

Carter débarrassa les tasses et le plateau, notant que le ton de Daisy, d'abord effrayé, était maintenant empreint de sollicitude. Il ne pouvait s'empêcher de penser aux victimes. Toutes des jeunes femmes, découvertes en plein air, trois sur quatre dans des cimetières... Quoi d'autre ?

Et comment Daisy s'inscrivait-elle dans ce tableau ?

Ce soir, un véhicule les avait suivis. Espionner sa victime faisait sans doute partie de la méthode utilisée par le tueur. Hannah et Andrea avaient eu le sentiment d'être observées. Daisy avait indéniablement été suivie par Eric Wolff.

Il l'entendit donner rendez-vous à Brandi le lendemain, à l'heure du déjeuner, devant le bâtiment où l'autopsie devait avoir lieu. L'instant d'après, elle mit fin à la communication.

Carter attrapa un paquet de cookies aux pépites de chocolat sur l'étagère et fit une petite pile de quatre.

— Que se passe-t-il ?

— Brandi pense que Slade la trompe parce qu'il s'absente des heures durant sans lui dire où il va. C'est suspect, non ? Elle veut que j'enquête.

— Elle sait que tu es prof de biologie, pas détective privé ? demanda-t-il, dubitatif.

— Elle a l'air de penser que toi et moi travaillons sur la même affaire et que je fais partie des forces de l'ordre, sans doute du FBI. C'est un compliment, au fond.

— Tu as accepté de la rencontrer ?

— Après l'autopsie, à 13 heures.

Elle se leva et mit son sac sur l'épaule.

— Il va falloir qu'on se lève de bonne heure pour retourner à Pueblo. Mieux vaudrait aller nous coucher.

Carter n'avait guère envie que la soirée se termine avec Daisy dans sa chambre d'amis, bien trop éloignée de la sienne, mais il ne voyait pas comment aborder le sujet avec délicatesse. Il ne pouvait pas vraiment lui demander de but en blanc si elle voulait coucher avec lui. Il passerait pour un pervers. Il ne s'imaginait pas davantage la prendre dans ses bras pour lui donner un baiser passionné, ou la conquérir par une déclaration romantique. Il était garde forestier, bon sang. Pas poète. Il était juste... normal.

Il s'effaça pour la laisser passer devant lui et la suivit dans l'escalier, contemplant le balancement subtil de ses hanches, la queue-de-cheval qui dansait sur ses épaules. Son énergie et sa vitalité faisaient plaisir à voir, et il mourait d'envie de lui montrer à quel point il appréciait sa compagnie. *Dis-le-lui.* Les mots restèrent coincés dans sa gorge. Parler d'un tueur en série semblait plus facile.

Plus sûr.

— Le FBI va procéder aux perquisitions chez Wolff et Slade

tôt demain matin, dit-il. Nous devrions avoir les résultats préliminaires vers midi.

Elle marqua une pause dans l'escalier et baissa les yeux vers lui.

— Ce qui signifie que Brandi pourrait avoir du nouveau avant notre rendez-vous. Slade sera peut-être lavé de tout soupçon.

— Ou pas.

— C'est drôle, tu sais. Nous enquêtons sur son petit ami dans une affaire de meurtre, et elle s'en moque éperdument. Ce qui l'inquiète, c'est qu'il puisse être infidèle.

— Pas si étrange, observa-t-il. Si elle pensait que c'est réellement un tueur, elle prendrait ses jambes à son cou.

— Comment pourrait-elle l'ignorer ?

— Rappelle-toi Dr Jekyll et Mr. Hyde.

Parfois, un abominable meurtrier vivait dans le même corps qu'un gentleman.

Elle entrouvrit les lèvres comme pour répondre, mais resta muette, ses grands yeux verts soudés aux siens. Ils étaient si proches l'un de l'autre qu'il sentait le parfum mentholé de son shampooing, la chaleur de son corps. Ses joues avaient rosi. Il lui effleura le bras doucement. Elle ne fit pas mine de reculer, si bien qu'il se pencha vers elle.

Les mouvements de Daisy reflétaient les siens. Il avait la certitude qu'elle était attirée par lui. Cependant, loin de se détendre dans son étreinte, elle se raidit. En un éclair, elle se détourna, gravit les dernières marches qui la séparaient du palier et regarda d'un côté, puis de l'autre, ne sachant où aller.

Il lui désigna l'arrière de la maison.

— Par là. La salle de bains est ici, sur ta gauche.

Sans un mot, elle s'engouffra dans la chambre, alluma la lumière et referma la porte. Il ne se passerait rien entre eux ce soir. Carter devait l'accepter, mais il était amèrement déçu.

— Bonne nuit, Daisy.

Il gagna sa chambre, referma la porte et, sans prendre la peine d'allumer la lumière, s'assit sur le lit pour retirer ses bottes. Après la journée qu'ils avaient passée, il aurait dû être épuisé. Pourtant, alors qu'il s'étendait sur la couette couleur chocolat, il sut que le sommeil ne viendrait pas facilement. Des détails de l'enquête se bousculaient dans son esprit, des liens ténus prenaient forme. Et puis, il y avait Daisy.

Il lui plaisait. Il le savait. Quand il croisait son regard, il lisait une invitation dans ses magnifiques yeux verts. Et lors des rares occasions où ils s'étaient touchés, il avait été secoué par l'électricité qui passait entre eux.

Il l'attirait, mais elle avait décidé qu'ils ne pouvaient pas s'engager dans une relation qui n'avait pas d'avenir puisque l'un et l'autre étaient dévoués à une carrière qu'ils adoraient, dans deux endroits distincts. Une fille de la ville pouvait-elle aimer un montagnard ? Et vice versa ?

Carter entendit l'eau ruisseler dans la douche à travers la cloison et réprima un gémissement en imaginant Daisy, nue et magnifique, sous le jet d'eau brûlant. Lui qui n'avait pas coutume de boire se découvrit une envie irrésistible de siroter une tequila.

Il fallait que cette folie cesse. Il se leva et s'approcha de la fenêtre éclairée par la lune. De là où il se tenait, il avait une vue dégagée sur le garage, les boîtes aux lettres et la route qui passait devant le chalet. Scrutant la forêt, il décela un mouvement. Une ombre presque invisible, qui se faufilait au milieu des arbres.

On les espionnait.

17

Debout immobile à la fenêtre, Carter observa la silhouette qui s'enfonçait dans les arbres de l'autre côté de la route. L'individu n'avait pas de torche et, coiffé d'une casquette de base-ball, se fondait aisément dans le paysage. Arbustes et rochers empêchaient Carter de juger de sa taille et de sa corpulence. En dépit du clair de lune, il ne parvenait pas à voir son visage.

Il connaissait ces bois par cœur, de sorte qu'il jouissait d'un avantage sur l'inconnu. Cependant, il ne pouvait laisser Daisy seule dans le chalet, même avec toutes les portes fermées à clé.

Il avait besoin de renfort.

Sans quitter son poste d'observation, il tira son téléphone de sa poche et abrita l'écran pour que la lumière n'attire pas l'attention. Puis il composa le numéro de son supérieur, qui habitait à proximité.

— Joaquin, j'ai un problème.

— Que se passe-t-il ? répondit ce dernier aussitôt. Où es-tu ?

— Chez moi, avec Daisy. Il y a un type qui rôde autour de la maison. J'ai besoin de ton aide.

— Dis-moi ce que tu veux que je fasse.

— Gare-toi devant mon garage, viens à la porte et entre.

Il donna à Joaquin le code de l'alarme.

— Veille sur Daisy. Moi, je vais suivre ce type.

Ils ne perdirent pas de temps à discuter davantage. Carter

mit fin à l'appel, rangea l'appareil dans sa poche et sortit de la chambre. L'eau ne coulait plus, et il entendait Daisy fredonner. Le plus difficile restait à venir. Il devait lui dire que ses pires craintes s'étaient réalisées – le monstre qu'elle avait imaginé s'était matérialisé.

Il toqua à la porte de la salle de bains.

— Daisy, ouvre-moi.

— Pas maintenant, Carter.

— Il faut que je te parle. Tout de suite.

Elle passa la tête par la porte, et il vit qu'elle s'était enveloppée d'une serviette bleue. Ses cheveux humides bouclaient autour de son visage.

— Qu'y a-t-il ?

Il ne pouvait lui parler pendant qu'elle était là à moitié nue.

— Habille-toi. Joaquin est en route. Il arrive.

— Qu'est-ce qui ne va pas ?

— Le système d'alarme est enclenché. N'y touche pas.

Il se détourna.

— Dépêche-toi.

La porte de la salle de bains claqua derrière lui alors qu'il reprenait sa place à la fenêtre. Après avoir scruté la forêt un instant, il repéra la silhouette de nouveau. Il devait se préparer. Il enfila des chaussures de marche légères et choisit une veste gris foncé dans la penderie. Ensuite, il prit son Beretta automatique, et mit un chargeur supplémentaire dans le holster attaché à sa ceinture. Toujours sans allumer la lumière, il farfouilla dans la commode à la recherche d'un bonnet sombre. Dans sa table de chevet, il trouva un pot de peinture de camouflage noire dont il s'enduit les joues et le menton.

Il vit Daisy s'approcher, vêtue en tout et pour tout d'un long T-shirt.

— N'allume pas, avertit-il.

— Qu'est-ce que tu t'es mis sur les joues ?

— On nous espionne. J'ai vu un type rôder de l'autre côté de la route.

Elle étouffa une exclamation de stupeur, la panique dans son regard.

— Qu'allons-nous faire ?

— J'ai appelé Joaquin en renfort. Quand il arrivera, il entrera droit dans la cuisine et il restera avec toi.

— Et toi ? Que vas-tu faire ?

— Dans l'immédiat, je vais me mettre en position. Dès que Joaquin sera là, je vais pister ce rôdeur.

Elle vacilla et dut s'appuyer à l'encadrement de la porte.

— Ne sors pas.

Il la prit doucement dans ses bras.

— C'est peut-être ma meilleure chance de mettre la main sur ce type.

Les cheveux de Daisy sentaient bon la vanille et la fleur d'oranger. Un parfum délicat, féminin, qui resterait à jamais gravé dans sa mémoire.

— Joaquin sera là. Tu n'as rien à craindre.

Elle relâcha son souffle et se détacha de lui, reculant d'un pas sur le palier. Quand elle redressa le menton, une légère rougeur s'était répandue sur son visage. La détermination brillait dans son regard vert.

— Reviens-moi, Carter. Il faut que tu reviennes.

Il ne sut que dire pour la rassurer. Aussi, il parla stratégie.

— Je vais descendre au rez-de-chaussée. La lumière est éteinte. Quand je serai dehors et que j'aurai remis l'alarme, va dans la cuisine, allume et attends Joaquin.

Elle le retint par la manche avant qu'il ait pu se diriger vers l'escalier. Elle lui empoigna les bras, se haussa sur la pointe des pieds et l'embrassa sur les lèvres avec la passion qu'elle réprimait depuis le début de la soirée – à vrai dire, depuis l'instant où ils s'étaient rencontrés.

La douceur de ses lèvres contrastait avec la fermeté de son baiser. Ses seins étaient plaqués contre le torse de Carter, ses hanches épousaient les siennes. Sans le vouloir, elle rendait ce moment plus difficile. Il ne voulait pas la quitter. Pourtant, il devait tenter d'attraper l'individu qui les espionnait.

S'arrachant à son étreinte, il dévala l'escalier et traversa la maison. Il ne recommença à respirer que lorsqu'il fut sorti de la cuisine, le système d'alarme réactivé. La fraîcheur de l'air nocturne lui caressa les joues, sans parvenir à éteindre le brasier que Daisy avait allumé dans son cœur. Il sentait entre eux un lien plus profond qu'une simple attraction physique. Il ne croyait pas au destin ; malgré tout, il ne pouvait s'empêcher de penser qu'ils étaient faits l'un pour l'autre.

Certes. Mais avant que la grande scène d'amour puisse avoir lieu, il devait arrêter un tueur en série.

Il pénétra dans les bois, suivant un étroit sentier qui grimpait à travers la colline. Quand il fut monté un peu plus haut, il s'accroupit derrière un énorme rocher plat et scruta les environs du chalet. La silhouette n'avait pas bougé.

Carter regretta brièvement de ne pas avoir apporté sa carabine. Il était bon tireur. Il aurait pu abattre l'homme.

Sa lucidité revint aussitôt. Il n'était pas un tueur. Son travail consistait à appréhender l'individu et à le mener devant la justice. À l'empêcher de faire du mal à d'autres femmes.

Il entendit la Range Rover de Joaquin qui approchait et vit ce dernier s'engager dans l'allée. Carter garda les yeux rivés sur la silhouette apparemment immobile de l'autre côté de la route. Joaquin descendit et emprunta le sentier incliné qui conduisait à la porte principale.

De là où il se trouvait, Carter ne pouvait pas voir la porte, mais un léger déclic lui confirma que son ami était entré. Comment l'homme allait-il réagir ? Allait-il patienter ? Essayer de s'approcher, de regarder par les fenêtres ? Ou prendre la fuite ?

S'il s'enfuyait, dans quelle direction irait-il ? Il avait sans doute laissé sa voiture au pied de la colline. Il y avait divers endroits où l'accotement était assez large pour y garer un véhicule. Carter présuma que l'homme allait partir vers la gauche et se prépara à le poursuivre.

Les muscles de ses cuisses se raidirent alors qu'il s'éloignait du rocher. Il voulait s'approcher autant que possible avant de passer à l'offensive. Sans bruit, il se mit à redescendre.

Sans raison apparente, la silhouette se lança dans l'action, mais pas dans la direction escomptée. Au lieu de quoi, l'homme prit à droite sur la route, remontant la colline.

Carter n'avait pas de temps à perdre. S'efforçant toujours d'être silencieux, il pressa le pas, zigzaguant entre arbres et rochers. À environ cent mètres du chalet, la route s'incurvait. Lorsque l'espion atteindrait ce point, il serait invisible. Au clair de lune, Carter vit l'ombre disparaître au tournant.

Il déboucha sur la route et accéléra. Après le terrain difficile de la forêt, courir sur le chemin gravillonné était un soulagement. En quelques secondes, il atteignit le tournant. Sur sa droite, une allée menait au chalet de son voisin. Personne ne semblait être là. Il continua à remonter la colline.

Soudain, un bruit de moteur rompit le silence nocturne. L'homme s'enfuyait. Devant lui, Carter distingua les phares éteints d'une voiture qui s'éloignait à toute allure. Au virage suivant, les phares s'allumèrent.

À bout de souffle, il s'immobilisa au milieu de la route, au comble de la frustration. Il n'avait pas vu le numéro d'immatriculation, ne savait même pas quel type de véhicule il cherchait. Ces phares n'appartenaient pas à un pick-up ni à une camionnette, mais à une berline ordinaire.

Il n'avait pas accompli le moindre progrès.

Il inclina la tête vers les étoiles qui scintillaient dans le ciel. Elles semblaient se moquer de lui. Avec son bonnet noir et la peinture de camouflage sur ses joues, il se sentait complètement ridicule.

Carter redescendit la route, et se dirigea vers l'endroit où il avait cru voir la silhouette. Derrière un rocher à hauteur d'homme, les herbes avaient été piétinées et des branches d'arbustes étaient cassées. Il sortit sa lampe de poche et balaya les environs. Un éclair de couleur attira son attention.

Un foulard jaune et orange était drapé autour d'un buisson.

Aucun doute. Le tueur avait eu le dernier mot.

Dès que Daisy entendit la porte, elle sauta à bas de son tabouret et se rua dans l'entrée. Joaquin la suivit, sans doute pour la protéger au cas où le nouveau venu ne serait pas Carter. Le géant qui dirigeait l'Office des parcs nationaux à Salida était à peu près aussi subtil qu'un grizzly en matière de protection rapprochée, mais elle appréciait sa sollicitude. Après qu'ils s'étaient présentés, il s'était affairé à préparer de la tisane et lui avait parlé de son jardin bio et des plantes locales qu'il cultivait, telles que l'oignon sauvage et l'asperge. Il aimait l'idée de vivre de sa terre. En tant que prof de biologie, elle approuvait totalement.

Quand Carter franchit le seuil de la maison, elle l'entoura de ses bras. S'il avait été blessé en essayant de la protéger, elle n'aurait jamais pu se le pardonner. Elle ne le lâcha que le temps qu'il réactive l'alarme.

— Je présume que notre homme a filé, observa Joaquin. Tu as trouvé quelque chose ?

Au lieu de répondre, Carter se focalisa sur Daisy, comme s'il jaugeait son état d'esprit.

— Peut-être vaut-il mieux...

— Tu peux parler devant moi.

— Très bien.

Son regard alla de Joaquin à Daisy.

— Il s'est enfui avant que j'aie pu le rattraper, mais j'ai aperçu ses phares. Ce n'était ni une camionnette ni un camping-car. Juste une berline normale.

— Une deuxième voiture, commenta Joaquin.

— Il était trop loin pour que je puisse reconnaître le modèle ou lire le numéro d'immatriculation.

Carter haussa les épaules.

— Je suis retourné à l'endroit où il s'était caché, et j'ai trouvé ceci.

Il sortit de la poche de sa veste un sachet en plastique contenant un foulard en soie, aux tons jaune, orange et rose évoquant un lever de soleil en montagne.

Daisy détourna les yeux.

— Je déteste qu'il ait laissé ce foulard exprès. C'est comme s'il nous narguait.

— C'est exactement la réaction qu'il veut, lui fit remarquer Joaquin. Le narcissisme est un élément classique de la personnalité du tueur en série. Il affirme sa supériorité en vous lançant un défi.

— Pourquoi ? demanda Daisy, les poings serrés. Pourquoi nous ?

— Si je devais deviner, je dirais qu'il voit Carter comme un adversaire. Je ne sais pas pourquoi il s'en prend à vous, mais c'est le cas. Comme s'il faisait une fixation.

— Joaquin est un excellent profileur, expliqua Carter. Il a été thérapeute avant d'intégrer l'Office des parcs nationaux.

Daisy interrogea l'intéressé du regard.

— Pourquoi moi, précisément ? Pourquoi cette personne s'en prend-elle à moi ?

— Parlons-en, suggéra-t-il sur un ton apaisant, en lui prenant le bras pour la guider vers la cuisine. Carter, va te laver le visage. J'ai l'impression d'avoir affaire à un gang de mercenaires sortis tout droit d'un jeu vidéo.

De retour dans la cuisine, Joaquin lui versa une nouvelle tisane et s'assit à côté d'elle devant l'îlot en granit.

— Avant que Carter revienne, je veux vous parler d'un appel que j'ai reçu ce soir.

— Laissez-moi deviner, soupira Daisy. Ma tante Vi vous a téléphoné.

— Violet Rhodes de Leadville, confirma-t-il. Elle s'inquiète pour votre sécurité et voulait se renseigner sur Carter.

— Je suis désolée qu'elle vous ait importuné.

— Elle ne m'a pas importuné du tout, répondit-il avec un sourire. Nous avons bavardé un peu, échangé quelques tuyaux de jardinage et elle m'a questionné sur les armes que je porte.

— Elle a été harcelée par un voyeur par le passé, et elle a acheté du spray au poivre et un pistolet pour se défendre.

Daisy soupira de nouveau.

— Ça a été le début de son arsenal.

Il caressa sa barbe poivre et sel.

— Après notre conversation, je l'ai cherchée sur Internet. Elle a une maison magnifique et un très beau... jardin.

Joaquin était l'incarnation même du genre d'homme qui plaisait à tante Vi. Éduqué, en forme, qui en outre portait bien l'uniforme. Daisy songea qu'elle devrait le mettre en garde avant qu'il devienne le mari numéro cinq.

Carter entra dans la cuisine, essuyant les derniers vestiges de son camouflage à l'aide d'une serviette.

— De quoi parliez-vous tous les deux ?

— De la tante de Daisy, expliqua Joaquin. Elle vient à Salida demain se renseigner sur la situation, et je lui ai promis de lui faire visiter Pueblo.

Quoique ravie que Joaquin soit impliqué dans l'enquête, Daisy n'aimait guère l'idée que sa tante y soit mêlée.

— Vous ne pensez pas que c'est dangereux pour elle de venir ?

— Il faudra que j'assure sa protection, voilà tout, déclara Joaquin.

Il se tourna vers Carter.

— Tu as rencontré cette dame ?

— Et comment.

— À ton avis, Violet Rhodes est-elle le type de femme qui aime voir un homme couper son propre bois ?

— Tu vas bien voir.

18

Le lendemain matin, Daisy et Carter étaient sur la route à 7 heures. Il avait préparé du café et rempli deux tasses de thermos. Accompagné d'une barre de céréales, c'était tout le petit déjeuner que Daisy désirait. Après les événements de la veille au soir, elle avait pensé passer une nuit blanche, mais elle avait sombré dans un profond sommeil dès l'instant où sa tête avait touché l'oreiller. Elle ne s'était réveillée que lorsque Carter l'avait appelée.

Tenant sa tasse à deux mains, elle but une gorgée et se remémora le moment où elle avait ouvert les yeux pour le découvrir assis au bord du lit, douché, torse nu et infiniment sexy. Le rayon du soleil qui filtrait à travers les rideaux bleus soulignait la courbe de ses lèvres et ses pommettes hautes. Le bleu de ses yeux était aussi profond, aussi pur que celui des pervenches.

Elle avait vaguement pensé qu'elle rêvait, et puis il lui avait donné un baiser sur le front. Un baiser léger, qui avait néanmoins déclenché un frisson de désir dans ses terminaisons nerveuses. Elle l'avait attiré à elle pour l'embrasser plus passionnément, caressant son torse tiède et puissant. Elle voulait davantage.

Pourtant, le bon sens l'avait emporté, et elle s'était détachée de lui.

Elle but une nouvelle gorgée de café et étudia le profil de Carter qui conduisait.

— Que va-t-il arriver quand l'enquête sera terminée ?

— Nous pouvons prendre les choses comme elles viennent, dit-il. Salida n'est qu'à deux heures de Leadville. Rien ne nous empêche de continuer à nous voir.

— Dans un mois, je reprendrai mon poste à Denver, lui fit-elle remarquer. Mon séjour chez tante Vi est temporaire.

Un détail de la conversation de la veille lui revint en mémoire.

— Que voulait dire Joaquin quand il a parlé de couper du bois ?

— Il m'a dit récemment que son ex aimait le regarder couper du bois pour la cheminée, expliqua Carter avec un sourire, en arquant les sourcils. Ça lui donnait des envies.

— Oh ! non. Il pense à coucher avec tante Vi avant même de l'avoir rencontrée. Le pauvre n'a aucune chance.

— Il n'est pas complètement sans défense, tu sais.

— Tu connais mal ma tante. La séduction est sa seconde nature. Tous les hommes tombent amoureux d'elle, y compris Jack Jones.

Le téléphone de Carter sonna sur le tableau de bord.

— Bonjour, agent Wiley. Vous êtes sur haut-parleur. Daisy est avec moi.

— Je voulais juste vous informer que nous sommes en train de perquisitionner le domicile de Slade Franklin. Les techniciens fouinent partout, et le jeune Slade n'est pas content.

— Ça ne m'étonne pas.

— Nous avons déjà trouvé des pièces à conviction dans son camping-car. Une petite culotte rose et de longs cheveux châtains.

Le cœur de Daisy s'emballa. Elle songea au moment où elle avait vu Rene dans le cimetière, sa chevelure déployée en éventail autour de sa tête.

— Slade a une petite amie, fit remarquer Carter à Wiley.

— Nous l'avons rencontrée, et elle est presque aussi furieuse que lui. Pas parce qu'il est accusé de meurtre, mais à cause de la petite culotte. Elle a affirmé que ce n'était pas la sienne. Apparemment, elle ne porte pas de coton. Seulement de la soie.

— A-t-elle passé la nuit dernière avec Slade ?

— Elle assistait à l'inauguration d'un nouveau bar dans le cadre de son activité d'influenceuse. Elle est retournée chez lui vers minuit et y est restée jusqu'à ce matin.

Daisy hocha la tête. Les horaires concordaient. Si Slade surveillait le chalet la veille, il s'était peut-être dépêché de rentrer pour que Brandi lui donne un alibi.

— Autre chose ? demanda-t-elle. Je présume que vous n'avez pas trouvé de traces de sang.

— Non, mais nous confisquons le véhicule pour l'inspecter de plus près. Slade n'est pas d'accord. Il se sert de son camping-car pour son travail et il doit se rendre sur le chantier de rénovation d'une église toute la semaine.

— Il a une autre voiture ? s'enquit Carter.

— Une Toyota Corolla. Le coffre n'est pas énorme, mais suffisant pour qu'il puisse transporter la plupart de ses outils.

Carter et Daisy échangèrent un regard. Slade avait pu conduire ce véhicule-là la veille au soir. Plus ils en apprenaient, plus le jeune homme paraissait suspect.

— Merci d'avoir appelé, dit Carter. Je vais déposer Daisy au laboratoire et j'arrive.

Il coupa la communication. Ils traversaient Salida, et Daisy remarqua une unique voiture garée sur le parking de l'Office des parcs nationaux. Celle de Joaquin ? Il avait mentionné la veille que Vi viendrait de bonne heure. Celle-ci n'avait pas pris la peine de tenir Daisy au courant. C'était bien sa tante ! Elle avait flairé une aventure et ne voulait pas être en reste.

— Dommage que Slade ait une explication pour ces cheveux et cette culotte, marmonna Carter. Il nous a dit que Rene et lui s'étaient changés dans le camping-car quand ils sont allés se baigner à Teacup Lake, tu te souviens ?

— Oui, acquiesça-t-elle, songeuse. Rene était pieds nus lorsque nous avons découvert son corps, et ses pieds étaient propres, ce qui signifie qu'elle n'avait pas marché dans la forêt. Peut-être qu'elle venait de se baigner avec Slade. Il a pu lui trancher la gorge pendant qu'ils étaient dans l'eau, la laisser se vider de son sang et la porter jusqu'à la rive.

Des images de ce scénario défilaient dans son esprit tel un film d'horreur.

— Tu as peut-être raison. Slade est costaud. Il n'aurait eu aucun mal à porter une femme aussi menue.

Il se tourna vers elle.

— Tu as du talent, Daisy. Tu pourrais être enquêtrice, tu sais.

Sauf qu'elle n'avait aucune envie d'élucider des crimes. Cette série de meurtres lui avait fait entrevoir une facette du monde qu'elle aurait préféré ignorer. Elle but une nouvelle gorgée de café.

— Je vais laisser ça à d'autres, merci.

— Tu ne veux pas arrêter des méchants et veiller à ce que justice soit rendue ?

— Si. Mais pas au prix de me terrifier moi-même, expliqua-t-elle avant de changer de sujet. À ton avis, où devrais-je emmener Brandi déjeuner ? Tu dois avoir de bonnes adresses.

— Je devine qu'elle saura où elle veut aller. Envoie-moi un texto quand vous aurez décidé. Je vous rejoindrai sur place.

Brandi serait sans doute encore ulcérée par la perquisition de ce matin. Peut-être Daisy devrait-elle lui téléphoner avant le déjeuner. Dans l'intervalle, elle avait hâte de voir le Dr Julia pratiquer une nouvelle autopsie.

Après avoir déposé Daisy, Carter contacta Wiley, qui l'informa que le FBI était en train de procéder à la perquisition du domicile des Wolff.

Invité à rejoindre l'équipe, Carter se rendit sur place. Il n'eut aucun mal à identifier Gerald Wolff, vautré dans un fauteuil sur la terrasse en bois de sa maison, laquelle aurait bien eu besoin d'une couche de peinture. Une des fenêtres était cassée, et avait été réparée tant bien que mal à l'aide de carton et de rouleau adhésif.

Vêtu d'un peignoir usé, d'un maillot sans manches et d'un caleçon à rayures, Gerald Wolff avait l'air aussi négligé que la maison.

— Vous êtes qui ? grogna-t-il.

Carter désigna sa plaque.

— Je travaille pour l'Office des parcs nationaux.

Une lueur de compréhension jaillit dans les petits yeux porcins de Gerald.

— C'est vous le garde forestier qui fricote avec Daisy. Elle m'a attaquée, vous savez.

Si Carter n'avait aucun mal à voir ce vieil homme hostile en meurtrier, il ne pouvait en revanche l'imaginer porter ses victimes ou leur nouer un foulard en soie autour du cou.

Wiley ouvrit la porte et fit signe à Carter d'entrer.

— J'ai quelque chose à te montrer.

En passant à côté de Gerald, Carter saisit une odeur de whisky dans le café qu'il sirotait. Daisy avait sûrement vu juste en le supposant alcoolique. À l'intérieur, le désordre régnait. Des piles de magazines et de courrier qui n'avait pas été ouvert traînaient çà et là. Des tasses et assiettes sales étaient éparpillées sur les tables et les chaises. En dépit du ventilateur qui tournait au plafond, l'air sentait les poubelles et l'essence de térébenthine émanant de pots contenant des pinceaux.

Carter suivit Wiley au premier étage. Ils passèrent devant une grande chambre où draps et couvertures gisaient en tas au pied du lit défait. Quatre bouteilles vides de whisky bon marché trônaient sur la table de chevet.

En face, la chambre d'Eric, propre et ordonnée, semblait appartenir à un autre monde. Livres et cadres étaient bien rangés sur l'étagère, plusieurs photos montrant Eric enfant à côté d'une femme souriante qui devait être sa mère. Sur d'autres clichés, on voyait un golden retriever.

— Drôle de contraste, commenta Carter. On dirait qu'Eric fait tout ce qu'il peut pour être différent de son père.

— Pas complètement, répondit Wiley en désignant une porte fermée sur le palier. Jette un coup d'œil là-dedans.

C'était une petite pièce, à peine plus grande qu'un placard, dont Eric avait fait un bureau. À côté d'une rangée de classeurs, une table étroite occupait un pan de mur couvert d'un tableau en liège. En face, il avait accroché une carte détaillée du sud-ouest du Colorado, où plusieurs lieux étaient marqués à l'aide d'épingles en couleur. Sur une autre table se trouvaient un ordinateur portable et une imprimante.

Eric n'avait pas chômé. Des dizaines de photos de paysages - collines verdoyantes, rochers aux formes étranges - étaient punaisées sur le tableau en liège. En y prêtant plus d'attention, Carter reconnut la forêt de Butcher's Gulch. Puis la tombe de Doc Holliday.

Des photos de cimetières.

Parmi les paysages, quelques personnages. Une photo de Violet Rhodes s'exerçant au tir au pistolet, plusieurs clichés d'une femme d'un certain âge qui ressemblait à celle que Carter avait supposée être la mère d'Eric. Une de Jack Jones.

Et trois de Daisy, qui formaient un triangle. Sur l'une, elle paraissait rêveuse, adossée au porche en bois de la terrasse de sa tante. Sur une autre, elle courait vers l'immeuble du FBI.

Et sur la troisième, elle était à Teacup Lake, en train d'embrasser Carter.

19

Daisy avait hâte d'apprendre la nouvelle à Carter : au cours de l'autopsie, le Dr Julia avait découvert dans les plaies d'Andrea des larves de scarabées appartenant à une espèce absente à l'altitude de Glenwood Springs et de Butcher's Gulch, mais commune dans les zones désertiques telles que Pueblo.

Autrement dit, ils avaient maintenant la preuve qu'Andrea avait été retenue dans cette région-là durant les trois jours qui avaient suivi sa disparition, puis transportée à Butcher's Gulch. Le tueur devait avoir son repaire là.

À cette pensée, Daisy ne put réprimer un frisson. Il fallait espérer que les perquisitions du FBI aient porté leurs fruits.

Les autres conclusions de l'autopsie confirmaient qu'Andrea avait été attachée, mais ni menottée ni bâillonnée. Il n'y avait aucun signe de sévices. En revanche, elle avait été droguée. Des traces de sédatifs avaient été retrouvées dans son organisme.

Daisy retira sa tenue de protection et sortit du laboratoire. Comme convenu, Brandi était déjà là, adossée à une Ford jaune vif qui offrait un contraste frappant avec sa tenue : minijupe rouge et T-shirt à rayures bleues et blanches. Ses longs cheveux acajou étaient séparés par une raie au milieu et attachés en couettes. Elle adressa un signe de la main à Daisy, puis adopta la moue de rigueur pour un selfie. Daisy gémit intérieurement. Le déjeuner risquait d'être long.

— J'espère que ça ne vous ennuie pas que je prenne quelques photos pour mon vlog. Je peux dire que vous travaillez pour le FBI ?

— Non, pas du tout ! se récria Daisy, alarmée à l'idée de voir son visage étalé sur Internet. Je suis professeure de biologie à Denver, rien de plus.

— Ouais, c'est ça.

— Réfléchissez, Brandi. Vous ne voulez pas que je dise à votre public que le FBI a perquisitionné chez Slade, si ?

— Je suppose que non, répondit la jeune femme en roulant des yeux. Que puis-je dire d'autre à votre sujet qui soit intéressant ?

— Vous pouvez parler du trésor de Sherwood Brighton.

Brandi adora l'histoire de l'ancêtre de Daisy, que cette dernière lui relata durant le trajet jusqu'à un nouveau restaurant végétarien situé dans le centre-ville de Pueblo.

— J'ai un permis de stationnement spécial, annonça Brandi en se garant. Toute cette semaine, je visite des endroits différents à Pueblo pour en faire la promotion.

— C'est ce que vous faisiez hier soir ?

— Oui. J'avais proposé à Slade de m'accompagner, mais il a dit non. Tant pis pour lui.

Le restaurant était plein de verdure, et l'air embaumait la lavande et le basilic. Daisy commanda un thé glacé à la menthe.

— C'est meilleur avec du schnaps, affirma Brandi.

Peu désireuse de réitérer l'expérience de la veille, Daisy s'en tint à son choix. Elle avait besoin d'être parfaitement lucide.

Suivant les conseils de la serveuse, elle opta pour des lasagnes végétariennes à la sauce béchamel. Brandi prit une salade de betterave et de brocoli, qu'elle accompagna de cidre.

Après avoir installé un petit appareil-photo sur la table et fixé deux micros quasi invisibles sur la poitrine de Daisy et la sienne, Brandi pria Daisy de répéter sa commande pour la vidéo. Elle fit de même, puis décrivit les recherches entreprises par Daisy pour retrouver le trésor familial.

— Dites-moi, Daisy, y a-t-il beaucoup de lingots ?

— Assez pour remplir une malle de voyage.

— Ou un cercueil, grimaça Brandi pour la caméra. Est-ce pour cette raison que vous vous promenez dans les cimetières ?

Daisy répondit à côté de la question, débitant des généralités sur les cimetières de hors-la-loi de l'Ouest. Brandi garda un sourire plaqué sur son visage, mais il était évident qu'elle n'écoutait plus.

Quand les plats furent servis, elle prit des photos et interrogea la serveuse quant à leur préparation. Enfin, elle éteignit son appareil.

— Personne ne veut nous voir manger. Ou parler la bouche pleine.

Daisy goûta ses lasagnes, et fut aussitôt conquise par la sauce crémeuse.

— Slade et vous paraissez si différents, observa-t-elle. Il s'absente souvent pour son travail ?

— C'est un solitaire, admit Brandi. Mais il est grand, il a un corps superbe et il est très photogénique.

Elle attrapa son téléphone et lui montra une photo de Slade torse nu. Le regard de Daisy fut aussitôt attiré par un tatouage sur son biceps gauche. Il représentait un cœur, dans lequel était écrit : Maman.

— Pas mal, hein ?

— Vous êtes ensemble depuis deux ans, c'est ça ?

Brandi acquiesça.

— Depuis avant la mort de sa mère. Mais nous avons rompu deux fois.

— C'est après une de ces ruptures qu'il a rencontré Rene Williams ?

— Cette petite sorcière ! s'exclama Brandi en tendant la main vers son cidre. Elle n'a pas perdu de temps pour le séduire.

Apparemment, on n'avait jamais appris à Brandi à ne pas dire de mal des morts. Daisy changea légèrement de sujet.

— En dehors de cet épisode, vous avez des preuves qu'il vous a été infidèle ?

— J'ai trouvé un pendentif. Deux, en fait, comme s'il en avait acheté un pour moi et un pour une autre fille. Quand je les lui ai montrés, il a prétendu qu'ils étaient tous les deux pour moi, qu'il essayait de décider lequel était le plus joli.

Elle roula des yeux.

— Mais c'est absurde. Ils étaient identiques.

Daisy songea au pendentif qu'avait porté Eileen Findlay, la victime retrouvée non loin de l'endroit où elles déjeunaient.

— Comment était ce bijou ?

— C'était un petit cœur. Mignon, mais un peu cucul.

— Il vous offre des foulards parfois ?

— Il a essayé. Sa mère adorait les foulards, mais ce n'est pas mon genre. Je mets beaucoup de soin à choisir mes tenues, et je ne veux pas qu'elles soient cachées par un bout de tissu.

— Sa mère avait beaucoup d'influence sur sa vie, commenta Daisy.

— Ce n'était pas une mauvaise affaire pour lui. Elle lui a légué beaucoup d'argent. Il est bizarre avec ça, d'ailleurs. Il tient à tout régler en espèces.

Brandi jeta un coup d'œil autour d'elles.

— C'est à ce sujet que je voulais vous parler.

— Je vous écoute.

— Je crois qu'elle lui a laissé une propriété quelque part.

Une bouffée d'adrénaline monta en Daisy.

— Un endroit qu'il garde secret ?

— Un nid amoureux. Je crois qu'il va là-bas quand il part pour le week-end, et qu'il y emmène ses petites amies.

— Vous avez une idée de l'endroit où cette maison est située ?

Brandi secoua tristement la tête.

— J'ai besoin de vous pour m'aider à la trouver.

— Vous l'avez interrogé ?

— Il jure que je me fais des idées. Il me dit et me répète qu'il n'aime que moi, mais je sens que ce n'est pas vrai. Pourriez-vous utiliser vos contacts au FBI pour savoir où elle est ?

— Je peux essayer, répondit Daisy, songeant que ce devait être possible. Vous avez des indices ?

— La vieille pie qui vit à côté, Mme Gallagher, était une amie proche de sa mère. Elle me déteste, bien sûr. Mais Slade fait un peu de bricolage chez elle, et elle pense qu'il est merveilleux. Il serait peut-être utile de lui parler.

— Sans doute.

À cet instant, Daisy aperçut Carter dans l'entrée du restaurant. Il avait enfilé une veste en tissu léger afin de dissimuler le holster attaché à sa ceinture. Elle lui fit signe et vit que l'expression de Brandi s'était assombrie. Pourtant, la jeune femme n'avait pas élevé d'objection lorsque Daisy avait suggéré qu'il se joigne à elles.

— C'est à cause de lui que le FBI a perquisitionné chez Slade, maugréa-t-elle.

— Carter veut seulement agir pour le mieux, assura Daisy, sincère. Je suis sûre qu'il va m'aider à trouver la propriété que Slade a en secret.

— Ah oui ? Très bien.

Elle se leva et serra la main de Carter.

— J'aimerais pouvoir rester, mais malheureusement j'ai une journée bien remplie. Prenez ce que vous voulez, c'est moi qui vous invite.

Avisant une serveuse, elle lui remit un billet de cent dollars.

— Apportez-leur ce qu'ils veulent.

— Comment puis-je vous joindre ? demanda Carter.

— Daisy a mon numéro.

— Et sur le numéro de portable de Slade ?

— Il ne répondrait sans doute pas. Il rénove une petite chapelle au milieu des bois. Et il ne me donne jamais le nom de ses clients.

L'instant d'après, elle était partie. Carter s'assit à côté de Daisy, qui eut toutes les peines du monde à arracher son regard de lui. Il semblait encore plus séduisant chaque fois qu'elle le voyait.

— Je suis désolée que tu n'aies pas pu lui poser de questions.

— Je ne me faisais guère d'illusions. Tu as appris quelque chose ?

— Elle veut que j'utilise mes contacts au FBI – comme si j'en avais – pour obtenir l'adresse du nid amoureux de son petit ami. Elle est convaincue que sa mère lui a laissé une propriété qu'il lui cache.

— Nous pouvons nous renseigner. Si des archives existent, nous les trouverons sans doute.

— Tu as faim ?

— À vrai dire, j'ai mangé un burger en route, avoua-t-il. Je suis surpris que tous ces végétariens ne sentent pas la viande sur moi.

Daisy savoura sa dernière bouchée de lasagnes.

— Tu veux qu'on s'en aille ?

— Ce n'est pas un endroit idéal où discuter de tueurs en série.

Ils sortirent sous un soleil resplendissant. Il ne faisait pas encore aussi chaud qu'en juillet ou en août, mais la température était plaisante. Daisy retira son pull bleu marine à manches longues. Comme ils s'engageaient sur le chemin dallé qui suivait le cours sinueux de l'Arkansas, une brise légère se leva, agitant les feuilles des arbres.

Un instant, Daisy se laissa émerveiller par la senteur de l'herbe fraîchement coupée, par les rires des enfants qui se poursuivaient dans le jardin public. Un jour comme celui-ci, avec Carter à ses côtés, elle se sentait optimiste et pleine d'assurance. Cependant, le bonheur serait de courte durée. Les monstres qui hantaient son imagination ne s'étaient pas volatilisés – ils se terraient momentanément, voilà tout.

Elle se tourna vers lui.

— Il faut que je te parle des scarabées.

— Vous avez découvert quelque chose au cours de l'autopsie ?

Hochant la tête, elle lui résuma les conclusions du Dr Julia.

— Elle a dû être tuée dans le repaire du tueur, quelque part dans les environs de Pueblo. Et le corps y est resté pendant plusieurs heures, assez longtemps pour que les scarabées pénètrent dans ses plaies.

— Et ensuite, il l'aurait enveloppée dans un drap pour la déposer à Butcher's Gulch.

— Je suppose que nous sommes plus ou moins sûrs que Slade est coupable.

Carter captura sa main dans la sienne et la guida vers un banc, puis s'éclaircit la voix.

— Il faut que je te parle de ce que le FBI a trouvé chez les Wolff.

Elle se raidit, devinant à la gravité de son regard que les nouvelles n'étaient pas bonnes.

Il lui décrivit le bureau qu'Eric avait aménagé, le tableau en liège couvert de photos.

— De cimetières, surtout. Y compris celui de Butcher's Gulch et la tombe de Doc Holliday.

— Les sites des meurtres.

Un frisson la parcourut en dépit de la chaleur du soleil. Elle noua ses doigts à ceux de Carter.

— Quoi d'autre ?

— Il y avait des photos d'une femme que je pense être sa mère, qui a divorcé de Gerald. Et puis des photos de ta tante, de Jack et de toi. Trois de toi, dont une où nous nous embrassons.

Tous les indices pointant vers la culpabilité de Slade s'évanouirent. Là était la preuve tangible qu'Eric Wolff était, au mieux, un homme au cerveau profondément dérangé. Au pire... un tueur en série.

Elle prit une lente inspiration, remplit ses poumons d'air.

— C'est tout ?

— J'ai eu une conversation avec Joaquin. Il est arrivé avec ta tante juste avant que je quitte la maison.

— Ils ont vu les clichés ?

— J'ai réussi à garder Vi à l'écart, bien qu'elle ait exigé de tout visiter. J'ai aussi caché une enveloppe qu'Eric t'avait adressée.

— Ce n'est pas illégal ? De dissimuler des pièces à conviction ?

— J'ai la ferme intention de la remettre à Wiley, dit-il en la sortant de la poche de sa veste. Mais j'ai pensé que tu devais la lire d'abord.

L'enveloppe n'était pas cachetée. Daisy l'ouvrit et en tira une lettre photocopiée. Comme la précédente qu'Eric lui avait remise, elle avait été envoyée par Annie Brighton à Morris Wolff. Le ton était enamouré – jusqu'à ce qu'elle mentionne le trésor.

— « Sherwood pense qu'il est le chef », lut Daisy à voix haute, « mais ce vieil imbécile se trompe lourdement. Souviens-toi de mes paroles. J'emporterai cet argent dans la tombe. »

Stupéfaite, Daisy leva les yeux vers Carter.

Ils avaient besoin d'un permis d'exhumer.

20

Après que Carter eut contacté Wiley à propos de la propriété que la mère de Slade lui aurait léguée, Daisy et lui remontèrent dans sa voiture et se rendirent chez Mme Gallagher, la voisine qui aimait bien Slade et détestait sa petite amie.

Carter avait une seule pensée en tête : protéger Daisy.

Quand il pressa la sonnette, Mme Gallagher ne mit que quelques secondes à ouvrir, comme si elle les avait guettés derrière sa porte. Très menue, dotée d'une crête de cheveux roux et de grands yeux vifs magnifiés par de grosses lunettes, elle lui rappela un pivert. Il s'acquitta des présentations.

— Garde forestier, hein ? Je vous ai vu à côté.

Elle leur serra la main, mais le geste n'avait rien de chaleureux. Elle resta sur le seuil et ne fit pas mine de les inviter à l'intérieur. Carter, qui ne tenait pas à ce que l'entretien s'éternise, ne demanda pas à entrer.

— Vous désirez ?

— Nous collaborons avec le FBI, déclara Carter. Et nous avons entendu dire que vous étiez une amie proche de feu Mme Franklin.

— Je parie que c'est Brandi qui vous a raconté ça, rétorqua-t-elle avec une moue. Elizabeth l'aurait détestée. Elle voulait le meilleur pour Slade, sûrement pas une fille qui s'exhibe sur l'ordinateur. Elle n'a pas honte, celle-là.

— Savez-vous si Elizabeth Franklin possédait une propriété en dehors de la ville ?

— Et alors ? se rebiffa la femme en redressant le menton. Il n'y a pas de loi contre le fait d'avoir un lopin de terre en bordure d'un lac plein de truites.

— On dirait que vous y êtes allée.

— C'est possible, mais il y a longtemps de ça. La dernière année de sa vie, Elizabeth était trop souffrante pour aller où que ce soit. Mais je l'ai vue presque chaque jour. Je leur apportais des petits plats, à Slade et à elle. Slade adorait mes cookies...

Une fois qu'elle commençait à parler, Mme Gallagher ne semblait pas pouvoir s'arrêter.

— Vous avez une adresse ? coupa-t-il. Vous pouvez nous dire où se situe cette maison ?

— Non, désolée. Je n'ai pas une très bonne vue et je ne conduis pas. C'était dans une forêt. Pas dans les montagnes. Le lac s'appelait Shelby ou quelque chose d'approchant. Le chalet était au bout d'un chemin qui était barré par une clôture et un panneau *Entrée interdite*.

L'endroit idéal pour un nid amoureux. Ou l'antre d'un tueur.

— Vous souvenez-vous d'autre chose ?

— Demandez à Slade. C'est lui qui en a hérité.

Elle ouvrit un peu plus la porte.

— Si vous entriez prendre un peu de lait avec des cookies ?

Redoutant de ne jamais pouvoir ressortir s'ils acceptaient l'invitation, Carter recula d'un pas.

— Merci, madame Gallagher, mais nous n'allons pas vous déranger plus longtemps. Vous nous avez été très utile.

— Revenez quand vous voulez.

De retour dans la rue, Daisy sourit.

— Tu lui as plu, je crois. La description qu'elle t'a donnée te dit quelque chose ?

— Pas vraiment. Il y a des centaines de lacs entourés de petits chalets dans les parages. Retournons au FBI. Ils ont peut-être des informations plus précises.

— Où sont passés Joaquin et ma tante ?

— J'aimerais penser qu'ils sont retournés à Salida, mais j'en doute. Ta tante a envie de mener l'enquête.

— Ça ne m'étonne pas, répondit Daisy en soupirant. Je parie qu'elle croit que, si elle y met son grain de sel, l'affaire sera élucidée en un clin d'œil.

— En tout cas, elle ne tarissait pas d'éloges pour, je cite, « les courageux agents du FBI ». Elle a même pressé le biceps de Hicks en gloussant.

— On n'attrape pas les mouches avec du vinaigre, commenta Daisy. Je t'ai dit qu'elle flirtait comme elle respirait.

Tout le contraire de sa nièce. Tante Vi prenait grand soin de sa personne, tandis que Daisy semblait se moquer de son apparence. Sa beauté était naturelle, et elle donnait l'impression d'y être indifférente. Elle disait ce qu'elle pensait sans prendre de gants. Carter avait beau apprécier sa franchise et son côté rationnel, il n'aurait pas été contre un peu de badinage.

Il jeta un coup d'œil vers elle, remarqua le reflet du soleil dans ses cheveux blonds et lutta contre l'envie d'enfouir les doigts dans les mèches vagabondes qui s'enroulaient autour de sa nuque.

— Regarde ! s'écria-t-elle soudain. Je connais ce pick-up.

— C'est celui de Jack Jones.

Que diable faisait-il à Pueblo ? Et pourquoi Carter l'avait-il exclu de sa liste de suspects ?

— Il n'a pas l'air de nous suivre.

Daisy esquissa une grimace.

— C'est peut-être ma tante qui l'intéresse.

Carter aurait pu brancher son gyrophare et obliger le vieil homme à s'arrêter, mais il décida de s'en abstenir.

— Je vais le filer.

Apparemment, le vieil homme connaissait mal Pueblo. Il

tourna en rond dans la ville pendant un bon moment avant de s'engager dans la rue à sens unique qui abritait les bureaux du FBI. Là, Jack se dirigea droit vers le parking où était garé le véhicule de Joaquin.

— Tu as raison, déclara Carter. Ce n'est pas toi qu'il suit, c'est ta tante.

— Comment a-t-il pu deviner qu'elle est là ?

— Nous allons lui poser la question.

Cette fois, Carter mit le gyrophare. Jack se gara aussitôt le long du trottoir. Carter descendit et, conformément au règlement, dégaina son arme.

— Montrez-moi vos mains, ordonna-t-il.

Jack obéit sans discuter, puis reconnut Carter.

— Encore vous !

— Descendez du véhicule. Appuyez-vous sur le plateau et écartez les jambes.

— Pourquoi est-ce que vous me harcelez ? Je n'ai rien fait.

— Faites ce que je vous dis.

Jack continua à grommeler, mais s'exécuta. Sans doute dans le but d'impressionner Vi, il s'était peigné, rasé et avait l'air plus présentable que d'ordinaire, en dépit de la chique de tabac dans sa bouche. Carter ne croyait pas vraiment qu'il soit le tueur, même s'il était mêlé à l'affaire depuis le début.

Il palpa les vêtements de Jack, lui mit les menottes et le tourna vers lui.

— J'ai des questions à vous poser. Si vous répondez correctement, je vous laisse partir.

Jack inclina la tête vers l'immeuble du FBI.

— Et Vi ? Elle a dit qu'elle venait ici, et je veux la voir.

— Elle vous a dit qu'elle voulait vous voir ?

— Peut-être pas. Mais ça ne me plaît pas que ce garde forestier tourne autour d'elle.

Carter s'abstint de tout commentaire et changea de sujet.

— Le soir où vous avez emmené Daisy à Butcher's Gulch, qui vous a payé pour tourner en rond jusqu'à la tombée de la nuit ?

— Je vous ai dit que je n'en savais rien !

— Comme vous voulez.

Carter referma le bras sur celui de Jack.

— Jack Jones, je vous arrête pour entrave au fonctionnement de la justice. Vous avez le droit de rester silencieux. Tout ce que vous dites...

— Ça va, ça va. Je vais parler. Un jeune est venu chez moi et m'a remis une enveloppe.

— Et ensuite ?

— Dedans, il y avait deux billets de cent dollars et des instructions. Si j'attendais la tombée de la nuit pour déposer Daisy, j'aurais deux cents dollars de plus.

Il fronça les sourcils.

— J'attends toujours la deuxième moitié.

Carter n'insista pas. Jack n'était pas un modèle d'honnêteté, mais sûrement pas un tueur en série non plus.

— Retournez-vous. Je vais vous retirer les menottes.

— Vous me relâchez ?

— Avec un avertissement. Restez à l'écart de Daisy et de sa tante. Si je vous reprends à rôder autour d'elles, vous serez arrêté pour harcèlement.

Jack se massa les poignets et lui adressa un sourire rusé.

— À plus tard, alors.

— Une dernière question. Aviez-vous réellement vu la tombe d'Annie Brighton à Butcher's Gulch ?

— C'est celui qui m'a payé qui m'a suggéré de dire ça. C'était peut-être Eric Wolff. Il est toujours dans les parages.

Carter ne savait que penser. Qui était coupable ? Eric ou Slade ? Il devait trouver la réponse avant qu'une autre femme soit tuée.

21

Quand Daisy entra dans les bureaux du FBI avec Carter, elle perçut aussitôt une tension dans l'air. L'agent Wiley ne perdit pas de temps pour l'attirer à l'écart.

— Votre tante déborde d'énergie. Elle a réorganisé mes dossiers, fait du café, mis de l'ordre dans la salle de repos et m'a donné une leçon sur la meilleure manière d'utiliser l'ADN. Elle me rappelle ma mère. Je ne voudrais pas la blesser, mais…

— Je comprends, murmura Daisy. Je vais tâcher de la convaincre de venir explorer les cimetières de Pueblo avec moi.

— S'il vous plaît.

Ça aurait dû être une solution idéale, sauf que Carter ne voulait pas que Daisy aille où que ce soit sans sa protection.

— Un autre cimetière ? se récria-t-il quand il eut entendu sa suggestion. Je ne crois pas que ce soit une bonne idée.

— Wiley trouve que si, dit-elle en souriant. Je ne veux pas être une gêne pour l'enquête.

— Tu es au centre de cette enquête, lui fit-il remarquer. Tout tourne autour de toi. Et tu es en danger.

Ses yeux bleus la suppliaient du regard.

— N'y va pas.

— Je ne veux pas être un appendice inutile.

— Un quoi ?

— Un organe qui ne sert à rien, mais qui peut s'infecter et tout gâcher.

— Tu n'as rien d'inutile, dit-il fermement. Tu serais plutôt un poumon ou un foie.

Elle sourit.

— Ou un pancréas ?

— Reste avec moi aujourd'hui.

Il promena la main sur le bras de Daisy et captura ses doigts dans les siens, déclenchant une onde de désir au fond d'elle.

— Ce soir, reviens avec moi au chalet.

Elle comprit parfaitement ce qu'il proposait. Ils étaient debout dans un couloir, une foule de gens grouillaient alentour, y compris sa tante, et pourtant Carter semblait avoir réussi à tirer un rideau invisible autour d'eux. Ce soir pourrait être leur soir. Enfin, ils feraient l'amour ensemble.

Elle avait désespérément envie de cette intimité, de l'embrasser à en avoir mal aux lèvres, de caresser son torse puissant, d'inspirer son odeur masculine. Si impossible que soit leur relation, elle avait besoin de s'unir à lui.

— Je viendrai, promit-elle. Mais avant, je devrais aller au cimetière avec tante Vi. Joaquin peut nous accompagner. Il nous protégera.

Carter lui effleura la joue d'un baiser.

— À ce soir.

Elle en mourait d'impatience.

Debout dans le parking du cimetière de Rolling Hills, Daisy attendait que Joaquin fasse le tour du véhicule pour ouvrir la portière de sa tante.

Avant de quitter les locaux du FBI, elle avait consulté le registre des inhumations de l'immense cimetière, qui occupait près de cent cinquante hectares de verdure. Apparemment, la mère de Slade était enterrée là, près d'un bassin. Il y avait aussi plusieurs membres de la famille Guerrero, et le dernier enterré était justement à proximité.

Était-ce ainsi que Slade avait rencontré la jeune femme de Glenwood Springs ?

Tante Vi poussa un soupir irrité.

— Je ne sais pas pourquoi nous perdons notre temps ici.

Joaquin la suivait, sa réticence évidente. À l'instar de Carter, il préférait la nature au contact humain, surtout quand l'humain en question – la charmante et parfois exaspérante Violet Rhodes – n'en faisait qu'à sa tête.

— Le nom de Sherwood Brighton ne figure nulle part. Le cimetière avait tout juste été fondé quand il est mort en 1896.

— Je songeais plutôt à Annie.

— Sa femme ? Mais, ma chérie, tu as déjà trouvé sa tombe à Butcher's Gulch.

Elle jeta un coup d'œil vers Joaquin.

— Ma nièce est un génie en anatomie, mais elle oublie parfois les détails du quotidien.

Daisy plongea la main dans son sac et en tira la lettre qu'Eric Wolff lui avait adressée.

— Lis ça.

Tante Vi chaussa une paire de lunettes et parcourut la missive. Puis elle fronça les sourcils et la relut.

— Une fois de plus, il semblerait que notre aïeule ait été un tantinet volage.

— Il y a pas mal de tombes anonymes ici, expliqua Daisy. Et je me demande si Annie n'a pas été enterrée sous un autre nom.

— Wolff ? gémit sa tante. J'espère que tu n'es pas en train de suggérer qu'elle aurait épousé ce vaurien.

— Cela mérite d'y jeter un coup d'œil. N'est-ce pas ? demanda Daisy en se tournant vers Joaquin.

Il regarda vers l'ouest, où les nuages avaient commencé à se teinter des couleurs du crépuscule.

— Il nous reste une heure et demie ou deux heures de jour. Autant en profiter.

Daisy leur tendit les cartes qu'elle avait imprimées et indiqua une section à l'extrémité sud-est où les tombes portaient des inscriptions incomplètes – seulement une date ou un nom. Vi se rua en avant tandis que Joaquin et Daisy la suivaient à une allure plus tranquille. Daisy, qui continuait à étudier la carte, s'aperçut que la tombe de la mère de Slade n'était pas loin de l'endroit où ils se trouvaient.

Une atmosphère agréable régnait dans le cimetière. L'endroit était aussi plaisant qu'il pouvait l'être. Daisy remarqua d'autres visiteurs, et des jardiniers qui s'affairaient. Elle se sentit assez en sécurité pour faire une suggestion.

— Je veux faire un petit crochet ici. Si vous alliez rejoindre Vi ?

— C'est un personnage, votre tante, commenta-t-il en suivant l'intéressée des yeux. Elle fréquente quelqu'un ?

— C'est la deuxième fois qu'on me pose cette question en quelques jours, observa Daisy en souriant. Non, elle est seule en ce moment.

— Combien d'ex-maris ?

— Quatre. Deux divorces, deux décès, dont l'amour de sa vie. C'était il y a six ans. Elle est peut-être prête à retenter sa chance.

— Ça paraît raisonnable.

— Allez-y, l'encouragea Daisy. Vi vous attend.

— Que je vous laisse toute seule ? Sûrement pas. Carter me tuerait.

— Vous pouvez me chronométrer. Je n'en ai que pour cinq minutes, maximum.

— Hier soir encore, on vous espionnait.

— Allez-y, répéta Daisy. Je ne risque rien.

À regret, il s'éloigna alors qu'un groupe de personnes endeuillées s'approchait.

— Je vous regarderai de loin.

Après avoir rapidement consulté la carte, Daisy se hâta vers le centre du cimetière, et atteignit un bassin carré agrémenté d'une statue en marbre représentant un ange en prière. L'instant d'après, elle trouva la croix en marbre blanc qui marquait la tombe d'Elizabeth Franklin. L'épitaphe disait tout : « À jamais dans mon cœur. Je t'aime, maman. »

Comme elle se penchait vers la stèle, une voix s'éleva.

— Dès le moment où je vous ai vue, marchant seule, le visage si grave, je vous ai imaginée ici, près de maman.

Slade la toisait, un pistolet à la main. Elle était tombée dans son piège.

— Qu'est-ce que vous voulez ?

— Si vous criez, je tuerai votre tante et son ami le garde forestier.

Il lui empoigna le bras, l'attirant plus près de lui.

— Venez avec moi. Vite.

Elle trébucha, et sentit le canon du pistolet s'enfoncer dans ses côtes.

— Pas un bruit.

Elle n'avait pas d'autre choix que celui d'obéir. Quand Vi et Joaquin seraient hors de danger, elle pourrait tenter de résister. Ou le persuader de la laisser partir. Ou attendre un moment propice pour lui échapper.

À l'évidence, il connaissait le cimetière par cœur. Il s'engagea dans un chemin étroit qui menait à un mausolée et à une petite chapelle. L'endroit était dissimulé à tous les regards. Soudain, Daisy entendit sa tante l'appeler. Son cœur se serra. Si Vi et Joaquin accouraient, Slade n'hésiterait pas à tirer.

Il ralentit à l'approche d'un espace dégagé, entouré d'une clôture basse, qui séparait le cimetière d'un petit parking. La voix de Vi résonna de nouveau. Celle de Joaquin se mêlait à la sienne.

Un sanglot monta dans la gorge de Daisy. Trop tard. *Je vais mourir*. Elle aurait dû rester avec Carter. Ce soir, ils auraient fait l'amour. Pourquoi avait-elle attendu si longtemps ?

Sur le parking, un homme émergea de derrière un pick-up. Jack le Canif. Armé lui aussi. Il cracha une bouchée de tabac sur l'asphalte.

— C'est vous qui me devez deux cents dollars.

Slade lâcha un juron.

— Je ne vous connais pas.

— Menteur. Je suis venu à Pueblo exprès pour vous trouver. Maintenant, donnez-moi mon fric.

— Ce n'était pas moi.

— Qui, alors ? lâcha Jack, déconcerté. Eric Wolff ?

Une fraction de seconde, Slade lâcha Daisy et tira. Jack s'effondra.

Avant que Daisy ait eu le temps de réagir, Slade pressa un objet contre son cou. Une violente décharge électrique la paralysa aussitôt. Elle perdit connaissance.

Il ne servait à rien de se répandre en reproches. Ni de ressasser ce qui s'était passé et ce qu'ils auraient pu faire autrement. Joaquin et Vi avaient entendu le coup de feu et entrevu Slade qui prenait la fuite en direction de l'ouest.

Eux étaient en route pour le quartier général du FBI.

Carter se jeta dans l'action et organisa rapidement un groupe spécialisé dans la traque d'un tueur en série. Avec l'autorisation de Wiley, il lança un avis de recherche pour la Toyota de Slade sur la radio de la police. Suivant sa suggestion, le FBI appela des hélicoptères pour observer les routes voisines du cimetière.

Une possible source d'information était Jack Jones. Celui-ci n'était pas mort. Du moins, pas encore. Une ambulance l'avait transporté à l'hôpital le plus proche, où une infirmière apprit à Carter qu'il ne pourrait pas lui parler avant qu'il ait été opéré.

L'agent Wiley s'approcha.

— J'ai les coordonnées d'une adresse appartenant à Elizabeth

Franklin près du lac Charlotte. Un hélicoptère peut y être rapidement, et arrêter ce salaud au plus vite.

— Envoyez-le.

Wiley s'empressa de passer le coup de téléphone.

Carter, bien que d'accord avec le plan, n'était pas convaincu que le chalet soit le bon endroit. Trop évident. Slade était trop rusé. S'il se sentait acculé, il esquiverait ce lieu... et emmènerait Daisy avec lui.

— En combien de temps pouvons-nous y être ?

— Nous ?

L'agent du FBI passa les doigts sur son crâne dégarni. Son sourire se figea.

— Nous ne faisons pas partie de l'opération, Carter. Une équipe spéciale de Fort Carson s'en charge. Elle va l'arrêter.

— Je veux être là-bas.

— Désolé.

Wiley haussa les épaules.

— Laisse ce boulot aux experts. Ils savent ce qu'ils font.

Au comble de la frustration, Carter s'éloigna de Wiley. Derrière la vaste baie vitrée, il assista aux derniers flamboiements du crépuscule. L'obscurité allait compliquer les recherches.

Une heure et demie plus tôt, Daisy et lui projetaient de passer la nuit ensemble.

Un signal sonore le fit tressaillir, annonçant l'ouverture de la cabine d'ascenseur. Joaquin se hâta vers lui, cramoisi, hors d'haleine.

— Jamais je n'aurais dû la quitter des yeux.

— Et moi, je n'aurais pas dû la laisser aller dans ce cimetière. Slade connaît ce lieu par cœur.

— Que puis-je faire maintenant ?

— Viens avec moi. Nous allons rendre visite à la voisine des Franklin.

Une fois dans sa voiture, Carter envoya un rapide texto à Wiley pour lui dire qu'il vérifiait d'autres pistes éventuelles et lui demander de le tenir au courant de la progression du raid sur la maison près du lac Charlotte.

— Où est tante Vi ? demanda-t-il à Joaquin, qui conduisait à vive allure dans les rues de Pueblo.

— J'ai chargé un flic du coin de la ramener à mon bureau à Salida. Travis veillera sur elle jusqu'à mon retour.

— Elle pourrait être en danger, lui fit remarquer Carter. Je me méfie toujours d'Eric Wolff.

— Travis sait se défendre, expliqua Joaquin, avant de faire un demi-tour illégal pour s'engager sur la route principale. Elle me plaît. Quand toute cette histoire sera terminée, je l'inviterai au restaurant.

À ce stade de la conversation, Daisy aurait averti Joaquin de ne pas aller trop vite en besogne avec sa tante collectionneuse de maris. Carter eut le cœur serré en y pensant. Il n'avait qu'une idée en tête : la retrouver saine et sauve.

Quelques minutes plus tard, ils se garaient devant la maison de Mme Gallagher. Comme la fois précédente, celle-ci ouvrit la porte aussitôt. Elle sourit à Carter et observa Joaquin de la tête aux pieds à travers ses grosses lunettes.

— Dites donc, vous êtes costaud, vous, hein ?

— Oui, madame.

— Je parie que vous aimeriez manger des cookies.

Carter voulait des informations. Toutes les informations qu'elle pouvait lui donner sur le gentil fils de son amie défunte.

Slade Franklin, le tueur en série qui vivait à côté.

22

Une toux rauque lui racla l'arrière de la gorge. Quand elle tenta de déglutir, l'intérieur de sa bouche lui parut sec et pâteux. Un mal de tête lui martelait les tempes et pénétrait jusqu'à sa nuque, prenant le pas sur toute autre sensation et même sur ses peurs. Comment pouvait-elle être effrayée alors qu'elle était confrontée à une telle douleur ?

Daisy se força à prendre une inspiration, et inhala de la sciure mêlée à la senteur de la lavande.

Elle était partagée entre le besoin de reprendre pleinement conscience et celui de fuir la douleur. De se rendormir. *Non.* Elle ne devait pas se laisser aller. Pas maintenant. Rien ne pouvait la faire souffrir davantage que les crampes atroces qui lui nouaient les muscles des bras et des jambes. Recroquevillée sur un long banc en bois, elle tenta prudemment de changer de position. Une corde en coton doux lui liait les poignets, une autre lui entourait les chevilles. Elle était pieds nus.

Elle entrouvrit les yeux et scruta les environs à travers ses larmes. Bien que dotée de nombreuses fenêtres et d'un haut plafond voûté, la pièce était plongée dans la pénombre. Dehors, la nuit était tombée. Où était-elle ? Combien de temps avait-elle dormi ?

Une mélodie apaisante résonnait sur un piano désaccordé : la *Sonate au Clair de lune* de Beethoven. Elle avait entendu cet air quelque part récemment. Elle tenta de s'humecter les lèvres, d'avaler de nouveau.

Sa bouche était sèche. Si sèche.

Le souvenir se précisa. La première fois que Carter et elle étaient allés chez Slade, il avait joué ce morceau au piano. Il était là. Daisy sentit la terreur l'envahir. Elle devait lui échapper.

S'enfuir.

Elle se tortilla tant bien que mal, repoussa la couverture usagée qu'on avait placée sur ses épaules et se redressa sur le banc, le premier d'une petite nef. La musique l'enveloppait, étouffant tous les autres sons.

Plissant les yeux, elle discerna un piano droit à côté d'un panneau en bois sculpté qui séparait les stalles du chœur et de l'autel, lequel était magnifiquement orné d'un motif de gerbes de blé et de fleurs. L'œuvre de Slade ? Ce psychopathe avait-il conçu ce décor ?

Il avait du talent.

Il était assis au piano. Son ravisseur. L'homme qui allait la tuer.

Les épaules tassées, Slade jouait les mêmes notes en boucle. Il ne semblait pas s'être aperçu qu'elle s'était réveillée. Peut-être était-ce là sa meilleure – sa seule – occasion de s'enfuir. Pliée en deux à la taille, elle tenta de défaire les nœuds qui lui retenaient les chevilles. En vain. Ses doigts étaient gourds et faibles. Le sang battait impitoyablement à ses tempes.

Slade abandonna la mélodie et se mit à taper au hasard sur les touches. Serrant les dents, Daisy tira sur les cordes. Le nœud autour d'une cheville se desserra. Serait-ce suffisant ? Pouvait-elle libérer son pied ?

Slade se dressa soudain de toute sa hauteur.

— Où sont passées mes bonnes manières ? Je devrais vous offrir quelque chose à boire. Un verre d'eau ?

Priant pour qu'il ne regarde pas ses liens de trop près, Daisy acquiesça. Elle tenta de parler, mais ne parvint qu'à émettre quelques sons indistincts.

— Comment ? dit-il. Vous préférez un rhum, comme celui que Brandi vous a donné l'autre jour ? Je ne pense pas que ce soit une bonne idée. Maman désapprouverait.

— De... de l'eau, articula-t-elle avec difficulté.

— Beaucoup mieux.

Il pivota et disparut par une porte située derrière le chœur.

Maintenant.

Elle prit une profonde inspiration, libéra son pied et essaya de se mettre debout. L'espace d'un moment terrifiant, elle crut qu'elle allait perdre l'équilibre. *Ne pas tomber. Ne pas tomber.* Des images se bousculèrent dans son cerveau à la manière d'un kaléidoscope. *Je ne peux pas bouger.* Impuissante, elle se laissa glisser sur le banc. Ses yeux se fermèrent, et elle accueillit l'obscurité familière. *Réfléchis.*

Elle se reporta dans le laboratoire où avait eu lieu l'autopsie, et se remémora la voix calme et apaisante du Dr Julia énumérant la liste des sédatifs que Slade avait administrés à ses victimes.

Slade réapparut au bout de ce qui parut à Daisy une éternité, mais qui n'était sans doute que quelques minutes. Il approcha le verre de ses lèvres.

— De petites gorgées, conseilla-t-il. Il ne s'agit pas d'avaler trop vite et de vomir.

Espérant qu'il n'avait pas mis de drogue dans l'eau, Daisy en but un peu. Le liquide frais la soulagea aussitôt. Elle tenta de parler de nouveau.

— J'ai... mal à la tête.

— Vous allez vous remettre, n'est-ce pas ? Vous êtes forte. Je m'en suis rendu compte tout de suite, dès que je vous ai vue à Butcher's Gulch. Vous veniez de trouver Rene. Vous vous souvenez ?

Bien sûr qu'elle s'en souvenait.

Il posa le verre d'eau sur le sol, s'assit à côté d'elle et tira un flacon de comprimés de sa poche. Il en sortit trois.

— Prenez-les avec de l'eau.

Daisy s'obligea à se rappeler qu'aucune des victimes n'avait été violée ou torturée. Malgré tout, il était hors de question qu'elle accepte ces médicaments.

— Ça ira, merci.

Il passa la main dans ses cheveux coupés ras.

— Nous aimons les cimetières, vous et moi. Ce sont des endroits si paisibles, même quand ils ne sont pas paysagés ou aussi bien entretenus que celui de Rolling Hills. Je savais que vous iriez là-bas tôt ou tard.

Elle tenta d'acquiescer, mais le mouvement se révéla trop difficile. Sa tête bascula en avant malgré elle.

— Le bassin.

— Il est joli, n'est-ce pas ? Je savais que maman serait contente d'avoir une tombe près du centre du cimetière. J'ai dû négocier âprement pour obtenir cet emplacement, mais j'ai persévéré.

— Vous êtes un bon fils, dit Daisy délibérément. Elle vous aimait.

— Mais je n'ai toujours pas réussi à la rendre heureuse, murmura-t-il, fronçant les sourcils. Maman voulait que je trouve une épouse parfaite, quelqu'un qui ferait le ménage, la cuisine et prendrait soin de moi. Vous êtes cette femme, Daisy ?

Sûrement pas. Au lieu de répondre, elle acquiesça.

— Je vous ai acheté un joli foulard jaune, exactement comme ceux que maman portait. Mais je l'ai perdu.

Quand il se cachait dans les bois, à côté du chalet de Carter.

— Vous en avez un autre ?

— Six ou sept. Je n'ai peut-être plus besoin d'en acheter. Vous êtes peut-être la femme que je cherche. Si on allait dans la cuisine ? Vous pourriez me montrer si vous êtes bonne cuisinière.

Le brouillard dans le cerveau de Daisy avait commencé à se

dissiper. Si elle acceptait sa proposition, des dizaines d'armes potentielles seraient à portée de main : couteaux, eau bouillante, poêles en fonte... Cependant, il fallait aussi qu'elle soit capable de courir. Elle s'efforça de bander les muscles de ses cuisses, et les sentit trembler. Elle n'était pas encore prête.

— Je vais vous... préparer quelque chose, bégaya-t-elle. Quel est votre plat préféré ?

— Les macaronis au fromage, avec un mélange de cheddar et de gouda.

Il étira ses longues jambes devant lui.

— J'avais prévu d'en faire tout à l'heure. J'ai tous les ingrédients dans la cuisine.

— Où sommes-nous ?

— Dans la chapelle de l'Église de l'Esprit divin.

Il regarda autour de lui avec une fierté de propriétaire.

— C'est moi qui ai fait l'essentiel de la menuiserie ici. Maintenant, je rénove la cuisine. Le pasteur m'avait demandé un devis, et il m'a choisi tout de suite.

Daisy se souvint qu'il avait mentionné cet entretien le soir où Carter et elle étaient allés chez lui.

— Vous aviez déjà travaillé pour lui ?

— Bien sûr. Maman faisait partie de la congrégation.

Il fronça les sourcils.

— Vos copains du FBI m'ont fait la vie dure en confisquant mon camping-car. Je n'ai pas pu apporter toutes mes affaires.

— Je n'y suis pour rien, se hâta-t-elle de dire.

— Je sais, Daisy.

Il lui caressa la joue, et elle dut se faire violence pour réprimer un mouvement de recul.

— Vous êtes gentille. Mais je n'aime pas le garde forestier, Carter.

Entendre le nom de Carter dans la bouche de ce misérable

donna la nausée à Daisy. Carter était si bon, si juste et si terriblement séduisant. Le seul fait de penser à lui l'emplit de courage.

Slade contempla l'autel, et ses yeux sombres s'adoucirent.

— Andrea Lindstrom cuisinait bien.

Il avait gardé Andrea captive trois jours durant. Pourtant, il n'avait pas pu l'amener ici puisqu'il venait seulement de commencer ce travail.

— C'était le genre de femme qui aurait plu à votre maman ?

— Oui, tout à fait. Elle vous ressemblait, elle était blonde comme vous.

Pas vraiment, songea Daisy. Andrea avait des cheveux blond platine, tandis que les siens étaient couleur miel.

Malgré tout, elle hocha la tête.

— Je suppose que oui.

— On était heureux, Andrea et moi. Et puis elle a essayé de s'enfuir.

— Vous étiez chez vous, en ville ?

Il la dévisagea avec méfiance.

— Pourquoi cette question ?

— Je suis curieuse, c'est tout, se hâta de répondre Daisy, s'exhortant à la prudence. Parce que Brandi est très jalouse.

— Ça, c'est vrai, gloussa-t-il. J'ai emmené Andrea dans un petit chalet que ma mère m'a légué. Très isolé. Loin des regards. Nous pourrions peut-être y aller ensemble.

Daisy banda ses muscles de nouveau, et sentit que ses forces revenaient.

— Vous avez emmené d'autres femmes là-bas ?

— Vous posez trop de questions, bougonna-t-il. La seule chose que vous avez besoin de savoir, c'est comment prendre soin de moi comme maman le faisait.

— Je ne peux pas m'en empêcher.

Elle feignit un haussement d'épaules.

— Je suis scientifique. Poser des questions est une seconde nature.

— Très bien, madame la scientifique. Je vous autorise à poser une question. Une seule.

L'enquête qu'elle avait menée avec Carter avait éclairci bien des mystères, mais jamais ils n'avaient compris la motivation des meurtres. Même s'il n'y avait aucune logique dans la démarche de Slade, Daisy voulait entendre ses explications.

— Pourquoi moi ? demanda-t-elle.

Il se leva, s'approcha de l'autel et se mit à faire les cent pas devant.

— Vous n'allez sans doute pas comprendre.

— Je vais essayer.

— Environ un an après la mort de maman, mon chagrin était devenu si violent que je voulais mourir aussi, mettre fin à la torture de la solitude. Je me suis agenouillé devant sa tombe et j'ai attendu un signe. J'ai vu une jeune femme non loin, elle aussi endeuillée par la mort d'un de ses proches. Nous avons pleuré dans les bras l'un de l'autre.

— Comment s'appelait-elle ?

— C'est fini, les questions.

Il se remit à marcher.

— Je l'ai emmenée au chalet de maman, près du lac Charlotte. Elle est restée avec moi. Elle a fait le ménage et la cuisine. Mais au bout de quelques jours, elle voulait rentrer chez elle, retourner dans sa famille. Je ne pouvais pas la laisser me quitter.

Par conséquent, il l'avait tuée. Une bouffée d'adrénaline déferla dans les veines de Daisy, annulant l'effet des drogues qu'il lui avait administrées. Elle garda le silence.

— Je l'ai emmenée à Rolling Hills à la nuit tombée pour lui donner une dernière chance de dire qu'elle allait rester. Elle ne l'a pas fait. Alors, je lui ai serré le cou jusqu'à ce qu'elle cesse de respirer et je l'ai mise à côté de la tombe de son proche.

Elle pivota et fit face à Daisy.

— Cette femme m'a brisé le cœur. J'ai veillé son corps jusqu'à l'aube, et puis une autre femme est entrée dans le cimetière. Et j'ai su.

Su quoi ? La question brûlait les lèvres de Daisy, mais elle s'obligea à attendre la suite.

— La femme qui a découvert le corps m'était destinée, reprit-il. Maman me l'avait envoyée. C'est comme ça que je vous ai toutes trouvées.

Ainsi, elles avaient toutes été choisies complètement au hasard. Et pourtant, selon une logique implacable. Chacune des victimes avait trouvé le corps de celle qui l'avait précédée. Daisy avait découvert le corps de Rene Williams.

Son tour était venu.

Les nerfs tendus à craquer, Carter pressa Joaquin d'accélérer. Il devait retrouver Daisy avant qu'il ne soit trop tard.

L'étroit chemin qui menait à la chapelle de l'Église de l'Esprit divin était creusé d'ornières, et ne semblait guère fréquenté.

— Tu es sûr que c'est par ici ?

— Je suis déjà venu, affirma Joaquin.

Les branches des arbres fouettaient les portières.

— C'est un endroit trop isolé pour une chapelle.

— L'Église de l'Esprit divin a une nombreuse congrégation à Pueblo, expliqua Joaquin, mais cette chapelle n'est utilisée que pour des événements spéciaux, tels que des retraites ou des mariages.

— Et des enlèvements, murmura Carter.

Joaquin lui lança un regard perçant.

— Tu aimes cette femme. Je le sens. Vous ne vous connaissez que depuis quelques jours, mais il y a un lien profond entre vous.

Carter ne prit pas la peine de nier. Joaquin était certes son supérieur, mais aussi un de ses meilleurs amis.

— S'il lui a fait du mal...

— Ne pense pas à ça. Nous allons l'arrêter. Nous avons eu de la chance d'avoir cette piste.

Après leur avoir servi une assiette de cookies, Mme Gallagher avait raconté que son voisin Slade – une de ses connaissances préférées – travaillait à la rénovation d'une chapelle et ne reviendrait que tard dans la nuit. Quelques instants plus tard, Joaquin et Carter avaient l'adresse en main.

Durant le trajet, Wiley les avait tenus informés des progrès du raid en cours sur le petit chalet près du lac Charlotte. À l'entendre évoquer les hélicoptères, drones de surveillance et capteurs infrarouges, Carter avait eu l'impression d'être au cinéma.

— J'ai le sentiment d'être sous-équipé, soupira Joaquin.

— Pas moi, rétorqua Carter. Je pourrais mettre ce type en pièces à mains nues.

Joaquin ralentit et se gara dans un virage.

— Nous y sommes.

La chapelle se trouvait à une cinquantaine de mètres de là. À travers les troncs des sapins, Carter distingua un bâtiment carré en bardeaux blancs, surmonté d'un petit clocher trapu au sommet duquel était plantée une croix. La lumière était allumée à l'intérieur.

Les accents d'un piano parvinrent à ses oreilles. Il reconnut la *Sonate au Clair de lune*.

La mélodie favorite de Slade.

La voix de Wiley s'éleva dans son oreillette.

— Ils ont pénétré dans le chalet. Trouvé une série d'outils de menuisier sur la table de la cuisine. Un des placards est rempli de foulards en soie. Il y a du sang sur le sol. C'est à n'en pas douter le repaire du tueur. Mais je suis désolé, Carter, il n'est pas ici.

— Je sais.

— Comment ça ?

— Je l'entends jouer du piano.

Pendant que Joaquin indiquait le chemin de la chapelle à Wiley, Carter se faufila entre les arbres. Alors qu'il s'approchait du bâtiment, la musique se tut.

Il se passait quelque chose.

D'autres lumières s'allumèrent. Carter dégaina son arme, s'approcha et scruta l'intérieur. Slade bavardait tout en guidant Daisy vers un local adjacent à la chapelle proprement dite. Pieds nus, elle marchait avec difficulté, comme si elle manquait d'équilibre. Ses cheveux détachés dissimulaient son visage. Elle avait les poignets attachés, mais semblait indemne.

Joaquin rejoignit Carter et lui fit signe d'avancer vers l'extrémité du bâtiment. Tout en veillant à rester baissés pour ne pas être vus, ils gagnèrent une porte située à l'arrière. Carter actionna la poignée. Elle tourna aussitôt.

— Une fois à l'intérieur, séparons-nous, souffla-t-il.

Joaquin acquiesça.

— Je prends la porte du fond.

Ils se glissèrent dans le local. D'un côté se trouvaient une estrade dotée d'un rideau, ainsi que plusieurs tables pliantes rangées les unes contre les autres.

La voix de Slade leur parvint, vantant le goût des macaronis au fromage que confectionnait sa mère.

— Il faut faire cuire les pâtes jusqu'à ce qu'elles soient fondantes.

— Bien sûr, dit Daisy docilement, mais je ne peux pas cuisiner les mains liées.

— C'est vrai.

Carter éprouva une bouffée de fierté en voyant Slade défaire les liens de Daisy. Elle l'avait manœuvré. Carter s'avança sans bruit. La pièce était en cours de rénovation. Des outils traînaient çà et là sur toutes les surfaces disponibles.

— Vous avez du bacon ? s'enquit-elle. J'aime bien émietter un peu de bacon frit sur le dessus.

— On peut essayer, je suppose, répondit Slade, réticent, mais maman ne faisait pas comme ça.

Il sortit un paquet de bacon du réfrigérateur et le posa sur le plan de travail à côté d'elle.

— Autre chose ?

— Une poêle.

Slade prit une poêle en fonte dans le placard et la mit sur la gazinière. À en juger par la manière dont Daisy regarda l'ustensile, Carter devina qu'elle envisageait d'en faire une arme. Il devait agir vite, prendre le contrôle de la situation.

Il contourna l'îlot central et leva son pistolet.

— Police ! Haut les mains.

Du côté opposé de la pièce, Joaquin lança le même avertissement. Slade les ignora tous les deux. Il se rua vers le plan de travail et s'empara d'une cloueuse. Avant qu'il ait pu appuyer sur la gâchette, Daisy attrapa la poêle et l'abattit sur sa tempe.

Slade s'écroula.

Daisy semblait sur le point de s'effondrer à son tour. Carter retint sa chute, la serra dans ses bras et enfouit le visage dans ses cheveux.

— Tu m'as trouvée, murmura-t-elle.

— Et je ne vais plus jamais te laisser partir, dit-il en lui donnant un baiser sur le front.

Ayant menotté Slade et passé un appel rapide à Wiley, Joaquin se tourna vers eux.

— Je suis désolé, Daisy. J'ai été un piètre garde du corps.

— Ce n'était pas votre faute.

Carter escorta Daisy dans la chapelle. Il avait tant de choses à lui dire. Tant de promesses à lui faire.

Il la fit asseoir devant l'autel et mit un genou à terre.

L'affolement se lut sur les traits de Daisy.

— Non.

— Tu n'as pas entendu ce que je vais dire.

— Ce n’est pas une demande en mariage, j’espère.

Il captura sa main dans la sienne.

— Daisy Brighton, je veux plus de temps avec toi. Je ne sais pas combien. Des jours, des semaines, peut-être toute une vie. Veux-tu me promettre de passer du temps avec moi ?

— Je te le promets.

Et puis ils s’embrassèrent.

Épilogue

Trois mois plus tard, en septembre, juste avant les premières chutes de neige, Daisy avait pris son nouveau poste de professeure de biologie au collège de Buena Vista, à mi-chemin entre Leadville et Salida. Bien qu'elle ait emménagé dans son propre appartement à proximité de l'établissement, elle passait le plus clair de son temps au chalet de Carter.

Ce samedi-là, debout devant les vêtements qu'elle avait accrochés dans sa penderie, elle essayait de se décider.

— Quelle est la tenue de rigueur pour une exhumation ? demanda-t-elle quand il entra dans la chambre, vêtu en tout et pour tout de son caleçon noir et de son chapeau de cow-boy.

— Je crois que les morts n'ont pas de préférence.

Il posa une tasse de café fumant sur sa table de nuit et s'approcha, l'entourant de ses bras avant de lui mordiller le lobe de l'oreille.

— En tout cas, tu ferais mieux de te décider rapidement. Il faut qu'on y aille.

Elle but une gorgée de son délicieux café, et pivota vers lui avec un ronronnement de plaisir. Elle ne se lassait pas de le contempler. Elle adorait voir la lumière matinale souligner ses épaules musclées, et le duvet sombre qui descendait sur son torse.

— Avons-nous le temps de prendre une douche ?

— Bien sûr.

Prendre une douche ensemble était toujours un délice,

même quand ils devaient se dépêcher. Depuis qu'ils avaient commencé à faire l'amour, ils avaient un mal fou à ne pas se toucher constamment.

Après la douche, elle s'enveloppa d'une serviette moelleuse, fila dans la chambre et opta pour un ensemble pantalon vert bouteille – sobre, pratique et approprié à l'occasion. Elle l'avait souvent mis durant le procès de Slade Franklin. Ce dernier avait invoqué la folie mais, en dépit des preuves qui allaient dans ce sens, il avait été condamné à perpétuité. Quant à Brandi, les interviews en direct qu'elle avait données pendant le procès n'avaient fait que renforcer la popularité de son vlog.

Quelques instants plus tard, Daisy et Carter roulaient en direction de Butcher's Gulch. Ce matin-là, tante Vi avait pris des dispositions pour l'exhumation de leur aïeule, Annie Brighton.

Un petit groupe s'était déjà formé sur les lieux, tante Vi et Joaquin en tête. Celle-ci surveillait trois hommes équipés de pelles qui creusaient le sol de la colline. Jack Jones – totalement rétabli – salua Daisy d'un signe de main et cracha un peu de jus de tabac sur une tombe voisine. Elle ne fut pas enchantée de voir Gerald Wolff et son fils Eric, lequel avait admis avoir soudoyé Jack pour lui jouer un tour.

Elle embrassa tante Vi et Joaquin, prit la main de Carter dans la sienne et se pencha vers lui.

— Il n'y a aucun motif pour arrêter un des Wolff ou les deux ?

— Aucune loi n'interdit d'être un imbécile, rétorqua-t-il.

— Quand nous trouverons le trésor, intervint tante Vi, nous leur avons promis vingt-cinq pour cent.

— Si nous le trouvons, rectifia Daisy.

Ils continuèrent à regarder les hommes creuser. Bien que la colline aux bottes n'appartienne à personne, tante Vi avait dû faire des pieds et des mains pour obtenir les autorisations nécessaires. S'ils découvraient les lingots... eh bien, resterait la question de savoir à qui ils appartenaient. Le butin avait été volé, après tout.

Un bruit de métal résonna dans l'air. Une des pelles avait atteint le cercueil.

Dix minutes plus tard apparaissait une longue boîte en bois.

Malgré elle, Daisy sentit l'excitation la gagner.

Le couvercle fut arraché. Un drap retiré. À l'intérieur du cercueil, bien alignés les uns contre les autres, reposaient les lingots d'or.

Le trésor qu'Annie Brighton avait emporté dans sa tombe.